# 凝视与想象：鲁迅小说身体诗学论

## Gaze and Visualize: On the Body Poetics of Lu Xun's Novels

胡志明 著

# 序

许祖华

鲁迅的小说,作为奠定中国现代文学发展的基石并最早彰显了中国现代文学“实绩”的优秀成果,从其问世以来,就是学术界一直高度关注的研究对象,其研究成果,早已达到了汗牛充栋的程度。因此,在这样一个研究领域,要寻找学术的增长点,开辟一片既具有现实社会意义,又具有学术意义的研究的新领域,其难度是不言而喻的。不过,鲁迅的小说作为中国现代文学的优秀成果,其所具有的丰富的思想内涵和卓越的艺术特色,总是能为具有不同知识背景的研究者从社会、政治、经济、科学、文化、艺术、思想、现实、历史等层面,基于哲学、社会学、政治学、文化学、美学、艺术学等理论,提供可资言说的内容。尽管关于鲁迅小说研究的成果已经汗牛充栋,成绩已经十分斐然,研究已经相当广泛与深入,但随着社会和时代的发展,随着研究者学术视野的拓展,随着新的学说、观点的不断涌现,关于鲁迅小说的研究,也总会有一批批研究的成果面世,不断地将鲁迅小说研究推向新的境界,形成新的研究视角与格局,开辟新的研究领域。胡志明的新著《凝视与想象:鲁迅小说身体诗学论》就是在这样的背景之下出现的一项特色较为鲜明,价值与意义较为值得关注的学术成果。

这部著作,从大的方面来说,研究的就是鲁迅小说中“人”,特别是中国人的问题。对这一问题的研究,在我看来,既具有历史意义,又具有现实意义;既抓住了鲁迅小说创作的思想焦点,又契合了中国现代文学最根本的现代性特征,这也正是这部著作特别让我关注的重要方面。

关于中国人的问题,可以说,不仅是中国历史上各种思想家一直关注的最重要问题,更是二十世纪以来中国的先进分子,特别是中国共产党非常关注并一直要特别解决的问题。正因为中国历史上各种思想家一直关注中国人的问题,所以,构建了较为完备且特色鲜明的“民本思想”体系;正因为二十世纪以来中国的先进分子,特别是中国共产党,不仅关注中国人的问题,并且为中国人的自由、民主、幸福而奋斗,所以,才有了今天中国人从身体到精神的全面解放。从这方面看，该著作研究鲁迅小说中的人，特别是中国人的问题，既具有很强的历史意义，又具有很鲜明的现实社会意义。

就鲁迅本人来看，人，特别是中国人，没有疑问，是鲁迅思想构成与艺术创作的基点。早在日本留学时期，鲁迅就与好友许寿裳探讨过中国人的国民性问题，而他在日本求学时期"弃医从文"的举动，虽然缘由多样，但其中一个最重要的缘由，也是学术界，特别是中国学术界一致认可的缘由，就是中国人的问题。至于鲁迅创作小说的最直接目的，他自己就曾直言，是要"为人生，而且要改良这人生"，是要"揭出病苦，引起疗救的注意"，鲁迅这里所说的"人生"当然不是抽象的、普泛的人生，而是中国人的人生；他在小说中所揭示的"病苦"当然也不是别国人的病苦，而是中国人的病苦。虽然，在揭示中国人病苦的小说中，鲁迅更多地，也是最为深刻、最有价值、最值得关注的是对中国人精神上不觉悟的"病苦"的揭示，但对于中国人诸如麻木、愚昧、不觉悟等各类精神痛苦的生动、深刻的揭示，鲁迅在小说中都不是说教似的揭示，而是通过个体或群体的"身体"以及身体的行为等"诗意"盎然地展示的，这也正是鲁迅小说"身体诗学"的一个重要方面，是鲁迅在将自己关于中国人的问题思考的成果，用小说来书写、表达时所采用的最基本的方式，也当然是十分精彩、十分丰富、十分意味深长的方式。也正因如此，我十分赞赏胡志明在自己的这部著作中使用"身体诗学"这一概念。虽然，这一概念不是胡志明的首创，在鲁迅研究领域也不是胡志明第一个使用这一概念来研究鲁迅小说的，甚至，对这一概念的阐释，特别是基于这一概念的规范展开的研究和言说，也仅仅只是胡志明个人的一家之言和一己之见，但，十分可喜的是，就总的方面来看，作者还是能做到自圆其说且言之成理，持之有据的，特别是著作的第二、第三两章的内容，在我看来，还是较为精彩的。同时，该著作虽然也留存了一些可以进一步完善的内容（如，鲁迅小说对物质性"身体"书写的"诗学"特征，著作中虽然关涉了，其论述却还不是很深入），但是，著作对鲁迅小说身体隐喻，特别是身体与精神关系的论述，还是较有说服力的。

事实上，关注人，特别是中国人，不仅是鲁迅一生从事的工作，也不仅是鲁迅思想构成与艺术创作的基点，而且是中国现代文学现代性的最根本标志。关于这一点，中国现代文学的两个大作家，一个是茅盾，一个是郁达夫，早就指出过。他们认为，中国现代文学的"新"，主要不在艺术形式的新，而在立足点的新，这个立足点就是人，而且是"个人"。在他们看来，关注人，虽然是中国文学的传统，但传统的中国文学更多地关注的人是"群体"的人，只有中国现代文学发现了"个人"。这当然是经受得起文学史检验的结论，但，在我看来，还不完备，中国现代文学，不仅发现了人，也不仅发现了"个人"，更在于发现的人，特别是个人，还不仅仅是伦理的人、理性的人，而是既具有感性生命形式，又具有理性精神的人，是灵与肉统一的个人。所谓“灵”，主要指的是人所具有的理性精神及与之密切相关的情感内容；所谓“肉”，则主要意指人的感性生命形式，也就是物质性的“身体”。也正因为中国现代文学发现的“人”（当然包括中国人），是这样“完整”的人，所以，中国现代文学对人的书写、刻画、思考，就不仅关注人的精神，而且也关注人的肉体，也就是身体；不仅书写人的精神状态与思想欲望，也直接地书写人的“身体”的状况和相应的肉欲，从而突破了中国传统文学更多地书写“伦理人”的规范，而开创了全面关注人、全面书写人的新的艺术天地。这，正是中国现代文学留给我们的最重要的传统，也当然是中国现代文学现代性的最根本的标志，而鲁迅小说，就是中国现代文学书写“全面的人”的重要成果，当然也是最具有代表性的成果。所以，胡志明选择研究鲁迅小说的身体诗学，就不仅是切合了鲁迅小说的实际，而且也为我们更好地认识中国现代文学，更好地研究中国现代文学，提供了有益的参考，这也是这部著作重要的价值之一。

胡志明是一位很勤奋的中国现代文学研究者，他一直立足于研究鲁迅，特别是研究鲁迅的小说，2015 年，他就已经出版了《鲁迅小说时间诗学》的著作，今天，他的这一部关于鲁迅小说身体诗学的著作也要面世了，我衷心地祝贺他，也真诚地希望他今后能取得更多、更优秀的学术成果。

# 目　录

# 绪　论

## 一、问题的提出与研究现状

身体是人类生命存在的本体。梅洛-庞蒂(Merleau-Ponty)指出:"身体—主体被揭示为意义给予行为的前提条件和机体。没有身体—主体,我们就会不再存在,并且也不再有人类的经验、生活、知识和意义。"①身体作为生命的有机体,同时又是一种社会性存在,在不同文化和历史背景下有不同的概念。长期被学界忽略、遮蔽的身体在近年来一跃成为世人瞩目的焦点,它不再只是一种形而下的无言之躯,而是承担着各种意义的文化载体,铭刻着各种意识、欲望的留痕。身体已经成为一些社会学家、哲学家、政治学家、文学家用以组织、建构、揭示意义与价值的载体,同时烙上了政治经济、社会文化等的印记。布莱恩·特纳(Brian Turner)认为:"身体是多维度、多层次的现象,其意义随民族与性别的不同而不同,随历史与境遇的变化而变化。"②因此,人们常常以自己的身体为出发点去想象世界,"身体被看作存在的一种可变形式,这种存在形式可以被塑造,并适应于个体的需要和个体的欲望"③。约翰·奥尼尔(John O'nell)把身体视为构成世界的原型,并把"身体"分为世界的身体、社会的身体、政治的身体、消费的身体、医学的身体等五类。④ 倘若从社会学向度审视,身体成了社会身份的载体,被赋予象征意义。

正如法国人类学家莫斯(Marcel Mauss)所言,身体是被文化塑造出来的。因而在一般规诫、约束和训练等技术的建构下,身体可以成为一种工

① 〔美〕普里莫兹克:《梅洛-庞蒂》,关群德译,中华书局2003年版,第20页。
② 〔英〕布莱恩·特纳:《身体与社会》,马海良等译,春风文艺出版社2000年版,第1页。
③ 〔英〕布莱恩·特纳:《身体与社会》,马海良等译,第6页。
④ 奥尼尔认为,人类最早是通过自己的身体去思考与建构世界的,故他从拟人论的观点,探讨自然、社会、政治、消费、医疗这五大领域,并以身体论述作为其建构世界的意义。〔美〕奥尼尔:《身体形态:现代社会的五种身体》,张旭春译,春风文艺出版社1999年版。

具；而也只有借助身体这样的工具，个体才能在某种文化中认知和生活。所以依据莫斯的说法，男女因受到社会规训的差异，以至于他们在运用身体方面也会有所不同。① 换句话说，经由反复训练的身体可以内化为某种习性，且成为一种可辨识的社会现象，被赋予时代内涵。因此，由于身体的可塑性与易变性，身体将会成为权力争夺的中心，并作为媒介来实行权力与知识的播散。福柯（Michael Foucault）则从身体的"权力技术学"（technology of power）切入，分析权力对身体的惩罚、规训、管理、改造、控制和分类。所以，在福柯的叙述中，身体是知识和权力暗中支配的统一材料，也是知识和权力生产与操作的产品。因此，布莱恩·特纳认为，"在福柯看来，意识形态的权力效果不应当看成作为纯粹意识的人的主体操纵。在现代社会，权力的特定焦点是政治的/权力关系产物的身体，产生作为权力客体的身体是为了对它进行控制、认同和再生产。支配身体物质性的权力可分成两个独立但却是相关的方面——'训诫身体和调控人口'"②。总而言之，福柯的身体谱系学研究提供了权力如何对身体发挥作用以达到其目的的路径，其对身体的系统论述，无疑也为身体的存在与解放提出了现代性终极关怀和省思等重要议题。③

从福柯对身体的阐释，我们可以看到身体已被纳入政治轨道，成为建构现代国家的工具与手段。身体的规训、惩罚、教育、训练无不涉及国家的制度和建设。因为只有民众的身体强健，国家才可能强大，身体成为国体的隐喻。在现代社会中，无论是生产所需的理性设计，还是国族的未来建构，身体都显得尤为重要。

然而，本书无意进行社会文化形塑与发展下的身体研究，也不想从历史宏大叙事语境下再现"身体"的话语，或对身体进行哲理层面的思考，而是试图通过对鲁迅小说的细读，探究身体是为何以及如何在鲁迅小说中成为被

① 〔法〕莫斯：《人类学与社会学五讲》，林宗锦译，广西师范大学出版社 2008 年版，第 85-104 页。

② 〔英〕布莱恩·特纳：《身体与社会》，马海良等译，第 94 页。

③ 曹清华指出，在福柯的模式中，这一权力的微观物理学的对象便是"身体"。福柯置身体于不同权力与知识体系斗争的中心——不同的话语构成体和话语机制在他们各自的权力和"真理"的版图中以不同的方式对"身体"进行切割、分类和题记。见曹清华：《词语、表达与鲁迅的"思想"》，中山大学出版社 2009 年版，第 220 页。有关于福柯对身体的权力技术学论述，可参见〔法〕福柯：《古典时代疯狂史》，林志明译，生活·读书·新知三联书店 2005 年版。〔法〕福柯：《疯癫与文明：理性时代的疯癫史》，刘北成、杨远婴译，生活·读书·新知三联书店 2012 年版。〔法〕福柯：《规训与惩罚：监狱的诞生》，刘北成、杨远婴译，生活·读书·新知三联书店 1999 年版。〔法〕福柯：《性经验史》，佘碧平译，上海人民出版社 2000 年版。

想象与被隐喻的客体，梳理它成为建构民族国家的重要组成部分的过程。布鲁克斯(Peter Brooks)指出："身体必定是意义的源泉与焦点，离开了身体这个表述意义的主要媒介，根本就讲不了故事。……从根本上讲，是作为象征的身体为语言本身提供了建筑材料，这也提醒我们，思想和语言有必要恢复本来面目，对于思想和语言的确切定义来说，作为他者的身体，占据着首要地位。"①故此，身体成了叙事的符号，或某种文学隐喻(metaphor)，承载着种种信息和意义。在此，身体被符号化，成为作家意识的载体或话语建构的工具。通过挖掘隐藏在叙事文本中的身体话语，可以从中窥见作家的心路历程与成长轨迹。而叙事文本中的"身体"也成了一种修辞符号，铭刻着历史记忆与时代变迁，承担民族国家批判性重构与现代性演绎的庄严使命。

小说文本中的叙事指涉，往往是作家自我身份意识的彰显。至于小说中的叙事性身体，可视为一种"追踪身体之下的身体"②，这意味着作家笔下的身体只是一种意指的过程，它不只是小说人物的形象、性格的铺陈，更多时候折射出人物背后潜藏的小说家对社会、政治、历史与文化的深刻思索。因此，小说中那些具有隐喻意义的描写，诸如创伤、饥饿、疾病、伤残、死亡、革命抑或疯狂等，凸显作家企图从封建文化夹缝中寻求自主与解放的意图，完成了某种意义下的身体象征话语与符号谱系建构。甚至有些小说通过对现实生活的真实描绘，往往代拟了现实世界中的身体意义，或与现实世界的身体形成对应，这在现实主义小说中尤为突出。安敏成(Marston Anderson)指出："将现实主义小说当作'主题小说'阅读，将作品内容直接缩减为主题思想，这种做法是对其独特的创造性张力的漠视。……因为无论现实主义小说对事件的描述怎样因袭惯例，捕捉并传达某种独异的、不可重复的生活片段，这一文本追求所起的作用依然很重要：文本的合法性由此被交付给了外部世界，因而意义框架仿佛不是来自文本，它们本身就蕴涵在世界之中。"③所以，叙事文本中的身体想象也成了指向现实世界的范畴。

自晚清以来，在同西方社会的对比过程中，专制文化的落后与民族精神的颓废日益凸显，陈独秀忧心忡忡地指出："吾见夫青年其年龄而老年其身

① 〔美〕布鲁克斯：《身体活：现代叙述中的欲望对象》，朱生坚译，新星出版社2005年版，第2-3页。

② 在《象征交换与死亡》一文中，让·鲍德里亚探讨了庄子"庖丁解牛"的寓言，并指出庖丁切开了显在的身体，追踪身体之下的身体。正如作家在小说中所叙述的"身体"，所在意的是身体符号的能指，而不是身体本身。转引自汪民安、陈永国编：《后身体：文化、权力和生命政治学》，吉林出版社2003年版，第63页。

③ 〔美〕安敏成：《现实主义的限制：革命时代的中国小说》，姜涛译，江苏人民出版社2001年版，第17-18页。

体者十之五焉，青年其身体而老年其脑神经者十之九焉。华其发，泽其容，直其腰，广其膈，非不俨然青年也；及叩其头脑中所涉想、所怀抱，无一不与彼陈腐朽败者一丘之貉。其始也未常不新鲜活泼，浸假而为陈腐朽败分子所同化者有之；浸假而为陈腐朽败分子势力之庞大，瞻顾依回，不敢明目张胆，作顽狠之抗斗者有之。充塞社会之空气，无往而非陈腐朽败焉，求些少之新鲜活泼者，以慰吾人窒息之绝望，亦杳不可得。”①这也是“五四”知识分子难以化解的心结。为了改变日渐式微的社会文化，“五四”知识分子试图借助西方文化资源建构一套顺应历史发展潮流的“新文化”，从而使老旧中国改头换面。由于中国现代小说深受“五四”思想的启发以及“文以救国”观念的影响，更是担负着国族建构与救亡的使命。新文化运动的倡导者试图通过改造中华文化与民族精神（自然包括身体在内）来拯救民族、国家的命运，因此，中国现代小说中的身体想象与话语实践，凸显出政治教化功能，从而具有一种感召力量。

在“感时忧国”“涕泪飘零”的激昂悲愤的情绪渲染，以及矛盾重重的文化批判之下，近代文人认识世界与自我的身体，表现为小说文本中蕴含的多重意涵。因此，如何想象、解读、接受这种特殊的文学现象，已经成了学界关注的焦点。“身体”是开启鲁迅精神世界与文学世界的一把钥匙。鲁迅小说作为中国现当代文学身体书写的先行者，其身体意识浓缩了小说创作的全部精华，既是他作为思想家对于民族、国家的责任感之表达，又体现了他作为深谙艺术规律的文学家在探索社会与自我、历史与现实、理论与实践等方面所能企及的高度。只有对鲁迅小说文本中的身体从源头上予以厘清，才能处理好鲁迅身体意识研究过程中历史与现实、思想研究与审美研究之间的微妙平衡。

自“五四”以来，对鲁迅小说研究的成果可谓汗牛充栋。然而，至今无法断言对鲁迅小说的研究已臻完备或尽解其奥秘。正如刘剑梅所说：“任何试图将鲁迅多种实验性的现代写作定义为极端前卫或落伍的文学现象都显得过于简单，都未看到鲁迅的异常丰富性，也未看到其作品中叙述形式与历史潜文本之间的复杂关系。”②因为“‘鲁迅’（鲁迅其人，他的作品）本身既是一个充满着深刻矛盾的、多层次、多侧面的有机体”③，其意义与真实呈多向度的开放姿态存在其中，形成复调的、多声部的现代性文本，需要人们从不

① 陈独秀：《敬告青年》，《青年杂志》1915年第1期。

② 〔美〕刘剑梅：《革命与情爱——二十世纪中国小说史中的女性身体与主题重述》，郭冰茹译，上海三联书店2008年版，第12页。

③ 钱理群：《心灵的探寻·引言》，河北教育出版社2000年版，第1页。

同的角度深入文本内部进行解读,特别是其小说对身体的关注。自20世纪80年代以来,围绕鲁迅小说身体意识的研究主要集中在发生学研究、文本研究和比较研究三个领域,成果丰硕。

(一)发生学研究

学界对鲁迅身体意识的发生研究主要集中在文化、政治、个性心理等畛域,对其小说的身体意识追本溯源。

第一,文化研究。陈漱渝指出,鲁迅最重视国民性,特别是奴性,而奴性的形成又跟历代统治者实施的"酷"教育密切相关。① 汪晖认为,改变心灵的意思在这里其实是重新获得精神与现实的一致——精神与现实的分离、心灵与身体的割裂,是"精神胜利法"的真正内核。从这个角度说,"弃医从文",从身体到精神的转折,是以身体及其感觉的政治化为前提的——尊重这种身体的感觉不是一个简单的事件,它意味着整个"道德秩序"必须发生变革。②

葛红兵、郭玉红指出,在鲁迅的思维中,中国人的身体和中国这个国家的文化机体是互文的。当鲁迅把自己当作一个文化病理学家研究中国文化的病灶,对中国文化作出诊断的时候,鲁迅相信,中国文化这个"身体"已经病入膏肓,甚至无可救药了。正是从这个文化诊断出发,他才会对中国人的身体和相貌作出这样的评论——这个评论与其说是对中国人进行身体实证观察的结果,不如说是一个文化病理学判断的结果。③ 王菊指出,在鲁迅的思维中,中国人的身体和中国的文化机体是同一的,社会和文化也像身体一样,会生病,人的身体疾病不是一个生理问题,而是一个文化问题。"身"和文化紧密地结合着,它是文化的工具、文化的目标,同时也是文化的结果;在肉体论、躯体论、身份论三位一体的意义上,它从来就不是单纯的自然现象,而是人类文化现象。④ 闫宁从身体理论出发,以管中窥豹之形式揭示古代妇女缠足习俗不仅是时代一景,更是妇女精神和社会文化的小型展览馆。⑤

第二,政治研究。葛红兵、郭玉红指出,在鲁迅看来,中国人的身体疾病不可能通过医学来铲除,而必须通过一场彻底的政治革命来铲除,鲁迅

① 陈漱渝:《鲁迅与肢体文化》,《粤海风》2003年第5期。

② 汪晖:《阿Q生命中的六个瞬间——纪念作为开端的辛亥革命》,《现代中文学刊》2011年第3期。

③ 葛红兵、郭玉红:《病重的中国——"五四"新文化革命中的"身体"隐喻》,《西北师大学报(社会科学版)》2007年第2期。

④ 王菊:《鲁迅小说"疾病意象"的文化指向》,《理论与当代》2007年第10期。

⑤ 闫宁:《民俗学视阈下的鲁迅与传统文化研究》,山东大学学位论文,2010年。

认为一把医生的手术刀显然对于中国（民众）的病体已经毫无意义，鲁迅要拿起的是政治的手术刀，他要把身体问题当作政治问题来对待。[①] 王贵禄把“身体”视为鲁迅经验与思想的表达方式与表述形态，“身体”承载着鲁迅关于中国历史、文化及政治的深层感悟与认知。[②] 程亚丽指出，鲁迅小说里的女性身体有多重指意功能，除了上述旨在反封建的伦理身体，还间接借用特定的女性身体来讽喻社会人心的丑恶。[③] 郭春林认为，鲁迅一方面以小说的形式表现了“头发的风波”，却也在个人的日常生活中无法彻底地摆脱头发故事中的政治意义和社会内涵。[④] 高秀川把鲁迅及其侪辈的断发视为政治的身体叙事，鲁迅等人试图通过个人身体的重建达到重构国族想象的目的。[⑤]

第三，心理研究。李永东指出，鲁迅的启蒙立场与“假洋鬼子”的辫子之间，有着内在的隐秘联络。对于鲁迅来说，“假洋鬼子”的称谓是一把双刃剑，既可以用来指称鲁迅所鄙夷的速成班中清国留学生之类的人物，又是民众与守旧人士加在他身上的恶名，需要加以“辩诬”和“正名”。这就造成了鲁迅关于“假洋鬼子”的言说，进入了屈辱与启蒙的吊诡关系，并且决定了《头发的故事》《阿Q正传》等作品的启蒙叙事交织着悲哀与愤懑的心绪。[⑥] 敬文东认为，病夫鲁迅终生都在残破的身体和同样残破的世界之间努力寻找一种平衡。鲁迅对残破世界的拼力批判，最深层的心理学动因很可能是要把对自己身体的恼怒洒向残破的世界和社会，以换取一点点心理上的平衡，因为他毕竟不能对自己的身体发火。[⑦] 姚秀锋认为，鲁迅的多疑和祛魅意识使鲁迅具有强烈而鲜明的批判精神，这种批判是全方位、彻底性的批判，既包括对社会万象、文化形态、个人命运的批判，也包括对自我世界以及自我意识本身的祛魅和批判。[⑧]

---

① 葛红兵、郭玉红：《病重的中国——“五四”新文化革命中的“身体”隐喻》，《西北师大学报（社会科学版）》2007年第2期。

② 王贵禄：《辫子、长衫及癞疮疤：作为政治符号的身体——重读〈风波〉〈孔乙己〉及〈阿Q正传〉》，《天水师范学院学报》2011年第3期。

③ 程亚丽：《从晚清到五四：女性身体的现代想象、建构与文学叙述》，上海交通大学出版社2022年版。

④ 郭春林：《头发的故事——身体的政治》，《同济大学学报（社会科学版）》2007年第5期。

⑤ 高秀川：《影像中的鲁迅：自我、身体与国族想象》，《海南师范大学学报（社会科学版）》2017年第1期。

⑥ 李永东：《屈辱与启蒙——由“假洋鬼子”的辫子探鲁迅的创作动因》，《探索与争鸣》2017年第9期。

⑦ 敬文东：《从身体说起——关于鲁迅的絮语》，《山花》2010年第3期。

⑧ 姚秀锋：《多疑与鲁迅的精神个性和文学创作》，西南大学学位论文，2011年。

（二）文本研究

郜元宝指出，在鲁迅笔下，身体往往被置于公共领域而精神化、隐喻化了，在私密空间追求享乐的身体，则始终处于被贬抑与被遮蔽的状态：或者被妥善保存于不自觉的身体禁忌之中，或者将身体的欲望视为无须言说的自然现象而风趣地肯定在沉默中，而将阿Q式的情欲的愚蠢发动与四铭、高老夫子式的曲意掩饰作为嘲弄和讽刺的对象加以无情暴露。① 吴翔宇认为，“身体”是鲁迅小说建构中国形象的重要视角。在鲁迅的思维形态中，身体与精神是始终联系在一起的。对两者的双向审思，集中反映了鲁迅“致人性于全”的人学思想。“病态”与“失语”是国民身体的显在形态，铭刻着主体被规训的文化记忆，是“老中国”形象的表征。借助于身体的形塑，鲁迅深刻地揭示了国民“不悟已为奴”的文化心理，鞭挞了无痛感机制下国民集体精神虚无的社会本质。② 孙德喜认为，鲁迅的《呐喊》与《彷徨》从身体文化学的意义上讲是“前身体时代”的历史叙述。小说向人们展示了被吃的身体，叙述了不属于自己的身体和仇恨中的身体，描写了没有尊严的身体，同时表明了在“前身体时代”身体被政治化的遭遇。鲁迅的小说揭示了中国传统的身体文化的内涵。③ 王贵禄指出，某种意义上讲，“身体”之于鲁迅更像是一个意识形态符码的序列，一个交织着历史与现实、传统与现代、启蒙与救亡诸意识形态斗争的场域，借用福柯的话说，正体现了“身体政治”。④ 周保欣指出，在小说的人物塑造和情节构筑上，鲁迅以别具特色的身体隐喻建构独特的叙事场景。通过“看”与“被看”的模式展示出形态各异的“身体”。⑤ 胡志明认为，鲁迅通过自我体察的身体时间、他者身体活动所表现的时间秩序、铭写在身体上的创伤记忆、季节变动的身体感知四个方面来表达生命个体最真实的时间体验。通过存在之躯的时间觉知，鲁迅小说在对中国封建文化和社会现实进行批判的同时，达到了所有抽象议论难以企及的高度。⑥ 张清祥从女性驯顺之躯、缄默之躯和死亡之躯三个方面探讨了

---

① 郜元宝：《鲁迅六讲》，北京大学出版社2007年版，第196—197页。

② 吴翔宇：《“身体”与鲁迅小说中国形象的话语建构》，《南通大学学报（社会科学版）》2018年第6期。

③ 孙德喜：《“前身体时代”的历史叙述——鲁迅小说中的身体镜像》，《南京师范大学文学院学报》2007年第1期。

④ 王贵禄：《辫子、长衫及癞疮疤：作为政治符号的身体——重读〈风波〉〈孔乙己〉及〈阿Q正传〉》，《天水师范学院学报》2011年第3期。

⑤ 周保欣：《“他者伦理”“身体思维”和“三个鲁迅”——论〈示众〉》，《文学评论》2014年第3期。

⑥ 胡志明：《身体与时间的对话——论鲁迅小说的时间意识》，《延安大学学报（社会科学版）》2015年第2期。

鲁迅小说中的女性身体叙事，彰显鲁迅为极力恢复女性的地位和尊严、肯定女性的生存权利和生命价值所做的努力，同时也反映出鲁迅对待女性问题上所作的自我反省和自我批判。[①] 程亚丽指出，鲁迅小说中有着大量对女性身体的叙述，这为我们从身体隐喻角度研读其作品提供了可能。鲁迅充分发掘了身体的文化力量，让传统伦理规约下的女性身体承担起反封建的隐喻符号功能，他对女性伦理身体的病相表达，体现出一个思想家对旧式妇女群体的伦理关怀及独到的社会批判眼光，其中彰显着极为丰富的现代思想。[②] 胡志明认为，鲁迅作为中国社会转型期的先觉者，女性自然成为其启蒙对象。鲁迅小说通过对女性规训的身体、无欲的身体、失语的身体叙事和描写，呈现出一种"无人""无名""无我"的身体存在处境，控诉了专制社会对女性的身体禁锢与精神戕害。鲁迅试图摸索出一条女性身体出走之路，使女性摆脱家庭伦理和男权社会的"铁屋子"，重新获得生存权利与生命价值。[③] 孙淑芳从身体空间的角度透视中国的社会制度、政治权力、文化传统、价值观念以及社会现实等，认为身体空间是鲁迅小说的一个非常重要而独特的视角。鲁迅小说中狭窄、扭曲、变形的身体空间折射出专制权力和文化观念对身体的迫害，体现了鲁迅以身体为出发点揭示民族疾病的现代性思想。[④]

中野美代子把《狂人日记》视为中国现代文学中第一部凝视肉体的作品，并视鲁迅为中国文学史上凝视肉体的第一人，也是最后一人。[⑤] 黄晓华认为，从小序与正文对"狂人"疯狂与否的截然对立的判断，可以看出作者认为"狂人"并不是一个既定事实，而是被这三个话语主体建构起来的。他们各自寓示着"狂人"生成的不同层面。在个体层面，"狂人"的诞生源于"我"的身体自觉，因为这种身体自觉与众人的麻木形成鲜明对立而被人视为"狂人"；在文化层面，"狂人"的身体自觉也触发了对传统文化的排斥机制，因其对传统文化形成挑战而被"大哥"称为"疯子"；在小说修辞层面，"余"对"狂人"的"迫害狂"的界定与命名，无疑潜含着作者的修辞策略与修辞意图。通过"狂人"的多重生成建构，鲁迅直击常态—疯狂、身体—精神、历史—现实、社会—个体、言说—遮蔽等悖论式命题的结合部，从而使文本具有丰富的阐释空间。[⑥] 汪晖指出，当人们将注意力集中到"精神胜利法"的

① 张清祥：《驯顺、缄默与死亡：鲁迅小说的女性身体叙事》，《广西社会科学》2013年第1期。
② 程亚丽：《论鲁迅小说中女性伦理身体的病相表达》，《鲁迅研究月刊》2012年第6期。
③ 胡志明：《论鲁迅小说的女体诗学》，《湘潭大学学报（哲学社会科学版）》2017年第3期。
④ 孙淑芳：《权力视角下鲁迅小说中的身体空间意象研究》，《中国文学研究》2016年第2期。
⑤ 〔日〕中野美代子著，潘世圣译：《鲁迅的肉体凝视》，《鲁迅研究月刊》1988年第12期。
⑥ 黄晓华：《身体、文化、修辞与"狂人"的生成建构》，《现代中国文化与文学》2013年第2期。

时候，几乎忘却了鲁迅对于身体的关注，但“精神胜利法”对应的不正是身体的失败吗？阿Q的失败感首先来自打不过别人，甚至打不过他所瞧不起的王胡和小D，其次源于他的饥饿、寒冷和无法满足的性欲，最终源于死亡。换句话说，如果没有身体的视野，“精神胜利法”事实上是无从被诊断为病态的。①

（三）比较研究

陈卫指出，鲁迅选择头、眼睛、下半身等意象作为身体叙述的对象，以此来透视人物的内心和灵魂。与同时代的郭沫若、郁达夫和唯美写作者不同的是，鲁迅的身体叙述既非站在科学角度，也非站在性别角度和爱情角度，而是立足民族立场，对近代中国人的身体和精神给予深切的关注。他以“肉体—精神”的对应关系来描述身体，塑造的是“中国人”的身体。② 李军认为，鲁迅在小说中也诉说着人的身体感觉。但人到中年的鲁迅毕竟不同于年轻气盛的青年作家，他在诉说身体感觉时，时时显示出成熟冷静的一面，不同于创造社作家那样任情感宣泄，他表现了思想家的深邃和睿智。③ 高媛认为，郁达夫以自传的形式表达着他内心的扭曲和病态，以此作为发泄的途径。在他的作品中有很多疾病意象——内含深刻的疾病隐喻，而鲁迅的作品中也有这样的疾病主题，但大多数都是与政治、国家相联系，没有掺杂太多个人意绪。④ 唐小林认为，郁达夫逐渐形成的侧重于关注人的感性生命为核心的人文主义思想与鲁迅的侧重于关注人的理性生命为特征的人文主义思想，构成了现代中国人文传统的两脉，而合起来又几乎是全部。⑤ 李烨认为，郁达夫更愿意将这种病态与自己在日本留学时压抑与被欺凌的个体经验联系在一起，在身体与疾病的叙事中，揭示出现代主体的生成，而鲁迅则因受到幻灯片里身体健壮却精神麻木的国民的刺激而强烈意识到改造国民精神的重要性和迫切性。尽管郁达夫的疾病叙事最终仍指向民族国家意识，但更具有一种切身性，而并不像鲁迅那样成为一种主题与信念。⑥ 程桂婷对鲁迅、丁玲与郁达夫笔下的肺病书写进行了比较：鲁迅笔下的肺病

---

① 汪晖：《阿Q生命中的六个瞬间——纪念作为开端的辛亥革命》，《现代中文学刊》2011年第3期。

② 陈卫：《身体的秘密——由鲁迅作品中的身体意象看身体写作史》，《鲁迅研究月刊》2009年第6期。

③ 李军：《日常生活经验意义上的〈伤逝〉》，《名作欣赏》2008年第4期。

④ 高媛：《从疾病主题到人文主义救赎》，陕西师范大学学位论文，2013年。

⑤ 唐小林：《欲望、沉沦与救赎：郁达夫伦理心态研究之一》，《天津师范大学学报》2002年第5期。

⑥ 李烨：《鲁迅小说中的身体话语研究》，大连理工大学学位论文，2015年。

患者往往迅速死去；丁玲的莎菲女士虽然无药可救，但趋向死亡的脚步已经放慢；而在郁达夫这里，肺病患者就有了康复的可能。① 王德威在比较鲁迅与沈从文对砍头的陈述后，发现鲁迅对砍头的陈述本身已是个比喻，夸张地表达了他对于源头失落的焦虑——头颅象征意义和人生，肢体残破象征意义的失落。真正使鲁迅着迷的是身体和头颅的象征力量。他的文学修辞力量毕竟肇始于身体的政治学，也必将对身体施以影响，犹如砍头和刑罚仪式在过去的威力。魂灵最多仅能作为表象，以示身体对观念控制的臣服。② 王健把萧红回忆鲁迅的文字视作萧红对鲁迅的身体解读，它既表露了萧红自己的身体观和文学观，也反映了她对于鲁迅生活与文学中身体观的理解。③ 付兰梅认为，在辜鸿铭的生平轶事与鲁迅的著作、译作中，身体出场的频率在同代人中可以称得上"之最"。辜鸿铭与鲁迅对身体的凝视和书写是二人的身体意识和两极文化认同生成的第一现场。付文通过对二人在文化凝视中形成的身体意识的探讨，观照辜鸿铭最保守的文化守成主义认同与鲁迅最激进的文化激进主义认同。在20世纪中国文化建设中，辜鸿铭和鲁迅分别以其两极文化认同为后来者提供了"守成"与"纳新"的范本。"观人"和"观于人"的辜鸿铭用自己的"身写"为后人提供了"守成"的参照，"于天上看见深渊"的鲁迅则在"肉薄"中提供了"纳新"的范畴与创新的可能。④

李徽昭、李继凯认为，鲁迅的身体书写与性表达是含蓄的、潜隐的，主要通过"描写性叙述"推动情节发展，显示了女性作为"人"及"女人"的异化凄状。⑤ 杨秀明认为，鲁迅和张承志对革命、历史的身体和记忆表达既有个性的体认和书写，又同样有着对自身在社会历史中所处位置的深刻反思。⑥

王健指出了鲁迅与尼采身体观的相异之处："尼采要由身体抵达超人，而鲁迅试图通过否定身体抵达超人。"⑦韩燕、王姝将鲁迅的《示众》与朗格塞的《旅游旺季到来之前》进行比较，指出"无名大众的意识形态从无名性到无所不在的'观看'，再进一步从'观看'获得的身体愉悦，不断呈现了叙

① 程桂婷：《论现代小说中肺病的隐喻》，苏州大学学位论文，2007年。
② 王德威：《现代中国小说十讲》，复旦大学出版社2003年版，第146-147页。
③ 王健：《"病"的叙事与"身体"的政治学——论鲁迅想象家国的方式》，华中师范大学学位论文，2005年。
④ 付兰梅：《"身"之凝视——辜鸿铭与鲁迅两极文化认同比较》，《鲁迅研究月刊》2012年第2期。
⑤ 李徽昭、李继凯：《论鲁迅与莫言小说中的女性命运》，《中国现代文学研究丛刊》2014年第9期。
⑥ 杨秀明：《鲁迅和张承志笔下的"尸骸"意象比较》，《伊犁师范学院学报（社会科学版）》2014年第1期。
⑦ 王健：《"病"的叙事与"身体"的政治学——论鲁迅想象家国的方式》，华中师范大学学位论文，2005年。

述者对大众‘看客’心理的批判”①。

上述成果以身体为研究对象,在身体叙事中寻找宏大叙事的印迹,这一思路无疑为鲁迅研究开拓了新的空间,但也存在一些不足与缺憾,值得进一步思考和探析。其一,多数研究者在对鲁迅小说中身体与政治的关系进行考察时,往往注重身体在具体的历史语境中所具有的反抗现代性宏大叙事的功能,即重视话语的身体,遗忘或漠视了具象的身体;注重身体的社会呈现,忽视了身体的个人体验。其二,当下鲁迅小说身体研究往往类似思想史、社会学的话语研究,把身体本身视为一种话语结果,从而忽略了身体的主观能动性。其三,除少数论著外,研究者大多不是从文学本体和审美向度探讨鲁迅文本世界中的身体意识,而是把身体作为研究鲁迅思想、人生哲学等问题时的载体和注脚,而与身体意识紧密相关的文本语言、意象、文体、修辞等因素并未得到充分关注。

## 二、鲁迅小说身体的诗学转换

身体包括物质身体与社会身体,是人类认知的基础,借以推衍出其他经验完形的源头,也是理解人与社会关系的重要维度。在社会交往过程中,个体不断将自然身体转化为社会文化符码,从而赋予身体以社会化内涵。舒斯特曼指出:“身体化是人类生活的普遍特征,身体意识也是如此。我所理解的‘身体意识’不仅是心灵对于作为对象的身体的意识,而且也包括‘身体化的意识’:活生生的身体直接与世界接触、在世界之内体验它。通过这种意识,身体能够将它自身同时体验为主体和客体。”②身体作为人与人、人与外在世界联合的纽带,也是其有别于理性的关键,海德格尔的普遍相关性、梅洛-庞蒂的自我与他者的彼此相属,均指涉同一内容。社会生活是最直接的身体实践,身体经由人类的实践,统摄主观与客观、理性与感性。人类主体进入生活世界,经由生产实践,与其劳动对象密切契合,各自以本真面目彰显,得以呈现功能意向性,即梅洛-庞蒂所谓的“运动意向性”③,或庄子的“大而化之谓之神”,抑或儒家的主体人由“实践工夫”达到的“参天地、赞化育”的境界,这属于超越自然与社会、主体与客体、肉体与灵魂等二元区隔后的水乳交融之境,都是返回物我之间的初相逢,接触现实生活后的功能意向性的现象学还原途径,无疑更贴近生活真实。

---

① 韩燕、王姝:《无名大众的生命意识形态透析——解读鲁迅与朗格塞的“无名人物小说”》,《浙江大学学报(人文社会科学版)》2006年第6期。

② 〔美〕舒斯特曼:《身体意识与身体美学》,程相占译,商务印书馆2011年版,第1页。

③ 〔法〕梅洛-庞蒂:《知觉现象学》,姜志辉译,商务印书馆2001年版,第150页。

鲁迅小说的研究成果已经相当丰硕，如何寻找新的突破口已经成为研究者最苦恼的话题。李欧梵认为："只有从寓意方面的研究来寻求组成它的精神结构的类型学。这就是说：研究在鲁迅小说中常出现的那些由某些隐喻或抽象主题所组成的关系的结构。它们也可以叫作鲁迅'在哲学上的专注'，存在于他通过艺术对自己、对社会的思想探索的内在核心。"①基于对身体的知觉机制、心力智慧与情感体验的认知，鲁迅对身体的思考成为其生命样态、表现策略与书写方式。身体作为生命的基石及其连续性与实践性品格，使鲁迅得以深谙生命的堂奥，有其独到见解，不随他人之思想起舞，故他基于身体逻辑批判国民性时，尤能一针见血，持之以恒。

"诗学"（poetics）一词源自希腊文"poietike"，亚里士多德的《诗学》是西方第一部文学批评著作，提出了"摹仿说"，探讨了人的天性和悲剧理论等，建构了系统的美学理论体系。保尔·瓦莱里认为："从词源学的角度看，即把诗学看成是与作品创造和撰写有关的、而语言在其中既充当工具且还是内容的一切事物之名，而非狭隘地看成是仅与诗歌有关的一些审美规则或要求的汇编，这个名词还是挺合适的。"②托多洛夫、杜克罗指出："诗学一词根据传统概念首先指涉及文学在内的理论；其次也指某一作家对文学法则的选择和运用（主题、构思、文体等），例如'雨果的诗学'；最后，参照某一文学流派所提出的主张，它指该流派必须遵循的全部法则。"③托马舍夫斯基认为："诗学的任务是研究文学作品的结构方式。有艺术价值的文学是诗学研究的对象。研究的方法就是对现象进行描述、分类和解释。"④黎志敏把西方的诗学归结为三个层面："最广义的和'理论'相当，次广义的指文学理论（文艺理论），最狭义的指有关诗歌的系统理论。"⑤因此，西方的诗学观念自亚里士多德始，主要针对文学内部原理而言。中国古代通常把《诗经》之学称为"诗学"，如《睢州志·袁枢传》："袁氏自司马至赋诚、赋谌，三世矣，诗学盖其家传云。""诗学"一词亦泛指诗歌的创作技巧的理论探讨，如陈衍《〈沈乙盦诗〉序》："诗学深者，谓阅诗多；诗功浅者，作诗少也。"朱自清《论诗学门径》："所谓诗学，专指关于旧诗的理解与鉴赏而言。"⑥直至比较文学

① 〔美〕李欧梵：《铁屋中的呐喊》，尹慧珉译，岳麓书社1999年版，第76页。

② 〔法〕达维德·方丹：《诗学——文学形式新论》，陈静译，天津人民出版社2003年版，第2页。

③ 转引自王先霈、王又平主编：《文学理论批评术语汇释》，高等教育出版社2006年版，第184页。

④ 转引自王先霈、王又平主编：《文学理论批评术语汇释》，第184页。

⑤ 黎志敏：《诗学建构：形式与意象》，人民出版社2008年版，第3-4页。

⑥ 朱自清：《论诗学门径》，《中学生》1931年第15期。

理论融入后，“诗学”一词逐渐指称文学理论。而拙著所关注的诗学研究主要聚焦于文学作品的文化构成、叙述方式、精神向度、审美原则等具有逻辑关联的结构形态。

身体诗学就是以身体为核心或主要研究视角的诗学，它从身体的角度来考察文学现象，目的在于揭示这些文学现象所包含的身体经验及其呈现方式。身体诗学重点考察如何系统论述“文学”与“身体”之间的逻辑关联，从而揭示文学作品深层次的诗性结构与身体话语的交互性，并以此来阐述文学作品中身体意识之动态建构。身体诗学主要探讨身体的“诗性”特质，即身体在文学作品中呈现出的多义性、文本性、主体间性等。与此同时，身体也可作为文学研究的场域与参照，身体诗学涉及文学的“身体性”，即身体的自然属性与社会属性。因此，身体诗学具有“身体性”和“文学性”的双重面向，在对身体诗学的追问与审视中，“身体性”和“文学性”在客观效应上趋于同一。

维特根斯坦指出：“人的身体是人的灵魂最好的图画。”①身体作为深入理解鲁迅小说的密钥，也是其小说中借用较多的书写方式与表达手段。鲁迅小说身体诗学的主要成就并非其身体理论达到的高度和深度，而在于鲁迅在身体意象的营造过程中，展现出独特的生命内涵和文化意蕴，体现出独特的美学价值与文学史意义，对鲁迅小说身体诗学进行研究有助于正确认识文学的本质和生命的意义。鲁迅小说中的身体诗学是中国现代文学中最有深度和力度的诗学，是基于其文化身份、斗争立场与历史使命基础上的激情绽放，是不断调整与抉择中对时代集体性诉求的集中回应，就本质而言，其诗学策略与价值取向不仅是参与社会历史进程的应然选择，而且使自身生命获得一种具体性与统一性。

拙著所论及的身体诗学之内涵不同于一般日常话语中的肉体或消费身体，如身体美容、身体广告、身体姿势等，而是形而上层面的审美身体，更确切地说，是“感性学”意义上的“身体”维度。对于鲁迅小说而言，其身体诗学所关注的核心是其对“身体”的审美体验与人文关怀，抑或是作品对身体的政治认同、生命体验与审美观照，即舒斯特曼论及的身体的“具体化的意向性”“个体自我风格化”以及“自我与事物的审美特性”②。

博尔赫斯指出：“诗与语言都不只是沟通的媒介，也可以是一种激情，一种喜悦——当理解到这个道理的时候，我不认为我真的了解这几个字，不过

① 〔英〕维特根斯坦：《哲学研究》，陈嘉映译，上海人民出版社 2001 年版，第 279 页。

② 〔美〕舒斯特曼：《身体意识与身体美学》，程相占译，第 12 页。

却感受到内心起了一些变化。这不是知识上的变化，而是一个发生在我整个人身上的变化，发生在我这血肉之躯的变化。"①诗，并非一成不变的文类概念，而是持续建构的美学范畴。诗的重建，除了语言变革之外，常须以"人的重建"为基础。就"五四"以降的"反传统"论述而言，诗学建构往往和历史阐释与思想探索混杂在一起，皆涉及对西方现代价值的接受与省思。新文化运动的倡导者大力张扬民主科学、推崇理性，而骨子里仍带有强烈的浪漫主义色彩。鲁迅之所以有别于"五四"同侪，因他既入乎其内，参与缔造这些新思潮，又出乎其外，提出深刻而尖锐的反诘；既体现了中国现代知识分子的启蒙愿望与浪漫精神，又契合于西方现代美学"非理性转向"②的精神。正是在这种共性与个性的辩证发展历程中，精彩地展现了鲁迅作为思想家与文学家的独特风姿。

鲁迅小说之所以保持长久的生命力和影响力，主要在于其思想意义和诗学价值（特别是其作品思与诗的有机契合）。作为"思想家诗人"的鲁迅，通过文学沟通了他和世界的联系，同时也加深了他和世界的对立，写作让他陷入绝望的深渊，同时也成为他反抗绝望的武器。因此，钱理群认为："我们不能忽视的是，在鲁迅身上所体现的思想家与文学家的统一。也就是说，'鲁迅是一个不用逻辑范畴表达思想的思想家，多数的情况下，他的思想不是诉诸概念系统，而是现之于非理性的文学符号和杂文体的嬉笑怒骂'。而且不只是文学化的表达，更包含了文学化的思维：鲁迅所关注的始终是人的精神现象，一切思想的探讨和困惑，在他那里都会转化为个体生命的生存与精神困境的体验，'正是生命哲学构成了鲁迅区别于同时代的其他中国思想家的独特之处的一个重要方面'，而'文学化的形象、意象、语言，赋予鲁迅哲学所关注的人类精神现象、心灵世界以整体性、模糊性与多义性，还原了其本来面目的复杂性与丰富性，这样，鲁迅所要探讨的精神本体的特质与外在文学符号之间，就达到了一种和谐与统一'。很多人都注意到鲁迅思想及其表达的'丰饶的含混'性的特点，却将其视为鲁迅的局限，这依然是一个可悲的隔膜。"③

鲁迅"张个性"的思想最早出现在《摩罗诗力说》一文中，此文以西方文

---

① 〔阿根廷〕博尔赫斯：《博尔赫斯谈诗论艺》，陈重仁译，上海译文出版社 2002 年版，第 5 页。

② 理性主义建基于二元认识论，生命的整体性被理性分析割裂与遮蔽。而非理性直觉则打破了理性对欲望的扼杀，是对理性主义压抑生命的强烈抗争。直觉主义成为西方现代主义非理性思潮的转折点，对直觉思维的把握成了理解西方现代主义美学非理性思潮的关键。因此，基于恢复生命的本能欲望成为现代主义思想激变的一个契机，也是现代主义美学非理性转向的内驱力。

③ 钱理群：《鲁迅与中国现代文化》，《中国现代文学论丛》2006 年第 1 期。

学为参照，提倡一种以反抗为旨归的诗人特质，言辞颇为激进。鲁迅立足于对人类生存的终极关怀，巧妙地把诗学理想和人生哲思结合，猛烈抨击古圣先贤所崇尚的“鸡犬之声相闻，老死不相往来”的“平和”倾向，并指出，人间并无所谓永久的“平和”，杀伐争强才是世界的真相。鲁迅指陈，国人对远古怀着莫名的敬仰，想象唐虞圣人之治，甚至将远古人兽杂居之世误认为“万祸不作，人安其天”的清净世界，均与“人类进化史实”相违，许多偏颇的观念皆导源于此。

鲁迅对庄子“不撄人心”为主脑的人生哲学也提出质疑，并认为这是一种反进化的思维，人身既不可能“退返于孩”，人类也不能“归于禽虫卉木原生物，复由渐即于无情。”①“强力”之不见于中国，是因为上有其“帝”而下有其“众”。鲁迅认为，“中国之治，理想在不撄，而意异于前说”②，“帝”若看到“有人撄人，或有人得撄者”③，便会去禁止，因帝之理想是希望其子孙后代永远拥有帝位，故有天才者出，必竭力扼杀。“众”若看到“有人撄我，或有能撄人者”④，则竭力阻止，因民众的理想在“安生”，宁可苟安于堕落，也不思开拓进取，如有天才出，也必竭力杀之。由此可见，诗人之被逐，关键在于其威胁性：

> 盖诗人者，撄人心者也。凡人之心，无不有诗，如诗人作诗，诗不为诗人独有，凡一读其诗，心即会解者，即无不自有诗人之诗。无之何以能够？唯有而未能言，诗人为之语，则握拨一弹，心弦立应，其声澈于灵府，令有情皆举其首，如睹晓日，益为之美伟强力高尚发扬，而污浊之平和，以之将破。平和之破，人道蒸也。⑤

鲁迅认为，中国所谓的诗化，往往是一种驯化的过程，把锐利的人心给磨钝了。诗人的首要任务是揭破，而非遮盖，要触及人的灵魂，撕破文明社会的假面孔，以摧枯拉朽之势摧毁平和的生活。因此，真正的诗应发扬美伟强力，破除平和。这是一种“以暴制暴”的思维方式：平和假象的背后是暴力的压制，诗人必须揭竿而起，以更强的暴力来反击。如果说中国传统诗学是“持其志”，那么，鲁迅所开启的诗学便是“暴其气”，从而打开了“非理性

① 鲁迅：《鲁迅全集》第1卷《摩罗诗力说》，人民文学出版社2005年版，第70页。
② 鲁迅：《鲁迅全集》第1卷《摩罗诗力说》，第70页。
③ 鲁迅：《鲁迅全集》第1卷《摩罗诗力说》，第70页。
④ 鲁迅：《鲁迅全集》第1卷《摩罗诗力说》，第70页。
⑤ 鲁迅：《鲁迅全集》第1卷《摩罗诗力说》，第70页。

诗学”的大门，驶向“无意识”与“超现实”的彼岸。故而鲁迅摒弃中国传统诗学，并“求新声于异邦”，大力倡导“函刚健抗拒破坏挑战之声”的摩罗诗学：

> 摩罗之言，假自天竺，此云天魔，欧人谓之撒但，人本以目裴伦（G. Byron）。今则举一切诗人中，凡立意在反抗，指归在动作，而为世所不甚愉悦者悉入之，为传其言行思维，流别影响，始宗主裴伦，终以摩迦（匈加利）文士。凡是群人，外状至异，各禀自囿之特色，发为光华；而要其大归，则趣于一：大都不为顺世和乐之音，动吭一呼，闻者兴起，争天拒俗，而精神复深感后世人心，绵延至于无已。①

鲁迅继承了摩罗诗人反抗权威，追求自由、进步、正义的品质，不仅极力赞赏拜伦、雪莱的诗，而且折服于两位诗人充满传奇色彩的人生以及独特的生存方式。诗人们反抗强权的强硬立场与追求文明的决绝姿态深深吸引了鲁迅。与此同时，鲁迅把尼采的“超人”观念与拜伦式的英雄结合起来，②把摩罗诗学发挥得淋漓尽致，形成了独特体验，“鲁迅实际上是把恶魔诗人以‘超人化’，使其具有更深邃的思想资源，从而将‘诗人战士’形象由社会面扩展到精神界”③。

在救亡图存的时代背景下，鲁迅要求诗人必须走出怀旧的、虚无的、田园的古典情境，迈向未来的、进取的、社会的现代体验。因此，诗不再是休闲的产物，而应转化为推动社会前进的力量。不同于古人的轮回观，这种“进步”的线性时间观是社会现代性的基本特点，符合“五四”思想主潮，同时也支配着鲁迅思想。然而，我们也应该注意，鲁迅小说身体诗学的深层结构潜隐着一种挥之不去的“终末论”思维——相信人类终将走向历史的尽头，常常笼罩着沉沦、颓废、死灭、绝望的阴影，“他们体现了鲁迅本人与自己的心灵之间的冲突”④。实际上，鲁迅在留学日本期间，虽然一方面深信西方世界的“进化公理”，另一方面却从中国现实中不断察觉到一种“末世图像”，从而使其不断挣扎于进化论与终末论、希望与绝望、纳新与怀旧之间，其思

① 鲁迅：《鲁迅全集》第1卷《摩罗诗力说》，第68页。

② 尼采的超人，是天才之人通过驾驭自身而获得力量，变成主人，其中充盈着一种蔑视庸众的思维；而拜伦式的英雄，具有激昂勃发的浪漫诗情与革命行动。

③ 马建高：《论鲁迅早期文艺思想的“反现代性”》，《阴山学刊（社会科学版）》2017年第1期。

④ 〔美〕李欧梵：《现代性的追求》，人民文学出版社2010年版，第218页。

维结构的独特与深刻,精准呈现了"五四"一代知识分子在现代性追求过程中的矛盾心态与生存悖论。鲁迅小说建构了一个历久弥新、绵延不绝的文学世界。从对鲁迅小说"身体"的系统分析中,我们不难发现这个召唤式结构正是鲁迅个体生命意识的诗意敞开,正如郑家建所说:"在鲁迅的小说中,我们总是能感受到有一种诗意在流动,在飞扬,在升华。感受这种诗意永远是一种美的蛊惑,一种温馨而神秘的幸福感。这犹如黑夜中独有的一点灯火,闪烁在空旷的田野,这种诗意'照亮'了我们所走过的小路,'照亮'了我们寂寞的生活,也'照亮'了我们在这个贫乏的时代生存着的全部内涵。"①

## 三、鲁迅小说的身体书写策略

自梁启超等人将小说的功用与"新民""救国"等政治使命联姻始,小说、政治与身体、国体之间的关联日趋密切,并形成了一种由身体书写来想象"新中国"。新文化运动所倡导的"人的解放"并不单指人身体的解放,更是"心"的解放。"在充满这对国魂召唤、国体的凝视与国格塑造的意识下,身体常被一些中国现代小说家的想象所捕捉,或被叙写成为启蒙与救亡的叙事,以一种政治的隐喻,展现着对建构现代国族主体的梦望。"②因此,对国民身体的改造与重塑、对国民性的批判与建构,都成了启蒙与救亡叙事的重要主题。鲁迅小说把中国现代化过程中面临的问题具体化为作品中身体的隐喻,并与当时的社会环境展开积极对话。在鲁迅小说中,"身体"不仅是叙述的对象和借以塑造人物的手段,而且成为言喻社会意识与权力话语的重要载体,同时也是了解鲁迅文学世界的一个重要维度。鲁迅运用拟态、物化和丑化等叙事策略来描摹小说人物的身体,深刻彰显隐含在身体话语背后的人格精神、社会思想和文化内涵。

### (一)身体的拟态书写

#### 1. 凝视目光下的拟态呈现

凝视作为一种规训策略,在实践中体现出一个不同于其他显在规训方式的特点,即"由权力机构对人显在的控制变成非具体权力来源的隐含的监视,从外在的规训变成自觉的自我监督"③。在这样的规训下,被监视者将凝视的目光通过"同化"和"顺应"两种机制来内化为自觉的反省意识与自

① 郑家建:《历史向自由的诗意敞开:〈故事新编〉诗学研究》,上海三联书店 2005 年版,第 20 页。

② 辛金顺:《中国现代小说的国族书写——以身体隐喻为观察核心》,秀威信息科技股份有限公司 2015 年版,第 2 页。

③ 欧阳灿灿:《当代欧美身体研究批评》,中国社会科学出版社 2015 年版,第 226 页。

我管控意识，同时遵循目光的要求去改变、重塑自己的身体行为和习惯，福柯通过边沁的“全景敞式监狱”的例子说明凝视的眼光如何生成驯服的身体。① 在鲁迅小说中，旧中国正如“全景敞式监狱”，群众是囚徒，统治者也不过是无形的监视者的附属，而真正的监视者，即凝视目光的真正来源应该是千百年来封建统治者为了维护统治而通过封建礼教、制度层层叠加、强化而形成的特有的中国式的社会机体。鲁迅作品的目光始终围绕着知识分子和劳动人民在“病态社会”里的精神“病苦”。在观察和表现小说人物时，他以其独特的视角叙述了时刻处于凝视目光下的小人物的悲哀。

第一类是以从众的方式让自己融入群众，并非完全出于自愿，只是为了符合凝视目光后的“监视者”（尤其是国家机器）希望他扮演的角色。鲁迅的《示众》就描述了一个典型的由凝视目光构成的场景，这样处于凝视目光下的“示众”隐含着一对基本关系：一是游街者被群众围观，二是围观的群众被围观。恰如其分地呈现了中国人与人之间特有的生存状态：人们时时刻刻都处在他人“围观式”的目光中，而自己又一刻不停地窥视着他人。身处这样的他者凝视之中，人不管是被社会同化而选择顺应，或者自觉拟态，还是违抗封建社会成为众人眼中的异类，只要被凝视者无法达到在凝视目光下形成的统一规范和要求，往往被作为示众的材料，走向毁灭。

《孔乙己》中的孔乙己身材高大，读过书，“写得一笔好字”②，但这样一个年轻力强的人从小便是为了科举应试培养起来的。在当时的社会制度下，仿佛除了科举，寒门子弟再无其他可行的道路。孔乙己“终于没有进学，又不会营生”③，最后偏离社会轨道，成了穷途上的末路鬼。酒店里的人把孔乙己看作滑稽可笑的“戏子”，孔乙己的不幸是他们冷漠调笑时的谈资，是无聊生活中的调味料。当孔乙己成为示众的材料，其作为人的独立价值已荡然无存。

《白光》中的陈士成是个普通士子，一生寄望于科举中榜，但多次应考而不得进学，他沮丧得近乎绝望，然而他始终牵挂着自己功成名就的美梦，在“白光”的指引下转而去寻找地下祖宗“留下”的宝藏，最终拿到的却是一块死人的下颌骨。这轻飘飘的骨头在象征着家长权威的祖母的讲述中寻得，无法流传，毫无价值，甚至昭示着赤裸裸的死亡，成为沉重的精神负担。固守传统的陈士成妄图掘到地下先祖的财富以满足自己的功名利禄梦，最后

---

① 〔法〕福柯：《规训与惩罚：监狱的诞生》，刘北城、杨远婴译，第224页。
② 鲁迅：《鲁迅全集》第1卷《孔乙己》，第458页。
③ 鲁迅：《鲁迅全集》第1卷《孔乙己》，第458页。

在惶恐和狂喜交加中被其腐朽思想幻化而成的“白光”裹挟着走向死亡。这所谓的白光从某种意义上也是陈士成幻想出来的凝视的目光，具体而言，是社会传统。陈士成缺乏内在自我，他的一生都在顺应社会的要求：他不是以独立自主的个体形式生存，而是迷失在士子的头衔中，盲目追求他自认为“应该”得到的一切。但科举制度是“骗局”，祖辈的财产是虚妄，顽固而陈旧的封建文化使得一切僵化，陈士成最终走向灭亡。

第二类是从麻木的群众中觉醒，自觉奋力为个人命运抗争，想要摆脱来自权力机构的凝视，但最后因无力对抗而走向自我毁灭。《伤逝》中子君和涓生追求恋爱自由和婚姻自主，打破了封建势力的重重枷锁，建立了属于他们的小家庭，但囿于小资产阶级知识分子的软弱而归于失败，同时也宣告了青年男女通过个人奋斗追求个性解放的失败。因此，鲁迅明确指出：“要求经济权固然是很平凡的事，然而也许比要求高尚的参政权以及博大的女子解放之类更重要。”①经济上的独立才能使女性摆脱对掌管经济大权的男性的依附，而沉重的经济枷锁使得女性从未挣脱被男性世界束缚的命运，在男权社会里，妇女不得不沦为男性的奴隶与附庸。《孤独者》中的魏连殳是寒石山唯一接受过西方教育的学生，学动物学专业却当历史教员，对人爱理不理，迟迟未婚，没有家小，连本家都说“同我们都异样的”②。魏连殳始终以一种孤独者的姿态存活：生命前期，他特立独行，不惧流言，不理会他人异样的目光，只专心做自己想做之事；生命后期，他因其异类言论而失去了赖以生存的工作，甚至如求乞一般度日，但最终让他陷入绝境，真正走向自我灭亡的是友人的被杀。魏连殳信中的最后一句话是：“但是现在忘记我罢；我现在已经‘好’了。”③他违背意愿去践行了先前所憎厌的行为，放弃了曾经崇敬并坚守着的信仰，然而他的失败在他人眼中则是值得嫉妒的成功，是常人眼里的“好了”。在他者凝视的目光下，魏连殳曾经极力违反规则以求取身心自由，却被社会所冷落、抛弃；他在溃败后选择通过破坏自己的身心，把自己变成他人眼中的“正常人”，以短暂恢复自己的自由来报复社会。

第三类是迎合凝视目光，在社会的监督下自我规训，通过被“同化”恢复成“常人”。《在酒楼上》中的吕纬甫本来是辛亥革命时期的一个热血青年，曾和朋友一起去城隍庙拔掉神像胡子，也曾为争辩改革中国的方法道路而和人打架……但在屡次受挫后他一蹶不振，以“敷敷衍衍”“模模胡胡”④的

① 鲁迅：《鲁迅全集》第1卷《娜拉走后怎样》，第168页。
② 鲁迅：《鲁迅全集》第2卷《孤独者》，第88页。
③ 鲁迅：《鲁迅全集》第2卷《孤独者》，第104页。
④ 鲁迅：《鲁迅全集》第2卷《在酒楼上》，第29页。

态度面对现实，意志消沉的他最后选择枯燥而寂寞的世俗生活。吕纬甫最终选择改变自身，以扭曲自己原有的认知来成为凝视目光（或曰国家机器）要求的模样，他的转变刻画出当时社会上一些新型知识分子的心路历程。吕纬甫的人生态度是不彻底的反封建思想的典型体现。鲁迅批评、否定这种人生态度，但也流露出他对于知识分子作为重要革命力量的殷切期望。

《狂人日记》中的主人公在成为狂人之后，先前接受的"规训"便被打乱了，而通过社会秩序建立起来的话语体系在狂人的头脑中也随之消解。他与常人的交流是非理性与理性的交流，他只能通过身体感知和经历体验去重新摸索人与人之间的关系。对中国历史"吃人"本质的发现，是从他身边的人皆在言行中流露出对"吃人"这种意识的认可中悟到的。而丸尾常喜指出，在狂人获得这一"耻辱意识"的同时，也获得一种激烈的身体反应——"兜肚连肠"的呕吐。这是一种纯粹的精神上的攻击，首先也直接作用于身体。[①] 最终在对身体的理性凝视下，狂人恢复理智，回到社会的常规轨道。张新颖指出："《狂人日记》的逆转，隐约透露出鲁迅思想变化的痕迹，这种变化也许就是在他十年沉默期内发生的。'超人'式的'精神界之战士'，意味着从身在其中的世界中脱离出来，独自觉醒，然而，这是一种'尚未经过将自身客体化的觉醒'，处于脱离现实世界的状态，因而这个世界上也就没有了自己的位置，无从担负起变革现实世界的责任。因此需要获得再一次觉醒，回到社会中来。"[②]但《长明灯》中的疯子"总不好。也不是不好，是他自己不要好"[③]，最后落得被人长久幽禁的凄惨下场。至于《药》中始终保持理智的革命者夏瑜，则因其不被理解的"疯狂"被送上断头台。可见，疯人如不能通过拟态行为将自身"恢复"或改造成符合他者凝视目光的模样以获得社会大众的认可，就会被迫走向毁灭。

2. 鲁迅小说中的拟态

鲁迅小说中的凝视目光无处不在，他通过拟态手法用独特动物意象来描述人物，更好地表露出人物意识，作者的思想情感也往往深隐其中。更重要的是，人性和动物性在拟态手法的运用中互相贯通，人性得以脱离道德束缚重返自然，暴露出野蛮和原始的一面。由此，作者笔下的人物形象更加真实生动，更无道德的桎梏，得以无所顾忌地指斥这些不可理喻的现象，尽情揭露封建统治的腐朽黑暗和封建卫道士的奸恶狡诈。如他对狂人眼中一碗

---

① 郜元宝：《从舍身到身受——略谈鲁迅著作的身体语言》，《鲁迅研究月刊》2004年第4期。

② 张新颖：《20世纪上半期中国文学的现代意识》，生活·读书·新知三联书店2001年版，第78-79页。

③ 鲁迅：《鲁迅全集》第2卷《长明灯》，第66页。

蒸鱼的描述:“这鱼的眼睛,白而且硬,张着嘴,同一伙想吃人的人一样。吃了几筷,滑溜溜的不知是鱼是人,便把他兜肚连肠地吐出。”[①]将死鱼的僵硬呆滞和吃人的人结合起来描绘,两者仿佛融为一体,生动地刻画出后者麻木呆滞、了无生气的形象,极具画面感。而狂人被关起来,也“宛然是关了一只鸡鸭”[②]。由此可见,违反社会规则而存活的人不仅为社会所排斥,失去人身自由,也失去作为人的尊严,人的本真意义被消解。

在《阿Q正传》中,赵家遭劫,阿Q无端受累。直至枪毙前的游街示众,阿Q才醒悟过来,围观看客的眼光和豺狼那又凶又怯、鬼火似的目光如出一辙。只不过看客们要撕咬的不是阿Q的肉,而是他的灵魂。但阿Q并不是纯粹的受害者,他也曾是“饿狼”中的一员,热衷于围观砍头场面并感叹:“咳,好看。杀革命党。唉,好看好看……”[③]而如今看客们在意的也不过是枪毙没有砍头来得“好看”。法场变成了围猎的场所,囚禁在牢笼中的阿Q已然成为被围追堵截的猎物,而看客们都是目露凶光的饿狼。鲁迅所塑造的吃人世界里,人的身体被层层解剖,呈现出来的是人类“吃人”的动物本性。

鲁迅在有秩序的关系里,将人物转化为各种动物或植物意象,有意通过拟态手法来突出人物,以打破惯常的人物描写模式。在《故事新编》中,这样的拟态手法有很多,比如《理水》中,鲁迅在描述禹在百姓心中的功绩时,将禹描述成夜里变幻而成的黄熊,“用嘴和爪子,一拱一拱的疏通了九河”[④]。这个面貌黑瘦的莽汉就像憨厚朴实并拥有着无穷力量的大黄熊,善良低调的他只在无人的夜里施展他的力量,默默为民众排忧解难。《出关》中有一个意象反复出现——“呆木头”,一共出现七次,其中有五次都是单独形容老子,最引人注目的是小说开头对老子形象的首次描述:“老子毫无动静地坐着,好像一段呆木头。”[⑤]“呆木头”的说法来自《庄子·田子方》的记载:“向者先生形体,掘(倔)若槁木,似遗物离人而立于独也。”晋代司马彪注:“不动貌。”值得注意的是,鲁迅在此处舍“槁木”而直取“木头”,去掉了历史的庄重感;以“呆”替代“不动貌”来描述老子沉思的状态,赋予了“木头”以痴傻、呆板的气息,这样取舍便显得意味深长了。从整篇小说看,“老子像

① 鲁迅:《鲁迅全集》第1卷《狂人日记》,第447页。
② 鲁迅:《鲁迅全集》第1卷《狂人日记》,第446页。
③ 鲁迅:《鲁迅全集》第1卷《阿Q正传》,第534页。
④ 鲁迅:《鲁迅全集》第2卷《理水》,第399页。
⑤ 鲁迅:《鲁迅全集》第2卷《出关》,第454页。

呆木头”不仅是小说中作为旁观者的关尹喜等人的看法，也是“抹去了这些历史人物符号的没有特定称谓的隐含叙述者”①的看法。很明显，鲁迅通过“老子像呆木头”这样荒诞的戏谑，笔锋直指现代社会中普遍存在的荒诞，隐喻着历史的庄重与威严在现代社会中的消解。可以说“呆木头”是鲁迅为老子量身定做的身体姿态。这种漫画式的描绘将庄严、伟大的古代人物置于现代世俗化的社会环境之中，真实地刻画出名实不符、滑稽可笑的老子形象，暴露他无奈、孤独、窘迫的境遇。关尹喜等人表面恭敬、内心轻视，对老子的学术一无所知，老子的《道德经》在他们眼里不过是字尚算“干净”，可去集市换取几个钱财的文化商品。老子虽然心知肚明，但迫于强权，他还是尽量敷衍塞责。这一滑稽可笑的“呆木头”的漫画形象包含作者自己在生活中的体悟和遭际，也包含对于思想者“意义不被发现、追求不被理解、崇高不被尊重的刻骨的悲凉”②。这既是老子的悲哀，也是同为思想者的鲁迅的悲哀。

### （二）身体的物化书写

#### 1. 鲁迅小说中的物化世界

福柯认为，随着知识与权力的传播与流布，人往往被降格为机械的、被动的、驯服的肉体，而与知识、权力产生共谋关系的恰恰是这样的肉体，而非独立自主的人。也就是说，在现代社会，身体成了物化的重要呈现对象。被规训的身体是一种异化的、物化的身体，在规训中成长起来的身体无视其自然体验和需求，成为一种“不能接受感情，也不能给予感情”的工具性身体。③

《铸剑》中，人的头颅成了武器，人物通过物化身体的方式达到了追求原始平衡的目的，最终完成复仇。《铸剑》中的头颅可以看作意志的载体④，对于纯粹意志而言，身体似乎就显得多余，身首割裂可以看作对无用身体的舍弃。于是眉间尺削去了无力复仇的身体，只留下能够承载其复仇意志的头颅；而黑衣人自始至终都不曾出现过具体有形的身体，与其说他是人，毋宁说他是一种象征性的存在，是对立双方的中介物。脱离了身体的存在，头颅却独立自主地完成整个复仇行动，说明意志力是进行复仇的最有力武器，可

---

① 张杨：《荒诞人生的理性重建——鲁迅〈出关〉之解读》，《重庆大学学报（社会科学版）》2004年第4期。

② 张杨：《荒诞人生的理性重建——鲁迅〈出关〉之解读》，《重庆大学学报（社会科学版）》2004年第4期。

③ 转引自欧阳灿灿：《当代欧美身体研究批评》，第240页。

④ 周令飞主编：《鲁迅思想系统研究》，人民日报出版社2016年版，第201页。

见鲁迅对意志力的推崇与看重。当眉间尺、王、黑衣人这三者的头颅在金鼎中追逐撕咬之时,王与平民的身份差异已经不复存在。高贵的、卑贱的身体混作一团,何者取胜全凭体力和智力,甚至最后因无法辨认而被合葬,呈现出一种原始的"平等"观念和狂欢色彩。现代性导致身体成为知识、权力和道德统领、管辖的对象,而鲁迅笔下的"平等"却以"身体"这一生命根本性的实体作为实现的媒介。

在鲁迅的文学世界里,女性身体的物化也是相当重要的组成部分,其笔下女性完全丧失了作为个体的独立性,更多体现为工具性与物性。而被消除了独立性的女性,大多都在权力话语的控制下沦为服务男性的工具,构成男权社会中一种独特的存在。尼采曾将女性的一切价值归结于生育。《祝福》中的祥林嫂嫁到贺家后,安于其作为生育工具的生活。然而儿子的死亡压垮了她,使她变得痴傻癫狂,甚至对她来说意味着人生意义的消失。另外,鲁迅小说中的女子几无名姓,暗示了传统中国妇女的地位,如祥林嫂、华大妈、吴妈、邹七嫂等女性角色都冠以丈夫的姓或名为称呼。当女性不再以个体的方式独立存在,被物化成男性的附属品甚至私有物时,连名字都失去了存在的价值与意义。传统的婚姻制度和伦理道德束缚了女子的思维模式,而对封建礼教的自觉恪守又铸成中国女性几千年来的悲剧,鲁迅在此深刻剖析了中国女性在封建礼教重压下导致的人性的异化。女性默默承受数千年来约定俗成的文化信仰与习俗,并用一种近乎自虐的方式去坚守与维系,她们力图依照男性所构建的社会文化规范和价值尺度,将自己规训成合乎封建礼教规范与标准的"贤妻良母"。

2. "头"和"辫子"的隐喻修辞

当人们进入这个由几千年专制文明形成的中国式社会机体内,头和辫子就不再是单纯的身体的一部分,而成了沟通身体与政治、文化的桥梁,或者说,成了一种特殊的被物化的文化符号。由于在凝视眼光的监督下,头和辫子也要自觉或不自觉地接受改造,这往往意味着社会的变革与发展。1906年,一张关于砍头的幻灯片促使鲁迅做出弃医从文的决定,这件事从某种意义上改变了现代中国文学的发展方向。鲁迅笔下的砍头描写是现代性在中国近代社会的一次重要体现。人头攒动的砍头场面中隐含着一种血淋淋的对比:一方是具有自主思考能力、冷静客观的叙述者,另一方是起哄跟风、浑浑噩噩的群众的人头。它以一种身体裂解的形式来批判社会与政治的无义,鞭笞人性的愚蠢自私。砍头只是暴力血腥的表象,事实上有更阴暗可怖的东西正在中国文明积淀的深层滋生——每一颗断头都彰显着执政者对民众最残酷的背叛,都见证了一个文明体系内部的冲突与腐朽。人们在见证砍头的瞬间，应当能够在血泊中窥见中国命运的走向。身首异处的中国人的身体流露出“心与身、身体与语言、文化的重整与国家的重建之间环环相扣的象征意义”①。

相比“头”在历史内容上的深刻，“辫子”更多指涉制度形式上的认同和服从。晚清以来，先觉者与革命志士往往把剪发易服看作改革政治的先导。孙中山剪掉辫子，改穿西服。鲁迅也是较早响应剪发易服的人士。② 然而，鲁迅因没有辫子而吃过许多苦。1909 年，鲁迅从日本回国，便装了一条假辫子。这假辫子很是让他为难，“夏天不能戴帽，也不大行；人堆里要防挤掉或挤歪，也不行”③。后来干脆不戴假辫子，走在路上时，有的是呆看，大多的是冷笑和恶骂。再后来回到家乡做教员，便遭受了“无辫之灾”，“同事是避之唯恐不远，官僚是防之唯恐不严，我终日如坐在冰窖子里，如站在刑场旁边”④。“辫子”作为身体政治的产物，直接强化了鲁迅的身体意识。

鲁迅以笔为戈，把象征中国传统文化的辫子写了 25 年之久。⑤ 辫子这一话题差不多贯穿了鲁迅的整个创作生涯，“可谓以写辫子始，以写辫子终”⑥。鲁迅把辫子视为政治斗争的场域，“这辫子，是砍了我们古人的许多头，这才种定了的，到得我有知识的时候，大家早忘却了血史……”⑦在鲁迅的文字中随处可见，清王朝强迫汉人留辫子的实质是对汉人身体的征服，这种伤害潜隐于汉民族的集体无意识中。“清兵入关，禁缠足，要垂辫，前一事只用文告，到现在还是放不掉，后一事用了别的法，到现在还在拖下来。”⑧“当我还是孩子时，那时的老人指教我说：剃头担上的旗竿，三百年前是挂头的。……剃头人沿路拉人剃发，谁敢抗拒，便砍下头来挂在旗竿上，再去

① 王德威：《“头”的故事——历史 · 身体 · 创伤叙事》，《汉学研究》2011 年第 2 期。

② 鲁迅剪辫子应是基于身体的方便，“我的剪辫，却并非因为我是越人，越在古昔，‘断发文身’，今特效之，以见先民仪矩，也毫不含有革命性，归根结蒂，只为了不便：一不便于脱帽，二不便于体操，三盘在囟门上，令人很气闷”。见鲁迅：《鲁迅全集》第 6 卷《因太炎先生而想起的二三事》，第 579 页。鲁迅剪辫后与许寿裳报名参加了弘文学院开设的柔道分场，以强身健体。然而从剪辫到练柔道，透露出鲁迅在“异邦”追寻“新体格”的方式，见证了晚清以降新青年对身体的想象。

③ 鲁迅：《鲁迅全集》第 6 卷《病后杂谈之余》，第 194 页。

④ 鲁迅：《鲁迅全集》第 1 卷《头发的故事》，第 487 页。

⑤ 鲁迅从 1911 年写作的文言小说《怀旧》中开始论及辫子，这一话题一直持续到 1936 年 10 月 17 日（也就是鲁迅辞世前两天）的一篇文章《因太炎先生而想起的二三事》。

⑥ 孔昭琪：《鲁迅笔下的“辫子”——为纪念鲁迅逝世 60 周年暨辛亥革命 85 周年而作》，《鲁迅研究月刊》1996 年第 6 期。

⑦ 鲁迅：《鲁迅全集》第 6 卷《病后杂谈之余》，第 193 页。

⑧ 鲁迅：《鲁迅全集》第 3 卷《通讯》，第 26 页。

拉别的人。"[1]清军入关初期,将留辫视为政治认同的象征,当其统治巩固以后,汉人则将留辫子视为自觉自愿的行为。《藤野先生》一文中的"清国留学生","头顶上盘着大辫子,顶得学生制帽的顶上高高耸起,形成一座富士山。也有解散辫子,盘得平的,除下帽来,油光可鉴,宛如小姑娘的发髻一般,还要将脖子扭几扭。实在标致极了"[2]。鲁迅对这群追求时髦、不学无术的国人的丑恶体态进行了辛辣嘲讽,揭露他们表面上崇尚西方,骨子里因循守旧、投机钻营的本质。《风波》全文围绕"辫子"的有无展开情节,而风波的起因是七斤"进城便被人剪去了辫子"[3],风波发生之前,他已经因为"皇帝坐了龙庭了""皇帝要辫子"[4]而发愁。风波发生后,赵七爷的似是而非的恫吓使他仿佛被宣判了死刑。小说中出现了两条辫子,一条是赵七爷的辫子,另一条是已被剪掉的七斤的辫子。七斤那条实际不存在的辫子贯穿全文,代表革命对象不清晰、道路不明确,一心只想成为顺民的大众;赵七爷的辫子代表等待复辟的顽固守旧势力,其辫子的或现或藏则侧面说明时代的变迁。鲁迅通过两条辫子批判了辛亥革命的不彻底性,揭示了当时封建帝制思想在农村的根深蒂固,充分暴露了农民的愚昧无知、思想觉悟极低的状况,并由此说明今后的社会革命要成功就必须彻底改变民众的思想。[5]《头发的故事》记述了N先生由头发引发的一席牢骚。清初,只因汉人不愿留辫子,就发生了耸人听闻的"扬州十日"和"嘉定三屠"。到了清末,没有辫子的被清兵追杀,拖着辫子的受"长毛"迫害。N先生从国外回来后被骂作"冒失鬼"和"假洋鬼子","终日如坐在冰窖子里,如站在刑场旁边"[6],这些遭遇都只不过是因为缺少了一条辫子。直到辛亥革命以后,人们才有了对待头发的自由决定权,"我的爱护中华民国,焦唇敝舌,恐其衰微,大半正为了使我们得有剪辫的自由,假使当初为了保存古迹,留辫不剪,我大约是决不会这样爱它的"[7]。但这场革命革掉的仅仅是一条辫子,封建残余思想

---

① 鲁迅:《鲁迅全集》第6卷《因太炎先生而想起的二三事》,第577页。
② 鲁迅:《鲁迅全集》第2卷《藤野先生》,第313页。
③ 鲁迅:《鲁迅全集》第1卷《风波》,第495页。
④ 鲁迅:《鲁迅全集》第1卷《风波》,第493页。
⑤ 葛乃榛、史支焱认为,多年的"浩荡皇恩"带给老百姓的最明显标记就是一条难以割弃的辫子,这是中国封建社会最独特的表征。似乎子民们对万岁爷的忠心便皆在这一根辫子上,没有辫子自然被视为对皇帝的叛逆,是目无王法。有一根垂在脑后勺上的"尾巴"等于有了在这片国土上的生存权,等于说有了对封建文化的默认。否则,一场轰轰烈烈的"革命"为什么一切都没有改变,偏偏"革"去了辫子?可见,辫子乃是与"命"一般重要的。见庄汉新、邵明波主编:《中国二十世纪乡土小说论评》,学苑出版社1997年版,第15页。
⑥ 鲁迅:《鲁迅全集》第1卷《头发的故事》,第486-487页。
⑦ 鲁迅:《鲁迅全集》第6卷《因太炎先生而想起的二三事》,第576-577页。

依然盘踞在普通民众心中。

3. 物化环境下的饮食书写

“吃”也是鲁迅的小说里一个不可忽视的文化符号。江弱水指出：“《故事新编》里食物成为无处不在的符号，具有核心意义。”①在鲁迅小说里，不管人物是何种身份地位、身处什么时代环境，都免不了要跟饮食打交道。鲁迅笔下各式各样的食物描写，就从不同层面展现了他对小说人物的生命认知。《故事新编》中有大量的饮食描写，故事中的人物由于对吃的注重，甚至把吃这种身体的基本诉求当成生活的重要主题或是人生转折的关键，呈现出明显的世俗化特征。一个典型的例子是《奔月》，这个充满了浪漫主义色彩的古代神话在鲁迅笔下有了另一番演绎：嫦娥与后羿成为世俗的饮食男女，嫦娥离开后羿的原因竟然是因为缺少食物。鲁迅将神话人物放到现实生活当中，借贫困和饥饿的艰难处境将他们变得与为生计奔波、发愁的普通人无异，以“油滑”②的姿态对现实社会进行冷嘲热讽和抨击，这也是鲁迅对自身遭际的苦涩写照。

鲁迅强调食物对于个人生存的重要性，实则强调人最原始的生理需求。如《采薇》中伯夷和叔齐对于局势的判断与关注是从食物开始的：“近来的烙饼一天一天的小下去了，看来确也像要出事情。”③甚至连时间也被“烙好……张大饼的工夫”取代了。鲁迅以“烙饼”来记录历史，明显具有“油滑”成分，同时又将伯夷、叔齐不知变通、顽固守旧的老朽嘴脸刻画得淋漓尽致。《出关》中的老子用讲义换取了“一包盐，一包胡麻，十五个饽饽”④。《起死》中，被庄子用法术还生的汉子宁可再次死去，也要庄子归还他那带着“五十二个圜钱，斤半白糖，二斤南枣”⑤的包裹。虽然鲁迅认同经济对于自由和自我实现的重要性，但他也对当时社会流行的物质主义产生怀疑，《理水》体现了他对小说中那些大口嚼着食物的道学家们的厌恶与鄙弃。

（三）身体的丑化书写

1. 人物指代的丑化

鲁迅笔下关于人物指代的丑化方式有两种：一是以身体某一表现特征

---

① 江弱水：《信史无证，正史毋信——〈故事新编〉的后现代议题》，《读书》2007年第12期。

② 鲁迅在《序言》中探讨“历史小说形态学”时，戏称这种杂文化的手法为“油滑”，他自称《故事新编》是“神话、传说和史实的演义”，这种演义是借一点历史文献中的由头来“演”时空变幻的创新谋略，从中生发出重审历史和针砭国民心理的富有历史理性精神之“义”，由此，他创造了历史小说的新形态。

③ 鲁迅：《鲁迅全集》第2卷《采薇》，第409页。

④ 鲁迅：《鲁迅全集》第2卷《出关》，第461页。

⑤ 鲁迅：《鲁迅全集》第2卷《起死》，第491页。

指代人物,二是以衣着打扮指代人物。第一种丑化是遵照情感、文化心理逻辑,结合人物的命名和人物的肖像两部分来塑造"丑人"形象。鲁迅多抓住身体部位中某个显著的特点,使用直观的、富有视觉冲击力的词语来塑造人物外形,这种类似夸张、放大人物特点的讽刺手法往往能够形成读者脑海中独特深刻的记忆点。比如《故乡》中杨二嫂"细脚伶仃的圆规"①,《离婚》中"七大人忽然两眼向上一翻,圆脸一仰,细长胡子围着的嘴里同时发出一种高大摇曳的声音来了"②。鲁迅在小说中把人名作为人物形象塑造中的有机部分,通过人名显示出人物的形象特征、社会身份、阶级地位等信息。其中,以身体典型特征来取人名最能启发读者联想人物形态或神态:《药》中的"驼背"五少爷寓意畸形的身体与扭曲的灵魂;《故乡》里的"圆规",既像杨二嫂的伶仃细脚,又针对其尖酸刻薄;红眼睛阿义、红鼻子老拱、蓝皮阿五等人名更如漫画般活画出人物贪婪不义、游荡生非的嘴脸与丑恶灵魂。形象化的人名作为人物的"第一外貌",将原本抽象的人物思想性格变得生动。

鲁迅偶以外文字母为小说人名的一部分,蕴含东西方文化内涵的人名在当时具有特殊的时代意义。中国南方人习惯在称呼前以"阿""小"作为前置词,鲁迅在小说中继承这种称呼习惯并加以改造,在"阿"后使用外文字母,构成"阿Q""小D",一则反映了人物无足轻重的社会地位;二则底层劳动人民使用混有外文字母的名字,是对另一种文化认同的表现,讽刺了反对改革的人。值得玩味的是阿Q的"Q"。关于阿Q名字的来历,鲁迅这样解释道:阿Q不仅姓氏不详,而且他的名字究竟怎么写,是阿桂还是阿贵,"我"也搞不清,只知道他活着的时候,人都叫他"阿Quei"。③ 从字母的形状来看,Q就像人的脑袋后拖着一条长长的辫子,一张脸空空荡荡,没有五官,这仿佛是辛亥革命前后国人神情麻木、浑浑噩噩的漫画形象。这两者在外形上高度一致,引申出其象征意义,是鲁迅命名阿Q的意图。从语言学角度看,语音与语义有不可割离的紧密关联,因而"Quei"这个语音也不例外。丸尾常喜指出,"阿Q"这个人物名字全称"阿Quei",实际上是"鬼"的意思。④ 20世纪20~30年代的中国社会就如同地狱,民众是其间徘徊的鬼,看客们将他人的苦难遭遇当作娱乐,在围观杀戮场面时喝彩叫好,毫无怜悯

① 鲁迅:《鲁迅全集》第1卷《故乡》,第505页。

② 鲁迅:《鲁迅全集》第2卷《离婚》,第155页。

③ 鲁迅:《鲁迅全集》第1卷《阿Q正传》,第514页。

④ 丸尾常喜之所以这样认为,主要依据有二:一是鲁迅故乡绍兴的鬼文化;另一个是鲁迅在谈及创作《阿Q正传》的目的时所说的"写出一个现代的我们国人的魂灵来"。〔日〕丸尾常喜:《"人"与"鬼"的纠葛——鲁迅小说论析》,秦弓译,人民文学出版社2006年版,第85页。

之心，缺乏内在自我。现实的地狱化感受让鲁迅作品具有强烈的荒诞感，这种感受寄托在阿Q身上，鲁迅要铲除的鬼就是这种国民劣根性。

第二种丑化方式便是以衣着打扮指代人物。鲁迅小说中出场人物众多，为了展现社会不同群体的精神面貌以及思想特征，鲁迅一般根据人物不同的衣着打扮和具体职业以及他人的评价确定人物的称呼，使每个角色都有独特的标识。以《示众》中的"看客"群体描写为例，里面一连串的人物："淡黄制服的挂刀的面黄肌瘦的巡警""穿蓝布大衫罩白背心的男人""抱着孩子的老妈子""戴着小布帽的小学生""工人似的粗人""挟洋伞的长子""像一条死鲈鱼的瘦子""满头油汗而粘着灰土的椭圆脸"①等，《示众》忽略对故事情节的建构和对人物个性化的塑造，故意隐去了所有出场人物的姓名，而将人物身体"符号化""碎片化"。这种"符号化""碎片化"的身体将具象和抽象有机地结合起来，从细节到整体，从现象到本质，以此可见鲁迅对现实人物生存状态的高度感知，以及对小说人物之"灵魂"的淬炼。

《补天》中屡屡现身"坏事"的小人们在一次次的新的时间点出现时，也都有不同的衣着打扮：女娲休息后初见自己做的小东西"怪模怪样的已经都用什么包了身子"②，洪水退却后见到"遍身多用铁片包起来的"③小东西，交流不畅而气急另寻时碰见"不包铁片的东西，身子精光，带着伤痕还在流血，只是腰间却也围着一块破布片"④，正奋力燃起大火炼石补天时，看见小东西"更异样了，累累坠坠的用什么布似的东西挂了一身，腰间又格外挂上十几条布，头上也罩着些不知什么，顶上是一块乌黑的小小的长方板"⑤。人类服饰的变化印证着时代的更迭，而人类之母女娲始终以原始自然之态自处。作者歌颂女娲，实际也歌颂了古代劳动人民改造世界的丰功伟绩。批判丑恶的破坏者，也就是批判了在人类发展进步过程中无耻卑劣的邪恶势力。

2. 施受对比下的丑化

鲁迅指出："由本身的矛盾或社会的缺陷所生的苦痛，虽不正视，却要身受的。"⑥"先驱者的命运"是鲁迅一生都关注的问题，他在文章中多次提及先驱者要救群众反被群众所害的悲剧，代表人物有《药》中的夏瑜、《补天》

---

① 鲁迅：《鲁迅全集》第2卷《示众》，第70-74页。
② 鲁迅：《鲁迅全集》第2卷《补天》，第360页。
③ 鲁迅：《鲁迅全集》第2卷《补天》，第361页。
④ 鲁迅：《鲁迅全集》第2卷《补天》，第362页。
⑤ 鲁迅：《鲁迅全集》第2卷《补天》，第364页。
⑥ 鲁迅：《鲁迅全集》第1卷《论睁了眼看》，第251页。

中的女娲、《非攻》中的墨子。他们本来与群众形成的是“启蒙者与被启蒙者”“医生与病人”“牺牲者与受益者”的关系，但落到现实社会中却变为了“被看与看”的关系。而一旦成为“被看”的对象，就意味着启蒙者所做的一切牺牲和他的崇高理想都变成毫无意义的、无聊可笑的“戏”。《补天》中女娲寻石补天“有时到热闹处所去寻些零碎，看见的又冷笑、痛骂，或者抢回去，甚而至于还咬伊的手”①。女娲造人补天累极而亡，尸身却被人当作安营扎寨之地。一边是庄严伟大的创造，一边是卑琐无耻的破坏，这样强烈的对比充斥于整篇小说。施恩者反被愚昧的民众欺辱，这种荒诞令前文女娲造人时宏大与瑰丽的伟大感消失殆尽，并转化为一种历史的悲怆与现实的荒诞，在这种苦涩的悖论中，彰显出女娲质朴淳厚的性格和顽强坚毅的自我牺牲精神。

墨子和大禹都是“中国的脊梁”，他们艰苦朴素的生活方式，不辞劳苦、重视实践的行事作风，均为世人典范。《非攻》中，墨子止楚攻宋勇敢机智，面对权贵无畏无惧、义正词严，但面对愚昧无知的民众却无计可施。贫弱的百姓无视他，看家的门丁对他横眉怒目，归途更是“晦气”：“一进宋国界，就被搜检了两回；走近都城，又遇到募捐救国队，募去了破包袱；到得南关外，又遭着大雨，到城门下想避避雨，被两个执戈的巡兵赶开了，淋得一身湿，从此鼻子塞了十多天。”②受助者宋国百姓的愚昧贫弱、政敌公输般的狡黠、统治者楚王的昏庸，在墨子为人民无私奉献的形象下对比格外鲜明。③《理水》中学者们的学说“压倒了涛声”④，但这些高谈阔论对民众面临的危难毫无益处，还比不上一个积极解决温饱的“乡下人”。鲁迅如此描述身处同一阶层却实则对立的两类人：“他举手向两旁一指。白须发的，花须发的，小白脸的，胖而流着油汗的，胖而不流油汗的官员们，跟着他的指头看过去，只见一排黑瘦的乞丐似的东西，不动，不言，不笑，像铁铸的一样。”⑤为治水深入灾区且日夜奔波劳累的大禹一行人像铁铸一般坚定、严谨，与久处高位过着骄奢淫逸的日子的一众官员，形成了鲜明强烈的对比。

综上可知，鲁迅将新旧精神注入身体的隐喻体系当中，可以说是对国民

---

① 鲁迅：《鲁迅全集》第2卷《补天》，第363页。

② 鲁迅：《鲁迅全集》第2卷《非攻》，第479页。

③ 张钊贻对此做出了进一步阐述，认为政府巧立名目的搜刮，不考虑具体情况也不关心人民困难的官僚主义做法，出现在避免了外来威胁的未来的中国，显然并非一幅完美无瑕的图画，这是一条“光明的尾巴”。见〔澳〕张钊贻：《鲁迅：中国“温和”的尼采》，北京大学出版社2011年版，第332页。

④ 鲁迅：《鲁迅全集》第2卷《理水》，第386页。

⑤ 鲁迅：《鲁迅全集》第2卷《理水》，第398页。

身心的一次融合式重塑。鲁迅独特的身体书写策略继承了中国文学身体诉说的传统，尤其把中国社会历史的罪恶归结为“吃人”这一点，使封建统治阶级的丑恶嘴脸在此表露无余。鲁迅将深刻的社会意识、文化意识寄托于身体，借助身体诗学话语完成了对国民劣根性的批判与改造。

# 第一章　鲁迅小说身体诗学的形成渊源与内在特质

身体是人类认知的基础、生命的舞台，也是借以推衍其他生活经验的源头，社会生活中诸多问题都与身体相关联，正如布莱恩·特纳所说："人类有一个显见和突出的现象：他们有身体并且他们是身体。"①由于人类很早就认识了自己的身体，以它为基点来感知世界，故而在面对与超越有限的困境时，往往通过身心来回应。身体兼具形式与内容、能动与被动、物质与精神的向度，它可以被形塑与改造为一具总体性的具象存在。布鲁克斯指出："作为一种哲学立场的现实主义的兴起，使身体成了没有任何超越自然的先验原则的情况下的实体，它作为心灵的先决条件，一切形而上学的思考最终都必须归结于此。"②"五四"文学之所以被人们视为中国文学现代性的起点，与身体作为一种书写资源引入文学叙事并得到充分开掘与呈现不无关系。学界往往强调"五四"文学的启蒙特质，忽视其"启蒙思想"诉求被铭写在具体可感的身体之上的事实。

## 第一节　鲁迅小说身体诗学的形成渊源

刻骨铭心的人生体验、两浙文化传统以及对中国传统文化的深刻省思，构成了鲁迅身体诗学形成的内源性因素。近代中国形成的医病想象、西方社会倡导的身体革命对个人身体自由的肯定和张扬，以及东西方文化碰撞等文化背景，则是鲁迅身体诗学形成的外源性因素。启蒙与救亡、反帝与反封建等多元的内外因子汇聚，驱动了鲁迅重构身体形象的主体构想。

---

① 〔英〕布莱恩·特纳：《身体与社会》，马海良等译，第54页。

② 〔美〕布鲁克斯：《身体活：现代叙述中的欲望对象》，朱生坚译，第42页。

## 一、鲁迅小说身体诗学形成的内源性因素

### （一）个人生活的创伤记忆

鲁迅曾言："在小说里可以发见社会，也可以发见我们自己。"①鲁迅身体意识的"发展"是基于其个人生活的独特体验。身体意识是对非语言、前语言的生活世界的感受，王晓明指出："从他稍懂人事的时候起，就不断陷在处处碰壁的困窘当中……说得严重一点，你真可以说他的一生就是走投无路的一生。"②故本文把焦点集中在鲁迅一生中几个重大事件，经过这些"无以名之"的事，鲁迅对身体的把握愈益深刻，他批判国民性的武器也愈见锐利。

#### 1. 家庭变故

鲁迅八岁时，未满周岁的妹妹端姑因天花早夭，十三岁时曾祖母病逝，十四岁时待他很好的小姑病逝，十六岁时父亲病逝。亲人接二连三地离他而去，对其死亡意识的形成产生很大影响。小妹端姑夭折后，鲁迅曾躲在屋角为她哭泣，鲁迅对她的情感可能仅限于对婴儿的怜爱，这也是人的情感本能，不涉"亲情"的社会成分，故鲁迅之哭端姑，与其说是兄妹之情，不如说是死亡意识的萌芽。亲人死亡的创痛中，对鲁迅冲击最大的无疑是父亲周伯宜的病逝，在《〈呐喊〉自序》及《朝花夕拾·父亲的病》中都有记载，鲁迅曾多次追忆甚至夸大父亲的病与死的情形，至亲的死给他留下深刻的创伤，尤其是父亲弥留之际给他留下心理阴影："我现在还听到那时的自己的这声音，每听到时，就觉得这却是我对于父亲的最大的错处。"③当然我们可以把这负罪感诠释成他日后学习西医的动因，但这里鲁迅用的是"最大的错处"，显然要比中医误诊的"错"严重；何以是"最大的错处"？就因为"临终叫唤父亲"的错是在"生死之交"铸成的，一旦铸成就无法挽回，鲁迅日后所做的一切努力，都不可能跨越生死两界去补偿这错处。这里"生"与"死"的对比就是"有限"与"无限"的对比，鲁迅深感二者的绝不对等。鲁迅在《随感录》进一步指出："我们一举一动，虽似自主，其实多受死鬼的牵制。将我们一代的人，和先前几百代的鬼比较起来，数目上就万不能敌了。"④

鲁迅因父亲的早逝而带来的心灵创伤与隐痛，在《〈呐喊〉自序》中得以言说：

---

① 鲁迅：《鲁迅全集》第7卷《文艺与政治的歧途》，第120页。

② 王晓明：《无法直面的人生：鲁迅传》，上海文艺出版社2001年版，第236页。

③ 鲁迅：《鲁迅全集》第2卷《朝花夕拾·父亲的病》，第299页。

④ 鲁迅：《鲁迅全集》第1卷《随感录三十八》，第329页。

> 我有四年多，曾经常常，——几乎是每天，出入于质铺和药店里，年纪可是忘却了，总之是药店的柜台正和我一样高，质铺的是比我高一倍，我从一倍高的柜台外送上衣服或首饰去，在侮蔑里接了钱，再到一样高的柜台上给我久病的父亲去买药。……然而我的父亲终于日重一日的亡故了。[①]

人情淡薄、世态炎凉，家道中落时鲁迅即已饱尝冷言冷语的待遇，被称为“乞食者”。又遭遇父亲变故，更是倍受欺凌，连本家长辈亦趁火打劫。重新分配房产时，孤儿寡母的鲁迅这家自然待遇最差，他对此不满，坚决不签字，即使长辈声色俱厉地责斥，仍不屈服。鲁迅后来回忆：“有谁从小康人家而坠入困顿的么，我以为在这途路中，大概可以看见世人的真面目。”[②]甚至多年以后鲁迅在广州会见青年学生时还谈及此事：“我小的时候，因为家境好，人们看我像王子一样；但是，一当我家庭发生变故后，人们就把我看成叫花子都不如了。我感到这不是一个人住的社会，从那时起，我就恨这个社会。”[③]正如李长之所说：“特别不能忘怀于别人的轻蔑，这是鲁迅！”[④]可见此等事情对鲁迅之打击是深刻的，这些情境在其小说中频繁出现就不以为奇了。如在《药》中“夏三爷”对侄子夏瑜的出卖；《长明灯》中“四爷”与人合谋侵吞侄子的一间破屋；《孤独者》中魏连殳被族人阴谋夺取房子，而魏连殳如此仇恨他的族人，宁肯毁掉也不肯给族人留下任何遗产；《祝福》中死了丈夫与儿子的祥林嫂孤苦无依，被贺老六的兄长赶走并霸占房产；《兄弟》中秦益堂的几个儿子为家中的财产问题天天打得不可开交。幼年时遭遇家族内争夺房产的经历似乎令鲁迅一生耿耿于怀，“纠缠如毒蛇，执着如怨鬼”[⑤]般地不断抨击着家族的罪恶。正如鲁迅所言：“我的祖父是做官的，到父亲才穷下来，所以我其实是‘破落户子弟’，不过我很感谢我父亲的穷下来（他不会赚钱），使我因此明白了许多事情。因为我自己是这样的出身，明白底细，所以别的破落户子弟的装腔作势和暴发户子弟之自鸣风雅，给我一解剖，他们便弄得一败涂地，我好像一个‘战士’了。”[⑥]故李长之结合鲁迅的家庭变故来探讨鲁迅的作品：“从小康之家而堕入困顿的，当然要受不少的奚

---

① 鲁迅：《鲁迅全集》第1卷《〈呐喊〉自序》，第437页。

② 鲁迅：《鲁迅全集》第1卷《〈呐喊〉自序》，第437页。

③ 薛绥之主编：《鲁迅生平史料汇编　第四辑》，天津人民出版社1983年版，第359页。

④ 李长之：《鲁迅批判》，北京出版社2003年版，第84页。

⑤ 鲁迅：《鲁迅全集》第3卷《杂感》，第52页。

⑥ 鲁迅：《鲁迅全集》第13卷《致萧军》，第528页。

落和讽嘲，这也是使鲁迅所受的印象特别深的。在他的作品里，几乎常常是这样的字了：奚落，嘲讽，或者是一片哄笑。”①

鲁迅从小就常随母亲至农村外婆家小住，祖父被通缉期间亦因怕被株连而去避难，住过一段不算短的日子，逐渐对社会底层的生活有很深的感触。

> 我生长于都市的大家庭里，从小就受着古书和师傅的教训，所以也看得劳苦大众和花鸟一样。有时感到所谓上流社会的虚伪和腐败时，我还羡慕他们的安乐。但我母亲的母家是农村，使我能够间或和许多农民相亲近，逐渐知道他们是毕生受着压迫，很多苦痛，和花鸟并不一样了。②

《社戏》写儿时的“我”一年一度随母亲去外婆家，不仅可以免念“秩秩斯干，幽幽南山”，还有“偏爱”自己的外婆与“六一公公”等，更幸运的是有一大群玩伴。作品通过看戏、评戏、偷豆、煮豆等场景，充分表现了农家孩子的纯朴、善良、活泼、无私等品质。童年看社戏的美好体验已经成了对馨美原乡的遥远记忆，与成年后“我”在城市里看戏的不愉快经历一经对比，即投射出对原乡的无限追思。何浩甚至认为此文“几乎开启了中国现代意义上曾经存在，更准确地说，现代人所想象的人类可能处于的未堕落状态的形象”③。然而吊诡的是，同是对农村生活的描述，在《故乡》里却呈现出鲁迅对乡土的强烈批判。《故乡》里的“我”闯入“原乡”，乡土世界在残酷的现实面前千疮百孔、萧瑟荒芜，记忆中的馨美原乡瞬间破灭。而《社戏》的叙事者单纯以儿时记忆对故乡做一回巡游，反而得以保留美好回忆。两相对照后不难发现，乡土的美好只残存于记忆中，一经闯入便自行消解。

故此，少年家变折射出鲁迅对中国社会与人生境遇切身而痛楚的认识，为他日后的文艺创作提供了丰富的题材。他的小说多以农村、小镇为背景，描写善良纯朴的底层民众深受社会的压迫和传统思想的戕害。彭小燕认为：“‘家庭变故’则在无形中影响了鲁迅一生的‘怀疑—否定’性思维特质的形成。在某种程度上，可以说，鲁迅那双在生命初年就已显端倪的‘怀疑之眼’，日后更把鲁迅的生命体验带进了人类精神中最深刻的‘怀疑—否

---

① 李长之：《鲁迅批判》，第 4 页。
② 鲁迅：《鲁迅全集》第 7 卷《英译本〈短篇小说选集〉自序》，第 411 页。
③ 何浩：《价值的中间物：论鲁迅生存叙事的政治修辞》，北京大学出版社 2009 年版，第 109 页。

定'地带——把鲁迅带进了对于'生存虚无'的体验之中。而'爱'与'自由'的生命意志则日渐成长为鲁迅抵御虚无、超越虚无,关注人间悲苦,揭露社会黑暗的内在生命力。"①

2. 幻灯片事件

"幻灯片事件"是鲁迅生命历程中的关键节点,关注者甚多。无论其存在与否,幻灯片的场景早已成了启蒙中国的剧场,让鲁迅开启了"大病文人医"的救国之道。"幻灯片事件"引发出诸多重要命题,如前现代与现代、文明与野蛮、奴与愚、看与被看等。在鲁迅一生的写作中,幻灯片事件造成的心理阴影挥之不去,王德威指出:"在往后的时代里,这一'砍头情结'(decapitation syndrome)也成为中国现代文学里不断浮现的幽灵,一再蛊惑着二十世纪的华文作家与读者。"②

在进化论时间观念的影响下,鲁迅摒弃了万古不变、永恒轮回的思想观念,并对儒家"形、气、心"三位一体的身体观产生怀疑。基于线性时间之上的现代性立足于身体本位,对身体的感知及其存在性的认可成了现代性思想的基础。鲁迅最初选择学医以及后来改变志向从事文学,动机都是对人的身体进行疗救,只是疗救的方式不同而已。鲁迅之所以弃医从文,是因为他认为中国人的身体之病只能通过政治和文化手段来治疗。鲁迅笔下的国人的身体均呈现出病态与残缺。葛红兵指出:"鲁迅终其一身都在追求'立人',概在于鲁迅认为中国人都在病中。"③因此,鲁迅在《〈呐喊〉自序》中写道:

> 在这学堂里,我才知道世上还有所谓格致、算学、地理、历史、绘图和体操。生理学并不教,但我们却看到些木版的《全体新论》和《化学卫生论》之类了。我还记得先前的医生的议论和方药,和现在所知道的比较起来,便渐渐的悟得中医不过是一种有意的或无意的骗子,同时又很起了对于被骗的病人和他的家族的同情;而且从译出的历史上,又知道了日本维新是大半发端于西方医学的事实。
>
> 因为这些幼稚的知识,后来便使我的学籍列在日本一个乡间的医学专门学校里了。我的梦很美满,预备卒业回来,救治像我父亲似的被误的病人的疾苦,战争时候便去当军医,一面又促进了国人对于维新的

---

① 彭小燕:《存在主义视野下的鲁迅》,北京大学出版社2007年版,第67页。
② 王德威:《"头"的故事——历史·身体·创伤叙事》,《汉学研究》2011年第2期。
③ 葛红兵、宋耕:《身体政治》,上海三联书店2005年版,第54页。

信仰。①

1906年幻灯片事件中残缺不全的中国人形象，召唤出鲁迅内心世界的超我。竹内好在《鲁迅》一文中指出："幻灯片事件"带给鲁迅的"不是别的，正是他自己的屈辱。与其说是怜悯同胞，倒不如说是怜悯不能不去怜悯同胞的他自己"。② 鲁迅深感要救中国，必先改变他们的精神，故而决定弃医从文，试图推动文艺来拯救中国。③

> 凡是愚弱的国民，即使体格如何健全，如何茁壮，也只能做毫无意义的示众的材料和看客，病死多少是不必以为不幸的，所以我们的第一要着，是在改变他们的精神，而善于改变精神的是，我那时以为当然要推文艺，于是想提倡文艺运动了。④

在鲁迅看来，愚弱等于毫无意义，尽管身体健全，但由于精神阉割、灵魂缺失，根本不值得同情。因此，何浩认为："鲁迅之所以以这种方式追忆'幻灯片'的往事，正是由于他要在肉体与灵魂中，就何者更能指导身体的运用而拷究出高下、好坏。"⑤

王德威把这段文字视为"五四"以来中国文学的基调，并进一步指出："医学只能救没'头'没'脑'、行尸走肉的生活。躯体的腐朽断裂，犹可担待，重寻心灵的头绪，才是首要之务。""中国人引颈待戮之灾，何尝不肇始于他们精神上的身首异处？"⑥这种召唤式结构是通过对身体的凝视来实现的。现象学的"凝视"通过两种方式得以完成：一是鲁迅作为"观者"看到幻灯片主题之外的背景，即罗兰·巴特所说的"刺点"（punctum），进而以背景为主题，对刀俎下的国民感到痛心与悲哀，意识到整个民族的老迈衰蔽，显然是他的"超越自我"的觉醒，使他的自我、主体性上升到整个民族的高度；

① 鲁迅：《鲁迅全集》第1卷《〈呐喊〉自序》，第438页。

② 〔日〕竹内好：《近代的超克》，李冬木等译，生活·读书·新知三联书店2016年版，第57页。

③ 在朱寿桐看来，如果将鲁迅弃医从文这一重大的人生抉择仅仅归因于这一"电影"画面的刺激，似乎还是失之简单。因为通过文学改变国民的精神状态，是潜藏在鲁迅心底里的一种长久的意识和一贯的观念，"电影"事件原不过是将这种意识、观念激发出来的一个重要契机。见朱寿桐：《孤绝的旗帜：论鲁迅传统及其资源意义》，文化艺术出版社2005年版，第58-59页。

④ 鲁迅：《鲁迅全集》第1卷《〈呐喊〉自序》，第439页。

⑤ 何浩：《价值的中间物：论鲁迅生存叙事的政治修辞》，第20页。

⑥ 王德威：《想象中国的方法——历史·小说·叙事》，生活·读书·新知三联书店1998年版，第136页。

二是鲁迅在幻灯片中,不但看见"看客",同时也看见"看客在看",发现自己成为被这些想象中的看客所凝视的对象,鲁迅与这些看客形成一组互为主体的双重凝视。在"看"与"被看"双重关系的建构过程中,鲁迅发现"显出麻木的神情"的中国人呆滞的目光背后,是一个填埋着数千年逝去的中国人尸骨的坟场,以及长期积淀形成的文化心理结构,现在的生者在这些死去了的肉体与尚未死去的精神面前,将随时被吞噬。

在"看"与"被看"的双重凝视场域里,鲁迅架通了生命主体与生活世界的桥梁,衍生出一种统摄感性与理性、精神与肉体的心智结构,开始了艰难的启蒙之旅。1907—1908 年,鲁迅接连创作了《人之历史》《科学史教篇》等数篇宏论,迎来了他人生的第一个创作高峰期,这些论文有一共同的主题,即"理想的人性",回应了鲁迅在弘文学院时与许寿裳经常讨论的"怎样才是最理想的人性"的问题,幻灯片事件触发了他探索理想人性的主客体交融的身体意识。鲁迅根据"人文史实之所垂示",强调必须"致人性于全",才可能从根本上改变国民愚弱的现状。

鲁迅在《科学史教篇》中强调的"科学",其实是超越自然科学与人文科学对立的"完满人性"的代名词。科学的发现,多赖"超科学之力",即人的"非科学的理想之感动"①,科学家必有健全的人格,包括"常恬淡,常逊让,有理想,有圣觉"②。鲁迅最后强调科学的根本在于健全的人性:

> 故科学者,神圣之光,照世界者也,可以遏末流而生感动。时泰,则为人性之光;时危,则由其灵感,生整理者如加尔诺,生强者强于拿坡仑之战将云。今试总观前例,本根之要,洞然可知。盖末虽亦能灿烂于一时,而所宅不坚,顷刻可以蕉萃,储能于初,始长久耳。顾犹有不可忽者,为当防社会人于偏,日趋而之一极,精神渐失,则破灭亦随之。盖使举世唯知识之崇,人生必大归于枯寂,如是既久,则美上之感情漓,明敏之思想失,所谓科学,亦同趣于无有矣。③

与其说鲁迅强调科学,不如说他看到了科学背后人性全面发展的重要性,科学事业的进步,要由科学家的全面发展的人格来推动。

《摩罗诗力说》则从"摩罗诗人"身上阐发理想的人性,他们反抗一切外

---

① 鲁迅:《鲁迅全集》第 1 卷《科学史教篇》,第 29 页。
② 鲁迅:《鲁迅全集》第 1 卷《科学史教篇》,第 30 页。
③ 鲁迅:《鲁迅全集》第 1 卷《科学史教篇》,第 35 页。

在权威，抽离一切利益，唯自己的生命力是恃，他们具有进化之力、变革之力、否定之力、“撄人”之力，“人得是力，乃以发生，乃以曼衍，乃以上征，乃至于人所能至之极点”①。他盛赞拜伦，“举一切伪饰陋习，悉与荡涤，瞻前顾后，素所不知；精神郁勃，莫可制抑”，“率真行诚，无所讳掩，谓世之毁誉褒贬是非善恶，皆缘习俗而非诚，因悉措而不理”②。雪莱始终关注人与自然、生与死等问题。正因他自幼徜徉山林，故能“心弦之动，自与天籁合调”，从而养成“无量希望信仰，暨无穷之爱”，使他“穷追不舍，终以殒亡”③。与此同时，雪莱认为生命的秘密只能靠死亡来破解，“人居今日之躯壳，能力悉蔽于阴云，唯死亡来解脱其身，则秘密始能阐发”④。为此他甚至自沉数次，试图解开此谜。

《文化偏至论》把个性的独立提到空前的高度，鲁迅指出，“人必发挥自性，而脱观念世界之执持。唯此自性，即造物主”⑤。鲁迅认为，席勒所谓的“全人”在现实中必不可得，自性的表现应是“能于情意一端，处现实之世，而有勇猛奋斗之才，虽屡踣屡僵”，以“作旧弊之药石，造新生之津梁”⑥。不难发现，鲁迅所倡导的“自我”“自性”等非理性精神，其实是鲁迅对身体自由意志的关注与肯定。

3. 与朱安的“无爱之爱”

奉母之命与朱安完婚让鲁迅深陷绝望之境，正如王得后指出，与朱安结婚对鲁迅一生的志业有不可忽视的影响，这桩旧式婚配为鲁迅设定了旧式的社会关系基调，这一关系的“存在”使他背上了死而后已的“供养”责任，使他“做一世的牺牲”而不敢追求真爱，使他一旦发现真爱还需瞻前顾后，使他在真爱之后还须承受“启蒙者娶小老婆”的致命“流言”。⑦ 封建礼教下的传统婚姻必须奉父母之命、媒妁之言与素未谋面的对象结合，鲁迅如果欣然接受，意味着向封建旧制妥协；如果反对，则意味着对母亲的背叛。朱安被视为“他所爱的人送他的礼物”，鲁迅既不想接受朱安也不能拒绝母亲，这给其心理与情感带来无尽的折磨、否定与挑战，与朱安结婚对鲁迅而言带有别无选择的“赠予”意义。《自题小像》一诗是其当时心境的真实写照，鲁迅视这位妻子为无所遁逃的命运，就是“母命难违”，虽极不愿意也终于屈从。究

① 鲁迅：《鲁迅全集》第1卷《摩罗诗力说》，第70页。
② 鲁迅：《鲁迅全集》第1卷《摩罗诗力说》，第84页。
③ 鲁迅：《鲁迅全集》第1卷《摩罗诗力说》，第86页。
④ 鲁迅：《鲁迅全集》第1卷《摩罗诗力说》，第89页。
⑤ 鲁迅：《鲁迅全集》第1卷《文化偏至论》，第52页。
⑥ 鲁迅：《鲁迅全集》第1卷《文化偏至论》，第56页。
⑦ 王得后：《〈两地书〉研究》，天津人民出版社1982年版，第267-273页。

其原因有三：一是说不愿意违背母亲的愿望，为了尽孝道，他甘愿放弃个人的幸福；二是说不忍让朱安作牺牲，在绍兴，订了婚又被退回娘家的女人，一辈子要受耻辱；三是说他当时有个错觉，以为在酷烈的反清斗争中，他大概活不长久，和谁结婚，都无所谓了。① 尽管鲁迅痛饮了这杯"慈母误进的毒药"，他采取了"玉石俱焚"，"陪着做一世牺牲，完结了四千年的旧账"②。所以鲁迅一方面对母亲极为孝敬，另一方面在内心深处却压抑着对母亲的怨愤，在他的作品中也有一些母亲被塑造为负面形象。鲁迅对母爱既感激又抱怨，正如他私下所言：

> 感激，那不待言，无论从那一方面说起来，大概总算是美德罢。但我总觉得是束缚人的，譬如，我有时很想冒险、破坏，几乎忍不住，而我有一个母亲，还有些爱我，愿我平安，我因为感激他的爱，只能不照自己所愿意做的做，而在北京寻一点糊口的小生计，度灰色的生涯。因为感激别人，就不能不慰安别人，也往往牺牲了自己——至少是一部分。③

既然"夫妻"在心灵上不能契合，那干脆连肉体也无瓜葛，既已"绝望"，索性"绝望"到底。他终未与朱安同房，甚至话都不愿多说几句。个中原因颇多，但更多与鲁迅内心对女性、对两性情爱生活的某种向往有关，朱安根本不符合鲁迅内心对其伴侣的想象。④ 鲁迅对朱安的言行极为厌恶、极不耐烦，乃至疏远到"各归各"，形同陌路，也从侧面反映出鲁迅对两性爱情精神契合的期盼。鲁迅与朱安间"无言以对"，正反映鲁迅的"绝望"感，在绝望中，任何话语都是矛盾的、虚无的、没有生命力支撑的，试看鲁迅的夫子自道："当我沉默着的时候，我觉得充实；我将开口，同时感到空虚。"⑤这恰如其分地呈现出鲁迅直面朱安时的窘境，在朱安面前，他只有沉默才觉充实，在绝望中，生命是得不到语言表述的。更值得玩味的是鲁迅在相对无语中

---

① 王晓明：《无法直面的人生：鲁迅传》，第35页。
② 鲁迅：《鲁迅全集》第1卷《随感录四十》，第338页。
③ 鲁迅：《鲁迅全集》第11卷《致赵其文》，第477页。
④ 据鲁迅母亲回忆，鲁迅与朱安既不吵嘴，也不打架，平时不多说话，但没有感情，两人各归各，不像夫妻。老人家接着说：我曾问过大先生，她有什么不好？他只摇摇头说，和她谈不来。问他怎么谈不来？他说和她谈话没味道，有时还要自作聪明。他举了一个例子说：有一次，我告诉她，日本有一种东西很好吃，她说是的，是的，她也吃过的。其实这种东西不但绍兴没有，就是全中国也没有，她怎么能吃？这样，话就谈不下去了。谈话不是对手，没趣味，不如不谈。……就这样过了十几年，他们两人好像越来越疏远，精神上都很痛苦。见薛绥之主编：《鲁迅生平史料汇编 第三辑》，天津人民出版社1983年版，第483页。
⑤ 鲁迅：《鲁迅全集》第2卷《〈野草〉题辞》，第163页。

又必须与朱安说话，往往只是被动地回话，如同桌吃饭时朱安问他饭菜的软硬咸淡，他只用一个字回应；或只说非说不可的话，如在他与周作人决裂后要搬出八道湾时，希望朱安回绍兴老家或留在八道湾等。① 这种话语实比无声还更可怕，因为这是彻底绝望之后的生活、绝望后不得不说的话，所以是"绝望的绝望"。鲁迅幼年曾目睹祖父周福清与继祖母蒋氏婚姻的不幸与痛苦，再加上他个人婚姻的不幸，使他对传统婚姻制度有了深刻的认识与体悟，并给予强烈批判。在他的小说中出现的婚姻往往充满了不幸和痛苦，无论是旧式婚姻如方玄绰、四铭夫妇，还是新式婚姻中的子君和涓生、《幸福的家庭》中的夫妻等。周建人认为："我大哥的失望是很难形容的，这也难怪，俗话说：生意做勿着，一遭；老婆讨不着，一世。这是一生一世的事呢！"②这一生一世的事偏让鲁迅遭逢，即使诸如夫妻和睦、生儿育女的普通生活愿景，对鲁迅而言都遥不可及。林毓生曾提出："鲁迅意识中的冲突并不在思想和情感的两个范畴，而在于思想和道德的同一范畴内。"③此语深刻道出了鲁迅与朱安无言以对时的尴尬。鲁迅也谈及此事："因为不得已而过着独身生活者，则无论男女，精神上常不免发生变化，有着执拗猜疑阴险的性质者居多。……生活既不合自然，心状也就大变，觉得世事都无味，人物都可憎。"④尽管此文鲁迅用来揶揄杨荫榆，同时也可以看作鲁迅自身境遇的真实写照。鲁迅与朱安的不幸婚姻极有可能导致其"厌俗""恨世"的情绪，并在某种程度上诱发他对外部世界的失望与迷惘，以及对自身生命存在价值的失落与否定。

### （二）故乡文化的地域滋养

张承良指出："鲁迅是一位有着自觉个体主体性意识的思想家，他一方面和自身思想中传统文化的负面影响作长期的深度检视，另一方面又以'拿来'的态度，自觉吸收传统文化中的有益因素，整合到对于个体精神存在的思考中去。"⑤鲁迅的身体诗学深受绍兴地域文化的滋养，鲁迅的童年和少年均在绍兴度过，其心理气质与人格个性中的基本特质来自故乡文化的滋润。绍兴人杰地灵，自古以来文化即非常发达，孕育出不少名人，如汉代的王充，宋代的陆游，明代的王思任、张岱、徐渭，以及清代的章学诚、李慈铭等

---

① 俞芳：《我记忆中的鲁迅先生》，浙江人民出版社1981年版，第254页。

② 周建人口述，周晔编写：《鲁迅故家的败落》，湖南人民出版社1984年版，第241页。

③ 〔美〕林毓生：《中国意识的危机——"五四"时期激烈的反传统主义》，穆善培译，贵州人民出版社1988年版，第178页。

④ 鲁迅：《鲁迅全集》第1卷《寡妇主义》，第280页。

⑤ 张承良：《论鲁迅文学世界的个体思想呈现》，广东人民出版社2011年版，第92页。

一大批极富民族气节、勇于抗争以及具有刀笔吏风格的人物,遂形成独特的绍兴文化传统。

1. 勇于抗争的精神

绍兴古称"报仇雪耻之乡",两千多年前,越王勾践即在此卧薪尝胆,艰难复国。宋末、明末,此地人民为抵御外侮,用鲜血与生命谱写了可歌可泣的史篇。陆游虽遭秦桧所黜,然亦坚决主张抗战不投降。王思任更是在绍兴城破后绝食而亡。此种民族气节,反侵略、压迫之精神深深影响后世,遂成绍兴勇于抗争的传统。因此,鲁迅在与绝望抗争时,其作品自然多偏激之音。他称赞柔石表现了"台州式的硬气"且"颇有点迂"①,赞誉章太炎"以大勋章作扇坠,临总统府之门,大诟袁世凯的包藏祸心者,并世无第二人;七被追捕,三入牢狱,而革命之志,终不屈挠者,并世亦无第二人:这才是先哲的精神,后生的楷范"②。

鲁迅在 18 岁以前从未离开过绍兴,从小浸淫于绍兴文化,又偏逢有特殊的社会环境让他发挥,故凡他所到之处,其才华均能展露无遗。他于 1909 年 8 月从日本回国,经时任浙江两级师范学堂教务长许寿裳介绍,担任该校教员,后因监督沈钧儒调升咨议局副议长,由夏震武继任,而夏震武向以道学自命,自难与许寿裳、鲁迅等相处,终于和教员发生冲突,鲁迅与全体教员一起辞职以示抗议,后来夏震武去职并在《天铎报》发文为自己辩护,鲁迅戏称这种迂腐的老顽固为"夏木瓜",并把这次抗争活动谓之"木瓜之役",鲁迅由此获得"拼命三郎"的雅号。1911 年 11 月,鲁迅出任浙江山会初级师范学堂监督,后因不满思想逐渐腐化且摆出一副老官僚姿态的王金发,与他冲突,反对其所作所为,自此,王金发迟迟不发学校经费,鲁迅故而自动离职。1925 年 5 月,鲁迅介入北京女子师范大学风潮,并带领学生与时任教育总长章士钊对抗,遂被章士钊免去教育部佥事一职,后来女师大胜利,章士钊去职,鲁迅的佥事一职终获恢复。1927 年 1 月,出任中山大学文学系主任兼教务主任,后因"四一五"事件中营救清党被捕的学生未果而辞去中山大学所有职务,移居上海。1931 年 9 月,就"九一八"事变发表《答文艺新闻社问》,以揭露日本侵略中国的野心。1932 年 2 月,与茅盾、郁达夫等人共同签署《上海文化界告世界书》,抗议日本侵华的暴行。以上英勇抗争的行为,皆足以证明鲁迅深受勇于抗争的绍兴传统影响。

越地人物这种英勇反抗的精神也成了鲁迅小说的题材。《药》中夏瑜在

① 鲁迅:《鲁迅全集》第 4 卷《为了忘却的记念》,第 496 页。

② 鲁迅:《鲁迅全集》第 6 卷《关于太炎先生二三事》,第 567 页。

狱中还不忘劝牢头造反，并认为大清的天下是大家的，并通过血荐轩辕的方式来推翻清廷统治，最终英勇就义。在夏瑜身上可窥见越地人物的影子，夏瑜谐音夏禹。大禹正是鲁迅少年时候极力推崇的人物，“禹是被鲁迅由衷爱戴着的唯一一个中国古代的政治领袖，是支持着他的民族自尊心的精神支柱之一”①。他心忧天下，治水体现了其实干精神，鲁迅赞誉他为中国的脊梁。宋志坚也对此进行过探讨：“‘夏’与‘秋’相对，‘瑜’与‘瑾’相对，鲁迅以夏瑜暗喻秋瑾，非常通情达理。然而，‘瑜’不也正是‘禹’的谐音么？我不敢妄测鲁迅将《药》中的革命家定名为夏瑜，也是因为这是‘夏禹’的谐音，却不可完全排斥他用‘夏瑜’之时也曾想到过夏禹。”②大禹身上体现出的实干品质、奉献精神、顽强意志等在后继者如勾践、王充、徐渭等会稽先贤身上发挥得淋漓尽致。大禹脚踏实地的实干精神，越王勾践卧薪尝胆的坚强韧性，徐渭狂狷与不随流俗的高贵品质均成了鲁迅自觉效法的对象，于无形中融入鲁迅小说的身体诗学。故此，鲁迅尽管背负着种种精神与肉体上的苦痛，宁可“抉心自食”“自啮其身”，也绝不妥协。

2. *刀笔吏的风格*

会稽之地素有浓厚的刀笔吏风格，即陈西滢所说的“刑名师爷”③的风格，不过这里并不含贬义。钱理群认为：“在思维方式与相应的文字表现上，鲁迅与‘绍兴师爷’传统，确实存在着某种继承关系。”④尽管鲁迅本人对“师爷气”应是反感厌恶的，⑤可能不会自觉地去因袭，但既然深受浙东文化浸染，就很难置身其外。周作人指出：“近来三百年的文艺界里可以看出两种潮流，虽然别处也有，总是以浙江为最明显，我们姑且称作飘逸与深刻。第一种如名士清谈，庄谐杂出，或清丽，或幽玄，或奔放，不必定含妙理而自觉可喜。第二种如老吏断狱，下笔辛辣，其特色不在词华，在其着眼的洞彻与措语的犀利。”⑥而鲁迅的小说创作明显属于后者。曹聚仁认为，鲁迅的思想路向类似东汉末年的王充，⑦宋志坚也认为鲁迅深受王充影响：“其一，鲁迅早年校辑虞预《会稽典录》，遇到‘上虞孟英三世死义’，即引王充的《论

---

① 王富仁：《中国文化的守夜人——鲁迅》，人民文学出版社 2010 年版，第 130 页。

② 宋志坚：《鲁迅根脉：上卷》，福建教育出版社 2008 年版，第 9 页。

③ 李宗英，张梦阳编：《六十年来鲁迅研究论文选（上）》，中国社会科学出版社 1982 年版，第 43 页。

④ 钱理群：《心灵的探寻》，第 66 页。

⑤ 鲁迅曾说过：“我总不肯学做幕友或商人，——这是我乡衰落了的读书人家子弟所常走的两条路。”见鲁迅：《鲁迅全集》第 8 卷《鲁迅自传》，第 342 页。

⑥ 钟叔河编订：《周作人散文全集　第三卷·地方与文艺》，广西师范大学出版社 2009 年版，第 102 页。

⑦ 曹聚仁：《鲁迅评传》，复旦大学出版社 2006 年版，第 9 页。

衡·齐世篇》所云为之作注，可见他对《论衡》之熟悉；其二，鲁迅为许寿裳的长子许世瑛开的书单，共计12种书中就有王充的《论衡》，可见他对《论衡》之推崇。"①王充的《论衡》旨在"冀悟迷惑之心，使知虚实之分"，并针对儒术和神秘主义的谶纬神学进行批判，无情消解了孔、孟、墨、道各家的思想权威，一一剥去他们的外衣，暴露其弱点。《论衡》的尖锐战斗风格开启了刀笔吏风格的先河，而绍兴师爷则是刀笔吏风格的代名词，绍兴师爷起于何时不得而知，曹聚仁认为，大抵与元代蒙古入主中原有关。"刑名师爷，可以运用法律，却也可以玩弄法律，深文周内，入人于罪，玩弄文句，规避刑法，这都是他们的特长。"②由此所形成的刀笔吏"冷隽尖刻"的文风，亦深深影响鲁迅的创作。如鲁迅所预设的"庸众逻辑"：

> 你说甲生疮。甲是中国人，你就是说中国人生疮了。既然中国人生疮，你是中国人，就是你也生疮了。你既然也生疮，你就和甲一样。而你只说甲生疮，则竟无自知之明，你的话还有什么价值？倘你没有生疮，是说诳也。卖国贼是说诳的，所以你是卖国贼。我骂卖国贼，所以我是爱国者。爱国者的话是最有价值的，所以我的话是不错的，我的话既然不错，你就是卖国贼无疑了！
>
> 自由结婚未免太过激了。其实，我也并非老顽固，中国提倡女学的还是我第一个。但他们却太趋极端了，太趋极端，即有亡国之祸，所以气得我偏要说"男女授受不亲"。况且，凡事不可过激；过激派都主张共妻主义的。乙赞成自由结婚，不就是主张共妻主义么？他既然主张共妻主义，就应该先将他的妻拿出来给我们"共"。③

鲁迅一再模拟守旧派看新派的眼光，守旧派以强词夺理的方式来压制别人，鲁迅借保守分子的几个狡辩式论证逻辑，凸显其简单粗暴而又缺乏理性的思维方式，勾勒出一副泼皮无赖的丑恶嘴脸。

（三）走向对墨家的亲近

鲁迅在回望中国传统文化时，更侧重对现实的改造。他对中国传统主流文化历来持否定与反叛的态度，更多接触非主流的思想，墨家思想也就顺理成章成为鲁迅整个叛逆生命的精神指导。在先秦时代，儒、墨两家并称于

---

① 宋志坚：《鲁迅眼里没有偶像》，《人民日报》2006年10月17日第15版。

② 曹聚仁：《鲁迅评传》，第9页。

③ 鲁迅：《鲁迅全集》第3卷《论辩的魂灵》，第31-32页。

世，两派学说都为了救世而进行努力，但因社会理想的分歧，导致儒、墨走向对立，如儒家代表上层士人，墨家代表平民；儒家强调“爱有等差”，墨家主张“兼爱”；儒家重礼乐制度，墨家倡“非乐”等。鲁迅曾在作品中多次提及并引用墨家故事，还撰写《〈墨经正文〉重阅后记》《非攻》等文，说明他对墨子的高度认同。鲁迅终其一生都在反抗压迫、追求自由平等，他认为儒家所提倡的礼乐等级正是造成不平等的根源；墨学重视科学逻辑、强调平等、博爱、注重实际的精神，在当封建制度受到质疑的时候，墨家的精神很容易成为时代精神的增长极。① 鲁迅终其一生为弱小者奋斗，倡导改造国民性，学习外来文化的长处，也与墨家思想相契合。

尽管儒、墨两家都倡导“仁”，但二者有本质区别，儒家之仁建立在爱有差等的基础上，而墨家之仁则惠及天下百姓。鲁迅的人道主义思想与墨家之仁趋近，正如许寿裳所说：“鲁迅是大仁，他最能够感到别人的精神上的痛苦，尤其能够感到暗暗的死者的惨苦。”②鲁迅的仁爱之心与墨家所提倡的“兼爱”精神相通。利他主义和自我克制是墨家道德的核心，也是鲁迅高尚人格之所在，正如鲁迅所说：“道德这事，必须普遍，人人应做，人人能行，又于自他两利，才有存在的价值。”③这一思想可以通过《非攻》中墨子与子夏的徒弟公孙高的对话体现出来。

公孙高辞让了一通之后，眼睛看着席子的破洞，和气的问道：

“先生是主张非战的？”

“不错！”墨子说。

“那么，君子就不斗么？”

“是的！”墨子说。

“猪狗尚且要斗，何况人……”

“唉唉，你们儒者，说话称着尧舜，做事却要学猪狗，可怜，可怜！”墨子说着，站了起来，匆匆的跑到厨下去了，一面说：“你不懂我的意思……”④

墨子追求和平正义，四处奔走，席不暇暖，极富理想主义色彩，但他又极

① 方授楚指出，孔子之思想学术，视当时之官学，虽有进步，而因依附政府，“温温无所试”，则非其所堪，弊亦中于此矣。墨子则不然，己既为贱人，则所讲求者，亦终为贱人之学。故孔子尊周王鲁，墨子则背周道：若仅就此点言之，则孔子似清末之康圣人，墨子则一革命家也。见方授楚：《墨学源流》，商务印书馆 2015 年版，第 74 页。

② 许寿裳：《亡友鲁迅印象记》，岳麓书社 2011 年版，第 69 页。

③ 鲁迅：《鲁迅全集》第 1 卷《我之节烈观》，第 124 页。

④ 鲁迅：《鲁迅全集》第 2 卷《非攻》，第 468 页。

理性地面对现实的严酷考验,使理想不至于沦为空谈。鲁迅也有崇高的理想,对自己的生命及世界,他用极理性的态度审视社会、针砭时弊。孙福熙指出:“鲁迅先生是人道主义者,他想尽量的爱人,然而他受人欺侮,而且因为爱人而受人欺侮。”“大家看起来,或者连鲁迅他自己,都觉得他的文章中有凶狠的态度,然而,知道他的生平的人中,谁能举出他的凶狠的行为呢?他实在极其和平的,想实行人道主义而不得,因此守己愈严是有的,怎肯待人凶狠呢?虽然高声叫喊要人做一声不响的捉鼠的猫,而他自己终于是被捉而吱吱叫的老鼠。”①《非攻》里的墨子为民请命,通过他的智慧与胆识巧妙地化解了宋国的亡国之危,凯旋的英雄并没有获得应有的礼遇,在回国途中被宋国的“募捐救国队”抢走了破包袱,就连在城门下避雨的最卑微的诉求也无法实现,由于淋一身湿导致鼻塞十多天。从这里我们不难看出,鲁迅将一个为国鞠躬尽瘁、死而后已的人道主义者加以戏谑化,变成了一个劳而无功、自讨没趣的普通人,通过墨子的遭遇我们不难体会鲁迅当时五味杂陈的心境与尴尬的人生遭际。正如杨义指出:“鲁迅写英雄,不是极力渲染英雄的高大,而是关注其处境的尴尬,这是智者式的质疑历史和现实的笔墨。”②

墨子反对儒家谦让、道家虚幻,倡导勇往直前、勤勉警醒,为实现“兴天下之利”的目标而战斗;墨子不仅主张如此,也身体力行,正如《非攻》所描述的那样,草鞋的鞋带断了三四回,鞋底也磨成大窟窿,即便长了一层厚厚的茧和水泡,他也不愿停下脚步。在《文子·自然》与《淮南·修务训》中都有“墨子无暖席”的记载,墨子常常告诫弟子“非禹之道也,不足谓墨”,以大禹治水的态度要求众弟子发扬“赴火蹈刀,死不旋踵”的战斗精神,这在以儒、道立国的中国传统文化中,是独树一帜且难能可贵的。墨家面对苦难与死亡采取老实不取巧的态度,再加上他们特有的刚直与毅力,造就出他们勇于为自己的信仰及利他主义做出殉道式牺牲的格局:肯为天下之利而摩顶放踵,愿为自己的信仰而至死方歇,这一切都是鲁迅精神的真实写照。

然而,鲁迅并没有继承墨子的学术思想,已经由学理转入自我的社会实践,完全融入现代语境。王富仁指出:“必须说明,鲁迅对墨家文化的肯定和赞扬,绝不是作为一个文化学派的继承者和发扬者而做出的。鲁迅不是墨翟信徒,而是一个独立的现代思想家和文学家。他自己的文化思

① 孙福熙:《我所见于“示众”者》,《京报副刊》1925年5月11日第7、8版。
② 杨义:《鲁迅文化血脉还原》,安徽大学出版社2013年版,第231页。

想不是从继承墨翟思想学说中形成的，而是在现实人生的感受和思考中形成的。"①在王富仁看来，"鲁迅和墨翟思想的一个巨大差异还表现在鲁迅对人的内在精神境界的重视上。墨翟仍然主要集中在对现实社会问题的直接关注上，具有明显的社会功利主义的性质"②。然而，王富仁强调鲁迅与墨子思想差异的同时忽略了二者之间的深层联系，墨家思想强调人格独立和主体性，与鲁迅的"立人"思想异质同构，鲁迅的"立人"思想正基于墨子的"兼爱"思想，"他想在传统文化中找到塑造现代人的精神资源，墨子的异端性正好和他的这一思想相同，然后他又摒弃了学者式的墨子接受路径，用小说家的眼光把墨子相对于中国传统主流文化的异端性表现出来"③。

## 二、鲁迅小说身体诗学形成的外源性因素

### （一）鲁迅小说身体诗学的近代谱系

就近代中国而言，"身体"担负着民族认同与国家建构的重大使命，国族盛衰有赖于国民身体的强弱，"身体"成为重要场域，被赋予政治、经济、军事、社会、文化等深刻内涵。

#### 1. 非常态化的身体书写

梁启超曾把国民身体与国族兴亡紧密联系在一起，"中人不讲卫生，婚期太早，以是传种，种已孱弱；及其就傅之后，终日伏案，闭置一室，绝无运动，耗目力而昏眊，未黄耇而驼背；且复习为娇惰，绝无自营自活之风，衣食举动，一切需人；以文弱为美称，以羸怯为娇贵，翩翩年少，弱不禁风，名曰丈夫，弱于少女；弱冠而后，则又缠绵床笫以耗其精力，吸食鸦片以戕其身体，鬼躁鬼幽，跶步欹跌，血不华色，面有死容，病体奄奄，气息才属，合四万万人，而不能得一完备之体格。呜呼！其人皆为病夫，其国安得不为病国也！""呜呼！生存竞争，优胜劣败，吾望我同胞练其筋骨，习于勇力，无奄然颓惫以坐废也！"④晚清有识之士纷纷以"身体"隐喻"国体"，将身体改造与民族、国家的存亡紧密联系在一起，如严复指出："盖一国之事，同于人身。今夫人身，逸则弱，劳则强者，固常理也。然使病夫焉，日从事于超距赢越之间，以是求强，则有速其死而已矣。今之中国，非犹是病夫也耶？"⑤梁启超

---

① 王富仁：《中国文化的守夜人：鲁迅》，第130页。

② 王富仁：《中国文化的守夜人：鲁迅》，第131页。

③ 蒋永国：《鲁迅小说形象流变新论——从中西文化之"个"切入》，中国社会科学出版社2016年版，第250页。

④ 梁启超：《梁启超全集》第2册《新民说》，北京出版社1999年版，第713页。

⑤ 严复著，胡伟希选注：《论世变之亟：严复集·原强》，辽宁人民出版社1994年版，第40页。

也认为:“国也者,积民而成,国之有民,犹身之有四肢、五脏、筋脉、血轮也。未有四肢已断、五脏已瘵、筋脉已伤、血轮已涸,而身犹能存者”①,人体的四肢五脏、筋脉血轮、体格魂魄都被视为“国体”的投射。更常见的是以“病体”投射积弱积贫的国势:“黄种病,病得迷痴……得了期阴邪内伏伤元气四肢麻木,真系针灸难施。”②近代士人充分调动各种身体意象,试图从器官、形体、筋脉到魂魄等来隐喻国族的衰危,彰显对民族国家的隐忧,反映治疗的期许,这些对鲁迅的影响显而易见。

晚清小说往往通过形象的身体展示来呈现当时国势的颓危,回应国人对政治失序、文化失范与国族存亡产生的焦虑,借溃烂、昏迷、倦怠、断裂、瘫痪、鬼魅化身体演绎风雨飘摇的近代中国时局,开启一幅幅隐匿着“天演”“劣汰”“物竞”“天择”话语的“身体时局图”。当“身体”成为诠释民族、国家的隐喻时,晚清作者往往在作品中描写沉睡倦怠的身体,以非常态、反健全的病体,折射出失序的国族机制,传达出对亡国灭种的隐忧。《老残游记》一开篇便安排江湖郎中老残来到山东古千乘,诊治大户人家黄瑞和的怪病:“浑身溃烂,每年总要溃几个窟窿。今年治好这个,明年别处又溃几个窟窿,经历多年,没有人能治得。”③“黄瑞和”之名意指“黄河”,溃烂窟窿暗喻国家屡遭践踏、割地赔款的遭遇。刘鹗以老残治疗黄瑞和的溃烂之躯为引子,召唤拯救民族国家的心志。《月球殖民地小说》里的病人得了“急血奔心”病,“心房上面蓝血的分数占得十分之七,血里的白轮渐渐减少,旁边的肝涨得像丝瓜一样,那肺上的肺叶一片片的都憔悴得很”④。《新中国》里的国人患上了“迷迷糊糊,终日天昏地黑,日出不知东,月沉不知西”的“沉睡不醒病”⑤,以各种身体病症投射急遽变化的周遭世界与内忧外患的国族隐忧,影射近代国体已是重疾缠身、行将就木的垂老之态。

徐念慈(东海觉我)在《情天债》里更是将现实的创伤经验转化为小说中怵目惊心、迷离倘恍的梦境,安排一群陷入千秋大梦的假痴假呆、如醉如迷的男男女女于荒野中。叙述者大为惊叹:“阿呀,这是什么地方,为何荒废得不成个样子!阿呀,这是什么人家,为何衰败得不成个样子!阿呀,这是什么样人,为何假痴假呆的躺在那里,如醉如迷的睡在那里!”⑥故事一开篇

① 梁启超:《梁启超全集》第2册《新民说》,第655页。

② 珠海梦余生:《粤讴新解心五章·黄种病》,《新小说》1905年第4期。

③ 刘鹗:《老残游记》,华文出版社2018年版,第2页。

④ 荒江钓叟:《月球殖民地小说》,《绣像小说》1904年第34期。

⑤ 陆士谔:《新中国》,中国友谊出版公司2009年版,第24页。

⑥ 东海觉我:《情天债》,《女子世界》1904年第1期。

就渲染出叙事者对所处时代的困惑与惊惧。一群持刀拿枪、杀人不眨眼的凶人暴客蜂拥而至，"把那些近的人杀的杀，刺的刺，乱砍乱斩的一阵，血流满地，可怜那些男女，从睡梦中，被人杀了连一个'冤'字也没有喊得"①。徐念慈有意通过梦境营造与现实极其相似的惊悚场面，勾画出眼神空洞、体格羸弱、神情麻木、睡眼蒙眬的国民群像。小说痛陈"优胜劣败，适者生存"的残酷现实，西方强盗拿起屠刀砍下中国人的头颅——"飕"的一声，"这样霜锋雪亮的刀早已伶伶俐俐把头砍下，胸内热血如放花一般直撺出来，溅了满地"②。徐念慈以中国"写真片"的方式形象地投射出国体身首异处、血流漂杵的惨状，喻示着中国自鸦片战争以来屡遭西方列强瓜分豆剖、蚕食鲸吞的历史进程。暴人凶客对昏民的随意宰杀，揭露出晚清中国任由西方宰割的民族悲情史。而到鲁迅笔下，这个主宰者则从西方列强演变成封建礼教，由空间上的东西对峙变成时间上的古今演绎。

《情天债》以沉睡昏聩的身体隐喻积弱不振的国体，借西方列强之口训斥国人"睡久了，连自己国名也记不起"，"你方才看见的那家便是国中的写真片了"③。小说人物"横七竖八，一无分别的睡着"，即或被呼唤，却"翻个身依旧睡着的，有些睡梦中依旧呓语了几句。最多的是，躺在那里如死人一般不动的"④。正如梁启超在《新中国未来记》中所言："但系一国的人，多半还在睡梦里头，他还不知道有这个责任，叫他怎么能够担荷他呢？"⑤放到晚清的文化脉络，"昏睡"不止于揭示国民的生理状态，更指向昏睡于世界文化摇篮里的衰败中国。在"优胜劣败，适者生存"的进化论视阈下，一旦陷入"万古如长夜"的"昏睡"状态，便会面临被"杀、刺、砍、斩"的"汰演"命运，昏睡者如同死人一般，而清醒过来的却未睁开眼，仍处于蒙昧浑噩的状态，与昏睡者无异，国人的昏睡状态与鲁迅关于"铁屋子"的论述有异曲同工之妙。

《瓜分惨祸预言记》以"俄日之战"为背景，凸显俄、日瓜分中国的阴谋。作者以伦理之殃如"父母被杀，妻女被淫，财产遭劫，身躯受戮"喻示近代中国遭遇列强霸凌的悲惨境地。此处的"杀、淫、劫、戮"延续了《情天债》的"杀、刺、砍、斩"这一话题，以激烈剧痛的身体创伤传达国体惨遭瓜分的命运，沿用了刘鹗与徐念慈以身体隐喻国体的技法。然而，《瓜分惨祸预言记》

---

① 东海觉我：《情天债》，《女子世界》1904 年第 1 期。
② 东海觉我：《情天债》，《女子世界》1904 年第 1 期。
③ 东海觉我：《情天债》，《女子世界》1904 年第 1 期。
④ 东海觉我：《情天债》，《女子世界》1904 年第 1 期。
⑤ 梁启超：《新中国未来记》，《新小说》1902 年第 2 期。

直接将“国体”与“身体”两个不同的概念混杂在一起，主人公黄勃视个人身体的“寸肤滴血”受之“中国”，如今“他亡了”“他灭了”，覆巢之下，焉有完卵？整个中国犹如一敞开的血腥屠场，充斥“碎尸万段”“蛇吞虎咬”“水淹刀伤”“油煎岩压”等惨烈的场景。虽然作品体现了“身体”与“国体”休戚与共的思想，却遮蔽了文学的审美特质，使其小说的政治寓言性远高于艺术审美性。

2. 病体中国的医治想象

桑塔格指出：“疾病隐喻”乃是通过“疾病”的某些特征转换为社会、文化等症状，“正是那些被认为具有多重病因的（这就是说，神秘的）疾病，具有被当作隐喻使用的最广泛的可能性，它们被用来描绘那些从社会意义和道德意义上感到不正确的事物”。① 在晚清的颓衰时势中，具有“改造”之喻的“医病”想象恰逢其时，成为时人诊治中国的视角。近现代文学把积贫积弱的中国想象成溃烂、昏迷、倦怠、断裂的身体，将“病体中国”推上手术台，基于彼时的医学技术与器物发明如透光镜、验脑机、解剖刀的检视，开启了文学治疗民族精神痼疾之旅。

英国人呤唎在《太平天国革命亲历记》一书中以“他者”好奇的目光审视中国人：“许多年来，全欧洲都认为中国人是世界上最荒谬最奇特的民族；他们的剃发、蓄辫、斜眼睛、奇装异服以及女人的毁形的脚，长期供给了那些制造滑稽的漫画家以题材。”②西方人以其道德价值和文化传统观念审视东方，视中国文化为不堪、落后，这是一种常见的殖民凝视，但对中国人而言，无疑是一种民族屈辱。当中国面临列强入侵，社会危机日益加深，近代作家遂感国势垂危，故将国体置入病体的叙事架构，结合医学、文化、政治、思想、心灵等论述，拓展医病想象，分别通过“医心”与“治脑”开启文学与医学互涉的医病想象。

韩南认为，《熙朝快史》是最早的中国现代小说。③ 小说主人公为杭州一孝廉，学问渊博，磊落不羁，常与好友讨论国事：“治国如治病，只要对病发药。”他认为中国患了实病，好像损症，治疗方法是扶养元气。孝廉于梦中见一道号叫作觉世的老人在向许多生病的人发放药物，道人认为中国的三大病是鸦片、时文和缠足；70%的人口至少患其中一种病。《熙朝快史》开启了近代中国文学的医病想象。又如海上剑痴著《仙侠五花剑》中红线女因徒弟

① 〔美〕桑塔格：《疾病的隐喻》，程巍译，上海译文出版社 2003 年版，第 55 页。
② 〔英〕呤唎：《太平天国革命亲历记》，王维周译，上海古籍出版社 1985 年版，第 51 页。
③ 〔美〕韩南：《中国近代小说的兴起》，徐侠译，上海教育出版社 2004 年版，第 162 页。

白素云身体娇弱，给她服用“换骨丹”，“吃了下去，浑身三百六十骨节，一节节皆须换过，此后便可身轻如叶，纵跳自如”。① 作者结合人体的结构特点，通过药物对人体进行改造，从而达到强身健体的目的。

颜健富指出：“在医病想象中，‘医学’与‘文学’的视角并非和谐共处，内蕴着仿/反医学的冲突感。”②荒江钓叟在小说中塑造的“医心”手法与《绣像小说》创刊时强调的宗旨相呼应：“醒齐民之耳目，或对人群之积弊而下砭，或为国家之危险而立鉴。”③荒江钓叟安排龙孟华乘气球飞过“泰西”“海东”寻妻的叙事，开启了醒、砭、鉴中国“黑暗之心”的治疗之旅。借由行旅、距离、异域而开启了“我族”观照，龙孟华沿途因发辫、黄皮肤等族群特质而备受歧视，从而导致精神错乱，陷入重度昏迷，承担着因家国沉沦、文化衰危、历史断裂、伦理失序而引发的身体疾病与精神危机。荒江钓叟在援引现代医学技术给病人开膛剖腹的同时，却被治疗能效牵扯而陷入反医学的尴尬。作者痛斥国人深受八股荼毒，意在将毁国灭身的八股病彻底清除，从而使国人的病体痊愈。如小说中神医哈老“拔出一柄三寸长的小刀，溅着药水，向胸膛一划”，“用两手轻轻地捧出心来，施向面盆里面，用药水洗了许多功夫”，又吩咐贾西依托着病人的心，“倒了些药水向那肝肺上拂拭了好一回”，一一洗净心、肝、肺，安置回去后，“不用线缝”，以“棉花蘸了小瓶的药水”擦拭，“那胸膛便平平坦坦，并没一点刀割的痕迹。”④哈老对龙孟华身体进行检查、解剖、治疗、缝合的过程一气呵成，疗效堪称神奇，显然有悖医学常识，但折射出国人急切改变病体，试图通过文学治疗达到拯救国族的目的。然而，荒江钓叟对龙孟华身体的医病想象潜藏着现代与传统、文明与落后、医生与病人、拯救与被拯救的两极对立，如对西方医学的鄙视等。陆士谔的《新中国》试图替“病体中国”寻找“医心药”与“催醒术”，安排发明家苏汉民发明“医心药”：“心邪的人，能够治之使归正；心死的人，能够治之使复活；心黑的人，能够治之使变赤。并能使无良心者变成有良心；坏良心者变成好良心；疑心变成决心；怯心变成勇心；刻毒心变成仁厚心；嫉妒心变成好胜心。”陆士谔通过“医心药”医治“心病”，从而匡扶社稷，挽华夏于倾颓，救万民于水火，“国势民风，顷刻都转变过来”。“催醒术”则能医治沉睡不醒症，“有等人心尚完好，不过迷迷糊糊，终日天昏地黑，日出不知东，月沉不

① 海上剑痴、过路人：《仙剑五花剑 何典》，黑龙江美术出版社2016年版，第38页。

② 颜健富：《晚清小说的新概念地图》，北京联合出版公司2018年版，第228页。

③ 商务印书馆主人：《本馆编印〈绣像小说〉缘起》，《绣像小说》1903年第1期。

④ 荒江钓叟：《月球殖民地小说》，《绣像小说》1904年第34期。

知西，那便是沉睡不醒病。只要用催醒术一催，就会醒悟过来。"①苏汉民发明的以上两种神奇学问，使民心凝聚，国势昌盛，万国来朝，从而满足了国人的华夏中心梦。

张宁指出："近代中国身体观的变化当中，最引人注意的首推由'心'到'脑'的转折，传统中国向来以心为全身的主宰，脑则较不重要，甚至不在五脏六腑之列。但进入十九世纪中叶，随着西方医学知识的传入，心的主宰地位开始出现动摇，原先在中国身体观中无足轻重的'脑'，逐步被提到'一身之主'的地位。"②海天独啸子的《女娲石》以爱国女子金瑶瑟的遭际讲述了一个"洗脑救国"的故事。金瑶瑟乘空中飞马考察国势时遭人射落昏迷而被送到"洗脑院"。社长汤翠仙因国人患"软骨症"，许诺此病若愈，"愿洗四万万脑筋奉答上帝。今已建醮半年，洗下脑筋也有四五百万了"。"软骨症"反映了作者对晚清羸弱、卑怯等国民体格的批判，而"洗脑院"则凸显其对国民劣根性改造的企图。在批判与改造的叙事架构中，"验脑剖脑"显得轻松利落，作者并未虑及文本是否符合医学逻辑，更在意随之衍生的文学治疗。官场人士因观摩上司意旨，脑筋"其色灰黑，如烟如雾""现出一个上司相片，周围筋络交错，好似金钱现影"；士子熟稔朱注八股，脑筋"其臭如粪，其腐如泥，灰黑斑点，酷类蜂巢"；学生虚唱革命、假谈自由，实想着妻妾顶翎，脑筋"其虚如烟，其浮如水"。故此，作者把"洗脑院"变成文化身份的检验和改造中心，凸显"去除旧质、还我新质"的美好愿景：脑筋为利禄污染，"用绿（氯）气将他漂白"；脑筋印有相片或金钱影，"用硫强将他化除，再用骨灰将他滤过"；脑筋如烟如水者，"能用药使之凝结，又能用药使之结晶"，碰到"洗不可洗，刷不可刷"时，则用"挖去原脑，补以牛脑"。③

吴趼人的《新石头记》提供了另一种医治想象。作者以贾宝玉从黑暗社会误入"文明境界"，故意设置具有检验和筛选功能的"过关"仪式，"隔着此镜，窥测人身，则血肉筋骨一切不见，独见其性质。性质是文明的，便晶莹如冰雪；是野蛮的，便混浊如烟雾。视其烟雾之浓淡，以别其野蛮之深浅"④。吴趼人继续以医病视角让贾宝玉游逛"文明境界"的"验病所"，见识了验骨镜、验髓镜、验血镜、验筋镜、验脏镜等"神奇之极，与造物争功"的现代化器

---

① 陆士谔：《新中国》，第 24 页。

② 张宁：《脑为一身之主：从"艾罗补脑汁"看近代中国身体观的变化》，《近代史研究所集刊》2011 年第 74 期。

③《中国近代小说大系：东欧女豪杰 自由结婚 瓜分惨祸预言记 洗耻记 女娲石 多少头颅 卢梭魂》，江西人民出版社 1988 年版，第 496–498 页。

④《中国近代小说大系：近十年之怪现状 新石头记 糊涂世界 两晋演义》，江西人民出版社 1988 年版，第 282 页。

物。作者通过宝玉借由"验骨镜"看到童子"雪白的一具骷髅"时吓得魂不附体，凸显国人面对先进器物发明时的惊悚与震撼。然而，吴趼人在面对中西文化冲突时，仍执着于中国文化传统与道德伦理，将仿西方医学的验脑、耳、目、鼻、舌及五脏六腑镜视为东方德和华自立"竭瘁精力，创造出来"的，认为西医呆笨，远不及中国古医，视西方的解剖术为笑话，西医的肢体锯截法"野蛮残忍"①。故王德威认为，晚清小说作者"可以用修辞策略解释一切事物，从而自圆其说，回避了任何解释""可把'过去'(pastness)拯救回来，并以'未来完成'(future perfect)修辞抢先预见未来。通过对过去与未来的各种实验，晚清科幻奇谈的浮现，例示了当时作家与文人与时间赛跑的欲望。"②当吴趼人明白中国传统文化、伦理道德与政治观念在与西方对垒中进退失据时，试图将西方先进的医疗技术纳入中国"古已有之"的系谱，在中西对峙、现代与传统的交锋过程中，试图缝合历史与价值的断裂处，虽用心良苦，但与事实相悖，骨子里依然对华夏中心主义深信不疑。

晚清小说开启的医病想象，赋予了文学诊治民族痼疾的特殊功效，构成了文学与医学互涉的修辞场域。然而，晚清小说中试图为每种疾病寻找对应的诊治良方，难免一厢情愿、以偏概全，愈加反映其疗救中国身体与国体的迫切愿景，也为鲁迅"弃医从文"的生命历程与"引起疗救的注意"的创作意图做好历史铺垫。

（二）鲁迅小说身体诗学的域外思想

中国现代文学史是一部"整合"中西文学(尤其是西方文学)的历史，"一部西方近、现代(尤其是现代)艺术精神，同我们民族文学传统不断冲突、整合、发展，并最终走向创造具有民族特色的现代中国文学的艺术探索的历史。"③这部"整合"史源于五四时期，西方近现代文艺思潮对中国文坛产生了前所未有的冲击，正如鲁迅所说，"新文学是在外国文学潮流推动下发生的"④，鲁迅以一种开放的胸襟，对西方现代思想进行借鉴与整合，极大地改变了中国文学的现状，使其耳目一新。

1. 进化论

达尔文于1859年出版《物种起源》，正式提出"进化论"，对西方思想界造成深远影响。斯宾塞将"物竞天择，适者生存"的生物学上之进化论应用

① 《中国近代小说大系：近十年之怪现状 新石头记 糊涂世界 两晋演义》，第295-296页。

② 〔美〕王德威：《被压抑的现代性：晚清小说新论》，宋伟杰译，北京大学出版社2005年版，第333页。

③ 陈继会等：《中国乡土小说史》，安徽教育出版社1999年版，第14-15页。

④ 鲁迅：《鲁迅全集》第8卷《"中国杰作小说"小引(译文)》，第445页。

到社会学领域，赫胥黎《进化论与伦理学》则强调伦理道德在社会中的作用。1898年，严复翻译赫胥黎的演讲文，并加入已见，写成《天演论》出版，试图运用西方理论来拯救日趋衰颓的中国。严复对"天演"作如下阐释：

> 虽然天运变矣，而有不变者行乎其中。不变唯何？是名"天演"。以天演为体，而其用有二：曰物竞，曰天择。此万物莫不然，而于有生之类为尤著。物竞者，物争自存也。以一物以与物物争，或存或亡，而其效则归于天择。天择者，物争焉而独存。则其存也，必有其所以存，必其所得于天之分，自致一己之能，与其所遭值之时与地，及凡周身以外之物力，有其相谋相剂者焉。夫而后独免于亡，而足以自立也。而自其效观之，若是物特为天之所厚而择焉以存也者，夫是之谓天择。①

生物因为资源有限，只有竞争以求生存，而最具优势者，在自然选择下得以保留，而不适应环境者则被自然淘汰，这是生物进化的根本，在弱肉强食的社会里，只有"争天而胜天"才能避免亡国灭种之祸，屹立于列强之间。然而，严复更重视的是人类种族在社会进化中的道德伦理作用，因为如果放任竞争，人类社会必会出现种族灭绝、生灵涂炭的情况。他选择翻译赫胥黎的著作，正是要强调"自强保种"："赫胥黎氏此书之旨，本以救斯宾塞任天为治之末流，其中所论，与吾古人有甚合者，且于自强保种之事，反复三致意焉。"②要改变"任天为治"的情况，就必须强调"人治"："以人持天，必究极乎天赋之能，使人治日即乎新，而后其国永存，而种族赖以不坠，是之谓与天争胜。"③生物界的进化有其不变的规律，而社会的进化，人类却有能力干预。《天演论》记载赫胥黎的一个比喻：若有一荒僻之地，未经开垦，杂草丛生，这些杂草必是在自然竞争中最宜存活之物。如果人为开垦这片荒地，施肥浇水，种植园主爱好的树木，专心打理，园内园外则判然有别，这就是人治之功。一旦停止打理，久而久之，荒草必覆盖花园，自然之强大力量又战胜人力。所以在社会中，人必须发挥人治的能力，开启民智、民德和民力，作伦理上的进化，使国家日新，保种图强。

《天演论》提出的"物竞天择，适者生存""优胜劣败"的危机感和对"人治"的强调，正契合当时中国面对的情势，打破了治乱世、升平世和太平世的

① 〔英〕赫胥黎：《天演论》，严复译，中州古籍出版社1998年版，第42页。
② 〔英〕赫胥黎：《天演论》，严复译，第16页。
③ 〔英〕赫胥黎：《天演论》，严复译，第1页。

循环时间观，引起知识分子莫大的震撼。张法认为："'天演'是一个与中国思想相贴近而让人一下子就想到中国宇宙论的词汇。至于'天演'的具有时代新质和内容，则进一步在内容上用三个词组予以明释——物竞天择、生存斗争、优胜劣败。'天演'一词用一种中国士人最能懂最易明的方式，讲出了新时代的天道。对中国现代性来说，这是一个具有哥白尼革命一样的世界观的巨变。它把中国式的循环论历史变为西方式的直线论历史、一个进化的前进的历史、一个今胜于古的历史。天演论成了中国现代性制度巨变前夜中的一个决裂古今的理论。这个理论一下子就说明了具有道德正义性的大清王朝何以自1840年以来一次次的挫败，这个理论极大地暗示了一败再败的中国要由劣变优必须进行器物、制度、思想更新的绝对必要性。"①正基于此，进化论在19世纪末到20世纪初的中国得以广泛传播，不仅成了资产阶级改良派寻求变法的思想基础，也扩大了鲁迅及其同辈人的眼界，从而开始积极寻求救国救民之道。

鲁迅在南京求学期间曾如饥似渴地阅读《天演论》，②留学日本时又读过日本加藤弘之的《物竞论》、丘浅治郎的《进化论讲话》，以及涩江保的《波兰衰亡战史》《日本新政考》等进化论著作，从而系统地影响了鲁迅以"进化""发展"为两大基点的唯物史观和社会发展观，并培育了鲁迅的反封建思想与现实主义精神。鲁迅在1907—1908年留学仙台时所写的《文化偏至论》《摩罗诗力说》《破恶声论》均涉及进化论，《人之历史》一文更是详尽介绍了达尔文与海克尔等学者的进化论学说。严复的《天演论》揭示的"优胜劣败，适者生存"的进化法则让国人明白"不自强就得灭亡"的危机感，同时又带给人希望，因为人类一定在不停进化。此时的中国知识分子不自觉地将生物学上的进化理论投射在关系民族存亡的社会科学领域上。然而，鲁迅又并非全盘接受严复《天演论》的思想，相较《天演论》中群己并重的思想，他更强调个人的觉醒与进化的优先性，甚至认为群众往往埋没个人，扼杀天才，故提出"是故将生存两间，角逐列国是务，其首在立人，人立而后凡事举；若其道术，乃必尊个性而张精神"③。对鲁迅而言，"立人"是进化的先决条件。伊藤虎丸曾综括鲁迅受进化论思想强烈影响的过程，首先是鲁迅

---

① 张法：《中国现代性以来思想史上的五大观念》，《学术月刊》2008年第6期。

② 鲁迅在《琐记》中谈过此事，见鲁迅：《鲁迅全集》第2卷《琐记》，第305-306页。周作人在《鲁迅的青年时代》回忆："给予鲁迅的利益实在不小，不过这不是技术上的事情，乃是基本的自然科学知识，外加一点《天演论》，造成他唯物思想的基础。"见周作人：《鲁迅的青年时代》，河北教育出版社2002年版，第32页。许寿裳在《鲁迅传》中也进行了描述，见许寿裳：《鲁迅传》，国际文化出版公司2010年版，第11页。

③ 鲁迅：《鲁迅全集》第1卷《文化偏至论》，第58页。

比较了西方积极进取和中国守旧好古的思考方式,“并且从中认识到,在西方近代关于‘人的尊严’的思想中,具有超于古代、凌于亚洲的优越性”。其次是“鲁迅接受的进化论,并不是斯宾塞的‘进化的伦理’,而是赫胥黎的‘伦理的进化’。他认为中国现存的危机,并不在于是军备和阻力方面的弱者,因而不能顺应世界趋势,在生存竞争中败亡,而是在精神上还未进化到‘人’,还缺乏应成其为人的‘精神’,因此,中国将被自然淘汰”。①

鲁迅进化思想的转变,与他对“新神思宗徒”尼采的接受有关。尼采曾说:“一线光明在我心里破晓了:查拉斯图拉不应当向群众说话,而应当向同伴说话!查拉斯图拉不应当作羊群之牧人或牧犬!”②尼采认为群众是羊群,不屑与他们为伍,因为“遵从群体标准是最终地屈服于一种风格或思维方式。它是一种头脑狭窄或头脑封闭。个体的头脑是例外的,因为它能够超出群体思想的局限来思考。个体是具有新思想者,个体创造新价值”③。创造新价值即是进化之道。鲁迅对尼采的个人主义十分推崇,他在《文化偏至论》中指出:

> 若夫尼佉,斯个人主义之至雄桀者矣,希望所寄,唯在大士天才;而以愚民为本位,则恶之不殊蛇蝎。意盖谓治任多数,则社会元气,一旦可隳,不若用庸众为牺牲,以冀一二天才之出世,递天才出而社会之活动亦以萌,即所谓超人之说,尝震惊欧洲之思想界者也。④

鲁迅将《天演论》群己并重的进化论思想转变为重个人的进化论思想,其中决定性的已不是物质的力量,而是个人的意志,进化的顶点则是超人。尼采说:“人类是一根系在兽与超人间的软索——一根悬在深谷上的软索。”⑤人是从兽进化到超人的中介,对鲁迅来说,人的精神强度方能带动社会进化,正如伊藤虎丸所说:“在鲁迅看来,中国面临民族危机的原因,虽然直接在于列强的侵略,但更为根本的是在于中国人自身的伦理或精神内部。”⑥

---

① 〔日〕伊藤虎丸:《鲁迅、创造社与日本文学:中日近现代比较文学初探》,孙猛等译,北京大学出版社1995年版,第97页。

② 〔德〕尼采:《尼采文集:查拉斯图拉卷》,周国平等译,青海人民出版社1995年版,第14页。

③ 〔美〕埃里克·斯坦哈特:《尼采》,朱晖译,中华书局2003年版,第92-93页。

④ 鲁迅:《鲁迅全集》第1卷《文化偏至论》,第53页。

⑤ 〔德〕尼采:《苏鲁支语录》,徐梵澄译,商务印书馆1992年版,第8页。

⑥ 〔日〕伊藤虎丸:《鲁迅、创造社与日本文学:中日近现代比较文学初探》,孙猛等译,第83页。

具体来说，鲁迅小说的身体诗学与进化论思想在如下几方面相契合：第一，鲁迅从新陈代谢是社会发展的必然观点出发，建立了社会历史发展观。鲁迅指出："人类进化之说，实未尝渎灵长也，自卑而高，日进无既，斯益见人类之能，超乎群动，系统何昉，宁足耻乎？"①故在鲁迅看来，进化是人类的根本特征，也是人类有别于其他一切生物的显著标志。鲁迅认为："故进化论之成，自破神造说始。"②也就是说，进化是"人为"的而非"神造"，以"神造"来解释人类发生是对人类进化史实与自我创造能力的篡改与否认。而人类进化的关键在于以"淘汰"而"争存"，"首为人择"，而含"天择"之意，因此，人之所以为人首先取决于人自身。"老的让开道，催促着，奖励着，让他们走去。路上有深渊，便用了那个死填平了，让他们走去"，"明白这事，便从幼到壮到老到死，都欢欢喜喜的过去；而且一步一步，多是超过祖先的新人。"③他认为幼者必然取代老者，新一代比老一代要好，"后起的生命，总比以前的更有意义，更近完全，因此也更有价值，更可宝贵；前者的生命，应该牺牲于他"④，把改造社会的希望寄托在青年一代身上。故鲁迅在《狂人日记》中发出了"救救孩子"的呐喊，与尼采对婴孩的肯定相对应，⑤李欧梵指出："在这里，'救救孩子'的呼声是一位中国进化论者对未来一代应当更好些的'寓意'的祈求。"⑥

第二，从生物进化和社会发展的观点出发，形成了鲁迅的现代时间观念。鲁迅摒弃了过去的抱残守缺、复古倒退的理论和永恒不变的庸俗史观，对过去时代的一切思想和艺术成果，鲁迅重新审视和评估，批判地继承。进化是无止境的永恒存在，是人类社会发展的必然趋势，人类之所以发生、发展、进步、完善都离不开进化的驱动，作为一种可以确认的客观情势，它体现人类改造世界的主观能动性。"进化如飞矢，非堕落不止，非著物不止，祈逆飞而归弦，为理势所无有。此人世所以可悲，而摩罗宗之为至伟也。人得是力，乃以发生，乃以曼衍，乃以上征，乃至于人所能至之极点。"⑦与此同时，进化之路并非坦途，也不是直线式的高歌猛进，起伏、曲折、交替与进退等均是其固有的规律与表征，但总的趋势是朝前发展。

① 鲁迅：《鲁迅全集》第1卷《人之历史》，第8页。
② 鲁迅：《鲁迅全集》第1卷《人之历史》，第13页。
③ 鲁迅：《鲁迅全集》第1卷《随感录四十九》，第355页。
④ 鲁迅：《鲁迅全集》第1卷《我们现在怎样做父亲》，第137页。
⑤ 尼采认为："婴孩乃天真，遗忘，一种新兴，一种游戏，一个自转底圆轮，一发端底运动，一神圣底肯定。"见〔德〕尼采：《苏鲁支语录》，徐梵澄译，第21页。
⑥ 〔美〕李欧梵：《铁屋中的呐喊》，尹慧珉译，第61–62页。
⑦ 鲁迅：《鲁迅全集》第1卷《摩罗诗力说》，第70页。

“所谓世界不直进，常曲折如螺旋，大波小波，起伏万状，进退久之而达水裔，盖诚言哉。”①鲁迅又认为人类进化的路是生命的传承与延续，“生命的路是进步的，总是沿着无限的精神三角形的斜面向上走，什么都阻止他不得”，“生命不怕死，在死的面前笑着跳着，跨过了灭亡的人们向前进”，“人类总不会寂寞，因为生命是进步的，是乐天的”，②体现了鲁迅积极进取的乐观主义精神。

第三，鲁迅根据进化论的“生存竞争”说，奠定了新旧斗争意识。鲁迅认为社会新旧势力的斗争是推动社会前进的动力，人类社会处在不断除旧布新的变革之中。“不论中外，诚然都有偶像。但外国是破坏偶像的人多；那影响所及，便成功了……法国革命。旧像愈摧破，人类便愈进步；所以现在才有比利时的义战与人道的光明。”③坚信旧事物一定会灭亡，新生事物一定会兴起。鲁迅一生都同旧思想、旧制度、旧势力、旧秩序、旧偶像进行不屈不挠的斗争，以促进社会改革、时代进步。鲁迅还认为新旧势力斗争中，强者胜，弱者败。民族性格衰弱了，就会在同列强的斗争中失败，以至于被淘汰。鲁迅始终站在时代最弱小者的立场上，以战斗之姿力抗强权，并终生致力于“化弱为强”的斗争中。进化论思想一旦同鲁迅忧国忧民的情感相融合，就成为他反抗压迫者和侵略者，争取民族独立解放的思想动力。

第四，鲁迅根据人类社会由野蛮到文明的进化历程的认识，确立了个性解放的思想。鲁迅认为，“所谓文明者，将已立准则，慎施去取”④；但其大要，是“以改革而胎，反抗为本”⑤。鲁迅所倡导的进化并不是将“成事旧章，咸弃捐不顾”，而是以改革求发展，对旧物的反抗应是进化行为的根本出发点，这恰好体现了鲁迅倡导“立意在反抗，指归在动作”⑥的初心。鲁迅认为，一个人的“个性”能否得到充分发展，关系到国家民族的兴旺和发达，“人既发扬踔厉矣，则邦国亦以兴起”⑦，甚至认为“国人之自觉至，个性张，沙聚之邦，由是转为人国”⑧，所谓“自觉”，就是克服盲目性。在鲁迅看来，当务之急就是要打破“华夏中心主义”，这是一种盲目的民族自大，将会导致抱残守缺、不思进取的民族惰性，也正是进化危机之所在，鲁迅终生都对此

① 鲁迅：《鲁迅全集》第1卷《科学史教篇》，第28页。
② 鲁迅：《鲁迅全集》第1卷《随感录六十六》，第386页。
③ 鲁迅：《鲁迅全集》第1卷《随感录四十六》，第348页。
④ 鲁迅：《鲁迅全集》第1卷《文化偏至论》，第47页。
⑤ 鲁迅：《鲁迅全集》第1卷《文化偏至论》，第56页。
⑥ 鲁迅：《鲁迅全集》第1卷《摩罗诗力说》，第68页。
⑦ 鲁迅：《鲁迅全集》第1卷《文化偏至论》，第47页。
⑧ 鲁迅：《鲁迅全集》第1卷《文化偏至论》，第57页。

保持高度警惕。“人国”则是指能使人们的个性得到健全发展的新国家，然而，鲁迅当时看到的却是几千年的封建传统束缚着国人的个性发展，聪明才智得不到充分发挥，民族愚弱、衰颓，缺乏创造力，永远为奴隶。个性解放作为革命民主主义的启蒙教育的第一步，对于促进革命的觉醒是必须的，它在反封建思想方面有积极的作用。

2. 唯意志论

曹聚仁认为：“鲁迅的思想、性格，正有着叔本华的影子。”①在叔本华看来，人和世界都是“意志”的表象，“现在我们明白了在每人的意识中是什么东西把自己身体的表象，和其他的在别的方面仍与之相同的一切表象区别开来。这区别就在于身体还在完全另一个在种类上不同的方式中出现于意识，这个方式人们就用意志这个词来标志。并且正是我们对于自己身体所有的这一双重认识给我们指出了理解身体本身，身体随动机而有的作用和运动，以及身体对外来作用所受的影响（等等）的钥匙；一句话，给了我们理解身体在不作为表象时，而是在表象以外，它自在的本身是什么的钥匙。这不是我们对于一切其他实在客体的本质、作用和所受的影响直接能有的理解”②。叔本华进一步指出：“意志，作为（人）自己的身体的本质自身，作为这身体除了是直观的客体，除了是表象之外的东西，首先就在这身体的有意的运动中把它自己透露出来，只是这些运动不是别的而是个别意志活动的‘可见性’。这‘可见性’和意志活动是直接而完全同时发起的，和意志活动是同一回事；只是由于这‘可见性’转入了认识的形式，亦即成为表象，才和意志活动有区别。”③叔本华赋予“身体”以个体的身份，并且可以被认知，“意志”可以直观地显现于作为“身体”的个体形式的“自我”中，主体既拥有现象，同时又与“意志”直接同一，是现象和意志的统一。

然而，在叔本华开创的唯意志论哲学中，意志是痛苦的根源，所以其哲学的目的是要消灭意志。尼采的意志概念承袭叔本华，但反对意志是痛苦根源而须加以消灭的观点。他认为人类的发展是由低级至高级，由兽到超人的过程，而这过程乃取决于人的意志的强弱，强大意志是超人的特质，乃最后进化的必要因素，即“权力意志”。因此，他高扬欲望的重要性，因为欲望等同意志，造就强者，“要求强者不表现为强者，要求他不表现征服欲、战胜欲、统治欲，要求他不树敌，不寻找对抗，不渴望凯旋，这就像要求弱者表

① 曹聚仁：《鲁迅评传》，第38页。
② 〔德〕叔本华：《作为意志和表象的世界》，石冲白译，商务印书馆2009年版，第154页。
③ 〔德〕叔本华：《作为意志和表象的世界》，石冲白译，第158页。

现为强者一样荒唐。一定量的力相当于同等量的欲念、意志、作为,更确切些说,力不是别的,正是这种欲念、意志、作为本身"①。不过,他不止把欲望停留在生存本身,更强调权力意志要进一步在价值上的不断实现、超越、创造。由于权力意志不安于现状,超出任何限制,不断打破陈规教条,自然与旧有价值形成冲突,"请看那些善良者正直者罢!谁是他们最恨的呢?他们最恨破坏他们的价值表的人,破坏者,法律的破坏者:——但是这人正是创造者"②。"价值的变换,——那便是创造者的变换。创造者必常破坏。"③新价值的创造必基于旧价值的破坏,尼采重估价值后,否定了往昔以善恶为价值判断的标准,而改之以权力意志。权力意志超越善与恶,评判的标准是权力意志的强与弱。

在鲁迅的进化论思想体系里,鲁迅对人的理解、人性和兽性的界定以及强调人的意志在进化过程中的作用等方面深受尼采的影响,北冈正子认为:"(鲁迅)在承认'自然规律'的时候,他又在进化论中增加了尼采的'凭意志摆脱命运'这样一个观点,于是人类历史就不再是被'自然规律'决定的被动物,而成为'意志'不断与'规律'抗争并实现自我的过程。"④鲁迅之所以对国民"怒其不争",主要在于其麻木地屈从于命运的摆布,不愿尝试以自身意志去挣脱现实压迫。综观鲁迅一生,尼采对其早期思想的影响尤为深刻。鲁迅赴日本留学时,其思想尚停留在以科学启蒙的阶段,认为中国衰败的主因是科学落后,因此他着手翻译了《月界旅行》《地底旅行》《北极探险记》《造人术》等科幻小说。1904~1905年日俄战争爆发,日本成为东方强国,而原为东方大国的中国却日益衰败,危急存亡之秋,国人却仍只顾一己之私利,甘当亡国奴;而日本人团结御侮的爱国情操,令鲁迅开始思索改造国民性这一议题,认为只有彻底摧毁禁锢思想的旧制,中华民族才有苏生的希望,而强调反抗、破坏的尼采哲学成了鲁迅的首选。中国的当务之急是出现一批"轨道破坏者",向庸众宣战,而这一点正与尼采相通,在鲁迅看来,中国唯有靠这些精神界之战士,"尊个性而张精神",才能破除封建旧制对人性的束缚,重新打开一条生路。

鲁迅留日期间阅读当时日本人对尼采其人其说的评论文章,并读尼采的代表作《查拉斯图拉如是说》,后来又多次翻译书中的章节。⑤ 鲁迅在

---

① 〔德〕尼采:《尼采文集:查拉斯图拉卷》,周国平等译,第218页。
② 〔德〕尼采:《尼采文集:查拉斯图拉卷》,周国平等译,第14页。
③ 〔德〕尼采:《尼采文集:查拉斯图拉卷》,周国平等译,第51页。
④ 转引自〔日〕伊藤虎丸:《鲁迅、创造社与日本文学》,孙猛等译,第310页。
⑤ 〔澳〕张钊贻:《鲁迅:中国"温和"的尼采》,第179-180页。

1907～1908 年发表的文章中，多次提及并赞扬尼采，《摩罗诗力说》篇首的引言“求古源尽者将求方来之泉，将求新源。嗟我昆弟，新生之作，新泉之涌于渊深，其非远矣”①，即出于《查拉斯图拉如是说》。他又多次提到“意力”一词，“故如勗宾霍尔所张主，则以内省诸己，豁然贯通，因曰意力为世界之本体也；尼佉之所希冀，则意力绝世，几近神明之超人也；伊勃生之所描写，则以更革为生命，多力善斗，即迕万众不慑之强者也”②。以绝世之“意力”为超人之内涵，此“意力”即唯意志论中的“意志”。

张钊贻认为，野蛮在文明社会来说是恶的、被压抑的，但“尼采肯定各种表现形式的‘权力意志’，包括野蛮性背后的‘权力意志’，就等于赞赏原子能的力量，并不就是赞赏作为武器的原子弹的破坏力。关键是这些力量的‘精神化’”③。因为野蛮性是饱含生命力的激情，有着无限的创造力。鲁迅亦对传统贬抑的野蛮性加以肯定：“盖文明之朕，固孕于蛮荒，野人狉獉其形，而隐曜即伏于内。文明如华，蛮野如蕾，文明如实，蛮野如华，上征在是，希望亦在是。”④“隐曜”即是指潜藏的精神力量，与意力同趣，是创造文明之条件。

鲁迅以“摩罗”借指撒旦：“摩罗之言，假自天竺，此云天魔，欧人谓之撒但，人本以目裴伦(G. Byron)。”⑤鲁迅认为撒旦有惠于人间：“亚当之居伊甸，盖不殊于笼禽，不识不知，唯帝是悦，使无天魔之诱，人类将无由生。故世间人，当蔑弗秉有魔血，惠之及人世者，撒但其首矣。”⑥正因撒旦解放了亚当，使他有了自由，叛离牢笼，才衍生人类，故世人都秉承此反叛精神（魔血）。撒旦“潜入乐园，至善美安乐之伊甸，以一言而立毁，非具大能力，曷克至是？”⑦伊甸乃神之杰作，而撒旦只用言语，即可令亚当叛离伊甸，其力足以抗神。撒旦更强大的是其意力，亦即不断突破局限，反抗权威的意志：“卢希飞勒不然，曰吾誓之两间，吾实有胜我之强者，而无有加于我之上位。彼胜我故，名我曰恶，若我致胜，恶且在神，善恶易位耳。”鲁迅认为：“神，一权力也；撒但，亦一权力也。唯撒但之力，即生于神，神力若亡，不为之代；上则以力抗天帝，下则以力制众生，行之背驰，莫甚于此。顾其制众生也，即以抗

① 鲁迅：《鲁迅全集》第 1 卷《摩罗诗力说》，第 65 页。
② 鲁迅：《鲁迅全集》第 1 卷《文化偏至论》，第 56 页。
③ 〔澳〕张钊贻：《鲁迅：中国“温和”的尼采》，第 196 页。
④ 鲁迅：《鲁迅全集》第 1 卷《摩罗诗力说》，第 66 页。
⑤ 鲁迅：《鲁迅全集》第 1 卷《摩罗诗力说》，第 68 页。
⑥ 鲁迅：《鲁迅全集》第 1 卷《摩罗诗力说》，第 75-76 页。
⑦ 鲁迅：《鲁迅全集》第 1 卷《摩罗诗力说》，第 79 页。

故。"[①]神之能力虽高于撒旦,若论意力,则如撒旦所言,"无有加于我之上位",面对神亦毫不屈服,因为意志是在不断自我超越中创造新价值,而神却只固守现有的价值。他认为,神之被人崇拜,乃因其施以种种残酷又伪善的手段,无本质上的善恶,善恶不过是以胜负而言,强者、胜者为善,弱者、败者为恶,既然判断的标准是相对的,神便不能作为评判标准,不再有绝对权威,以上言论无疑是对旧价值的重估。

拜伦诗中主角亦多如是,《海贼》一诗主角康拉德"遗一切道德,唯以强大之意志,为贼渠魁","国家之法度、社会之道德,视之蔑如。权力若具,即用行其意志,他人奈何,天帝何命,非所问也"[②]。遗世独立,崇尚意力,蔑视世俗道德价值,对于仇敌,则"利剑轻舟,无间人神,所向无不抗战。盖复仇一事,独贯注其全精神矣"。又如其诗《罗罗》:"所叙自尊之夫,力抗不可避之定命"[③],同样鼓吹反抗的意志;《曼弗列特》《凯因》等诗,都颂扬撒旦。故鲁迅谓拜伦文章"无不函刚健抗拒破坏挑战之声。平和之人,能无惧乎?于是谓之撒但"[④]。拜伦的诗歌固然不止这些主题和思想,鲁迅撷取这些作品,并强调其意力,北冈正子指出:"鲁迅着眼于意志力量和复仇精神是反抗压迫的原动力,把《曼弗雷德》《海盗》《该隐》等分别作为表现强大意志力量、复仇精神和对神进行反抗的作品加以介绍。……在选择介绍哪些作品方面,鲁迅的意图颇为明确。"[⑤]这不只是鲁迅眼中拜伦诗歌的特质,也是"摩罗诗人"的诗歌特质。这种特质本身固然有其浪漫主义的脉络,但鲁迅通过尼采哲学赋予其更深的哲学含义,具有自己独特的理解,如刘正忠所言:"鲁迅也作了创造性的修正或偏移。首先,他把尼采的'超人'观念与浪漫主义的'摩罗诗人'结合起来,便展现了独特体验……鲁迅实际上是把恶魔诗人给'超人化',使其具有更深邃的思想资源,从而将'诗人—战士'形象由社会面扩展到精神界。"[⑥]拜伦等浪漫主义诗人的形象和诗歌的风格,以及对社会的影响无疑是强烈的,但当时对其精神驱力为何及往何方迈进等问题缺乏深入的哲学论述和支撑,唯意志论的提出为此注入丰富的哲学内涵。鲁迅正是从意志的角度把握"摩罗诗人"的特质。

"摩罗诗人"促使个人冲破安于现状、麻木被动的旧习,从"立人"进而

---

① 鲁迅:《鲁迅全集》第1卷《摩罗诗力说》,第80-81页。
② 鲁迅:《鲁迅全集》第1卷《摩罗诗力说》,第77页。
③ 鲁迅:《鲁迅全集》第1卷《摩罗诗力说》,第78页。
④ 鲁迅:《鲁迅全集》第1卷《摩罗诗力说》,第75页。
⑤ 〔日〕北冈正子:《摩罗诗力说材源考》,何乃英译,北京师范大学出版社1983年版,第3-4页。
⑥ 刘正忠:《摩罗,志怪,民俗:鲁迅诗学的非理性视域》,《清华学报》2009年第3期。

迈向超人，作精神之进化。这种进化必然立足于张扬激励、争强好胜，不断超越限制的精神特质，否则难以唤起被压抑的生命力，非争强好胜，就会在竞争中堕后，失去优势；非超越限制，则无法破除旧价值以创造新价值。不论是从鲁迅对“摩罗诗人”的内涵与代表诗人之作品去分析，还是循此推理考察，都不难发现这两条路径都指向同一精神特质：或曰“意志”、或曰“意力”、或曰“心力”，都是澎湃激烈，强悍不屈，反抗固有价值，不断超越局限以破旧立新的精神力量。

3. 尼采的身体观

以笛卡尔为代表的古典理性主义，注重人的理性、意识与思想，以为理性的充分发挥可以主宰外在客体；笛卡尔的思想基础是“心身”二元论，亦即“主体”与“客体”的二元对立，心（主体）与身（客体）的关系是认识与被认识的关系，主体可通过意识、理性认识并了解客体，如此“人的主体性”就成了脱离身体及外在世界的孤立思考，远远站在身体之外审视着客观的身体，主体性与身体、世界是割裂的。现代哲学则认为，理性及意识不过是人的整体生命的冰山一角，其下有极为深厚的“非理性”底层，哲学必须予以正视，在这种观点下，身体就不仅仅是静态的被认识对象，而是构成主体的不可或缺的有机部分。不过这些现代哲学家的努力，一开始就不否定理性，而企图将理性带向非理性，将二者加以辩证统合，从而使“身体”彰显出更全面、更有深度的哲学内涵。

自笛卡尔以降，“理性主义”成为思想主流，人的存在因思想、意识、理性得到确证，但也因此形成了“心”对“身”的支配，身体变成思想的工具。这种趋势到尼采那里才得到彻底纠正，他把身体拔高到涵盖心理、超越心理的高度。尼采说：“假如人们不是郑重其事地对待自我保存，强调肉体也就是生命的力；假如人们用贫血症来虚构理想，由对肉体的蔑视来‘医治灵魂’，那这除了是一付颓废药方之外，还能是什么呢？”①人不再是柏拉图派所认为那样是最完美的动物，而是迷失的动物，是身体，正因为人有意识、思想、精神，使他否弃身体本能；对尼采而言，身体是“感官的总体”，是“器官组成的底层世界”（an underworld of organs），是灵魂的“地底世界”（underworld），意识仅代表其中一个部分，身体或肉体要丰富得多。既是“地底世界”，必然是黑暗、异质、多元、复杂的，也就是在人的理性把握之外的。因此，尼采指出：

---

① 〔德〕尼采：《权力意志——重估一切价值的尝试》，张念东、凌素心译，商务印书馆1991年版，第69页。

肉体是一个大理智，一个单一意义的复体，同时是战争与和平，羊群与牧者。

我的兄弟，你的小理智——被你称为“精神”的，是你的肉体的工具，你的大理智的小工具与小玩物。

你常说着“我”，而以这个字自豪，但是更伟大的——而你不愿相信——是你的肉体和它的大理智，它不言“我”，而实行“我”。……

我的兄弟，在你思想与感情之后，立着一个强大的主宰，未被认识的哲人——那就是“自己”。它住在你的肉体里，它即是你的肉体。①

尼采把“自己”等同于肉体，可见肉体这个世界的权能之大，肉体实是包罗万象、超乎人类认识能力之上的宇宙缩影，它是充实饱满的立体存在，是实与虚、客体与主体、历时与共时的有机统一；肉体深于、广于、厚于、大于意识与语言所赋予意义的灵魂，它是灵魂无法穷尽的深渊，因此它是灵魂的“地底世界”。

尼采认为，善恶、苦乐与你我，乃至“神”，都是因为人们不愿意正视“自己”而创造出来的，这是弱者的“方便之门”。人要做“自己”，就要闯自己的路，就不能贪图这些快捷方式，这意味着必须回归身体，让身体做自己的主人，让身体不再被外界的价值切割、左右，要向内在、外在、地上、地底的世界彻底敞开，接受、拥抱、重新体验被意识定型的内外、上下世界的一切感受，只有这样让身体重新变成完全的身体，人才能成其为人，这才是尼采所谓超人、创造、权力意志的真意。肉体之所以即为“自性”，即为“我”，从其外部看，其意在于身体具有形成视角的能力。这样的“我”与“自己”，以及它所自生出的意义，不需要另一个自我、自性去服从甚至附和，每个“我”的意义都是单一的，因之也与其他“我”的意义平等共处。在这些单一的“我”们的众多意义中，没有统一也不需要统一，也正因如此，每个单一的“我”的意义与另一个单一的“我”的意义之间不会有不可跨越的界限，这一个“我”的意义与另一个“我”的意义，是彼此开放的，它们之间是一种“对话”关系，肉体自身的“存在”由“矛盾与混乱”造成，而它与其他肉体之间，也因这“矛盾与混乱”而得以相互对话、质疑。

唐弢认为：“鲁迅爱好尼采有许多客观条件，从个人气质说，从内在的心理状态说，我以为也同样存在着可以接受尼采某些思想的禀赋。”②汪晖在论及鲁迅与西方现代思潮之间的关系时，也特别强调尼采对鲁迅思想的影

---

① 〔德〕尼采：《尼采文集：查拉斯图拉卷》，周国平等译，第24页。

② 唐弢：《一个应该大写的文学主体——鲁迅》，《社会科学辑刊》1989年第1期(增刊)。

响："当时日本哲学界正处于唯心主义哲学向新康德主义认识论和黑格尔哲学的方向深化的阶段，基尔凯廓尔、尼采等人的哲学思想作为一种微不足道的异端，并未引起日本哲学界的重视，而鲁迅却以他对世界潮流的敏锐感受，发现了这两位改变人类思维方式并启发了当代西方哲学的现代思想家……毫无疑问，西方现代哲学先驱极大地影响了鲁迅思考问题的方法：把个人、个人的主观性、自由本质、反叛与选择置于思考的中心，从而鲁迅在他的文化哲学建构伊始，就成为一位真正属于二十世纪的'现代'思想家。"①基于鲁迅自幼形成独立思考、不拘常规的秉性，他在日本留学时开始接受尼采思想就是顺理成章的事。尼采在西方现代主义思潮中的先驱地位，在于他"重估一切"的极端主张，为现代主义摒弃传统提供了哲学理论上的支撑。尽管我们不能因为鲁迅在思想上深受尼采的影响，就把他的小说与现代主义文学画上等号，但作家思想对其作品产生直接或间接的影响是毫无疑义的，因此，鲁迅小说具有现代主义文学特质，乃至具有"现代性"的推论，应可得到证明。

鲁迅曾经将国家、民族的未来和改造国民性的希望寄托在"超人"身上，"唯超人出，世乃太平。苟不能然，则在英哲"②。鲁迅所谓的"超人"是"真的人"发展的最高状态，是能够支配自我、具有创造性和价值维度的人。③在《摩罗诗力说》中他曾呼唤中国"精神界之战士"，指的是那些能"动吭一呼，闻者兴起，争天拒俗，而精神复深感后世人心"④的"先觉者"。因此，其心目中的"超人"不再是尼采眼中虚无渺茫的意念中人，而是指当时先进思潮影响下成长起来的"真的人"。他们不但"宝守真理，不阿世媚俗"⑤，具有独立思想、勇毅精神和坚强意志，而且甘为人民大众的解放而献身，能够担负起启蒙重任并引导人们走向斗争。尼采对庸众很蔑视，他说："对于许多

① 汪晖：《反抗绝望——鲁迅的精神结构与〈呐喊〉〈彷徨〉研究》，上海人民出版社 1991 年版，第 27-28 页。
② 鲁迅：《鲁迅全集》第 1 卷《文化偏至论》，第 53 页。
③ 张钊贻对《狂人日记》中"真的人"与《查拉图斯特拉如是说》中的"超人"进行了比较，进而指出，"真的人"在"进化"的阶梯上比尼采的"超人"低一级，显然更容易达到，也就是更现实，这就是小说不太渺茫的原因。然而尼采进化论的"伪影响"与鲁迅"改造国民性"的思想有密切的关系。尽管鲁迅把目标从"超人"降低到"真的人"，但他的进化论的内在矛盾无法解决，使得小说带上阴暗悲观的色调。鲁迅知道中国人是不愿意改造自己的，所以狂人最终失败，恢复"正常"，向社会制度投降。见〔澳〕张钊贻：《鲁迅：中国"温和"的尼采》，第 362-363 页。
④ 鲁迅：《鲁迅全集》第 1 卷《摩罗诗力说》，第 68 页。
⑤ 鲁迅：《鲁迅全集》第 1 卷《文化偏至论》，第 53 页。

人你不应伸手的，只应给之以巴掌：而且我希望你掌上多有钩爪。”①这里的“许多人”实际上是庸众的代名词，由此可见尼采的贵族激进主义立场。鲁迅对庸众不是尼采那贵族式的俯视，更多的是忧愤与同情，“哀其不幸，怒其不争”，这同尼采心目中那种蔑视、憎恶和奴役庸众，“用庸众为牺牲，以冀一二天才之出世”②的“超人”概念有着本质的区别。

鲁迅为了打破几千年封建思想加在人民群众身上的精神枷锁，汲取尼采“打破偶像”“一切价值重估”等同一切旧思想意识决裂的彻底反传统精神，同“稽求既往，相度方来，掊物质而张灵明，任个人而排众数”③的个性解放思想结合起来，主张发挥“个人”的主观能动作用。特别是在“五四”时代精神的感召下，鲁迅的思想成了冲决封建罗网、打破封建桎梏的思想批判武器。鲁迅基于自鸦片战争以来中国逐步沦为半殖民地、半封建社会的现实，痛感民族意志的衰颓、奴性思想的流毒，赞赏尼采学说中“独立自强”“勇猛无畏”，敢于“排舆言而弗沦于俗囿”的“图强”精神，并用以激励国民改变妄自尊大、排斥异端、孱弱无能、守旧愚昧、“宁蜷伏堕落而恶进取”的国民劣根性。

## 第二节　鲁迅小说身体诗学的内在特质

鲁迅小说中的人物深受肉体与灵魂的双重折磨，在精神疗救的家国想象与自我疗救的本能欲望中苦苦挣扎，从而使其小说充满了“精神”与“身体”二元对立的留痕。郜元宝指出：“身体在鲁迅著作中是和单独的身体本身无关的，鲁迅著作中的身体，主要是捐献者、受苦者、忍耐者、承担者、探索者的精神隐喻，因此身体主要是被描写的对象，而非言说的主体，所谓身体语言也并不是身体言说自己的语言，而是意识和精神主体借助于身体的言说。”④

### 一、文化诊断的原初身体

鲁迅批判国民性的原动力，正源自他对身体的自觉。谭光辉认为：“中国现代作家把中国看作一个有病的躯体，把自己放在医生的位置，为其诊断和治疗，腐烂的身体与腐烂的文明一起构成了整个中国现代的历史。”⑤鲁

① 〔德〕尼采：《苏鲁支语录》，徐梵澄译，第60页。
② 鲁迅：《鲁迅全集》第1卷《文化偏至论》，第53页。
③ 鲁迅：《鲁迅全集》第1卷《文化偏至论》，第47页。
④ 郜元宝：《从舍身到身受——略谈鲁迅著作的身体语言》，《鲁迅研究月刊》2004年第4期。
⑤ 谭光辉：《症状的症状：疾病隐喻与中国现代小说》，中国社会科学出版社2007年版，第4页。

迅把身体分为两个层面：第一，身体即肉体本身，是人的意识、思想、价值的载体，也是人类追求“终极价值”的媒介。即鲁迅所说“用骨肉碰钝了锋刃，血液浇灭了烟焰”，才能“在刀光火色衰微中，看出一种薄明的天色，便是新世纪的曙光”①。诸如《斯巴达之魂》中的“一履战地，不胜则死”②的斯巴达人，以及被鲁迅称誉的“埋头苦干”“拼命硬干”“为民请命”“舍身求法”的“中国的脊梁”③等，均有此意。若无真信仰，就不必牺牲生命，鲁迅一向劝青年学生不要作无谓的“请愿”，正是因为他认为中国人无特操，没有真信仰，所以无须卖命，体现了鲁迅保存生命以奉献于真信仰的生命意识。李长之指出：“人得要生存，这是他的基本观念。因为这，他才不能忘怀于人们的死。”④第二，身体是一种有别于思想的持续性、全面性的存在。鲁迅的身体实践超越了善恶、美丑甚至生死等二元对立，呈现出忠于肉体生命的气度。吴俊指出：“在生与死、精神与肉体、理想与现实之间，鲁迅还有着并始终坚持着一种独特的生命意识。鲁迅暮年确乎为死亡所追迫，但是，他却不是通过死亡，而是通过生存，他选择了某种特殊的生存方式，尽可能最大限度地穷尽自己的生命能量，在生命中穷尽生命。”⑤鲁迅对身体的理解始终基于对“生命”的看法：他总是将生命视为人生的第一要义，“第一，便是生活。人必生活着，爱才有所附丽”⑥。鲁迅对生命的珍视，还怜及动物，甚至因死于猫爪下的小兔、丧于鹰嘴的鸽子、被车碾毙的小狗而抗议造物将生命造得太滥，毁得太滥。⑦ 至于鲁迅的“怎么活”，学界则有不同的看法。钱理群指出，热爱生活，热爱生命，这是鲁迅思想、性格的本质与核心；⑧李新宇认为，为“生存、温饱、发展”扫除一切障碍，是鲁迅毕生奋斗的行动纲领，若有“鲁迅主义”，此即为其核心。⑨ 人该怎么活？鲁迅自道：“一要生存，二要温饱，三要发展。有敢来阻碍这三事者，无论是谁，我们都反抗他，扑灭他！”他进一步指出，“我之所谓生存，并不是苟活；所谓温饱，并不是奢侈；所谓发展，也不是放纵”⑩，钱理群对此做出进一步说明：“‘人’不仅是生物存在，更是一种社会存在；‘人’不能仅仅满足于生物性的保存生命的欲求，还必须有

---

① 鲁迅：《鲁迅全集》第1卷《随感录五十九》，第373页。
② 鲁迅：《鲁迅全集》第7卷《斯巴达之魂》，第10页。
③ 鲁迅：《鲁迅全集》第6卷《中国人失掉了自信力了吗》，第122页。
④ 李长之：《鲁迅批判》，第3页。
⑤ 吴俊：《鲁迅个性心理研究》，华东师范大学出版社1992年版，第243页。
⑥ 鲁迅：《鲁迅全集》第2卷《伤逝》，第124页。
⑦ 鲁迅：《鲁迅全集》第1卷《兔和猫》，第580–581页。
⑧ 钱理群：《心灵的探寻》，第124页。
⑨ 李新宇：《鲁迅的选择》，河南人民出版社2003年版，第14页。
⑩ 鲁迅：《鲁迅全集》第3卷《北京通信》，第54–55页。

更高的,区别于一般生物的,作为‘社会的人’所特有的精神要求,追求生命的意义、价值和生活的理想。”①

正基于此,鲁迅的身体意识不但成为鲁迅的生命策略,也成为他的表现与书写方式。身体作为生命的目的及其连续性、实践性,使鲁迅对生命有独到的感悟,不随别人的“思想”起舞,不走从思想论思想的老路。他的“国民性批判”也遵循肉体生命的逻辑,故更能持之以恒、鞭辟入里。鲁迅早年标举“野人”“兽性”的价值,颂扬“摩罗”之力,就是企图通过揭橥身体作为各种斗争的场域,解救陷入困境中的老大帝国的身体。鲁迅指出,“尼佉(Fr. Nietzsche)不恶野人,谓中有新力,言亦确凿不可移。盖文明之朕,固孕于蛮荒,野人狉獉其形,而隐曜即伏于内。文明如华,蛮野如蕾,文明如实,蛮野如华,上征在是,希望亦在是”②。野人就是未经文明修饰、污染过的人,也就是不囿于意识理性、徜徉于身体之外的人,“摩罗”则是毁弃墨守成规、打破文明惰性,让身体重新焕发新生之力;野人中的“新力”“隐曜”均来自其身体的开放性,也是文明进步(“上征”)之所在。鲁迅笔下的国民性弱点如卑怯、愚弱、“合群的爱国的自大”等,都肇因于主观脱离客观现实,这种主观意识又日积月累,以致陷溺于因循苟且,从而导致生命脱离日新月异的“进化”,使身体处于封闭状态,难逃灭亡之厄运。

尼采矛盾的焦点,正是鲁迅矛盾的终点。尼采的矛盾是欲借肉体肯定现世却掉进否定现世的唯意志论,而鲁迅的矛盾在于:他早年探索理想人性,挖掘中国国民性的缺陷,竭力提倡以“科学”改造国民性,甚至立志学医来拯救国民的身体,“我的梦很美满,预备卒业回来,救治像我父亲似的被误的病人的疾苦,战争时候便去当军医,一面又促进了国人对于维新的信仰”③。但鲁迅最终发现拯救病体只是肉体、生活世界小理性的层面,循此途径改造国民性无异于缘木求鱼,只有回到灵魂、精神世界这个大理性,身体才能获救。鲁迅曾说:“‘肺腑而能语,医师面如土’。我想,假使肺腑真能说话,怕也未必一定完全可靠的罢,然而,也一定能有医师所诊察不到,出乎意外,而其实是十分真实的地方。”④这是鲁迅对身体的独特认知,也可视为他弃医从文的重要原因。在鲁迅看来,医术再精,不过是道术与技法,如要领悟生命的真谛,就要超越肉身,去倾听那“肺腑之语”,体格与精神的统一才是完整的生命。“凡是愚弱的国民,即使体格如何健全,如何茁壮,也只

① 钱理群:《心灵的探寻》,第122页。
② 鲁迅:《鲁迅全集》第1卷《摩罗诗力说》,第66页。
③ 鲁迅:《鲁迅全集》第1卷《〈呐喊〉自序》,第438页。
④ 鲁迅:《鲁迅全集》第6卷《〈草鞋脚〉(英译中国短篇小说集)小引》,第21-22页。

能做毫无意义的示众的材料和看客，病死多少是不必以为不幸的。所以我们的第一要着，是在改变他们的精神，而善于改变精神的是，我那时以为当然要推文艺，于是想提倡文艺运动了。"①我们可以把它看作对"肺腑之语"的召唤的回应。鲁迅已意识到生命的总体性不能仅通过科学理性去掌握，唯有博大的诗人才能"感得全人间世，而同时又领会天国之极乐和地狱之大苦恼的精神相通"②。因此，鲁迅已经挣脱了纯科学的认知框架，开始"感得全人间世"，领会到天国之极乐和地狱之大苦恼的残酷现实世界，开始运用身体逻辑来改造国民劣根性。

季桂起指出："鲁迅小说中一直存在两种不同的'价值声音'，一种是从新文化价值立场出发对传统文化的理性的反思与批判，另一种是从传统文化积淀出发对传统文化价值的感性的认同与寻找。"③《狂人日记》深刻揭示出人的本能欲望与传统文化无法调和的矛盾。"狂人"从个性主义与人道主义的价值立场发现了中国传统文化"吃人"的本质，人的被"吃"既体现在肉体上的被压迫与蹂躏，又隐喻着精神上的被压抑与摧残。吴虞最早洞悉鲁迅小说中的文化悖论："我读《新青年》里鲁迅君的《狂人日记》，不觉得发了许多感想。我们中国人，最妙是一面会吃人，一面又能够讲礼教。吃人与礼教，本来是极相矛盾的事，然而他们在历史上，却认为并行不悖的，这真正是奇怪了。"④尽管"礼教"(抑或"仁义道德")与"吃人"之间并不存在着一种对应关系，但"吃人"却是"礼教"造成的。在《孔乙己》中，鲁迅一方面批判传统观念和科举制度对旧知识分子的心灵造成的戕害，另一方面又发掘出人与人之间的冷漠无情与麻木不仁，完全背离了儒家倡导的"恻隐之心"与"仁、义、礼、智、信"。《社戏》中的平桥村虽地处偏远，仍然保留着浓厚的人伦亲情，人们不再受旧礼教的束缚，流露出鲁迅对乡土中国应有的仁爱之心、友善之情的赞赏和眷恋。

## 二、吃与被吃的社会身体

鲁迅对身体既有自然面向的建设性思考，又带有人文面向权力建构的破坏性批判。中国传统文化一直蔑视身体的存在，谢有顺通过对孟子"杀身

① 鲁迅：《鲁迅全集》第1卷《〈呐喊〉自序》，第439页。
② 鲁迅：《鲁迅全集》第7卷《诗歌之敌》，第246页。
③ 季桂起：《中国小说创作模式的现代转型：论"五四"小说"心理化"的精神艺术世界》，中国社会科学出版社2007年版，第93页。
④ 吴虞：《吃人与礼教》，《新青年》1919年第6期。

成仁”“舍生取义”以及“诗言志”的分析，得出“中国文化也是没有身体的文化”①。鲁迅生活在一个有着数千年“诗言志”传统的中国，本应属于文学本体的身体已沉潜消隐，残破的身体却成为衰败的家国隐喻，疾病的所指也由肉身滑向精神乃至社会，文学也因之成为诊治国民性的启蒙神话和寓言。鲁迅曾指出：“说到‘为什么’做小说罢，我仍抱着十多年前的‘启蒙主义’，以为必须是‘为人生’。而且要改良这人生……所以我的取材，多采自病态的社会的不幸的人们中，意思是揭出病苦，引起疗救的注意。”②然而，他的以“为人生”和“改良这人生”为宗旨的文学创作，毕竟肇始于“向死存在”的身体，因此，其小说就不可避免“安特莱夫式的阴冷”和对现实世界的决绝，“毒气”和“鬼气”充斥其间。

“吃人”是鲁迅对中国传统文化野蛮、残忍的血腥本质的敏锐洞察与真切感悟。基于人道主义与改造国民性的立场，鲁迅惊悚地发现数千年的中国历史竟然是一部血淋淋的吃人史。在鲁迅笔下，中国人历来不是吃人就是被吃，那些铁屋子里昏睡的国民随时都可能成为统治者宰割的羔羊。然而，他们也吃人，或主动或被动。他们虽然在人群中有意或无意地抢食过几片人肉，却总喜欢把自己装扮成无辜的受害者，既不敢承认自己曾经吃过人，也不愿承担吃人的责任，“因为自己各有奴使别人，吃掉别人的希望，便也就忘却自己同有被奴使被吃掉的将来”③，他们永远生活在自欺与欺人世界里。因此，觉醒的狂人可能在不自知时吃了妹子几块肉，当他清醒地意识到自己也曾参加吃人、现在又将轮到自己被吃以后而更加痛苦与恐惧。李欧梵指出：“‘狂人’的清醒反而成了对他存在的诅咒，注定他要处于一种被疏远的状态中，被那些他想转变其思想的人们所拒绝。”④这一向被认为是鲁迅批判中国传统礼教吃人的隐喻。⑤ 在鲁迅看来，乡土中国及其所代表的农耕文化早已成了中国传统文化藏污纳垢的处所，“试看中国的社会里，

---

① 汪民安主编：《身体的文化政治学》，河南大学出版社 2003 年版，第 193 页。

② 鲁迅：《鲁迅全集》第 4 卷《我怎么做起小说来》，第 526 页。

③ 鲁迅：《鲁迅全集》第 1 卷《灯下漫笔》，第 229 页。

④ ［美］李欧梵：《铁屋中的呐喊》，尹慧珉译，第 82 页。

⑤ 林非指出，鲁迅所谓的“吃人”，其根本含义自然是指中国传统文化中的主导精神线索，对于广大人民的思想和精神进行虐杀与麻醉，而其最终目的自然又是为了维护以等级特权社会结构为基础的专制主义统治。见林非：《鲁迅和中国文化》，学苑出版社 1990 年版，第 12 页。王乾坤对此进一步分析，在鲁迅之前，18 世纪的戴震已经提出“以理杀人”的观点，但这杀人之“理”意指宋明理学，鲁迅之不同于戴震及其他五四时期启蒙者之处在于，鲁迅完全从“个性自由自觉”去界定“人”，从而他笔下“吃人”的“仁义道德”不仅指宋明理学，而远溯至孔孟的“四千年”前。见王乾坤：《由“中间”寻找无限——鲁迅的文化价值观》，陕西人民教育出版社 1996 年版，第 40-41 页。

吃人，劫掠，残杀，人身买卖，生殖器崇拜，灵学，一夫多妻，凡有所谓国粹，没一件不与蛮人的文化恰合”①。鲁迅经历了家道中落、少年丧父以及寄人篱下等不幸之事，同时还要忍受兄弟参商与高长虹背叛后的流言蜚语……这种刻骨铭心的生活遭际形成了他那种阴郁、多疑的秉性以及深刻审视世界的方式。诚如汪晖所言：“鲁迅文化哲学的一个根本性的起点又是对生命个体的思考。当鲁迅把个体作为一种独立的真实存在抽象出来思考个体生命的意义时，他就无法摆脱人生的悲凉、死亡赋予生命的有限性、生命旅程的孤独感和惶惑、深刻的无处躲藏的危机感和绝望、面对有限的因而也是悲观的人生的反抗、通过独特的选择而赋予生命以意义……——这一切只有作为生命个体才能体验到的冲突，深深地颤动了现代人的心灵。”②鲁迅面对历史和伦理时均有一种难以言说的苦衷和痛彻心扉的绝望感，而现实生活中遭遇的不幸与痛苦使他念念不忘，在“瞒和骗”“被吃”和“气闷”的荒原里战斗犹酣。

> 我的一种妄想破灭了。我至今为止，时时有一种乐观，以为压迫、杀戮青年的，大概是老人。这种老人渐渐死去，中国总可比较地有生气。现在我知道不然了，杀戮青年的，似乎倒大概是青年，而且对于别个的不能再造的生命和青春，更无顾惜。③
>
> 中国历来是排着吃人的筵宴，有吃的，有被吃的。被吃的也曾吃人，正吃的也会被吃。但我现在发见了，我自己也帮助着排筵宴。④

以上文字见于1927年9月的《答有恒先生》一文中，离鲁迅写《狂人日记》已有十年之久，可见“吃”与“被吃”这一意象早已深植在鲁迅认知的先见结构中，且带有“从有限到无限”的意涵。在鲁迅那里，“吃”与“被吃”不仅是四千年来中国人难逃的厄运，而且是启蒙者必然的下场，令人扼腕长叹。

鲁迅常常用“醉虾”或“散胙”来形容自己的处境。他曾发出这样的慨叹：“中国的筵席上有一种‘醉虾’，虾越鲜活，吃的人便越高兴，越畅快。我就是做这醉虾的帮手，弄清了老实而不幸的青年的脑子和弄敏了他的感觉，

① 鲁迅：《鲁迅全集》第1卷《随感录四十二》，第343页。
② 汪晖：《反抗绝望：鲁迅及其文学世界》，河北教育出版社2000年版，第39页。
③ 鲁迅：《鲁迅全集》第3卷《答有恒先生》，第473页。
④ 鲁迅：《鲁迅全集》第3卷《答有恒先生》，第474页。

使他万一遭灾时来尝加倍的苦痛，同时给憎恶他的人们赏玩这较灵的苦痛，得到格外的享乐。"[①]"醉虾"的隐喻使人回想起《〈呐喊〉自序》中关于"铁屋子"的隐喻，吊诡之处是他早年的预言已被验证：那些熟睡的人们中被唤醒了的"较为清醒的几个人"，已经落在"革命的"和"反革命的"人们手中痛苦地死去，鲁迅对此深感负疚与自责，甚至认为"现在倘再发那些四平八稳的'救救孩子'似的议论，连我自己听去，也觉得空空洞洞了"[②]。最终陷入"我终于觉得无话可说"[③]的窘境。鲁迅在《狂人日记》与《药》中，分别写到徐锡麟与夏瑜牺牲后，他们的心肝和鲜血被吃的血腥。先驱者在精神上被民众利用更是屡见不鲜，鲁迅把这种现象称作"散胙"。他在《即小见大》中指出："凡有牺牲在祭坛前沥血之后，所留给大家的，实在只有'散胙'这一件事了。"[④]他在《两地书》中再次表示了类似的看法："牺牲为群众祈福，祀了神道之后，群众就分了他的肉，散胙。"[⑤]这是由"吃"转为"被吃"的身体遭际，鲁迅在文中多次提到"散胙"，足见其身心所受创伤之深。

鲁迅在《狂人日记》中借狂人之口揭示出中国数千年来传统文化与封建礼教"吃人"的本质，在其中生活的人们往往处于"非人"状态，甘愿充当着"吃"与"被吃"的双重角色。"我翻开历史一查，这历史没有年代，歪歪斜斜的每叶上都写着'仁义道德'四个字。我横竖睡不着，仔细看了半夜，才从字缝里看出字来，满本都写着两个字是'吃人'！"[⑥]这些国民乐于为奴，往往身处其中而不自知，正如鲁迅所说："中国人向来就没有争到过'人'的价格，至多不过是奴隶，到现在还如此，然而下于奴隶的时候，却是数见不鲜的。"[⑦]普天之下，莫非王土；率土之滨，莫非王臣。传统中国的历史只不过是一部家族史或奴隶史，鲁迅以辛辣之文字与悲悯之心批判了国人习以为奴的劣根性。

## 三、自我否定的开放身体

鲁迅以文字和自己的身体经验，从"掊物质而张灵明"到肯定"文学的阶级性"、从"救救孩子"的呐喊到"每天孳孳"的进程，正是从企图"极致掌握生活世界、回归相互归属"到消融这一企图而真正进入生活世界的过程。

---

① 鲁迅：《鲁迅全集》第3卷《答有恒先生》，第474页。
② 鲁迅：《鲁迅全集》第3卷《答有恒先生》，第476-477页。
③ 鲁迅：《鲁迅全集》第3卷《答有恒先生》，第474页。
④ 鲁迅：《鲁迅全集》第1卷《即小见大》，第429页。
⑤ 鲁迅：《鲁迅全集》第11卷《两地书》，第76页。
⑥ 鲁迅：《鲁迅全集》第1卷《狂人日记》，第447页。
⑦ 鲁迅：《鲁迅全集》第1卷《灯下漫笔》，第224页。

这是一个自我否定的过程：不仅否定身外的客体，还要否定否定这客体的主体，返回身体、生活世界。不但回归"身体"当下的生命本能，还要回归那连现在都没有的"幽暗意识"，从"超越"到"限制"再上升至"有限制的超越"，即"厨川白村所提倡的那种'尼采对价值的再评价'"①。

鲁迅的小说书写布满"精神上的苦刑"，其小说人物在作者的灵魂拷问下，"没有活路""不堪设想"。鲁迅一再通过期待与现实之间的落差，彻底揭示陷落的灵魂。尽管他期待青年们"可以将中国变成一个有声的中国。大胆地说话，勇敢地进行，忘掉了一切利害，推开了古人，将自己的真心的话发表出来"②，"愿中国青年都摆脱冷气，只是向上走，不必听自暴自弃者流的话。能做事的做事，能发声的发声。有一分热，发一分光，就令萤火一般，也可以在黑暗里发一点光，不必等候炬火"③。可是在他的小说中却让青年深陷罗网与黑暗，乃至失语沉默，如说出"我是我自己的，他们谁也没有干涉我的权利"的子君、经常谈"家庭应该破坏"的魏连殳、"到城隍庙里去拔掉神像的胡子"的吕纬甫等，尽管他们带着叛逆精神向社会成规与禁忌发出挑战，结果遭受"无主名无意识杀人团"的规训与惩罚。鲁迅一次又一次地让他们陷入困苦、自虐、颓废乃至死亡，如被逼入绝境的魏连殳，发出了"我还得活几天"④的哀号；陷入痛苦与悔恨中的涓生，"我愿意真有所谓鬼魂，真有所谓地狱，那么，即使在孽风怒吼之中，我也将寻觅子君，当面说出我的悔恨和悲哀，祈求她的饶恕；否则，地狱的毒焰将围绕我，猛烈地烧尽我的悔恨和悲哀"⑤。

鲁迅施展的"精神苦刑"不止于人物与外在环境的对抗，而是让人物陷入深沉的精神困境，苦苦挣扎。这些先觉者试图与传统割裂，当他们奋力反抗时，却又发现自己与传统有千丝万缕的联系，如《狂人日记》中曾控诉吃人社会的狂人最终意识到自身"也在其中混了多年"，"有了四千年吃人履历的我，当初虽然不知道，现在明白，难见真的人"⑥。这种进退两难的尴尬境地，是鲁迅"中间物"意识在小说人物身上的折射，"一切事物，在转变中，是总有多少中间物的。动植之间，无脊椎和脊椎动物之间，都有中间物；或者简直可以说，在进化的链子上，一切都是中间物"⑦。中间物既意味着有缺

① 〔美〕李欧梵：《铁屋中的呐喊》，尹慧珉译，第110页。
② 鲁迅：《鲁迅全集》第4卷《无声的中国》，第15页。
③ 鲁迅：《鲁迅全集》第1卷《随感录四十一》，第341页。
④ 鲁迅：《鲁迅全集》第2卷《孤独者》，第101页。
⑤ 鲁迅：《鲁迅全集》第2卷《伤逝》，第133页。
⑥ 鲁迅：《鲁迅全集》第1卷《狂人日记》，第454页。
⑦ 鲁迅：《鲁迅全集》第1卷《写在〈坟〉后面》，第301-302页。

失或有限,也是中间物不断追求,恰如“过客”不停止前进的脚步动力之所在。而人是次于人者和高于人者之间的中间物,正如尼采所说:“人类是一根系在兽与超人间的软索——一根悬在深谷上的软索……人之伟大处,正在他是一座桥梁而不是一个目的。人之可爱处,正在它是一个过程与一个没落。”①人作为摆荡于新旧体系之间的“时间的摆渡者(passeur de temps)”②,都是时代链子上的一环,其身上存在难以克服的短板及矛盾,无论新旧都无法立足,汪晖指出:“当鲁迅用‘中间物’来自我界定时,这一概念的涵义就在于:他们一方面在中西文化冲突过程中获得‘现代的’价值标准,另一方面又处于与这种现代意识相对立的传统文化结构中;而作为从传统文化模式中走出又生存于其中的现代意识的体现者,他们自觉或不自觉地对传统文化存在着某种‘留恋’——这种‘留恋’使得他们必须同时与社会和自我进行悲剧性抗战。”③鲁迅小说里的人物深陷于传统与现代、东方与西方等时代进程的“中间”位置,不得不接受一次又一次自我否定的精神苦刑。

鲁迅小说充斥着叙述主体的分裂,如对虚伪的抨击与对真诚的忏悔,“独异”与“庸众”间的矛盾,承担责任的迫切感与其必然失败的绝望,启蒙与不愿去“黄金世界”间的矛盾等,这种分裂人格其实都可追本溯源到“精神生命”与“肉体生命”的冲突。鲁迅指出:“我们目下的当务之急,是:一要生存,二要温饱,三要发展。苟有阻碍这前途者,无论是古是今,是人是鬼,是《三坟》《五典》,百宋千元,天球河图,金人玉佛,祖传丸散,秘制膏丹,全都踏倒他。”④活着是手段,发展、进化才是目的,“人固然应该生存,但为的是进化;也不妨受苦,但为的是解除将来的一切苦;更应该战斗,但为的是改革”⑤。这需要“个人的自大”与“荷戟独彷徨”的勇气,从《狂人日记》中“从来如此,便对么?”之问,鲁迅就开始了艰难的“剖心”式自我否定之旅。

在《故乡》中,描述了久别后的现实故乡与记忆中儿时故乡的巨大差异,

---

① 〔德〕尼采:《尼采文集:查拉斯图拉卷》,周国平等译,第7页。

② “时间的摆渡者”具有两种含义:他让自己面对时间,却不努力去掌握时间,让时间溜走;同时又谨慎对待时间的流逝,并感兴趣于时间留下的痕迹——城市里历史留下的痕迹和书籍中记载的印记。他是一名被动的目击者和旁观者,但没有他,时间可能也不复存在。这个摆渡者既是主动的又是被动的,事物从他这里经过,他本人就成为事物经过的“地点”。他处于这样一个时代——每个人都深刻地感受到自己在经过的时代,因此他最终无法成为他自己或他那个时代的同代人。见〔法〕阿加辛斯基:《时间的摆渡者——现代与怀旧》,吴云凤译,中信出版社2003年版,第49-50页。

③ 汪晖:《反抗绝望:鲁迅及其文学世界》,第107页。

④ 鲁迅:《鲁迅全集》第3卷《忽然想到(六)》,第47页。

⑤ 鲁迅:《鲁迅全集》第5卷《论秦理斋夫人事》,第509页。

暗含“希望”之不足恃但又不可或缺，进而引出人的“理想”必然因现实的渗透而被妥协。“我”希望宏儿、水生“他们应该有新的生活，为我们所未经生活过的”。然后意识到这希望有如“自己手制的偶像”，与闰土的崇拜偶像如出一辙，最后“我”朦胧中看见儿时的故乡，发出由衷的感叹：“希望是本无所谓有，无所谓无的。这正如地上的路；其实地上本没有路，走的人多了，也便成了路。”①“地上”就是这承载无限可能性的宽广空间，是人的身体与生活世界的契合。从时间的维度来看，这充满无限可能性的黑暗的“地上”（也就是尼采的大地、肉体），是基于“回忆中的美好故乡”与“现实中的破败故乡”的基础之上，体现了鲁迅的“乡土小说”以“让过去留在过去”的“绽出”时间观为基础的特点，他既不通过缅怀回忆中的故乡去肯定过去、否定现在，也不以“黄金世界”的未来理想否定过去，而是执着于摆荡在回忆与现实、应然与实然、过去与现在“之间”的黑暗大地。

鲁迅自我否定最“深”的应属《弟兄》一文。在公益局上班的张沛君与弟弟靖甫的手足情人人称羡，正如鲁迅与周作人决裂前的“兄弟怡怡”，靖甫出疹子也可以看到周作人的身影。周作人认为，“收在《彷徨》里边的一篇《弟兄》，是写我在一九一七年初次出疹子的事情，虽然小说可是诗的成分并不多，主要的全是事实，乃是一九二五年十一月三日所作，追写八年前的往事的。”②但鲁迅在小说中却把沛君写成十足的伪君子，人人交口称誉他们兄弟俩推心置腹、同心同德，病中无微不至的照顾，其实沛君考虑更多的是弟弟一死几个侄子的教养重担扛不起，若牺牲他们别人的眼光又承受不了，所以这表面上“兄弟怡怡”，确实“真诚”，但又“真诚”得不可告人，“真诚”得极度虚伪。鲁迅在沛君确定靖甫无生命之虞后，用梦境暴露了沛君内心的丑恶，梦见弟弟死去，自己扶棺回乡，侄儿嚷着要上学，被自己一掌掴翻，最后还叙述了沛君回到公益局上班后，抢办收殓倒毙死尸公文的一幕丑态：弟弟既已无丧命之虞，就可抛诸脑后，其地位甚至不如一具无名男尸。据周作人透露：鲁迅在他病时确曾对他说过“我怕的不是你会得死，乃将来须得养你妻子的事”，又称“末后一段梦里的分析也带有自己谴责的意义”。③

《头发的故事》《孤独者》《在酒楼上》也不遑多论：这里鲁迅用复调叙事，化为N先生/“我”、魏连殳/“我”、吕纬甫/“我”，而N先生、魏连殳、吕纬甫如“狂人”般的言论，是一位“精神界战士”在向世俗挑战，蕴含

---

① 鲁迅：《鲁迅全集》第1卷《故乡》，第510页。

② 周作人：《知堂回想录：周作人晚年自述传》，安徽教育出版社2008年版，第293页。

③ 周作人、周建人：《年少沧桑：兄弟忆鲁迅》，河北教育出版社2000年版，第216页。

尼采之"超人"的精神内核。钱理群指出:"这是一个双向的困惑产生的双向审视","这在某种程度上,是表达了鲁迅(及同类知识分子)的内在矛盾的:作为现实的选择与存在,鲁迅无疑是一个'漂泊者',他也为自己的无所归宿而感到痛苦,因此,他在心灵的深处是怀有对大地的'坚守者'的向往的,但他又警惕着这样的'坚守'可能产生的新的精神危机:这又是一个鲁迅式的往返质疑"[①]。而"我"虽是一个默默的倾听者,但可以看作是N先生、魏连殳、吕纬甫的化身,两个分裂的自我交替扮演陀思妥耶夫斯基作品中的"伟大的审问者"与"伟大的犯人",共同完成这人生最真实因之也最伟大的口供:

> 凡是人的灵魂的伟大的审问者,同时也一定是伟大的犯人。审问者在堂上举劾着他的恶,犯人在阶下陈述他自己的善;审问者在灵魂中揭发污秽,犯人在所揭发的污秽中阐明那埋藏的光耀。这样,就显示出灵魂的深。[②]

林贤治指出,鲁迅这种写法其实是"自救"与"自虐"的缠斗:"鲁迅的小说创作,动机在疗救社会,那是包含了疗救自己在内的。按照他的逻辑,解剖自己是一个前提,尤其在写知识阶级的时候,他总得先行反省一下。总之,他不会让自己轻松和超脱起来,他简直在找机会虐待自己。"[③]鲁迅在"解剖"他人的同时也在时时"自我解剖",在《答有恒先生》一文中指出:"我知道我自己,我解剖自己并不比解剖别人留情面。好几个满肚子恶意的所谓批评家,竭力搜索,都寻不出我的真症候。所以我这回自己说一点,当然不过一部分,有许多还是隐藏着的。"[④]唯有这种从自己出发,挖开自己的内心,剖及灵魂深处,才能迸发出利刃般的锐气,贯穿真诚与虚伪、光明与黑暗、善与恶、美与丑、残酷与慈悲,百转千回,解放自己,让读者震栗,从而舔舐"自虐"与"自救"后的快意。

《铸剑》中黑衣人为眉间尺复仇并非出自仗义、同情,只不过因为他"善于报仇","我的魂灵上是有这么多的,人我所加的伤,我已经憎恶了我自己!"[⑤]没有这种偏蹈死地不反顾的决绝,不会有虽千万人吾往矣的浩然正

① 钱理群:《鲁迅作品十五讲》,北京大学出版社2003年版,第65页。
② 鲁迅:《鲁迅全集》第7卷《〈穷人〉小引》,第106页。
③ 林贤治:《人间鲁迅》上册,花城出版社1998年版,第407页。
④ 鲁迅:《鲁迅全集》第3卷《答有恒先生》,第477页。
⑤ 鲁迅:《鲁迅全集》第2卷《铸剑》,第441页。

气。《理水》中的禹是鲁迅极力塑造的“中国的脊梁”形象，也是他心中“希望”之所在，若从鲁迅主张的“绝望之为虚妄，正与希望相同”①来看，则另有一番气象：“脊梁”不但不盲目乐观，还要视死如归，立足绝望，置之死地而后生。所以，禹抛弃了父亲鲧用“湮”治水的方法，创造了用“导”治水的新模式，抛弃了儒家倡导的“三年无改于父之道”的忠孝理念，这种颠覆现状、反抗因循苟且、不屈不挠乃至置生死于度外的勇气与担当，更是一种统摄理性与感性的生命状态。这种生命迎来的是坚如磐石的“大地”。

① 鲁迅：《鲁迅全集》第2卷《理水》，第182页。

# 第二章　鲁迅小说的身体想象与国民身份重构

鲁迅小说身体想象的独异性在于，他始终将“国民性批判”潜存于中国人身体上，是一种“入于自识”的思维逻辑，往往把“立人”与“立国”理路错综复杂地交织在一起，体现了“身体”主体与“国家”主体的双重建构。“抉心自食”的身体观，呈现了一种悲剧英雄毅然决然的战斗姿态，它与“铁屋子”的身体体验、“肩住了黑暗的闸门”的身体担当“三位一体”，形成一组相互关联的身体意识，深刻地彰显出鲁迅小说的身体诗学。鲁迅小说“自塑”身体形象是后发现代性国家对于西方现代性思想的被动回应，他试图将“人国”与“立人”结合起来考察，通过改造国民性，实现“人的现代化”，救亡图存，进而寻求根本解决落后旧中国之道。

## 第一节　鲁迅小说中身体的现代性体验

从语源学考查，“现代”一词与“当下”都为时间概念，区别于过去与将来，“现代”作为语词，本身并不具有“现在优于过去”的语义和内涵。在历经16、17世纪的渐进与演化，“现代”一词的语义日趋丰富。从词源学考察，在与“现代”一词相关的众多词中，“现代性”无疑是最具代表性的一个。“现代性”源于16世纪欧洲文艺复兴之际，到18、19世纪之交初步定型，其宗旨乃摆脱专制、迷信与愚昧，追求自由、科学与理性。“现代性”既是思想演进的历程，又是时间推移的结果。它标志着同过去与传统的彻底决裂，包括社会制度、思想观念、生活方式、技术样式与文化形态等层面。现代之所以与过往存在本质区别，主要体现在质变，它不断挑战历史进展，迈开大步迎面未来。同时，现代性本身也是一个量变的时间进程，它是一个以量取胜的时间范畴，呈现出一种自觉求新的渐变意识。

当“现代性”一词融入哲学、美学、伦理学与社会经济各层面的意义，其内蕴因不断添加而转趋烦冗。又由于不同领域的阐释者目的迥异，于是衍生出两种截然不同甚至对立的“现代性”。作为现代性理论先驱之一，马克斯·韦伯（Max Weber）着重论述了因高度工具理性发展而产生的“社会现代性”。他从诊断现代性入手，对整个现代社会秩序的生成、特点和前景提出了自己独到的看法与主张。韦伯着重西方自启蒙运动以来，发展出一套关于科学技术现代化的立论，强调求新与进步的时间意识，发扬科学潜能的乐观、理性态度，注重“效率”带来的成长与成就，以及追求物质方面的盛大积聚，恰与18、19世纪卓然生发的工业革命、技术革命与资本主义达成共识、形成汇流，成为评断各国国势之主要标准。另一种“现代性”则依从波德莱尔（Charles Pierre Baudelaire）由美学视角开展出的现代主义（或称“文化现代主义”），对过分强调理性的社会深觉惴惴不安，意念上与社会学上的现代性背道而驰：怀抱悲观、质疑理性与进步、从丰盛积累的物质上看见衰败与怪异，并对此展开批判质疑。① 本文论及的是广义的现代性，它涵盖了“社会现代性”和“文化现代主义”的所有观点，虽属两套不同的价值体系，但二者既彼此对立而又相辅相成。社会学的现代性价值观对应资本主义文明客观化的、社会性可测量的时间（时间作为一种商品，待价而沽）；文化现代主义则将时间与自我等同，主张个人的、主观的、想象性的绵延，为“自我”的开展创造私人时间。② 无论“社会现代性”还是“文化现代主义”，其现代性特征都强调与时间的高度关联。

中国现代性的生发与西方各国有本质区别。王一川将各国现代化进程概分为“原生型现代性”与“后发型现代性”两类。“原生型现代性”指18、19世纪较早跨入现代化行列的西欧、北美诸国，它在自身基础上由传统社会直接产生现代化动能，进而规律性地从古典向现代国家迈进。此过程中，这些国家的发展，往往伴随着海外殖民、掠夺、经贸与侵略战争。“后发型现代性”指在外来国家的强加、胁迫下，为谋生存与发展逐步由传统社会走向转型的诸多国家，这些国家因缺乏可直接转换的技术、价值、物质与社会资源，在迈入现代化之进程与速率方面，较先行者更为艰难，需花费的时间亦更长，中国的现代化历程即是代表。从空间视之，中国现代性的生发，是在西方国家强力的推挤、竞争下，重新认识自我在寰宇间的定位；时间方面，中国现代性的开展，是直接从古典到现代的巨大裂变。1840年爆发的鸦片战争使国门洞开，闭关锁国的老旧中国不得不重新面对世界。

① 汪民安、陈永国、张云鹏主编：《现代性基本读本 上》，河南大学出版社2005年版，第252-254页。

② 〔美〕卡林内司库：《现代性的五副面孔：现代主义、先锋派、颓废、媚俗艺术、后现代主义》，顾爱彬、李瑞华译，商务印书馆2002年版，第11页。

> 炮声震撼了中国，也震撼了亚洲。对于中国来说，这场战争是一块界碑。它铭刻了中世纪古老的社会在炮口逼迫下走入近代的最初一步。对亚洲来说，战争改变了原有的格局。在此以前，中国是东方的庞然巨物，亚洲最大一个封建制度的堡垒。但是，英国兵轮鼓浪而来，由沿海入长江，撞倒了堡垒的一壁……鸦片战争不仅是英国对中国的胜利，而且是先进的西方对古老东方的最后胜利。从此，中国同周围国家的传统关系日渐改变。①

正是这场战争，古老中国被无情地卷入现代语境中，开始了现代化进程。不难发现，旧中国的现代性是一种“后发型现代性”，是以屈辱、卑微的姿态被迫接受西方现代性的结果，是对西方现代性的被动迎合。

自鸦片战争以来，古老中国开始面临“三千年未有之变局”。在外患内忧的危急关头，启蒙与救亡成为时代最强音，遭受万般劫难与凌辱的中国知识分子在现代性追求的路途上探索徘徊，逡巡往返。李永东指出：“在道统久远的传统中国，他者或异质文化的界分几乎不会成为一个问题，‘华夏中心观’已内含诠释所需的观念和尺度。近代，列强强行把中国拉入西方文明所定义的‘世界’，近代历史一定程度上是‘世界’嵌入‘中国’的历史。”②外来列强的无端挑衅与无耻要求，令率先觉醒的中国知识分子产生了深沉的忧患意识，他们反躬自省，在现代性探寻的路途上苦苦挣扎，尽管势单力薄，甚至遭到国人的嘲笑与抵制，但他们仍上下求索，试图力挽狂澜。他们奋起师法给中国带来灾难的外来强权国家，希冀通过学习西方，打造现代性，从而使中华民族列于强国之林，重构崭新中国。循此背景，中国的有识之士先后把目光聚焦在发展抗衡外侮的经济、器物、政治制度等层面，以种种现代化措施强化内蕴、躬行实践，在前路莫测的社会现代性坎途上趔趄前行。如鸦片战争后，洋务派追求经济层面上的生产力与生产关系的发展，大力提倡工业化，以及普及科学技术，提倡教育等。他们陆续在北京兴办同文馆，在上海兴办广方言馆等机构，用以培养翻译与外交人才；创立机器学堂、船政学堂与电报学堂等，大力培育科技人才；广设造船厂、机器局、邮电局、铁路局，提升经济水平；同时又向国外购置武器，启动军备，扩充军力。他们所做的努力，使中华民族在现代化的路途上前进了一大步，也极大地提升了国力，增强了国民的信心。然而，甲午战争让这一切化为泡影，它浇灭了国人

① 陈旭麓：《近代中国社会的新陈代谢》，上海人民出版社1992年版，第53页。

② 李永东：《文化间性与文学抱负：现代中国文学的侧影》，人民出版社2019年版，第268页。

向西方学习经济与器物的热情，中国知识分子开始师法日本，试图从日本人身上吸取经验教训，转而学习西方先进的政治制度。在大体形成了“制度不革、新政无以为之”的共识后，继而学习西方思想及文化，开始了效法西方的新里程碑。在中西文化碰撞、交融的过程中，现代性由此诞生。近代中国在忍辱负重的过程中历经现代经济、器物、制度、思想和文化的洗礼后，开始了中华民族振国兴邦的梦想。

## 一、人各有己的己立立人

中国数千年的封建传统从根本上否认个人的存在，旧礼教大力倡扬的“存天理，灭人欲”“饿死事小，失节事大”等清规戒律一直规约着人们的行为举止，残酷地扼杀人类的个性发展。郁达夫曾说：“五四运动的最大的成功，第一要算‘个人’的发现。从前的人，是为君而存在，为道而存在，为父母而存在的，现在的人才知道为自我而存在了。”①周作人提出了“人的文学”主张，“我们现在应该提倡的新文学，简单的说一句，是‘人的文学’。应该排斥的，便是反对的非人的文学”②。在周作人看来，在欧洲早已经发现和解决“人”的问题，而在中国，“现在却还讲人的意义，从新要发见‘人’，去‘辟人荒’，也是可笑的事。……我们希望从文学上起首，提倡一点人道主义思想”③。周作人对“人的文学”做出了明确界定：“用这人道主义为本，对于人生诸问题，加以记录研究的文字，便谓之人的文学。”④因此，经由西方启蒙思想以及陈独秀、胡适、李大钊、周作人等人的倡导，以儒家伦理道德思想为主体的中国传统文化遭到了前所未有的冲击与批判，从而在现代中国掀起了一场以“人”为中心的史无前例的启蒙运动。⑤

当“五四”与晚清在“立人”议题上前呼后应时，却衍生出“个体”与“群

① 郁达夫：《〈中国新文学大系·散文二集〉导言》，上海良友图书公司 1934 年版，第 5 页。

② 周作人：《人的文学》，载钟叔河编《周作人文类编·本色》，湖南文艺出版社 1998 年版，第 31 页。

③ 周作人：《人的文学》，载钟叔河编《周作人文类编·本色》，第 32 页。

④ 周作人：《人的文学》，载钟叔河编《周作人文类编·本色》，第 34 页。

⑤ 季桂起认为，“五四”时期的“人的发现”虽然也标志着中国文化的历史转型，却不是源自中国本土文化的原发性变革，而是西方文化对中国文化强力介入的结果。应该说，“五四”时期的文化转型与新的文化价值的确立，是在与传统文化发生断裂的基础上形成的，它必然伴有历史文化心理的巨大动荡与矛盾。在外来文化的启迪下，从古老文化传统的重负中觉醒过来的“五四”青年知识分子，一方面发出了“人的观念”自觉后的呐喊，另一方面也时刻感受到了与自己的文化传统断裂之后的痛苦与不安。见季桂起：《中国小说创作模式的现代转型：论“五四”小说“心理化”的精神艺术世界》，中国社会科学出版社 2007 年版，第 70 页。

众”的论辩分歧。当时中国面临政权更替与民族重建构的巨大压力，个人的主体性自然要受制与服从于群体和国家的需要，严复认为：“今之所急者，非自由也，而在人人减损自由，而以利国善群为职志。”①为拯救民族危亡和实现国家富强，民众首先要合群，唯有群体和国家的利益得到保证，才能实现“小我”的幸福，“求国群之自由，非合通国之群策群力不可。欲合群策群力，又非人人爱国，人人于国家皆有一部分之义务不能”②。梁启超强调“救国论”时也着眼于群体，旨在巩固国家权力，保障群体生存：“团体自由者，个人自由之积也。人不能离团体而自生存，团体不保其自由，则将有他团焉，自外而侵之、压之、夺之，则个人之自由，更何有也？”③梁启超乃是从“功效性”来推论，若是尊个人排团体，将会导致他团侵入，最终失去个人自由，因此他主张“绌己以伸群”，“若夫有时为国家生存发达之必要，不惜牺牲人民利益以殉之。……非唯民瘁而国不能荣。抑国不荣则民亦必旋瘁”④。换句话说，就是个人的价值和生存意义依然有待于国家的裁判，从而导致个体的国民（不管是在身体上或是行动上）被国家（主要是国家的统治者）支配和宰制，个人的自由与解放依旧遥不可及。

在“个体”与“群众”议题上的立场，鲁迅恰好与严复、梁启超相反，他更注重“个体”，将希望投射到“个人”身上。鲁迅在论及个体重于群体时，往往将其置于晚清以降的政治经济变化与西方政治流变的框架内，比严复、梁启超的论述更具深度与广度。在《文化偏至论》一文中，他对中西文化与文明发展进行俯瞰式的扫描，先剖析中国落后的原因，中土华夏依仗固有典章文物养成故步自封之心理，“咸出于己而无取乎人”。当西方列强挟“方术”袭来，中国接连失败，鲁迅反思与批判晚清知识分子在应对国家危难时所采取的方法，如“竟言武事”“立宪国会”，可是皆非根本之途。在“武事”上，国民羸弱，即或授之以武器，“奚能胜任，仍有僵死而已”⑤；在“立宪”上，“立宪国会”更是产生弊端：“必借众以陵寡，托言众治，压制乃尤烈于暴君。”⑥由此鲁迅提出“个人”的主张：“诚若为今立计，所当稽求既往，相度方来，掊物质而张灵明，任个人而排众数。人既发扬踔厉矣，则邦国亦以兴起。”⑦鲁迅极力否定了晚清洋务派倡导的器物救国与改良派主张的君主立宪的主

---

① 严复：《严复集》第2册《论教育与国家之关系》，中华书局1986年版，第337页。
② 严复：《严复集》第4册《〈法意〉按语》，第981-982页。
③ 梁启超：《梁启超全集》第2册《新民说》，第46页。
④ 梁启超：《梁启超全集》第3册《政治与人民》，第7页。
⑤ 鲁迅：《鲁迅全集》第1卷《文化偏至论》，第46页。
⑥ 鲁迅：《鲁迅全集》第1卷《文化偏至论》，第46页。
⑦ 鲁迅：《鲁迅全集》第1卷《文化偏至论》，第47页。

张，并从西方文化演变论证“物质”与“众数”所带来的流弊，前者导致“将以之范围精神界所有事，现实生活，胶不可移，唯此是尊，唯此是尚”；后者导致“同是者是，独是者非，以多数临天下而暴独特者”①。从西方引入的“立宪国会”只会造成民主假象，只会导致群体压制个体的结果。众数不足以“极是非之端”，物质不足以“尽人生之本”，物质与众数皆是19世纪文明“偏至”的结果，必须以个人主义与理想主义导之以正。

李怡指出：“鲁迅新的价值取向就是‘立人’，即所有的道德信条都应当建立在对人的基本欲望的肯定的基础之上。”②“立人”作为鲁迅思想的核心，既是其小说身体诗学的逻辑起点，也是其小说的最终价值取向。在日本留学期间，鲁迅于1907年先后写下《人之历史》《科学史教篇》《文化偏至论》《摩罗诗力说》等文章，初步形成了“立人”思想。鲁迅大力推崇斯蒂纳、基尔凯廓尔、易卜生、尼采等人倡导人的价值与尊严的学说，通过不遗余力地刨“坏种”的祖坟，控诉了数千年来封建传统文化的“吃人”罪状。在鲁迅眼里，中国人长期处于“非人”的境遇，上演着“吃”与“被吃”的惨剧，“所谓中国的文明者，其实不过是安排给阔人享用的人肉的筵宴。所谓中国者，其实不过是安排这人肉的筵宴的厨房”③。鲁迅对这种非人化的权力结构与科层体制进行了猛烈抨击，并试图唤醒“铁屋子”里沉睡的人们，萌生主体意识，从而谋求人的独立与解放。

如何拯救危机四伏的民族国家，这是当时有识之士都在苦苦思索的一个重大话题。在“别求新声于异邦”④的同时，鲁迅明确指出：“外之既不后于世界之思潮，内之仍弗失固有之血脉，取今复古，别立新宗，人生意义，致之深邃，则国人之自觉至，个性张，沙聚之邦，由是转为人国。”⑤显而易见，鲁迅始终以民族国家之发展为终极追求，十分重视民族国家的独立。在《斯巴达之魂》中，鲁迅盛赞了以国王黎河尼佗为首的三百名斯巴达勇士为国捐躯的尚武精神。在《中国地质略论》中，他对国民寄以希望：“夫中国虽以弱著，吾侪固犹是中国之主人，结合大群起而兴业，群儿虽狡，孰敢沮者，则要索之机绝。”⑥以上均反映出鲁迅早期尝试将个体与群体、国家、社会四者紧密联系在一起的主张。彭小燕指出：“鲁迅的‘立人’思想直抵现代人类‘民

---

① 鲁迅：《鲁迅全集》第1卷《文化偏至论》，第49页。
② 李怡：《存在的哲学：对现实生命的残酷背弃——鲁迅小说〈采薇〉〈出关〉〈起死〉解读》，《聊城大学学报(社会科学版)》1991年第1期。
③ 鲁迅：《鲁迅全集》第1卷《灯下漫笔》，第228页。
④ 鲁迅：《鲁迅全集》第1卷《摩罗诗力说》，第68页。
⑤ 鲁迅：《鲁迅全集》第1卷《文化偏至论》，第57页。
⑥ 鲁迅：《鲁迅全集》第8卷《中国地质略论》，第19-20页。

主—自由'文化的生命根柢，看取的是创造了'民主—自由'文化的自由独立意志，而并不是成为中国新型知识群体的'民主—自由'文化'合声'中的一个音符。"①尽管鲁迅的立人思想与改造民族国家的主张联结，但如果片面强调鲁迅的立人思想是国家本位、民族导向的，这还有待商榷。的确，鲁迅清楚思想改革的必要：唯有彻底根除民族劣根性，所有的改革才能成功。但是他并没有受缚于中国传统文人的牺牲小我、成就大我的思维模式，也不同于严复、梁启超等在面对民族国家大框架时自愿放弃个体精神的追求。鲁迅强调个体的独立，"人人都是人类的相待，而不是国家的相待"②。在鲁迅作品中，我们处处可以看到鲁迅关注"人"的话语，正如他在《随感录四十》所说："东方发白，人类向各民族要的是'人'。"③李新宇对此做了双重解读："一层是新时代人类向各民族要的不是牲口或奴隶；另一层意思是：人类向各民族所要的，首先是人而不是民族国家。"④

因此，鲁迅更关注人的个性独立与发展，"掊物质而张灵明，任个人而排众数。人既发扬踔厉矣，则邦国亦以兴起"⑤。在此基础上，鲁迅提出了"人各有己"的主张，⑥推崇人的绝对自由："盖唯声发自心，朕归于我，而人始自有己；人各有己，而群之大觉近矣。"⑦"则庶几烛幽暗以天光，发国人之内曜，人各有己，不随风波，而中国亦以立。"⑧汪晖对鲁迅提出的"朕归于我"理解为："'朕'是一个人自我决定的状态，即主体的状态。"⑨鲁迅呼吁国民通过"朕归于我"从"众嚣"中逃脱出来，使"人各有己"。而"人各有己"的理想状态是成为"独具我见之士"，即章士钊在《四惑论》中颂扬的不为世界而生，不为社会而生，不为国家而生，不为他人而生的独立个体。因此，鲁迅最终要建立的不是牺牲无数小我后成就的大写的"国"，而是成就各自的大

---

① 彭小燕：《存在主义视野下的鲁迅》，北京大学出版社2007年版，第67页。
② 鲁迅：《鲁迅全集》第10卷《译文序跋集·译者序》，第209页。
③ 鲁迅：《鲁迅全集》第1卷《随感录四十》，第338页。
④ 李新宇：《鲁迅：中国现代知识分子话语的基石（一）》，《鲁迅研究月刊》1998年第5期。
⑤ 鲁迅：《鲁迅全集》第1卷《文化偏至论》，第47页。
⑥ 闫玉刚指出，鲁迅所讲的"人各有己"不是西方所讲的个人主义，也不是西方浪漫主义所提倡的自我中心主义甚至是利己主义。鲁迅讲的"个""己"并不是不管他人的自我中心主义，也不是抽象的毫无实体意义的像"群众"或"人民"这样的观念，它是具体的、真实的，是真正落实到每一个生命个体的"个"或"己"。这也就是鲁迅真正的人道主义所关怀的"人"，也是鲁迅思想的全部出发点。见闫玉刚：《改造国民性——走进鲁迅》，中国社会出版社2005年版，第187页。
⑦ 鲁迅：《鲁迅全集》第8卷《破恶声论》，第26页。
⑧ 鲁迅：《鲁迅全集》第8卷《破恶声论》，第27页。
⑨ 汪晖：《声之善恶：鲁迅〈破恶声论〉〈呐喊·自序〉讲稿》，生活·读书·新知三联书店2013年版，第39页。

我后组成的健全“人国”。鲁迅清楚地意识到：国民的主体性尚未确立的国度，只会导致群体主义对个人权益的消解，从而变成“借众以陵寡，托言众治，压制乃犹烈于暴君”①。

那么，要如何去“立己”呢？一是自由；二是爱己。所谓“自由”就是自己给自己做主，即鲁迅所说“其思想行为，必以己为中枢，亦以己为终极：即立我性为绝对之自由者也”②。人具有独立不依、不随他人思想起舞的“属己”特性，只有彻底走出被他者奴役的状态，才能进入生命的自由与自觉境界，“自觉至，个性张”③。所谓“爱己”就是要先爱自己，“无论何国何人，大都承认‘爱己’是一件应当的事。这便是保存生命的要义，也就是继续生命的根基。因为将来的运命，早在现在决定，故父母的缺点，便是子孙灭亡的伏线，生命的危机”④。鲁迅在《头发的故事》中提道：“我要借了阿尔志跋绥夫的话问你们：你们将黄金时代的出现豫约给这些人们的子孙了，但有什么给这些人们自己呢？”⑤他借由阿尔志跋绥夫的口指出在革命的苦难岁月下，努力过好当下的生活、照顾好自己，才能为未来打好坚实的基础。

鲁迅提倡文艺启蒙之前，早已通过国内的新学堂和日本医学系里接触西方的“进化论”思想，他十分赞赏严复所翻译的《天演论》，并于 1907 年写的《人之历史》一文中，明确将进化论的观点置于“人”与“种族”的发展之上：

> 黑氏以此法治个体发生，知禽兽鱼虫，虽繁不可计，而遂推本源，咸归于一；又以治种族发生，知一切生物，实肇自至简之原官，由进化而繁变，以至于人。⑥

从西方文明发展进程中，鲁迅在《文化偏至论》中已经阐明从“个体”发展至“群体”的进化主轴。发现“盖自法朗西大革命以来，平等自由，为凡事首，继而普通教育及国民教育，无不基是以遍施”。向处其中的人民“久浴文化，则渐悟人类之尊严；既知自我，则顿识个性之价值；加以往之习惯坠地，崇信荡摇，则其自觉之精神，自一转而之极端之主我”。最后能使“天下人人归于

---

① 鲁迅：《鲁迅全集》第 1 卷《文化偏至论》，第 46 页。

② 鲁迅：《鲁迅全集》第 1 卷《文化偏至论》，第 52 页。

③ 鲁迅：《鲁迅全集》第 1 卷《文化偏至论》，第 58 页。

④ 鲁迅：《鲁迅全集》第 1 卷《我们现在怎样做父亲》，第 138-139 页。

⑤ 鲁迅：《鲁迅全集》第 1 卷《头发的故事》，第 488 页。

⑥ 鲁迅：《鲁迅全集》第 1 卷《人之历史》，第 14 页。

一致，社会之内，荡无高卑”①。因此，鲁迅指陈，西方19世纪以来重视“物质”与服从“众数”，已形成所谓“偏见”：误以为文化“偏至”于西方世界，实在不足再重蹈覆辙。当下国人要记取世界历史进化的教训，从本国与自身（个体）发扬做起，应该要：

> 生存两间，角逐列国是务，其首在立人，人立而后凡事举；若其道术，乃必尊个性而张精神。假不如是，槁丧且不俟夫一世。②

这种在社会进化论下的“立人”观点，与《狂人日记》中提及“真的人”相呼应，这个“真的人”在作品中出现过两次：

> 你们要不改，自己也会吃尽。即使生得多，也会给真的人除灭了，同猎人打完狼子一样！——同虫子一样！③
>
> 有了四千年吃人履历的我，当初虽然不知道，现在明白，难见真的人！④

李欧梵指出：“鲁迅在这篇小说中所说的‘真人’是比尼采的‘超人’更有积极意义的。狂人相信现在的人在有思想力并且改好以后是可以变成‘真人’的。这透露了一种林毓生曾论证过的信心，即思想的优越可以成为社会政治变革的原动力。”⑤“真的人”往往洞悉封建社会的反动本质，破除了内心的黰暗，远离世人的伪诈，他是一个真性情的人，敢说、敢笑、敢哭、敢怒、敢骂、敢打。其实这个“真的人”就是《狂人日记》第一节开篇就提到的“他”：“我不见他，已是三十多年；今天见了，精神分外爽快。才知道以前的三十多年，全是发昏。”⑥虽文中的“他”究竟是谁，学界还有争议，但结合全文语境及文章思想的发展脉络，这个“他”应是狂人寄希望于“救救孩子”的动作主体，“他”就是“真的人”，因为“真的人”决不会再次陷入历史的悖论，沦为“吃人”的帮凶，而是成为扫荡“吃人的筵宴”的中流砥柱。然而“难见真的人”未尝不是鲁迅对启蒙者角色缺失的担忧，这种“自审”实质上是对本我

---

① 鲁迅：《鲁迅全集》第1卷《文化偏至论》，第51页。
② 鲁迅：《鲁迅全集》第1卷《文化偏至论》，第58页。
③ 鲁迅：《鲁迅全集》第1卷《狂人日记》，第453页。
④ 鲁迅：《鲁迅全集》第1卷《狂人日记》，第454页。
⑤［美］李欧梵：《铁屋中的呐喊》，尹慧珉译，第62页。
⑥ 鲁迅：《鲁迅全集》第1卷《狂人日记》，第444页。

的体验和思考，由此推及民族国家的前途与命运，折射出“五四”知识分子改造国民性时面临的巨大矛盾和困惑。

鲁迅在《我们现在怎样做父亲》指出，“立人”的中心是天性的“爱”，这也是进化的真理：“自然界的安排，虽不免也有缺点，但结合长幼的方法，却并无错误。他并不用‘恩’，却给与生物以一种天性，我们称他为‘爱’。”所以，人们“总是挚爱他的幼子，不但绝无利益心情，甚或至于牺牲了自己，让他的将来的生命，去上那发展的长途”①，每个人都可以自然而然地发现这一种天性，故鲁迅直言“我现在心以为然的，便只是‘爱’”②。除了“爱”就是“觉醒”，鲁迅认为，只有“没有读过‘圣贤书’的人，还能将这天性在名教的斧钺底下，时时流露，时时萌蘖，这便是中国人虽然凋落萎缩，却未灭绝的原因。”③但是只有天性的“爱”是不够的，还必须自觉将“爱”提升、醇化到“无我的爱”，也就是除了“爱”自己，更要“爱”他人，即做到“己立”之后还要“立人”。这与孔子的“推己及人”“己欲立而立人，己欲达而达人”的思想有相通之处。

当严复、梁启超等强调秩序、公德、群德等特质时，鲁迅已意识到现代性的流弊，提出改变生命个体内在精神的重要，他在《破恶声论》中主张“个人”“精神”双举，强调“精神”“意力”的重要性，认为物质文明只是人类精神创造的成果，若以此为本，便会本末倒置，错失最核心的“精神”。因此，《破恶声论》一文中大量出现“人各有己”“朕归于我”“不和众嚣”“独具我见”的论述，将人类之能的根基落实到以“意力”为根基的以“个”为单位的人格上。故此，汪卫东指出：“鲁迅以‘个’为单位的‘人’的内在性最终是由超越性精神和来自叔本华、尼采‘意志’哲学的‘意力’来承担的，在他的理解中，这一‘人’的内在性，既非人的一己私欲本身，又非纯然超验的抽象存在，而是与具体身体融为一体的不断超越的精神力量，换言之，这一超物质的精神力量的根基并不来自外在于人的某一超验世界，而即在人自身。”④

“己立立人”的前提条件是人的生存，鲁迅不止一次提到过这个观点。

便是依据生物界的现象，一要保存生命；二要延续这生命；三要发

---

① 鲁迅：《鲁迅全集》第1卷《我们现在怎样做父亲》，第138页。
② 鲁迅：《鲁迅全集》第1卷《我们现在怎样做父亲》，第138页。
③ 鲁迅：《鲁迅全集》第1卷《我们现在怎样做父亲》，第135页。
④ 汪卫东：《“个人”“精神”与“意力”：〈文化偏至论〉中“个人”观念的梳理》，《鲁迅研究月刊》2004年第5期。

展这生命(就是进化)。①

我们目下的当务之急,是:一要生存,二要温饱,三要发展。苟有阻碍这前途者,无论是古是今,是人是鬼,是《三坟》《五典》,百宋千元,天球河图,金人玉佛,祖传丸散,秘制膏丹,全都踏倒他。②

倘若一定要问我青年应当向怎样的目标,那么我只可以说出我为别人设计的话,就是:一要生存,二要温饱,三要发展。有敢来阻碍这三事者,无论是谁,我们都反抗他,扑灭他!③

以上相似的语句显然经过鲁迅缜密的思虑,绝不是他拍脑袋后"忽然想到"的。李长之认为:"从西洋医药而取得的科学思想的中心——进化论,如何而作用着鲁迅的一切讽刺、告诫和观感,这是随地可见的。"④在进化论的大趋势下,适者生存,不适者淘汰,这是颠扑不破的真理,小到个人,大到民族国家,莫不能外。

"己立立人"的目标愿景,就是让每个人"成一个独立的人"。所以,在《故乡》的结尾处,鲁迅在思索自己与闰土的隔阂的同时,对后辈宏儿和水生不无期待,"我希望他们不再像我,又大家隔膜起来……然而我又不愿意他们因为要一气,都如我的辛苦展转而生活,也不愿意他们都如闰土的辛苦麻木而生活,也不愿意都如别人的辛苦恣睢而生活。他们应该有新的生活,为我们所未经生活过的"⑤,希望他们能奔向光明之所在。

## 二、人种退化的身体变调

美国学者普西指出:"从阅读《天演论》开始到去世,鲁迅始终相信达尔文的进化论,虽然如我们所看到的,鲁迅对于达尔文的理论并没有多么深刻的理解,但是他从来没有怀疑生物进化是一个事实。"⑥这一说法值得商榷。综观鲁迅一生,我们不会怀疑他接受进化论的事实,但他对进化论所持态度前后发生了明显改变。尽管鲁迅早年曾对进化论思想产生过浓厚的兴趣,但他"真正惊心动魄、令人难以平静的,恰恰是他那种对于历史经验的悲剧性的重复感与循环感:历史的演进仿佛不过是一次次重复、一次次循环构

① 鲁迅:《鲁迅全集》第1卷《我们现在怎样做父亲》,第140页。
② 鲁迅:《鲁迅全集》第3卷《忽然想到(六)》,第47页。
③ 鲁迅:《鲁迅全集》第3卷《北京通信》,第54页。
④ 李长之:《鲁迅批判》,第3页。
⑤ 鲁迅:《鲁迅全集》第1卷《故乡》,第510页。
⑥ 转引自周展安:《进化论在鲁迅后期思想中的位置——从翻译普列汉诺夫的〈艺术论〉谈起》,《中国现代文学研究丛刊》2010年第3期。

成的，而现实——包括自身所从事的运动——似乎并没有标示历史的进步，倒是陷入了荒谬的轮回”①。早在1903年《中国地质略论》一文中，鲁迅就意识到国民身体正在逐步退化，不仅有从人退化到猿的危险，甚至有退化到鸟乃至更低级生物水平的可能，“呜呼，现象如是，虽弱水四环，锁户孤立，犹将汰于天行，以日退化，为猿鸟蜃藻，以至非生物”②。在《随感录四十一》中，鲁迅对人种退化的忧虑更加深重：

> 我想，人猿同源的学说，大约可以毫无疑义了。但我不懂，何以从前的古猴子，不都努力变人，却到现在还留着子孙，变把戏给人看。还是那时竟没有一匹想站起来学说人话呢？还是虽然有了几匹，却终被猴子社会攻击他标新立异，都咬死了；所以终于不能进化呢？
>
> 尼采式的超人，虽然太觉渺茫，但就世界现有人种的事实看来，却可以确信将来总有尤为高尚尤近圆满的人类出现。到那时候，类人猿上面，怕要添出“类猿人”这一个名词。③

众所周知，在生物进化史上，人是在类人猿的基础上进化而来，而鲁迅却提出了“类猿人”一说，对国民身体提出质疑：如果某些人不跟上人类整体的进化步伐，那么，他将会退化到低于类人猿的“人种”：类猿人。

在《狂人日记》中，鲁迅曾借“狂人”之口表达了他对人种退化的隐忧：

> 我只有几句话，可是说不出来。大哥，大约当初野蛮的人，都吃过一点人。后来因为心思不同，有的不吃人了，一味要好，便变了人，变了真的人。有的却还吃，——也同虫子一样，有的变了鱼鸟猴子，一直变到人。有的不要好，至今还是虫子。这吃人的人比不吃人的人，何等惭愧。怕比虫子的惭愧猴子，还差得很远很远。④

这段文字可视为“狂人”神经质般的狂言妄语，但它意味着“狂人”已经洞察出“吃人者”在人类进化过程中留下的可耻的痕迹。鲁迅虽然将“吃人者”仍当作“人”来对待，却早已将之驱逐出精神和伦理意义上的“人”的范畴，强调“吃人者”实际上已经退化到不如虫、猿的地步。李欧梵指出：“狂

---

① 汪晖：《反抗绝望：鲁迅及其文学世界》，第22页。
② 鲁迅：《鲁迅全集》第8卷《中国地质略论》，第5–6页。
③ 鲁迅：《鲁迅全集》第1卷《随感录四十一》，第341页。
④ 鲁迅：《鲁迅全集》第1卷《狂人日记》，第452页。

人的话又是相当悲观的。其中含有泛灵论象征主义，意味着现在的世界是残暴的，现在的人还是真人之前的人，这些人同谋以反对进化。狂人的呼吁的危机意义，正是来自他的卡桑德拉式(Cassandra-like)的警告，以为中国人由于长期积累的兽的本能，是不能变成'真人'的。他们一定会封锁在一个吃人的存在的'恶圈'中——'自己想吃人，又怕被人吃了'——直到全部被扫除掉。"①

鲁迅的担忧并非一种杞人忧天式的末世恐吓，而是他对社会历史明察秋毫的洞见。他把国人所处的时代归结为两种："一、想做奴隶而不得的时代；二、暂时做稳了奴隶的时代"②，这是一种循环往复的时间轮回，在这种特殊的历史境遇下，"中国人向来就没有争到过'人'的价格，至多不过是奴隶，到现在还如此，然而下于奴隶的时候，却是数见不鲜的"③。这群"乐己为奴"的国民往往以愚昧、麻木、可憎的面孔出现在鲁迅的作品中，他们"不但安于做奴才，而且还要做更广泛的奴才，还得出钱去买做奴才的权利"④。正如夏明钊所言，鲁迅小说"在习见的表象下，通过心理变形达到人物和客观外物的变形，从而达到荒诞变形的象征艺术，充分传达了现代人的不安和焦虑"⑤。

鲁迅擅长以白描的手法描摹出国人的丑恶嘴脸，往往寥寥数语就揭示出国人的灵魂。同时他又擅长使用反讽的笔调，通过刻意描摹人物的"强健"体格，再抽离实质的内涵，凸显嘲讽意味。《阿Q正传》的阿Q"头皮上，颇有几处不知起于何时的癞疮疤"⑥，王胡"又癞又胡，别人都叫他王癞胡"⑦，小D则是"又瘦又乏"，阿Q先后与王胡、小D上演过"龙虎斗"，就体质而言，他们"又癞又瘦""又瘦又乏"的身体与"龙虎"的雄浑体魄风马牛不相及。旧中国的辫子在拉拔过程中放大了落后国民的卑微体质，其踉跄的步伐更象征着国人与强敌对决的艰难，带有强烈寓言式的国民图景，展露出旧中国人的整体丑态。而"龙虎斗"的画面在所谓"正人君子"之流中演绎为打躬作揖的场景，如《肥皂》中卜薇园、何道统、四铭频频拱手作揖，"四铭还嚼着饭，出来拱一拱手"，"薇园迎上去，也拱一拱手"⑧。《高老夫子》中

---

① 〔美〕李欧梵：《铁屋中的呐喊》，尹慧珉译，第62-63页。

② 鲁迅：《鲁迅全集》第1卷《灯下漫笔》，第225页。

③ 鲁迅：《鲁迅全集》第1卷《灯下漫笔》，第224页。

④ 鲁迅：《鲁迅全集》第1卷《灯下漫笔》，第228页。

⑤ 夏明钊：《鲁迅文学中的象征诗学》，《中国文哲研究集刊》1995年第7期。

⑥ 鲁迅：《鲁迅全集》第1卷《阿Q正传》，第516页。

⑦ 鲁迅：《鲁迅全集》第1卷《阿Q正传》，第520页。

⑧ 鲁迅：《鲁迅全集》第2卷《肥皂》，第53页。

万瑶圃对高干亭拱手时更夸张，“将膝关节和腿关节接连弯了五六弯，仿佛想要蹲下去似的”①，高老夫子则夹着皮包照做。鲁迅小说通过“扭打”与“鞠躬”的动作描摹人物丑陋的身体，演绎出无数“借尸还魂”②的闹剧。

当鲁迅渲染“借尸还魂”的闹剧时，刻意让身体出现所指与能指的断裂，使其小说难以出现晚清民众所期待的强健体魄，即或有之，也是一种模拟反讽。《幸福的家庭》中，当主妇陷入柴米油盐之困境时，将怨气发泄于三岁女儿身上，“腰骨笔直，然而两手插腰，怒气冲冲的似乎豫备开始练体操”③。鲁迅巧妙地以主妇“练体操”来展演其掌掴、怒骂三岁女儿方式，彻底颠覆了晚清语境中通过“练体操”的方式让无数男女的身体变得强壮的观念，曾被倾注强国想象的体育活动沦为家庭矛盾的琐碎修辞。《故乡》中的豆腐西施与闰土的身体在“今昔对比”的叙事框架下遭到解构。昔日擦白粉、风情万种、被当作活招牌的“豆腐西施”已成凸颧骨、薄嘴唇、尖声音的老女人，“两手搭在髀间，没有系裙，张着两脚，正像一个画图仪器里细脚伶仃的圆规”④；曾经健康俊美、天真活泼、聪明伶俐的闰土，已经变得脸色灰黄，眼睛周围肿得通红、戴着破帽、浑身瑟缩、麻木不仁的“木偶人”。《在酒楼上》中的吕纬甫年轻时曾经是一个积极向上、斗志昂扬的青年，与封建传统格格不入，“到城隍庙里去拔掉神像的胡子”⑤，但与封建社会刚交锋了几个回合就败下阵来，被现实禁锢得无法动弹和挣扎，更多表现出无奈与顺从，“精神很沉静，或者却是颓唐，又浓又黑的眉毛底下的眼睛也失了精采”⑥。鲁迅小说通过绘形状神的白描手法表现人物的沧桑，打破了进化论的神话，反复制造出一个个羸弱不堪的国民身体，揭露国民劣根性，希图引起疗救者的注意。闰土等人的悲惨际遇与精神巨变折射出20世纪初中国经济衰败导致的精神沦陷，经济上的拮据与难以为继摧毁了他们的精神支柱，从而造成自

---

① 鲁迅：《鲁迅全集》第2卷《高老夫子》，第79页。

② 鲁迅批判“借尸还魂”，把“借尸”视为传统残余的“复辟”与“挪用”。他批判狗尾续貂的续书时便说：“然而后或续或改，非借尸还魂，即冥中另配，必令‘生旦当场团圆’才肯放手者，乃是自欺欺人的瘾太大，所以看了小小骗局，还不甘心，定须闭眼胡说一通而后快。”见鲁迅：《鲁迅全集》第1卷《论睁了眼看》，第253页。鲁迅认为传统残余必得彻底清除，“其实，中国本来是撒谎国和造谣国的联邦，这些新闻并不足怪。即在北京，也层出不穷：什么‘南下洼的大老妖’，什么‘借尸还魂’，什么‘拍花’等等。非‘用刺刀割开’他们的魂灵，用净水来好好地洗一洗，这病症是医不好的。”见鲁迅：《鲁迅全集》第7卷《通讯（致孙伏园）》，第286页。

③ 鲁迅：《鲁迅全集》第2卷《幸福的家庭》，第41页。

④ 鲁迅：《鲁迅全集》第1卷《故乡》，第505页。

⑤ 鲁迅：《鲁迅全集》第2卷《在酒楼上》，第29页。

⑥ 鲁迅：《鲁迅全集》第2卷《在酒楼上》，第26页。

主意识的失落与人格的变异。

晚清小说往往通过现代技术给患者"医心换脑",使其笔下人物的身体走向强健,而鲁迅小说迥异于此,其病人无法找到治病之良药,消解了人物健全的体格。华老栓夜赴刑场花重金买人血馒头,[①]单四嫂花光所有的积蓄替宝儿求来"保婴活命丸"等,他们都试图寻找救治病童之神药,同时潜隐着寻找拯救民族、国家之良方之意。尽管父母为拯救儿子之病,不惜成本,不顾辛劳,但作者无意传达温情脉脉的家庭伦理旨意,反而通过父母一代人的身体书写,消解了温情脉脉的家庭伦理。华老栓"抖抖的"动作,配合上低沉的声音,再加上一路上出现的"吃了一惊""慌忙""踌躇"等表情,刻画出一个懦弱愚昧、畏缩不安的父亲形象。"单四嫂子是一个粗笨女人,不明白这'但'字的可怕:许多坏事固然幸亏有了他才变好,许多好事却也因为有了他都弄糟。"[②]"粗笨"一词在文中出现五次,暗示出一个愚昧无知、软弱无助的母亲形象。华老栓与单四嫂代表了中国数千万父母对儿女的期许,他们子女的殒殁带有双重解构:一方面,从父母角度而言,华老栓与单四嫂畏缩不安、软弱无助的身体解构了救国想象;另一方面,从孩童的角度观之,孩子的死亡预示着未来中国的渺茫。

尽管鲁迅对于"父亲"有过期许:"自己背着因袭的重担,肩住了黑暗的闸门,放他们到宽阔光明的地方去;此后幸福的度日,合理的做人。"[③]可是在其小说里,父亲已经肩不住"黑暗的闸门",只能任由儿女走向幽暗与死亡。然而,鲁迅并不是一个冷血的旁观者,他无法置身事外,通过描写人种退化的身体变调,反映了他对于中国人"生存"的焦虑与恐惧:"我所怕的,是中国人要从'世界人'中挤出。""中国人失了世界,却暂时仍要在这世界上住!——这便是我的大恐惧。"[④]在此"大恐惧"的基调上,欲于现今世界取得一席之地,"即需有相当的进步的智识,道德,品格,思想,才能够站得着脚"[⑤]。此从危机中寻找转机的论述,可窥探出鲁迅批判国民性的出发点乃是基于极为"原道"的情怀:担心中国人从世界人挤出而不断寻找挤入世界

---

① 刘玉凯认为,人血馒头治病是纯粹的巫术迷信。是中国民间蛮性之遗留。在野蛮人的巫术中,风行着取健康人身体之一部分(头发、指甲、血液、肉)让病人服食便可治病之事。其理论叫做:转移巫术。就是把健康人身体的"精气"成功地转移到不健康的人身上,使其重新焕发活力,以实现病愈目的。见刘玉凯:《破解鲁迅》,河北大学出版社2008年版,第297页。

② 鲁迅:《鲁迅全集》第1卷《明天》,第474页。

③ 鲁迅:《鲁迅全集》第1卷《我们现在怎样做父亲》,第135页。

④ 鲁迅:《鲁迅全集》第1卷《随感录三十六》,第323页。

⑤ 鲁迅:《鲁迅全集》第1卷《随感录三十六》,第323页。

人的秘方，而其秘方又是以中国人被挤出世界人的危机为策略，因此对国民性的解构却是为建构理想的国民性，而在建构过程中又以解构国民劣根性为策略。鲁迅内心深处的绝望与希望也在此建构、解构过程中相互辩证，促使其国民叙述框架变得更繁复曲折。正如钱理群、王乾坤在《作为思想家的鲁迅》一文中所言："鲁迅思想是一种'人学'，在这一点上，实现了思想家的鲁迅与文学家的鲁迅的内在统一"，"鲁迅一方面从'人'的群体体验出发，感受着一种'人类总不会寂寞，因为生命是进步的，是乐天的'，'生命不怕死，在死的面前笑着跳着，跨过了灭亡的人们向前进'的生命进化的乐观主义，另一面从'人'的个体体验出发，又感受着生命无可避免的消逝的悲剧性，人的一切挣扎终不免毁灭的深刻绝望"。①

## 三、身体欲望的显隐呈现

身体欲望是人最基本的生命活动，也是鲁迅批判国民劣根性的利器。鲁迅不仅一针见血地揭露了封建礼教吃人的罪恶本质，而且形象生动地呈现出饮食男女的身体欲望。前者是鲁迅在翻阅数千年中国历史过程中的惊人洞见，儒家所标榜的"仁义道德"背后掩藏着伪善的嘴脸和吃人的险恶用心，在《狂人日记》中，鲁迅借"狂人"之口猛烈抨击了中国几千年来的吃人传统：

> 我翻开历史一查，这历史没有年代，歪歪斜斜的每叶上都写着"仁义道德"四个字。我横竖睡不着，仔细看了半夜，才从字缝里看出字来，满本都写着两个字是"吃人"！②

鲁迅已经深刻洞悉中国封建文化最反人性、最野蛮、最残忍和最充满血腥气息的"吃人"本质。封建传统"吃人"的方法大致分为两种：一是消灭一个人的肉体，这属于"当初野蛮的人"吃人的方法，如易牙蒸子献桓公、猎户刘安杀妻饭刘备等；另一种是对他人精神的虐杀，如"三从四德""三纲五常"等，鲁迅深深感受到弥漫于整个中国历史中嗜血成性的血腥气息。鲁迅断言：

> 于是大小无数的人肉的筵宴，即从有文明以来一直排到现在，人们

---

① 钱理群、王乾坤：《作为思想家的鲁迅》，《鲁迅研究月刊》1993年第6期。

② 鲁迅：《鲁迅全集》第1卷《狂人日记》，第447页。

就在这会场中吃人、被吃,以凶人的愚妄的欢呼,将悲惨的弱者的呼号遮掩,更不消说女人和小儿。①

在鲁迅看来,“阔人”“凶人”的愚顽嘴脸与残酷的吃人本性容易被发现,也容易被认识,而那些“吃人”、准备“吃人”和成为“吃人者”帮凶的人却往往被人们疏忽,因为他们大多生活在我们周遭,甚至是自己的家人,使得狂人感到无比恐惧。

他们——也有给知县打枷过的,也有给绅士掌过嘴的,也有衙役占了他妻子的,也有老子娘被债主逼死的;他们那时候的脸色,全没有昨天这么怕,也没有这么凶。②

妹子是被大哥吃了,母亲知道没有,我可不得而知。

母亲想也知道;不过哭的时候,却并没有说明,大约也以为应当的了。记得我四五岁时,坐在堂前乘凉,大哥说爷娘生病,做儿子的须割下一片肉来,煮熟了请他吃,才算好人;母亲也没有说不行。一片吃得,整个的自然也吃得。但是那天的哭法,现在想起来,实在还教人伤心,这真是奇极的事!③

这些在铁屋子里昏睡的国民,居于刀俎之下,命悬一线,时时准备成为待宰的羔羊,让统治者来享用。然而,他们自己也吃人,也曾经抢食几片人肉,又总是把自己打扮成只是无辜的受害者,从来不肯承认自己也吃过人的事实,也不敢承担自己吃过人的罪责,甚至编出种种借口怡然自得地分食自己的同胞。

前几天,狼子村的佃户来告荒,对我大哥说,他们村里的一个大恶人,给大家打死了;几个人便挖出他的心肝来,用油煎炒了吃,可以壮壮胆子。④

一方面,他们愚昧贪婪,食人成性;另一方面,他们又懦弱卑怯。为了吃人,他们往往给被吃者强加“坏蛋”“恶人”的罪名,再联合起来逼迫他

---

① 鲁迅:《鲁迅全集》第1卷《灯下漫笔》,第229页。
② 鲁迅:《鲁迅全集》第1卷《狂人日记》,第445-446页。
③ 鲁迅:《鲁迅全集》第1卷《狂人日记》,第454页。
④ 鲁迅:《鲁迅全集》第1卷《狂人日记》,第446页。

人自戕，使自己吃得合情合理、名正言顺。狂人在此揭露了他们的阴谋与罪恶：

> 我晓得他们的方法，直捷杀了，是不肯的，而且也不敢，怕有祸祟。所以他们大家连络，布满了罗网，逼我自戕。试看前几天街上男女的样子，和这几天我大哥的作为，便足可悟出八九分了。最好是解下腰带，挂在梁上，自己紧紧勒死；他们没有杀人的罪名，又偿了心愿，自然都欢天喜地的发出一种呜呜咽咽的笑声。否则惊吓忧愁死了，虽则略瘦，也还可以首肯几下。①
>
> 这时候，我又懂得一件他们的巧妙了。他们岂但不肯改，而且早已布置；预备下一个疯子的名目罩上我。将来吃了，不但太平无事，怕还会有人见情。佃户说的大家吃了一个恶人，正是这方法。这是他们的老谱！②

除了控诉封建礼教吃人的罪状外，鲁迅在其小说中也呈现出饮食男女的身体欲望。《肥皂》中的四铭是一个满口仁义道德、满脑子男盗女娼的现代道学家与伪君子。只因两个光棍对着乞讨的孝女说肆无忌惮的玩笑话，驱使四铭买了一块肥皂，表面上四铭为孝女的德行所打动，而骨子里却迷恋着孝女用肥皂洗过后芬芳的肉体。夏志清把“肥皂”看成“一个精妙的象征”：“一方面象征四铭表面上所赞扬的破道学，另一方面则象征他受裸体想象的诱惑而作的贪淫的白日梦。”③当他的欲望受到压抑得不到发泄时，就把怨气撒在孩子身上，文中出现一个细节：“招儿带翻了饭碗，菜汤流得小半桌。四铭尽量的睁大了细眼睛瞪着看得她要哭，这才收回眼光，伸筷自去夹那早先看中了的一个菜心去，可是菜心不见了，他左右一瞥，就发现学程刚刚夹着塞进他那张得很大的嘴里去，他于是只好无聊的吃了一筷黄菜叶。”④“菜心”与“黄菜叶”形成了鲜明的对比，细嫩的“菜心”可指代那位十七八岁的孝女，“黄菜叶”自然是四铭太太的象征，鲁迅以看似平淡的话语把四铭的淫念与假道学的虚伪嘴脸展露无遗。

罗成琰指出：“《呐喊》和《彷徨》的基本主题，是表现儒家文化与中国人的精神状况之间的关系，或者说表现了儒家文化对中国人的精神桎梏

---

① 鲁迅：《鲁迅全集》第1卷《狂人日记》，第449页。

② 鲁迅：《鲁迅全集》第1卷《狂人日记》，第453页。

③ 夏志清：《中国现代小说史》，刘绍铭等译，复旦大学出版社2005年版，第3页。

④ 鲁迅：《鲁迅全集》第2卷《肥皂》，第51页。

和毒害。"①阿Q虽是一个目不识丁的贫苦农民，也中了儒家"男女之大防"遗毒，有排斥异端之"正气"。

> 阿Q本来也是正人，我们虽然不知道他曾蒙什么明师指授过，但他对于"男女之大防"却历来非常严；也很有排斥异端——如小尼姑及假洋鬼子之类——的正气。他的学说是：凡尼姑，一定与和尚私通；一个女人在外面走，一定想引诱野男人；一男一女在那里讲话，一定要有勾当了。为惩治他们起见，所以他往往怒目而视，或者大声说几句"诛心"话，或者在冷僻处，便从后面掷一块小石头。②

偏偏这样冠冕堂皇的"严防"，还是不能阻止阿Q裸露真实的人性欲望，禁不住对女人的向往与飘飘然。

> 谁知道他将到"而立"之年，竟被小尼姑害得飘飘然了。这飘飘然的精神，在礼教上是不应该有的，——所以女人真可恶，假使小尼姑的脸上不滑腻，阿Q便不至于被蛊，又假使小尼姑的脸上盖一层布，阿Q便也不至于被蛊了。③

所以，封建伦理说教表面上陈述的是"男女之大防"一套，真实的感受又是"女人"另一套，阿Q的做法就显得滑稽可笑，大大增加了作品的讽刺效果。

《明天》中单四嫂子在带宝儿去寻医问药的路上，孤独无助，很希望有人助他一臂之力，却不愿是蓝皮阿五。单四嫂子眼中的阿五，何尝不是吴妈眼中的阿Q呢？吴妈即使想找个人再嫁，她也绝不希望那个人是阿Q。

> 单四嫂子在这时候，虽然很希望降下一员天将，助他一臂之力，却不愿是阿五。但阿五有点侠气，无论如何，总是偏要帮忙，所以推让了一会，终于得了许可了。他便伸开臂膊，从单四嫂子的乳房和孩子中间，直伸下去，抱去了孩子。单四嫂子便觉乳房上发了一条热，刹时间直热到脸上和耳根。④

---

① 罗成琰、阎真：《儒家文化与二十世纪中国文学》，《文学评论》2000年第1期。

② 鲁迅：《鲁迅全集》第1卷《阿Q正传》，第525页。

③ 鲁迅：《鲁迅全集》第1卷《阿Q正传》，第525页。

④ 鲁迅：《鲁迅全集》第1卷《明天》，第475页。

鲁迅通过“热”字把单四嫂子的感受写得直白，如果单四嫂子已经丧失本能欲望，自然对蓝皮阿五的性骚扰不会产生如此强烈的生理反应。欲望是每个人与生俱来的，只是，在理性与欲望面前，单四嫂子还有自己的判断与坚守。

除了情欲，贪心也是人性一大弱点，《故乡》中杨二嫂占人便宜的心态与做法，不但被鲁迅描写得生动有趣，也让杨二嫂早年“豆腐西施”的美好形象荡然无存。

> 母亲说，那豆腐西施的杨二嫂，自从我家收拾行李以来，本是每日必到的，前天伊在灰堆里，掏出十多个碗碟来，议论之后，便定说是闰土埋着的，他可以在运灰的时候，一齐搬回家里去；杨二嫂发见了这件事，自己很以为功，便拿了那狗气杀（这是我们这里养鸡的器具，木盘上面有着栅栏，内盛食料，鸡可以伸进颈子去啄，狗却不能，只能看着气死），飞也似的跑了，亏伊装着这么高底的小脚，竟跑得这样快。①

杨二嫂的出现将“我”对故乡的馨美记忆无情驱逐，其尖酸、刻薄、狡诈使“我”深陷现实的苦痛与尴尬。

在鲁迅笔下，曾经善战的青年在魑魅魍魉的现实世界中败下阵来，他们往往退守为“吃”。《祝福》中的“我”在祥林嫂关于灵魂有无的追问下，摆荡于真与善之间，只能以“说不清”来抚慰这一孤寂的魂灵。但是“我总觉得不安，过了一夜，也仍然时时记忆起来，仿佛怀着什么不祥的预感；在阴沉的雪天里，在无聊的书房里，这不安愈加强烈了。不如走罢，明天进城去。福兴楼的清炖鱼翅，一元一大盘，价廉物美，现在不知增价了否？往日同游的朋友，虽然已经云散，然而鱼翅是不可不吃的，即使只有我一个……”②“我”只能以“吃”抵抗内心深处的自责与愧疚，看似镇定却更加心虚。启蒙者的良知与使命在“真”与“善”的选择中进退维谷，只有“吃”才能弥补内心的虚空。而这一困境，在吕纬甫、魏连殳、方玄绰等人物身上随处可见。

《幸福的家庭》一文把男主人公的欲望刻画得淋漓尽致，主人公是一位穷作家，为了赚取养家糊口的资本，违背自己的意志，打算写一篇迎合大众口味的时文，饥肠辘辘地做着“幸福的家庭”的白日梦：

---

① 鲁迅：《鲁迅全集》第1卷《故乡》，第509页。

② 鲁迅：《鲁迅全集》第2卷《祝福》，第8页。

> 菜倒不妨奇特点。滑溜里脊、虾子海参,实在太凡庸。我偏要说他们吃的是“龙虎斗”。但“龙虎斗”又是什么呢?有人说是蛇和猫,是广东的贵重菜,非大宴会不吃的。但我在江苏饭馆的菜单上就见过这名目,江苏人似乎不吃蛇和猫,恐怕就如谁所说,是蛙和鳝鱼了。现在假定这主人和主妇为那里人呢?——不管他。总而言之,无论那里人吃一碗蛇和猫或者蛙和鳝鱼,于幸福的家庭是决不会有损伤的。总之这第一碗一定是“龙虎斗”,无可磋商。①

小说家笔下的知识分子家庭夫妻和睦,过着锦衣玉食的生活,与自己三餐不继,为柴米油盐犯愁的生活窘境形成了鲜明对照。小说家试图借“白日梦”来满足现实生活难以企及的愿景,弥补其对幸福的希冀与欲求。然而,妻子与卖劈柴人的讨价还价声、妻子的责骂声以及孩子的哭声完全击溃了他心中残存的梦想,把他从“白日梦”中唤醒。尽管他尝试着以“不相干”和“不管他”来摆脱现实的困扰,而残酷的现实着实如芒刺在背,让他惶恐不安,“一座六株的白菜堆,屹然的向他叠成一个很大的A字”②,把他从畅想美味佳肴的“白日梦”中拉回现实生活。

在《补天》中,鲁迅不仅把女娲当作中华民族的始祖来塑造,而且“大胆地把女娲的故事写成一个中国式的‘爱欲’神话”③,鲁迅对女娲身体更多地呈现出“爱欲”式造型,并给予热情地赞美,我们可以从中体味到诸多“爱欲”的意味,为全篇平添了反传统的意蕴。女娲形象具有鲜明的西方现代色彩,伊藤虎丸指出:“鲁迅的女娲形象,和他幼年、少年时代对神话传说的喜爱没有直接关系,而是以此为出发点,凭借后来在日本留学时所经受的欧洲近代的强烈冲击变造出来的。”④鲁迅极力渲染了女娲身上所蕴藏的巨大生命本能与自然创造力,当女娲从昏睡中醒来,“猛然间站立起来了,擎上那非常圆满而精力洋溢的臂膊,向天打一个欠伸,天空便突然失了色,化为神异的肉红,暂时再也辨不出伊所在的处所”⑤,裸露而优美的身体充斥着无尽的生命力,是真善美的化身,然而,她又有一种无意识的莫名的烦恼,百无聊赖的女娲在混沌的天地间开始了她造人的壮举。然而,在抟土造人的过程中,女娲并没有感到丝毫愉悦,纯粹出于对旺盛生命力的倾泻。她无意中捏

---

① 鲁迅:《鲁迅全集》第2卷《幸福的家庭》,第38页。
② 鲁迅:《鲁迅全集》第2卷《幸福的家庭》,第42页。
③ 〔美〕李欧梵:《铁屋中的呐喊》,尹慧珉译,第249页。
④ 〔日〕伊藤虎丸:《鲁迅与日本人——亚洲的近代与“个”的思想》,李冬木译,第145页。
⑤ 鲁迅:《鲁迅全集》第2卷《补天》,第357页。

了一个“和自己差不多的小东西”，并为自己的创举感到诧异和欢喜，使她“第一回笑得合不上嘴唇来”①。她在好奇心的驱动下继续着她的事业。然而这种欢喜并未持续太久，她开始感到腰腿酸痛，左右不如意，便用紫藤在泥水里随意抽打，无意中创造出更多“先前做过了一般的小东西”，只是这些“呆头呆脑”“獐头鼠目”的“小东西”更让她“讨厌”，使她处于进退两难的境地。如果“女娲忽然醒来”②是生命创造的觉醒，那么“女娲猛然醒来”③则是拯救社会的觉醒，她创造的人类不仅折腾得天地崩塌，而且自相残杀。战争双方都扛着正义的旗帜攻讨对方，这不得不使人们对历史的合法性与真实性产生怀疑。女娲抟土造人的伦理性特质被剔除，也失去了神性与庄重的色彩。一个“小东西”顶着一块长方板，站在女娲两腿之间向上看，然后递上手中的青竹片，指斥女娲道：“裸裎淫佚，失德蔑礼败度，禽兽行。国有常刑，唯禁！”④这一情节源自鲁迅在创作《补天》时中途停笔去看日报，“不幸”看到了胡梦华对《蕙的风》的“含泪的批评”，故他在《补天》里“止不住有一个古衣冠的小丈夫，在女娲的两腿之间出现了”，“古衣冠的小丈夫”暗指胡梦华，胡梦华认为青年作家要为教化负责，不要再写那般形式的诗。鲁迅对此极为反感，他把这个小丈夫置于女娲的两腿之间，刻画出一个淫荡、放纵，但偏偏又冠以正人君子之名虚伪的小人嘴脸。鲁迅深感传统专制文化的根深蒂固与禁欲主义者的肆无忌惮，他们不仅要“存天理，灭人欲”，而且还要泯灭人的创造力。鲁迅深忧人类精神的沉沦和创造力的泯灭，故意用裸体而带有肉欲的女娲形象来揭穿道貌岸然的卫道士的丑恶嘴脸，“隐喻男权文化其阻止女性变革社会的本相”⑤。

## 第二节　鲁迅小说中身体的“主奴”共同体建构

在近代中国身体的演绎上，“国民”几乎成了中国知识分子在身体改革运动中关注的焦点，更是国族建构的重要概念。它凸显了国人政治意识的觉醒，以及对自我主体的追寻。从晚清到“五四”，国民不断被中国知识分子“召唤”出来，以改造社会大众长期以来禁锢在传统君主世界的封闭思想。

① 鲁迅：《鲁迅全集》第2卷《补天》，第358页。
② 鲁迅：《鲁迅全集》第2卷《补天》，第357页。
③ 鲁迅：《鲁迅全集》第2卷《补天》，第360页。
④ 鲁迅：《鲁迅全集》第2卷《补天》，第364页。
⑤ 韩冷：《现代性内涵的冲突——海派小说性爱叙事》，黑龙江人民出版社2008年版，第229页。

因此，如果说传统中国是以儒家的宗法家族、道德伦理与科举制度为架构的政治体系，则在这政治体系下所教化出来的忠君、尊孔、礼义、奴性等思想，辐凑成了一群没有自我意识的庸众。这些传统中国里的臣民、顺民和贱民，毫无主体意识，更无个体生命价值的自我认知。他们长期驯服在威权之下，习为佣役，铸就奴性，只是皇帝的家奴而已。因此，启蒙主义者认为，中国历史上只有奴隶，没有国民，而且这些人都只顾及个人私利，一切唯利是图，即梁启超所谓："有能富我者，吾愿为之吮痈；有能贵我者，吾愿为之叩头。其来历如何？岂必问也！若此者，其以受病，全非由地理、学说之影响，地理、学说虽万变，而奴隶根性终不可得变。"①鲁迅更是把中国历史分为两个时代："一，想做奴隶而不得的时代；二，暂时做稳了奴隶的时代。"②在他们的认知视域里，传统中国的历史只是一部家族史或大奴隶史。因此，自晚清以来，知识分子集矢批判的，就是这些毫无国家观念、习以为奴的民族劣根性。"鲁迅对国民存在的本体性思考，具有鲜明的时代取向与现代性价值，在精神层面与西方存在主义达成了一种默契。"③鲁迅往往在非理性的基础上对身体进行理性思考，他以孤独与寂寞、虚无与荒诞、生存与死亡、绝望与反抗等生命存在样态为小说题材，有意识地探求本真生命与自由人性。吴康指出："鲁迅小说从呐喊、彷徨以至孤独、绝望的生存现象学展示是基于其时间性结构的，时间引导生存，任何丧失时间的生存或去除了生存的时间都是不可思议的，那便是形而上学的抽象。"④不难发现，鲁迅小说身体诗学的核心主题和根本出发点始终是人，与"立人"的思想理路紧密联系在一起，从而获得终极价值的合理性。

## 一、鲁迅对晚清国民思想的接受与演绎

王德威指出："没有晚清，何来'五四'。"⑤不可否认，如果将中国现代小说的发轫置于更广阔的社会语境，我们可以把晚清小说视为中国现代小说的雏形或源头，并为中国现代小说"内在理路"的发展提供依据。中国现代小说叙事模式的转换并不简单停留在文本试验，它是"经世致用""感时忧国"的传统与西方现代性共同发力的产物。正如李欧梵谈及中国现代作家的"感时忧国"精神时指出："从道德的角度把中国看作是'一个精神上患病

---

① 梁启超：《梁启超全集》第2册《新民说》，第666页。
② 鲁迅：《鲁迅全集》第1卷《灯下漫笔》，第225页。
③ 胡志明：《鲁迅小说的时间诗学》，湖南人民出版社2015年版，第32页。
④ 吴康：《书写沉默——鲁迅存在的意义》，人民出版社2010年版，第169页。
⑤ 〔美〕王德威：《被压抑的现代性：晚清小说新论》，宋伟杰译，第1页。

的民族'，这一看法造成了传统与现代性之间的一种尖锐的两极对立性：这种病态植根于中国传统之中，而现代性则意味着在本质上是对这种传统的一种反抗和叛逆，同时也是对新的解决方法所怀的一种知识上的追求。"①现代小说的产生伴随着从"小说界革命"到翻译小说，再到新文化运动一系列重大的文学运动与思潮。文体变革的同时也意味着现代性追求与实践，个性自由与解放确立了小说审美新思维，白话代替了传统的文言。陈平原指出："被文学史家视为开辟文学新纪元的五四闯将，实际上其中好多人曾在小说界革命的浪潮中冲杀过，是新小说家的战友。"②鲁迅虽然在彼时并非时代的引领者，但在这种浓烈氛围中早已潜移默化：无论是章太炎的言传身教，还是鲁迅在日本经受的异域的现代性冲击都可能促使他转变。③面对当时中国的现实，研究鲁迅小说叙事中的国民想象，可以更好地把握鲁迅小说身体诗学的精神内核。

为了克服近代中国出现的时代危机，部分主张民主革命的留学生和寻求真理的思想家从西方引进了"国民"概念，从而掀起了一股"国民""国民性"讨论热潮。梁启超等在《中国国民之品格》《新民议》《论中国人种之将来》《论中国之国民性》等文章中对"国民"进行了探讨。《新青年》《东方杂志》《国民》杂志等也刊登了大量关于国民的论述，探讨国民的弊端以及改革的必要性。④

为什么"国民"会在晚清受到如此青睐呢？这必须和当时的社会联系在一起。当闭关锁国的清王朝惨遭西方列强蹂躏后，"救国论"成了时代最强音，当时有识之士提出了坚船利炮论、黄金黑铁论、君主立宪论、复古论、全盘西化论等，不一而足。洋务派曾试图通过向西方学习先进的经济、技艺，"中体西用"，从而达到"富国强兵"的目的，而甲午中日战争的失败使之走上穷途。严复、康有为、梁启超等在反思洋务运动失败的原因时得出了"新

---

① 〔美〕李欧梵：《现代性的追求》，第 174 页。

② 陈平原：《二十世纪中国小说史 · 第一卷（1897 年—1916 年）》，北京大学出版社 1989 年版，第 21 页。

③ 张新颖：《20 世纪上半期中国文学的现代意识》，第 69-93 页。

④ 闫玉刚指出，西方资产阶级思想家是把自己当作全体国民的代表，去反对封建专制统治的；而中国的维新派，虽然也认识到国民的力量，重视"亿兆国民""民性""民情""民心""民风"，主张"鼓民力""开民智""新民德"，"唤起国民之议论，振奋国民之精神"，还把"国民性"作为一个民族的特性的同义语使用，但都是为了变法维新，为君主立宪的政治纲领服务的。他们心目中的"国民"是开明君主通过立宪议会统治下的有智有德的顺民。所以，维新派研究"国民"的目的，是为统治"国民"。见闫玉刚：《改造国民性——走进鲁迅》，第 7 页。

其政不新其民,新其法不新其学"①的结论。这些知识分子开始从科学技术层面转向对"国民"内在精神的探索,发现国民的体力、智力、道德等因素才是国家强盛之本:"凡一国之强弱兴废,全系乎国民之智识与能力。而智识能力之进退减增,全系乎国民之思想。思想之高下通塞,全系乎国民之习惯与所信仰,然则欲国家之独立,不可不谋增进国民之识力,欲增进国民之识力,不可不谋转变国民之思想。而欲转变国民之思想,不可不于其所习惯所信仰者。为之除其旧而布其新,此天下之公言也。"梁启超赋予了"国民"以救国的重任,国家的兴衰成败全由国民承担,并且试图通过启蒙来改造国民性,其出发点依然是解决民族危机和国家衰败的问题,他所倡导的启蒙运动只是实现民族国家独立自强的一条捷径。在他们那里,人只是手段而不是目的。②

在众声喧哗的晚清,小说家因个人理念的不同,对"国民"的理解自然有异,但他们表现出共同的趋向:热情呼唤"国民"。陈天华在《狮子吼》中指出:"也算我文明种稍尽一分国民的义务了"③,"这些学生,自经文明种鼓励之后,志气陡增了百倍,人人以国民自命"④。在他们眼里,只要达到"国民"程度,就能取得丰硕成果,晚清小说家正是通过对"国民"的殚精竭虑的想象来构筑国家的锦绣前程。在晚清小说家的视野里,尽管对"国民"有不同的表述方式,但整体上保持概念的纯粹性,几乎不容掺入任何杂质,也不统摄现实中的国人。谴责小说在晚清盛极一时,它以"辞气浮露,笔无藏锋"地批判国人为能事,但其批判对象则是用"中国的人""人民""唐人"等来指称,而"国民"在小说中则奉为"神圣"。晚清知识分子在西方思潮下接受"国民"概念,承载着自由、平等、责任等内涵,并结合当时中国的特殊情境,形成一套特有的价值体系。一旦以此反观国人,必定发现诸多与此体系不合的特质。在"救亡图存"的焦虑中,知识分子对中华民族的集体人格与文化习性,展开了深刻的反省和激烈的抨击。

---

① 唐才常:《唐才常集》,中华书局 1980 年版,第 32 页。

② 陈平原认为,戊戌变法的失败,截断了梁启超等人直接掌握国家政权从事社会变革的道路,使其不能不把主要精力从政治斗争转为理论宣传;同时,也使其意识到启发民众觉悟,提高民德、民智、民力的重要性。既然"新民为今日中国第一急务",而小说又有关乎世道人心,于是转而大力提倡新小说——表面上梁启超等人的理论主张戊戌后大有转变,可在强调文学必须"有用"这一点上,却是一以贯之。新小说之所以值得提倡,因其不只是小说,更包含救国救民的"大道"。见陈平原:《二十世纪中国小说史 · 第一卷(1897 年—1916 年)》,第 6 页。

③ 郅志选注:《猛回头——陈天华 邹容集》,辽宁人民出版社 1994 年版,第 121 页。

④ 郅志选注:《猛回头——陈天华 邹容集》,第 122 页。

当我们挖掘晚清小说中的“国民”想象时，不难发现作品中出现了大量“过去”“现在”与“未来”的对照。耐人寻味的是，在晚清小说里，虽然“过去”或“现在”比较黑暗，但经“国民”意识的洗礼后，未来充满希望，将改革的前景推向未知的时间前端。“国民”临危受命，挽狂澜于既倒，促使了时间的转折。作家在进化论的乐观想象中，搭建“黑暗过去”通往未来的桥梁，“觉今是而昨非”顿时成为一再复制的道德教诲，为晚清文学史构筑出一道精神奇景。晚清小说家大多注重内省式的批判，以此来承担历史失败的责任，因此一再自我挞伐。我们试以《新中国未来记》为例：

> 中国是亡定了，不亡于外国之凭陵，不亡于政府之顽旧，只是这四万万没心肝、没脑筋、没血性的人民，昏作一团，才是亡到尽头，一点法儿都没得想的呢！①

梁启超以“新中国未来记”为小说标题，畅想六十年后的新中国，在通向未来时，作者凸显国人自取灭亡的沉痛教训，从而揭示出作家的自我批判和省思。其中自有其深厚的时代背景，甲午战争彻底击碎了洋务派通过器物改革而达到富国强兵的梦想，从而把改革的视角转移到“人”的改造上，强调民众与国家唇齿相依。

晚清作家一再通过未来时间寻找出路，“国民”在此前提下被过度夸大，成为救国济世的灵丹妙药。《未来世界》开宗明义写出中国人的奴隶性，乃是为“国民”进行对照，由“国民”改革奴隶，“人人都自有自治的精神，家家具有国民的思想，这还不成了个完全立宪的中国吗？”此改革已经隐然出现时间的对比框架：奴隶性导致过去与当下中国的腐败，国民则表征未来的光明。国民意识促使国势欣欣向荣，反映在小说的叙述上，出现大逆转：“三百年老大帝国，忽成独立之邦；四百兆黄种同胞，共进文明之城。”②结果在“国民”意识的张扬下，沦于灭亡边缘的国族扶摇直上，在作者预设的未来时间中，竟然成为强权。对于国民的特定想象，使得光明的未来成为可能。“国民”作为一个有机整体，它成了国人摆脱危机、战胜外侮的唯一出路。通过“国民”统摄引领“个人”寻找新的出路，已经成为晚清政治幻想小说共同的追求。

然而，晚清“国民”论述并未就“民权”的内容展开进一步思考，而是转

---

① 梁启超：《梁启超全集》第10册《新中国未来记》，第5615页。

② 春飒：《未来世界》，《月月小说》1907年第9期。

入对“国民”性格、精神、道德的审判，而过多关注“国民”性格、精神、道德中的负面因素，从而开启了“国民性”大讨论。在严复寻求富强的设计中，“民”的重要性已被提上重要议程，“民智、民力、民德”的改进被认为是“本”，“收大权、练军实”只是“标”。“果使民智日开，民力日奋，民德日和，则上虽不治其标，而标将自立。”三者之中，“又以民智为最急也”①。严复同时指出：“新民德之事，尤为三者之最难。”②梁启超在东渡日本之前，也把“开民智”视为变法的“本原”：“吾今为一言以蔽之曰：变法之本，在育人才；人才之兴，在开学校。”③甚至当“兴民权”的呼声日益高涨之际，他依然坚持认为需要以“开民智”为基础。“今之策中国者，必曰兴民权，兴民权斯固然矣。然民权非可以旦夕而成也。权者生于智者也。……今日欲伸民权，必以广民智为第一义。”④梁启超《论中国人种之将来》一文中专门探讨了中国人种之特质，诸如“富于自治之力”“有冒险独立之性质”“长于学问，思想易发达”“民人众多，物产沃衍，善经商而工价廉，将握全世界商工之大权”等，并对于中国人种的将来非常乐观、自信，“规以地势，参以气运，则中国人于来世纪必为世界上最有势力之人种”⑤。从文章最后归结于“人力”来看，梁启超以上论述仍是基于“开民智”的考量。不过，梁启超在论述中国人的正面“特质”时，所取例证多来自历史，为他之后批判中国人的负面性格埋下伏笔。然而，类似从正面褒扬国人在晚清的“国民”论述中并不多见，更多情形是对“国民性”的“弱点”与“劣根性”的大力鞭挞。不难发现，国民性的负面因子是一开始就注定了的，与其说来自知识分子对国民的实际观察、来自中国国民与异国国民之比较，不如说是理论推演的结果，特别是由中国贫弱、落后的现状逆推而来的结果。

从晚清关于“国民”论述兴起及其转向“国民性”话语的过程可以发现，中国的“国民性”话语并非西方国民性理论的简单移植，而是基于中国现实迫切需要基础上的进一步延伸。因此，当中国的情境发生变化时，“国民性”的内涵也会随之而变。沈松侨在梳理晚清的“国民”论述之后指出：“晚清的‘国民’论述，表面上是以挣脱奴隶状态，重赋‘国民’以自由为标榜，然而，其所真正关怀的，却不是任何实质的个人解放，而是超脱于个人之上的国家巨灵的解放。‘国民’，在这套论述形构之中，纵然剿袭了诸多自由民主

① 严复著，胡伟希选注：《论世变之亟：严复集·原强》，第19页。
② 严复著，胡伟希选注：《论世变之亟：严复集·原强修订稿》，第40页。
③ 梁启超：《梁启超全集》第1册《论变法不知本原之害》，第15页。
④ 梁启超：《梁启超全集》第1册《论湖南应办之事》，第177页。
⑤ 梁启超：《梁启超全集》第1册《论中国人种之将来》，第262页。

体制之下‘公民’所常具备的外在形貌，其实却绝无 citizenship 概念所不可或缺的政治主体性可言。”①因此，当我们探讨鲁迅早期“国民”思想观点时，就会发现他以自身的实践，为晚清思想界注入新的内容。

闫玉刚认为：“鲁迅对于‘国民’的态度，与维新派截然不同。”②此语有待商榷，鲁迅对“国民”的理解有一个发展历程，并不是一成不变的。鲁迅与许寿裳在弘文学院讨论国民性及其病根问题时主要集中在以下三个方面：“一、怎样才是最理想的人性？二、中国国民性中最缺乏的是什么？三、它的病根何在？”③关于第二点，许寿裳称他们认为中国人最缺乏“诚与爱”④。此时鲁迅关于“国民性”的论述开始转向“国民”的性格、精神等层面，如《斯巴达之魂》中所呼吁的尚武精神、爱国精神等，《中国地质略论》中“中国者，中国人之中国”⑤；“夫中国虽以弱著，吾侪固犹是中国之主人，结合大群起而业，群儿虽狡，孰敢沮者，则要索之机绝”⑥，其中包含着明显的激发国人爱国之情的意图，而“主人”“大群”等语则与当时的“国民”论述一脉相承。

鲁迅早期文章中很少使用“国民性”及类似词语，⑦“国民”一词虽屡屡出现，基本与“人民”一词相似。但也有例外，比如《文化偏至论》谈及施蒂纳的极端个人主义时，鲁迅指出：“国家谓吾当与国民合其意志，亦一专制

---

① 沈松侨：《国权与民权：晚清的“国民”论述（1895—1911）》，《“中央研究院”历史语言研究所集刊》2002 年第 12 期，第 725 页。

② 闫玉刚：《改造国民性——走进鲁迅》，第 7 页。

③ 许寿裳：《亡友鲁迅印象记》，岳麓书社 2011 年版，第 18 页。

④ 张钊贻认为，缺乏“诚与爱”不完全是鲁迅的看法，至少并非鲁迅选择的表述方式。“诚与爱”应该是许寿裳提出的，因为从鲁迅当时涉及“国民性”问题的两篇文章《文化偏至论》和《破恶声论》中，都得不出缺乏“诚与爱”的结论。鲁迅的文章主要是批评中国文化传统过于重视物质，缺乏对天才的支持，缺乏精神的培育。许寿裳所谓“我们”，也许只是说跟鲁迅讨论，并非他们共同的认识。1918 年许寿裳写信给鲁迅还提到“当灌输诚爱二字”，可见是许寿裳的提法。当然，鲁迅复信也认为“甚当”，后面我们将会讨论到鲁迅强调的“认真”，才是鲁迅所用的用语。“认真”实际上也是“诚”，而“爱”也寓于“诚”中，所以跟许寿裳的想法实质上也是一致的，但鲁迅透过“认真”的表象看到更广阔和根本的“内曜”，进入心理学甚至心理分析的领域，比许寿裳的“诚与爱”要深刻得多。见〔澳〕张钊贻：《鲁迅：中国“温和”的尼采》，第 213-214 页。

⑤ 鲁迅：《鲁迅全集》第 8 卷《中国地质略论》，第 6 页。

⑥ 鲁迅：《鲁迅全集》第 8 卷《中国地质略论》，第 19-20 页。

⑦ 在《摩罗诗力说》一文中鲁迅首次使用“国民性”一词，全文中仅出现两次，照北冈正子的《摩罗诗力说材源考》指出，这仅有的两处并非鲁迅的创作，而是与他所采用的材源直接相关：第一处“裴伦大愤，极诋彼国民性之陋劣”，在木村鹰太郎的《拜伦》一书中作“拜伦激怒，叱希腊人根性之腐败”；第二处“或谓国民性之不同，当为是事之枢纽，西欧思想，绝异于俄，其去裴伦，实由天性，天性不合，则裴伦之长存自难矣”，在八杉贞利的《诗宗普希金》中作“还有人用俄国人的观点解释这个问题，以为拜伦主义是西方（西欧）的东西，西方的东西毕竟不合普希金的国民天性，普希金归根到底是个俄国人，不能长期接近拜伦”。见〔日〕北冈正子：《摩罗诗力说材源考》，何乃英译，第 32、99 页。

也。众意表现为法律,吾即受其束缚,虽曰为我之舆台,顾同是舆台耳。"①似与晚清的国民性话语背道而驰。鲁迅虽然并不完全认可施蒂纳的极端个人主义,但"任个人而排众数"的主张是非常明显的。换言之,鲁迅排斥以"国民"的名义去统合所有人的做法,而这正是晚清"国民"论述包括"国民性"话语的本质特征。鲁迅也质疑了"国民"论述的根基——民主或民权的思想。鲁迅没有像梁启超那样期待、歌颂天下大同的到来,而是对此充满疑虑和担忧。他看到"众数"来势汹汹,"凡社会经济上一切权利,义必悉公诸众人,而风俗习惯道德……趣味好尚言语暨其他为作,俱欲去上下贤不肖之闲,以大归乎无差别。同是者是,独是者非,以多数临天下而暴独特者,实十九世纪大潮之一派,且曼衍入今而未有既者也"②。"众数"消弭了个性,压制乃至于使"独特者"泯灭。就此而言,它较之过去的专制制度尤甚,"古之临民者,一独夫也;由今之道,且顿变而为千万无赖之尤,民不堪命矣,于兴国究何与焉"③。因此,"众数"作为19世纪文化的"偏至"之一,需要克服和超越,而非模仿和追求。在《破恶声论》中,鲁迅更是将"汝其为国民"作为他直接驳论的对象之一。他认为,"汝其为国民"与"汝其为世界人"这两种言论一样,"皆灭人之自我,使之混然不敢自别异,泯于大群"④。正是从人应当具有"自我"和"自性",表现自己的"心声"和"内曜"的角度出发,鲁迅发现了当时流行的"国民"论的迷误。鲁迅的上述观点,既基于尼采、施蒂纳等的个人主义观点,又受章太炎的影响,如"自性"这一概念就来自章太炎。⑤需要澄清的是,鲁迅并没有以"个人"否定群体的存在,在他看来,具有"自性"的个人才是这些群体存在的前提,"国人之自觉至,个性张,沙聚之邦,由是转为人国"⑥。"改变国民的精神"就是把他们的"自性"和"心声"召唤出来,让他们成为"自觉"的"人",这便是鲁迅"立人"思想之关键。

不难发现,鲁迅与许寿裳在弘文学院所谈及的三个问题中,与改造国民

---

① 鲁迅:《鲁迅全集》第1卷《文化偏至论》,第52页。

② 鲁迅:《鲁迅全集》第1卷《文化偏至论》,第49页。

③ 鲁迅:《鲁迅全集》第1卷《文化偏至论》,第47页。

④ 鲁迅:《鲁迅全集》第8卷《破恶声论》,第28页。

⑤ 在《人无我论》中,章太炎探讨了人如何才能找到真正的自我,"必依他起之我相,断灭无余,而圆成实自性赫然显现。当尔所时,始可说有无我之我"。见章太炎:《人无我论》,《民报》1907年第11期。以"自性"为标准,章太炎《五无论》中进而否定了"政府""聚落""众生""人类"和"世界"这些聚合体的实体性,即所谓的"五无论"。与其说章太炎意在拆解这些群体性的概念,不如说他是为了破除附着在这些概念之上的、未经辨析的知识;他提供了一个全新的视角,迫使人们重新去思考它们。见章太炎:《五无论》,《民报》1907年第16期。

⑥ 鲁迅:《鲁迅全集》第1卷《文化偏至论》,第57页。

性有关的后两个问题历来受到学界的重视，而第一个问题“怎样才是理想的人性”却被相对冷落。究其原因有二：一是因为它不如后两个问题与鲁迅思想联系紧密，二则与鲁迅曾批驳过梁实秋等人关于“人性论”的缘故。如果比照晚清的“国民”论述，鲁迅关于“怎样才是理想的人性”恰恰是他思想的特别之处。鲁迅早期思想依然承袭了晚清对国民愚弱和奴性的认知，他在《〈呐喊〉自序》中指出：“凡是愚弱的国民，即使体格如何健全，如何茁壮，也只能做毫无意义的示众的材料和看客，病死多少是不必以为不幸的。所以我们的第一要着，是在改变他们的精神，而善于改变精神的是，我那时以为当然要推文艺，于是想提倡文艺运动了。”[①]其实，对于国民“愚弱”的诊断，并非鲁迅首创，蒋百里早在1902年的《军国民之教育》一文中就已提及。[②] 关于“奴性”的观点鲁迅却有独到发现，他在中国的求新之士身上看到了“奴性”，这些人正是晚清国民话语体系中痛斥国民“奴性”的人。鲁迅曾在《破恶声论》中诘问道：“崇侵略者类有机，兽性其上也，最有奴子性，中国志士何隶乎？”[③]针对国民的“愚弱”和“奴性”，鲁迅提出了“改变他们的精神”的迫切性和必要性。鲁迅所谓的“精神”不再是晚清“国民”论中过渡到道德尤其是公德的桥梁，而是指人的“主观之内面”“性灵之光”，是人之为人、“人生之道”不可或缺的“精魂”所在。[④] 显然，鲁迅赋予了“精神”在文明和人性之中的结构性地位，并由此开始了他的文明批判和人生批判实践。

总之，鲁迅改造国民性思想的形成与当时中国的爱国知识分子普遍以对西方现代性的追求来获取民族、国家发展的特定历史背景和时代氛围有关，融合深广的中外文化，反映了当时进步知识分子欲拯救民族危机、国家危机的深切愿望。

## 二、“铁屋子”里的国民身体图景

晚清小说通过“过去”“现在”“未来”的强烈对照展开“国民”想象，“过去”“现在”往往比较黑暗，但民众经过“国民”意识洗礼后，立即生机勃发，

---

① 鲁迅：《鲁迅全集》第1卷《〈呐喊〉自序》，第439页。

② 关于国民“愚弱”的论述当时比较普遍，蒋百里在翻译《军国民之教育》时指出：“藤田东湖之言曰：宁为武愚，勿为文弱。虽然，今日者，愚则愚矣，武则未也。……夫彼之愚而弱者勿足责，吾窃怪夫知者也。彼亦曰吾欲文明也，彼未知求文明之苦痛，而先欲享文明之幸福，故文明则未也，而先流为文弱。”见百里：《军国民之教育》，《新民丛报》1902年第22期。

③ 鲁迅：《鲁迅全集》第8卷《破恶声论》，第33页。

④ 鲁迅：《鲁迅全集》第1卷《摩罗诗力说》，第73页。

充满无穷活力。这种对未来的希望与期许显然是进化论身体的无限延伸，将改革的前景推向未知的时间前端。“国民”想象促进了身体的蜕变，作家在国民身体进化的臆想中顿感“今是而昨非”，从而构筑出一道蔚为奇观的国民风景。

相对晚清乐观的“国民”论调，鲁迅的国民想象无疑打断了晚清小说家的美梦，即使是最为卑微的梦想，其笔下的国民也无法担当。

> 被虐待的儿媳做了婆婆，仍然虐待儿媳；嫌恶学生的官吏，每是先前痛骂官吏的学生；现在压迫子女的，有时也就是十年前的家庭革命者。[①]

众所周知，“幻灯片事件”后，鲁迅弃医从文，试图做一名精神上的医生来拯救国民的灵魂，“文艺是国民精神所发的火光，同时也是引导国民精神的前途的灯火”[②]。因为在鲁迅看来，科学固然可以作为救国的方法，[③]可是根柢却在于“人”。达尔文的进化论与尼采的能力说时刻警醒他，国民如果不奋起竞争，就终将逃不出灭亡的命运。因此，竹内好认为：鲁迅“并不是在怜悯同胞之余才想到文学的，直到怜悯同胞成为连接着他孤独的一座里程碑”[④]。而国民头脑中根深蒂固的“华夏中心主义”和因文化隔绝而养成的优越感成了国民显隐人格中的顽症。

> 不幸中国偏只多这一种自大：古人所做所说的事，没一件不好，遵行还怕不及，怎敢说到改革？这种爱国的自大家的意见，虽各派略有不同，根柢总是一致，计算起来，可分作下列五种：
>
> 甲云：“中国地大物博，开化最早；道德天下第一。”这是完全自负。
>
> 乙云：“外国物质文明虽高，中国精神文明更好。”
>
> 丙云：“外国的东西，中国都已有过；某种科学，即某子所说的云云。”这两种都是“古今中外派”的支流；依据张之洞的格言，以“中学为体，西学为用”的人物。
>
> 丁云：“外国也有叫化子，——（或云）也有草舍，——娼妓，——臭

---

① 鲁迅：《鲁迅全集》第1卷《娜拉走后怎样》，第169页。

② 鲁迅：《鲁迅全集》第1卷《论睁了眼看》，第254页。

③ 鲁迅曾指出：“我希望也有一种七百零七的药，可以医治思想上的病，这药原来也已发明，就是‘科学’一味。”见鲁迅：《鲁迅全集》第1卷《随感录三十八》，第329页。

④ 〔日〕竹内好：《近代的超克》，李冬木等译，第57页。

虫。”这是消极的反抗。

戊云：“中国便是野蛮的好。”又云：“你说中国思想昏乱，那正是我们民族所造成的事业的结晶。从祖先昏乱起，直要昏乱到子孙；从过去昏乱起，直要昏乱到未来。……（我们四万万人）你能把我们灭绝么？”这比“丁”更进一层，不去拖人下水，反以自己的丑恶骄人：至于口气的强硬，却很有《水浒传》中牛二的态度。①

鲁迅通过甲到戊的言论，尖锐地批判了国民行事处世时所遵循的“排他性”原则。令人吊诡的是，鲁迅在批判这种单一的思考模式时，却借用了此方式，只是与之相反：“新”胜于“旧”，“西方”优于“中国”。当他激烈批判守旧派对新事物的排斥时，自己何尝不也在排斥旧事物？如“中国历史的整数里面，实在没有什么思想主义在内。这整数只是两种物质，——是刀与火，‘来了’便是他的总名。”②他将漫长的中国史浓缩为“刀与火”的历史，进而指陈国民性缺陷，将国民劣根性归咎于封建纲常伦理、家族制度。国民性的奴性、怯弱、保守、愚昧等特质乃受封建制度毒害，“但我总还想对于根深蒂固的所谓旧文明，施行袭击，令其动摇，冀于将来有万一之希望。”③

许寿裳在论及鲁迅的国民性思想时指出：“为其爱民族越加深至，故其观察越加精密，而暴露症结也越加详尽，毫不留情。”④因此，在这些国民身上，鲁迅无法预设美好的未来。1933年，《东方杂志》开辟专刊探讨“梦想中的未来中国”，鲁迅对此不置可否：“是许多人梦想着将来的好社会，‘各尽所能’呀，‘大同世界’呀，很有些‘越轨’气息了。”⑤鲁迅对“未来中国”的绮丽想象是相当排斥的，原因在于“倘不梦见这些，好社会是不会来的，无论怎么写得光明，终究是一个梦，空头的梦，说了出来，也无非教人都进这空头的梦境里面去”⑥。鲁迅彻底颠覆了《新中国未来记》《未来世界》等小说中的“国民”想象，把它们都划入空想和梦境。

与晚清小说家不同，在鲁迅的笔下，“国民”则被赶下神坛，已无法担当唤醒国人的重任，也不再是热情歌颂与赞美的对象。鲁迅往往从批判的角度对“国民”的内涵进行审视。

---

① 鲁迅：《鲁迅全集》第1卷《随感录三十八》，第328页。

② 鲁迅：《鲁迅全集》第1卷《随感录五十九“圣武”》，第372页。

③ 鲁迅：《鲁迅全集》第11卷《致许广平》，第470页。

④ 许寿裳：《挚友的怀念——许寿裳忆鲁迅》，河北教育出版社2000年版，第119页。

⑤ 鲁迅：《鲁迅全集》第4卷《听说梦》，第481页。

⑥ 鲁迅：《鲁迅全集》第4卷《听说梦》，第482页。

> 只是我自己的寂寞是不可不驱除的,因为这于我太痛苦。我于是用了种种法,来麻醉自己的灵魂,使我沉入于国民中,使我回到古代去,后来也亲历或旁观过几样更寂寞更悲哀的事,都为我所不愿追怀,甘心使他们和我的脑一同消灭在泥土里的,但我的麻醉法却也似乎已经奏了功,再没有青年时候的慷慨激昂的意思了。①

不难发现,鲁迅已经耻于与"国民"为伍,而"沉入于国民中""麻醉自己的灵魂"以及"回到古代去"均是鲁迅言行的反证,"国民"已经被放逐,与晚清对"国民"的誉美形成了鲜明的对比。需要补充的是,晚清有识之士与鲁迅考察"国民"的角度有所不同,前者简单停留在政治层面,而后者则是具体国人的指称。如《头发的故事》中所提及的"国民":

> 我最佩服北京双十节的情形。早晨,警察到门,吩咐道,"挂旗!""是!挂旗!"各家大半懒洋洋地踱出一个国民来,撅起一块斑驳陆离的洋布。这样一直到夜,——收了旗关门;几家偶然忘却的,便挂到第二天的上午。②

"双十节"应当是一个重要的节日,而"国民"对挂旗这一庄重的仪式已经变得漫不经心、不置可否,甚至于漠然。此时的"国民"已经与晚清的"国民"已有天壤之别,在他们身上已经不再具有任何可以褒扬的特质。

鲁迅的小说通常以极端方式抨击传统文化的弊病,读者不时会置身于面目模糊的冷漠国民中,犹如芒刺在背。鲁迅往往通过营造一道看与被看的奇景,揭示出国民的冷漠与隔阂。夏志清指出:"《孔乙己》是鲁迅的第一篇抒情式的小说,是关于一个破落书生沦为小偷的简单而动人的故事。……他的悲剧是在于他不自知自己在传统社会中地位的日渐式微,还味保持着读书人的酸味。"③小说以温酒伙计之视角叙述了孔乙己的悲惨境遇,映照出国民无耻冷漠、麻木不仁的丑恶嘴脸。

> 中秋过后,秋风是一天凉比一天,看看将近初冬;我整天的靠着火,也须穿上棉袄了。一天的下半天,没有一个顾客,我正合了眼坐着。忽

① 鲁迅:《鲁迅全集》第1卷《〈呐喊〉自序》,第440页。
② 鲁迅:《鲁迅全集》第1卷《头发的故事》,第484页。
③ 夏志清:《中国现代小说史》,刘绍铭等译,第27页。

然间听得一个声音，“温一碗酒”。这声音虽然极低，却很耳熟。看时又全没有人。站起来向外一望，那孔乙己便在柜台下对了门槛坐着。他脸上黑而且瘦，已经不成样子；穿一件破夹袄，盘着两腿，下面垫一个蒲包，用草绳在肩上挂住；见了我，又说道，“温一碗酒”。掌柜也伸出头去，一面说：“孔乙己么，你还欠十九个钱呢！”孔乙己很颓唐的仰面答道：“这……下回还清罢。这一回是现钱，酒要好。”掌柜仍然同平常一样，笑着对他说：“孔乙己，你又偷了东西了！”但他这回却不十分分辩，单说了一句，“不要取笑！”“取笑？要是不偷，怎么会打断腿？”孔乙己低声说道：“跌断，跌，跌……”他的眼色，很像恳求掌柜，不要再提。此时已经聚集了几个人，便和掌柜都笑了。我温了酒，端出去，放在门槛上。他从破衣袋里摸出四文大钱，放在我手里，见他满手是泥，原来他便用这手走来的。不一会，他喝完酒，便又在旁人的说笑声中，坐着用这手慢慢走去了。①

《孔乙己》“描写一般社会对于苦人的凉薄”②，其悲剧不仅表现在于孔乙己盘着两腿走路，再度被讥笑，更可悲的是其所处的丝毫没有同情与怜悯的人间炼狱，以及众人对弱者习惯麻木不仁的残酷现实。正如周海波、苗欣雨所言：“《孔乙己》在主题意向的文化意蕴方面，并不是针对封建科举制度的批判，而是从孔乙己在咸亨酒店的人生际遇，深刻表现出国民的生存环境与生存状态，揭示人与人之间难以打破的‘厚墙’，从而演绎、升华出鲁迅特有的人生哲学：在荒诞与无奈中呈现生存环境的荒寒与冷漠，呈现人的生存的尴尬及其悲剧结局。”③

与晚清小说《熙朝快史》《新石头记》《新中国》等政治幻想小说构筑的未来世界与文明境界形成强烈反差，“鲁迅小说无法使人读出璀璨美景，触目皆是无路可逃的茫茫未来。这些处在十字路口的人物，在新旧之间徘徊，不知何去何从，‘未来’只能成为一种令人措手不及的时间等待”④。鲁迅的国民想象无法容许虚幻的未来存在，因此在其小说里弥漫着黯淡低沉的气息，古老、阴暗、封闭的意象充斥各个角落。他彻底否定了晚清小说里的国民想象，也击碎了国人对未来前途与命运所做的美梦，在批判国民性的主导

① 鲁迅：《鲁迅全集》第1卷《孔乙己》，第460-461页。
② 孙伏园：《鲁迅先生二三事》，湖南人民出版社1980年版，第18页。
③ 周海波、苗欣雨：《“鲁镇”的生存哲学——重读〈孔乙己〉》，《山东社会科学》2003年第1期。
④ 胡志明：《鲁迅小说的时间诗学》，第38-39页。

下，身体停滞不前，前景一片荒芜。鲁迅小说里的大众往往是麻木不仁、自私冷漠、愚昧落后且有着合群的自大，有着消灭异端和扼杀天才的传统。他试图通过启蒙去改造的正是这样一群国民。“凡是愚弱的国民，即使体格如何健全，如何茁壮，也只能做毫无意义的示众的材料和看客，病死多少是不必以为不幸的。”①因此，鲁迅在其小说中不遗余力地批判国民性，引起疗救者的注意，试图砸碎国民身上各种因袭的精神枷锁，把他们从“铁屋子”里解放出来。

鲁迅向世人展示了一个极度封闭的老旧中国空间，沉睡其中的国民或清醒者都陷入无路可逃的厄运。鲁迅提出了一个残酷的命题：是否要唤醒这些人？“昏睡者”醒后又怎样？这是一个急待破解的史帝芬森之谜，鲁迅最终也没有给出答案。因为鲁迅的小说无法向人们提供从“铁屋子”出逃的路径，其笔下的人物也无法找到安身立命之所，无论身处何处，都摆脱不了悲剧的命运。孔乙已处处遭人排挤，不属于“长衫”，因为他未能跻身读书人行列；也不属于短衣帮，他四体不勤、五谷不分，身份出现断裂，无法融入新旧的任一秩序中。陈士成在县考中一再落榜，连童生的身份都无法争取，最终精神恍惚，落水而亡，寓示他无法被旧有价值体系接纳。而在新旧体系中徘徊的阿Q，也未能获得善终，最终被处以极刑，揭示他被新旧体系无情抛弃的悲剧命运。作为新式知识分子的子君与涓生依然无法承担起“劫后英雄”的角色，他们试图通过爱情与理想构筑自由的精神小屋，抵制“铁屋子”的禁锢，最终还是改变不了曲终人散的厄运。

鲁迅并不认同晚清小说中的国民想象，其“国民”不再具有高尚的品质，而更多体现出国民劣根性。其国民想象自然影响小说身体叙事的时空建构，国民身体被古老、封闭、压抑、孤独、黑暗、寂寞、寒冷、苍凉等困厄，在“铁屋子”的包裹下，悄无声息地死去。这些魂灵放弃了对精神世界的追逐与体验，在传统与现代的时间节点上找不到安身立命的所在。相对于晚清作家，鲁迅经历了新旧两个世纪，遭遇过数次政权更迭，看惯了你方唱罢我登场的乱局。虽然经过了辛亥革命，但并没有产生新中国，期许落空，他深感民国一样还是令人失望：

> 我觉得革命以前，我是做奴隶；革命以后不多久，就受了奴隶的骗，变成了他们的奴隶了。

① 鲁迅：《鲁迅全集》第1卷《〈呐喊〉自序》，第439页。

我觉得有许多民国国民而是民国的敌人。①

鲁迅以上这一番话，让我们进一步反思“奴隶”与“国民”的内涵。在晚清智识者眼里，“国民”原为“奴隶”的对照物，在历史发展进程中，大致体现从“奴隶”到“国民”的历史性转变，而这是一种质的飞跃。而在鲁迅笔下，“奴隶”与“国民”并不是一个线性发展过程，而是两个完全对等的概念，革命前与革命后国人的奴隶身份并没有发生改变。人们原本期待通过改朝换代能将奴隶转化为国民，但极具讽刺意义的是当民国来临，国民却成了民国的敌人。鲁迅视野中的国民已非理想的政治概念，而是中国人的实指，并没有改变其奴隶的本性，与晚清的“国民”概念形成了强烈对照。

辛亥革命后，鲁迅长时间处于游离状态，“如置身毫无边际的荒原，无可措手的了，这是怎么的悲哀呵，我于是以我所感到者为寂寞”②。但他还是试图反抗这种悲哀与寂寞，对时代表达了自己的“呐喊”与“彷徨”。在写给许广平的信中可以窥探出其小说创作的缘由：“此后最要紧的是改革国民性，否则，无论是专制，是共和，是什么什么，招牌虽换，货色照旧，全不行的。”③由此可知，其写作动机仍然是对国民性的改造。

从晚清小说到鲁迅小说，虽然只隔十余年，但由于历史条件发生转变，晚清发展起来的“国民”意涵在鲁迅小说里已变得面目全非。这种转变使得各自塑造的小说人物发生了巨大变化。就人物名姓而言，晚清小说里的“国民”通常有着寄寓政治抱负与文化理想的姓名，如东方强、苏梦华、华自立、龙孟华、苏汉民等，他们人如其名，处处为人楷模，在“尊德行”与“道问学”上皆高人一等，为了民族国家的利益，他们任劳任怨，披星戴月，四处奔波，成了民族精神的传播者、未来中国的建设者。然而鲁迅笔下的国民则貌丑德陋，如阿Q、蓝皮阿五、红鼻子老拱、三角脸、方头、癞头疮、何道统、高老夫子、蟹壳脸等，从这些绰号就能发现，鲁迅旨在通过揭示人物的病态心理或丑恶面孔，鞭挞国民卑劣的精神风貌与道德品质。

一个时代有一个时代的文学。历史的转变与时代的变迁造成“国民”观念的转变，进一步冲击小说叙事。相较于晚清乐观的国民论调，鲁迅更多展示社会的黑暗与人性的扭曲，以及那种无法言说的绝望。若是将他早年“文艺救国”的理想与其小说国民形象的塑造联系在一起，会发现悖论：小说文

---

① 鲁迅：《鲁迅全集》第3卷《忽然想到（三）》，第16页。

② 鲁迅：《鲁迅全集》第1卷《〈呐喊〉自序》，第439页。

③ 鲁迅：《鲁迅全集》第11卷《两地书》，第32页。

本中无法得救的角色消解了其创作动机的“救国”任务，可是一旦打破文本框架，从作家与作品关系的角度来看，则别有一番天地。鲁迅在诸多场合一再说明其写作态度：

> 但我总还想对于根深蒂固的所谓旧文明，施行袭击，令其动摇，冀于将来有万一之希望。①
>
> 不免夹杂些将旧社会病根暴露出来，催人留心，设法加以疗治的希望。②
>
> 说到“为什么”做小说罢，我仍抱着十多年前的“启蒙主义”，以为必须是“为人生”。而且要改良这人生……所以我的取材，多采自病态的社会的不幸的人们中，意思是揭出病苦，引起疗救的注意。③

鲁迅在不同时间点道出创作意图，多次强调其文艺救国的理想，显示其骨子里的传统文人固有的“经世致用”“文以载道”之文学理想。鲁迅往往预设一个批判的对象，挖出封建社会的病灶，从而“引起疗救的注意”。然而困扰鲁迅一生的国民劣根性使得其小说始终没有出现可以拯救苍生于水火的英雄，更多的是“活死的囚徒”，囚禁在“铁屋子”里，无路可寻。

在“过去”与“未来”的时间场域里，晚清建构起的国民身体想象被无情击破，成为鲁迅笔下挥之不去的梦魇。晚清小说家笔下的“国民”带着风清气正的精神面貌，虽身处乱世，但成了拯救国家、民族的正面人物。而在鲁迅的笔下，晚清国民承担的自由、平等、博爱等精神被无情消解，承载的却是“国民劣根性”，其身也成了藏污纳垢的处所，成了困扰鲁迅一生的魔咒。“灵台无计逃神矢，风雨如磐暗故园”，鲁迅在无计可施的绝望中看透了世间的沧桑变幻，他时刻在思索：国人为什么变成这样？国民的劣根性怎会如此？在对整个旧势力的顽强对阵中，被孤独感包围的痛苦与绝望就显露无遗。

鲁迅将一系列“劣根性”纳入国民性的叙述框架。在考察此框架时，需注意其书写动机，他在 1936 年 3 月 4 日致尤炳圻的信中言及：

> 日本国民性，的确很好，但最大的天惠，是未受蒙古之侵入；我们生

---

① 鲁迅：《鲁迅全集》第 11 卷《致许广平》，第 470 页。

② 鲁迅：《鲁迅全集》第 4 卷《〈自选集〉自序》，第 468 页。

③ 鲁迅：《鲁迅全集》第 4 卷《我怎么做起小说来》，第 526 页。

于大陆，早营农业，遂历受游牧民族之害，历史上满是血痕，却竟支撑以至今日，其实是伟大的。但我们还要揭发自己的缺点，这是意在复兴，在改善。①

此论乃鲁迅陷入病重时所写，可视为他在生命临终前回顾前生的“持平之论”。“意在复兴”点出其对国民性建构的策略性，中国国民性虽也有伟大之处，却存而不论，揭发缺点才是首要任务，这跟他与许寿裳“并不多谈”“怎样才是理想的人性”的态度可呼应。因此其国民性叙述经过策略性的选择与摒弃，夹着“意在复兴”的动机，解剖国民身上的劣根性，正如茅盾《鲁迅论》所言：“老中国的毒疮太多了，他忍不住拿着刀一遍一遍地不懂世故地尽自刺。”②将“国民”设定在被拯救的位置，塑造出超级大病号，填入种种劣根性。此“国民大病号”的塑造乃是针对国民的“调和”心理：

中国人的性情是总喜欢调和、折中的。譬如你说，这屋子太暗，须在这里开一个窗，大家一定不允许的。但如果你主张拆掉屋顶，他们就会来调和，愿意开窗了。没有更激烈的主张，他们总连平和的改革也不肯行。那时白话文之得以通行，就因为有废掉中国字而用罗马字母的议论的缘故。③

针对此“调和”心理，需要发出更严厉的声音，以创造更大的回转空间。事实上，鲁迅也曾在极少数的书写场合与特定条件下肯定国民性：“中国人的聪明是决不在白种人之下的。”④尤其在过世前一两年，他打破了以往对国民性吝以赞美的习惯，如在《中国人失掉自信力了吗》一文中大力赞美有自信力的中国人。

我们从古以来，就有埋头苦干的人，有拼命硬干的人，有为民请命的人，有舍身求法的人……虽是等于为帝王将相作家谱的所谓“正史”，也往往掩不住他们的光耀，这就是中国的脊梁。

---

① 鲁迅：《鲁迅全集》第14卷《致尤炳圻》，人民文学出版社1981年版，第410页。

② 《1913—1983鲁迅研究学术论著资料汇编》第一卷，中国文联出版公司1985年版，第295页。

③ 鲁迅：《鲁迅全集》第4卷《无声的中国》，第14页。

④ 鲁迅：《鲁迅全集》第3卷《咬文嚼字》，第10页。

> 这一类的人们，就是现在也何尝少呢？他们有确信，不自欺；他们在前仆后继的战斗，不过一面总在被摧残，被抹杀，消灭于黑暗中，不能为大家所知道罢了。说中国人失掉了自信力，用以指一部分人则可，倘若加于全体，那简直是诬蔑。①

当然这些出现不多的赞美之词与他汗牛充栋的国民批判言论相比，可谓沧海一粟，可是却说明了其"意在复兴"的书写策略以及对此策略的自觉意识。

当鲁迅执此策略时，其国民体系就会出现种种裂缝，其创作动机与书写结果之间往往产生落差，论点随时势而调整。当鲁迅为改造国民性而进行批判时，早已预设了国民性的可改变性。他在日本弃医从文，乃是为了改造国民性。鲁迅认为首应改变的是国民精神，而最能够改变国民精神的手段是文艺，由此可见，国民精神是可以经由某种手段(如文艺)或中介加以改变。恰好因为国民性的可改造性，鲁迅开始其小说创作历程，如他所说："幸而谁也不敢十分决定说：国民性是决不会改变的。在这'不可知'中，虽可有破例——即其情形为从来所未有——的灭亡的恐怖，也可以有破例的复生的希望，这或者可作改革者的一点慰藉罢。"②如此创作动机落实在书写过程中，自然在策略性的考量下，将国民当成一个整体来批判，国民性被整体化成"不变"的特质，其小说笔下的人物被封锁于"铁屋子"里，以或清醒或昏睡的方式等待死亡。

在鲁迅建构的充满策略性的"国民"体系里，他塑造出特定的叙述框架，任何负面特质都可充塞进去，并且无限扩充，使得其国民性显示出人为的痕迹。鲁迅总是将记忆与想象投射到民族衰亡的记忆片段，以此来达成其改造国民性之目的。当鲁迅从历史长河中撷取国民性批判的对象(如暴君卑民)时，却抽离此对象的历史情境，改以"现代性"的眼光来审视，此衡量标准建构在民主、自由、平等的基础之上，并对传统伦理秩序与道德体系予以猛烈抨击。鲁迅把国民钉牢在由现代性铸成的"十字架"上，让其万劫不复。鲁迅指出："体质和精神都已硬化了的人民，对于极小的一点改革，也无不加以阻挠，表面上好像恐怕于自己不便，其实是恐怕于自己不利，但所设的口实，却往往见得极其公正而且堂皇。"③硬化的体质与精神被视为阻碍国家

---

① 鲁迅：《鲁迅全集》第6卷《中国人失掉自信力了吗》，第122页。
② 鲁迅：《鲁迅全集》第3卷《忽然想到(四)》，第18页。
③ 鲁迅：《鲁迅全集》第4卷《习惯与改革》，第228页。

前进的绊脚石，生动呈现出鲁迅对身体的政治想象。

汪卫东曾对鲁迅的国民性批判提出质疑："在探讨国民劣根性的根源时，鲁迅一方面念念不忘民族历史的屈辱经历并着重强调近代生存危机，另一方面，作为思想革命者的他，其历史哲学和文化哲学的深度显然把他对国民劣根性根源的探讨推到民族文化传统的深处。一个难以回避的问题是：苟活的存在困境为什么必然导致卑怯等劣根性而不能相反激发反抗和奋发的积极品格呢？"①苟活的存在困境为何必然导致国民劣根性，对此问题，我们当然可将之视为一种书写策略，从后来的乡土小说以及老舍作品对国民性的批判中，不难发现，这种"苟活的存在困境"不仅可以"激发反抗和奋发的积极品格"，而且能引发各种国民性的可能。

## 第三节 鲁迅小说的身体意识与民族国家想象

在清末民初的现代转型过程中，知识分子对于"新中国"的想象往往依赖于对"新身体"的建构。自梁启超等人倡导小说新民与救国始，小说被赋予改良群治的重任，从而赋予小说身体书写以想象"新中国"的庄严使命。自"五四"以降，由鲁迅等开创的中国现代小说，通过身体的隐喻，试图重构一种新民族、新社会与新国家的话语范式。这种感时忧国的书写特质始终贯穿于中国现代小说中，从而具有了国史编纂色彩。夏济安指出，鲁迅时常体验到"他个人生活与现代中国生活中的似是而非，希望与绝望的冲突"，总是体验到"光与暗的此消彼长，受光暗威胁的影以及影的进退两难"②。因此，鲁迅在身体的重新编写过程中，常常以咄咄逼人的笔锋呈现出一则"中国死魂灵"的惊悚传奇。鲁迅对身体的凝视，幽隐地浸入对民族、国家的想象，并试图以"诊断家"与"医治者"的双重身份唤醒"无声的中国"。

### 一、身体历史与民族国家的批判性重构

列文森指出，"近代中国思想史的大部分时期，是一个使'天下'成为'国家'的过程"③。近代中国历史经历了李鸿章所说的"三千年未有之大变局"，鸦片战争惊醒了国人以华夏独尊的千秋大梦，甲午战争则使中国的有

① 汪卫东：《鲁迅国民性批判的内在逻辑系统》，《鲁迅研究月刊》1999年第7期。

② 〔美〕夏济安：《黑暗的闸门：中国左翼文学运动研究》，（香港）中文大学出版社2016年版，第142页。

③ 〔美〕列文森：《儒教中国及其现代命运》，郑大华、任菁译，中国社会科学出版社2000年版，第87页。

识之士在国家危亡之时认识到：中国只有学习西方先进思想、制度，才能摆脱“老大帝国”的暮气，重构“少年中国”之伟魄，因此，“民族国家”成了“现代世界和现代中国自我想象和经验的重要内容和方式”①。小说被梁启超赋予救亡图存、建构民族国家的使命，成了“鼓民力、开民智、新民德”的改良工具。梁启超在《新民说》《论小说与群治之关系》等文中，巧妙地运用隐喻修辞，将身体改造与国家建构视为互为表里、环环相扣的符号体系。② 无论是晚清的社会小说还是中国现代小说，其所承载的不仅是作家个人的思想、情怀，而且担负救亡与启蒙的双重使命。小说家纷纷运用身体与国体互涉的修辞策略，表达对时局的思索与人类社会的关切。

旷新年指出：“中国现代文学所隐含的一个最基本的想象，就是对于民族国家的想象，以及对于中华民族未来历史——建立一个富强的现代化的、‘新中国’的梦想。”③梁启超在“新小说”中开启的想象中国现代性已经演化为以感时忧国、涕泪飘零为发展主线的现代小说，虽处不同的历史背景，但对现代性的追求均基于对民族国家重构的专注与幻想。然而，作为一种有意味的形式，身体又是一种超越肉体的存在，具有历史文化表征，并与人的精神思想紧密相连。小说在此充当了现代传播媒介，作者基本出于同一考量：通过改造中国人的身体，进而建立“新中国”。鲁迅自然被裹挟其中，在现代性的表述与民族国家想象的层面，肩负着开启中国现代小说场域与“改造国民性”的双重使命。④

早在《自题小像》一诗中，鲁迅就抒发了“我以我血荐轩辕”的豪情壮志，寄托了炎黄子孙投身革命的愿景，以及对多灾多难的中华民族的忧感伤怀。⑤

---

① 旷新年：《民族国家想象与中国现代文学》，《文学评论》2003年第1期。

② 颜健富认为，晚清知识分子在反思历史失败时，将魏源的“技不如人”推到“人自不如”的层次，展开内向的文化批判及外向的文化探求，从外延的科学技术转向“人”的思考。“身体”的四肢五脏、筋脉血轮一再被引申到国体层面，在形式上看似呼应了中国传统的“身体”比附（如“天人感应”），在精神上却解构了传统的价值谱系，“身体”引申的想象并非是未知、神秘、崇高的“天”，而是一个现代性脉络下所发展出的权利、法则、自由之“国”。晚清“身体”的比附方式的转变，反映了中国“千年未有之变局”。见颜健富：《“易尸还魂”的变调——论鲁迅小说人物的体格、精神与民族身份》，《台大文史哲学报》2006年第65期。

③ 颜健富：《“易尸还魂”的变调——论鲁迅小说人物的体格、精神与民族身份》，《台大文史哲学报》2006年第65期。

④ 闫玉刚认为，鲁迅笔下的“国民性”，常常作为民族性的同义语使用。见闫玉刚：《改造国民性——走进鲁迅》，第7页。

⑤ 鲁迅《自题小像》全诗为：“灵台无计逃神矢，风雨如磐暗故园。寄意寒星荃不察，我以我血荐轩辕。”这首诗是鲁迅在1903年初剪掉了象征清王朝统治的辫子，并拍了一张“剪发照”，并在照片上题诗后寄给老友许寿裳。在鲁迅眼里，辫子乃传统遗毒的象征，鲁迅通过剪辫传达爱国之志，构建一种新身份。

鲁迅对身体的凝视与想象始于幻灯片事件，十多年后仍难以忘怀，他在《〈呐喊〉自序》中写道：

> 凡是愚弱的国民，即使体格如何健全，如何茁壮，也只能做毫无意义的示众的材料和看客，病死多少是不必以为不幸的。所以我们的第一要着，是在改变他们的精神，而善于改变精神的是，我那时以为当然要推文艺，于是想提倡文艺运动了。①

鲁迅这段文字以后设的文学隐喻与陈述，奠定了“五四”以降中国文学描写身体与想象民族国家的基调。鲁迅对中国身体的凝视，在他诸多小说中反复呈现，幽隐地纳入民族国家的批判性重构，化为小说中的欲望图景，由此演绎一个“身体展览馆”的文本世界，给读者留下更多的政治想象空间。

“立人”既是鲁迅小说中想象民族国家的动因，也是其小说的价值旨归。汪卫东指出：“综观鲁迅的思想起点，‘兴国’——‘立人’——‘文学’就是其内在的思路逻辑，‘兴国’是参与历史的原初动机，‘文学’是参与历史的方式，而处在核心位置的‘立人’，可以说是由‘兴国’到‘文学’的中介”②。鲁迅的立人思想早在其留日期间写下的《文化偏至论》《摩罗诗力说》等文章中即初显端倪：

> 外之既不后于世界之思潮，内之仍弗失固有之血脉，取今复古，别立新宗，人生意义，致之深邃，则国人之自觉至，个性张，沙聚之邦，由是转为人国……是故将生存两间，角逐列国事务，其首位在人，人立而后凡事举；若其道术，乃必尊个性而张精神。③

如何才能“立人”呢？鲁迅在《破恶声论》中极力主张“内曜”和“心声”：“内曜者，破黮暗者也；心声者，离伪诈者也。人群有是，乃如雷霆发于孟春，而百卉为之萌动，曙色东作，深夜逝矣。”④归根结底，“盖唯声发自心，朕归于我，而人始自有己；人各有己，而群之大觉近矣。”⑤而只有这种表达

---

① 鲁迅：《鲁迅全集》第1卷《〈呐喊〉自序》，第439页。

② 汪卫东：《鲁迅与20世纪中国现代民族国家意识的文学建构》，《东岳论丛》2017年第2期。

③ 鲁迅：《鲁迅全集》第1卷《文化偏至论》，第57-58页。

④ 鲁迅：《鲁迅全集》第8卷《破恶声论》，第25页。

⑤ 鲁迅：《鲁迅全集》第8卷《破恶声论》，第26页。

自己内心个性与独创意识的“内曜”所袒露的“心声”，才可以“庶几烛幽暗以天光，发国人之内曜，人各有己，不随风波，而中国亦以立”①。

鲁迅立足于精神层面对国民身体进行深入思考，其时代取向与价值追求同西方的存在主义思想相契合。吴康指出：“鲁迅小说从呐喊、彷徨以至孤独、绝望的生存现象学展示是基于其时间性结构的，生存绽露时间，时间引导生存，任何丧失时间的生存或去除了生存的时间都是不可思议的，那便是形而上学的抽象。”②诸如《药》中的花白胡子、驼背五少爷、康大叔、红眼睛阿义，《明天》中的红鼻子老拱、蓝皮阿五、何小仙，《风波》中的赵七爷，《阿Q正传》中的地保、赵太爷、假洋鬼子、赵秀才，《祝福》中的鲁四老爷、卫老婆子，《长明灯》中的三角脸、方头、阔亭、庄七光，《离婚》中的慰老爷、七大人等，这些无个性、无思想的存在，犹如一具具“活死尸”，呈现出丑陋、愚昧、空虚、沉默与病态的国民身体，他们在黯淡无声的中国集体沉睡与死亡。鲁迅毅然决然地选择了“立人”为起点，试图寻求从根本上解决中国内忧外患的手段，希冀将“立人”理路与“人国”理想达成一致。

## 二、身体创伤与“老中国”的心理机制

凯西·卡鲁斯认为，创伤(trauma)，毫无疑问，往往给个体或集体带来困惑、焦灼与痛苦，但有很多时候无法排解，于是留下了不可磨灭却又不愿面对的记忆，甚至演化成为“后创伤压力失序(post-traumatic stress disorder)”③。鲁迅的忧患意识深重，他对中国身体的凝视，必将记录暴力带给国民身体与心灵的创伤记忆，从而转化为一种对历史的抗争与否定。鲁迅以冲决一切罗网的勇气与担当，“写出一个现代的我们国人的魂灵来”④。

鲁迅小说以国民身体为突破口，在纷繁复杂的身体意象中，他尽情挥洒自己的文学才华，淋漓尽致地描摹国民的丑态。鲁迅认为，中国文艺家“描写自己”时面临“两重桎梏”：一是本国固有的“三千年陈的桎梏”，二是由于我们并不了解西方先进的文艺形式的艰难产生过程、只知“敬谨接收”因此蜕变而成的“新桎梏”。⑤ 鲁迅道出描写国民时的困境。然而，当他批判“中国人偏不肯研究自己”⑥的同时，却又陷入“不可再现”的书写尴尬：

---

① 鲁迅：《鲁迅全集》第8卷《破恶声论》，第27页。

② 吴康：《书写沉默——鲁迅存在的意义》，第169页。

③ 转引自朱崇科：《鲁迅小说中的话语形构：“实人生”的枭鸣》，人民出版社2011年版，第98页。

④ 鲁迅：《鲁迅全集》第7卷《俄文译本〈阿Q正传〉序及著者自叙传略》，第83页。

⑤ 鲁迅：《鲁迅全集》第3卷《当陶元庆君的绘画展览时》，第573-574页。

⑥ 鲁迅：《鲁迅全集》第3卷《马上支日记》，第349页。

> 要画出这样沉默的国民的魂灵来，在中国实在算一件难事，因为，已经说过，我们究竟还是未经革新的古国的人民，所以也还是各不相通，并且连自己的手也几乎不懂自己的足。我虽然竭力想摸索人们的魂灵，但时时总自憾有些隔膜。①

鲁迅揭示了现代中国“描述自己”的困难，为他义正词严地批判国民劣根性张本。鲁迅书写国民劣根性时呈现出的尖锐、深刻与其在书写方法上流露出的犹疑，折射出其矛盾且复杂的心态。

在鲁迅看来，振兴民族国家的关键不在坚船利炮与君主宪制，而首先在于“启人智”。鲁迅认为，欧美之强，根柢在人；中国之衰，根柢也在人。如果不彻底改变国民劣根性，中国人即使身体再强壮，也不过是砍头示众的材料和无聊的看客。鲁迅试图唤醒铁屋内沉睡的人们，使他们明白自己身体的病态与残缺，从而寻求拯救的良方。因此，鲁迅尝试把封建礼教文化压抑下如“活死尸”般生活的人们纳入“国民性”的话语体系，以期开启振衰起弊、拯救国民的民族国家想象。对于乡土中国里的身体，鲁迅以“哀其不幸，怒其不争”的姿态展开了一系列批判，这种情态在阿Q的精神辩证法中体现得淋漓尽致。

> 闲人还不完，只撩他，于是终而至于打。阿Q在形式上打败了，被人揪住黄辫子，在壁上碰了四五个响头，闲人这才心满意足的得胜的走了，阿Q站了一刻，心里想，“我总算被儿子打了，现在的世界真不像样……”于是也心满意足的得胜的走了。②

阿Q饱受肉体摧残，却通过贬低他人，以化解获胜渴望与身体无能之悖论。他所操持的精神胜利法不过是弱者对生命存在价值的卑微肯定，也是对其生存样态勉强维系的万能法宝。

鲁迅由西方他者内化为自我观照，在进化论和现代性视阈下审视乡土中国，把一具具被野蛮习俗与旧礼教摧残得衰老、无知、颓废、死气的身体呈现在读者面前。《狂人日记》里赵贵翁的古怪眼色与围观群众的“青面獠牙”；《药》里“颈项都伸得很长，仿佛许多鸭，被无形的手捏住了的，向上提

① 鲁迅：《鲁迅全集》第7卷《俄文译本〈阿Q正传〉序及著者自叙传略》，第84页。
② 鲁迅：《鲁迅全集》第1卷《阿Q正传》，第517页。

着”[1]的围观群众;《阿Q正传》里“又凶又怯,闪闪的像两颗鬼火,似乎远远的来穿透了他的皮肉”[2]的眼睛;《补天》里“方板底下的小眼睛里含着两粒比芥子还小的眼泪”[3]的小东西;《理水》里“白须发的,花须发的,小白脸的,胖而流着油汗的,胖而不流油汗的官员们”[4]等,他们以残虐的心理咀嚼不幸者的痛苦。这些“庸众”组成“无物之阵”,组成了无主名无意识的杀人团,他们身上隐匿着在历史中以仁义道德为标榜的无形权力与暴力,成了改造国民性的最大障碍。鲁迅把这些乡土中国的典型置于现代启蒙机制下,构成一幅病态与黯淡的乡土中国图景,既回应了鲁迅在幻灯片事件里的中国身体想象,又折射出一个残缺与腐朽的老旧中国图景,凸显改造国民性的重要。

由传统文化塑造的“庸众世界”,正如铜墙铁壁,对异己的先觉者或比他们更弱者进行迫害与诋毁,严重阻滞改革与现代化前进的步伐。鲁迅对历史的反思与隐忧,对中国身体的凝视与批判,其实质是将自我文化记忆的创伤转化为一种对历史的否定与反抗。这些麻木无聊、愚弱无知的空洞的国民身体,全被鲁迅编入“庸众”行列,在其小说中游荡,如《故乡》中的闰土“先前的紫色圆脸,已经变作灰黄,而且加上了很深的皱纹”,“红活圆实的手,却又粗又笨而且开裂,像是松树皮了”[5];《白光》里的陈士成“劳乏的红肿的两眼里,发出古怪的闪光”[6];《长明灯》里年高德韶的郭老娃,“脸上已经皱得如风干的香橙”[7];《祝福》里祥林嫂“脸上瘦削不堪,黄中带黑,而且消尽了先前悲哀的神色,仿佛是木刻似的;只有那眼珠间或一轮,还可以表示她是一个活物”[8];《在酒楼上》的吕纬甫“细看他相貌,也还是乱蓬蓬的须发;苍白的长方脸,然而衰瘦了。精神很沉静,或者却是颓唐;又浓又黑的眉毛底下的眼睛也失了精采”[9]。这些被凝视的中国身体,愚昧麻木、病态残缺,隐喻其内在精神的失落和衰颓。鲁迅从历史忧患的纵深处,对中国身体展开凝视与回眸,穿透了刻在国民身体与灵魂上的创伤,通过文字转化为一种对历史的抗争与否定,试图召唤出自觉

---

① 鲁迅:《鲁迅全集》第1卷《药》,第464页。
② 鲁迅:《鲁迅全集》第1卷《阿Q正传》,第552页。
③ 鲁迅:《鲁迅全集》第2卷《补天》,第364页。
④ 鲁迅:《鲁迅全集》第2卷《理水》,第398页。
⑤ 鲁迅:《鲁迅全集》第1卷《故乡》,第506-507页。
⑥ 鲁迅:《鲁迅全集》第1卷《白光》,第570页。
⑦ 鲁迅:《鲁迅全集》第2卷《长明灯》,第64页。
⑧ 鲁迅:《鲁迅全集》第2卷《祝福》,第6页。
⑨ 鲁迅:《鲁迅全集》第2卷《在酒楼上》,第26页。

的民族国家拯救之道。

## 三、身体示众与现在中国的精神表征

现代作家试图通过“唤醒”与“疗救”的启蒙叙事，将中国身体嵌入西方进化论的话语体系，从而打造一条通往现代国家的坦途。他们通过“国民性批判”与“国民性改造”等表述方式，将国民身体、心理、精神融入小说，并通过小说中的启蒙叙事，将这群落后国民的身体加以“示众”，进而展开批判，以唤醒其主体意识。这种“立人”与“立国”的双重叙事欲望为现代国家想象埋下伏笔。在“五四”作家群中，尤以鲁迅对“国民性”的书写最具匠心，其小说就已表明建构“国民图像”的欲望，即“我也只得依了自己的觉察，孤寂地姑且将这些写出，作为在我的眼里所经过的中国的人生”①。鲁迅在日本学医的宝贵经历，为其深入刻画国民的身体与灵魂提供了丰富的技巧，而基于医学解剖图的鲁迅小说，宛如一部摄影机，以各种镜头对准“中国身体”，捕捉国民众生相，并塑造各式人物。

在《文化偏至论》《摩罗诗力说》等文中，鲁迅盛赞卢梭、尼采、托尔斯泰、易卜生等，叹息“中国很少这一类人，即使有之，也会被大众的唾沫淹死”②。他以炉火纯青的洞察力意识到庸众与先驱者的隔阂。在鲁迅看来，“暴君治下的臣民，大抵比暴君更暴；暴君的暴政，时常还不能餍足暴君治下的臣民的欲望”。“暴君的臣民，只愿暴政暴在他人的头上，他却看着高兴，拿残酷做娱乐，拿‘他人的苦’做赏玩，做慰安。”③他痛心于大众的冷漠，谴责那些把屠杀革命者作为茶余饭后谈资的看客。鲁迅说：“看看有些人们的文字，似乎硬要说现在是‘黎明之前’。然而，市民是这样的市民，黎明也好，黄昏也好，革命者们总不能不背着这一伙市民前行。鸡肋，弃之不甘，食之无味，就要这样的牵缠下去。五十一百年后能否就有出路，是毫无把握的。”④面对国民党的屠杀，他痛心疾首：“我们中国现在（现在！不是超时代的）的民众，其实还不很管什么党，只要看‘头’和‘女尸’。”⑤国民这种缺失言说自我痛感与沟通他者之痛的能力，自然无法解决“他救”与“自救”的矛盾，从而使鲁迅深陷“唤”与“换”同时失落的“卡陷”状态。

---

① 鲁迅：《鲁迅全集》第 7 卷《俄文译本〈阿 Q 正传〉序及著者自叙传略》，第 84 页。
② 鲁迅：《鲁迅全集》第 1 卷《论雷峰塔的倒掉》，第 202 页。
③ 鲁迅：《鲁迅全集》第 1 卷《随感录六十五》，第 384 页。
④ 鲁迅：《鲁迅全集》第 4 卷《太平歌诀》，第 104 页。
⑤ 鲁迅：《鲁迅全集》第 4 卷《铲共大观》，第 107 页。

从身体示众切入,引申出“谁在看?谁在被看?”的问题。自晚清以降,许多批判者聚焦“看”与“被看”的层面,集中火力批判国民劣根性。鲁迅在《马上支日记》里引用美国传教士斯密斯(A.H. Smith)的言论指出中国人是“做戏”的民族①:

> 是颇有点做戏气味的民族,精神略有亢奋,就成了戏子样,一字一句,一举手一投足,都装模装样,出于本心的分量,倒还是撑场面的分量多。这就是因为太重体面了,总想将自己的体面弄得十足,所以敢于做出这样的言语动作来。总而言之……重要的国民性所成的复合关键,便是这“体面”。②

鲁迅从史密斯对中国人的性格分析中找到了批判国民劣根性的视角与着力点,但“鲁迅在运用西方的中国形象进行对中国社会、文化批判时,表现出一定的实用主义、功利的倾向”③。史密斯从西方文化体系审视中国的国民性,指出中国人的“做戏”气味,说明中国人好体面,一切都是装模作样,并非发自内心。史密斯从“戏子”进而引申出中国国民的缺陷,如体力、智力、道德等皆不如西方人。鲁迅在《马上支日记》里更进一步发挥史密斯的论点:

> 什么保存国故,什么振兴道德,什么维持公理,什么整顿学风……心里可真是这样想?一做戏,则前台的架子,总与在后台的面目不相同。但看客虽然明知是戏,只要做得像,也仍然能够为它悲喜,于是这出戏就做下去了;有谁来揭穿的,他们反以为扫兴。④

针对国人“做戏”的嘴脸,史密斯得出中国人“好体面”的结论,视为人格特质上的缺陷,而鲁迅则将“做戏”与“保存国故”“整顿学风”等联系在一

---

① 张芸认为,“国民性”这个概念本身是个舶来品,并非中国本土思想家的原创。不少学者在论述中将中国人的“国民性”以个别的、十分具体的形象表现出来。例如当时一些讨论中国“国民性”的著作中,中国人的“国民性”主要呈现下列的劣根性:“奴性”“冷漠”“惰性”或“疲惫”“狭隘”“保守”“迷信”“自私”遇事“不认真”“做戏”“讲面子”等。这些在鲁迅及其同代人和后代人的文章中经常出现的中国人的这类形象的底本是一本在远东地区广为传播的,在中国生活了22年的美国传教士史密斯的著作。见张芸:《别求新声于异邦:鲁迅与西方文化》,中国社会科学出版社2004年版,第119页。

② 鲁迅:《鲁迅全集》第3卷《马上支日记》,第344页。

③ 张芸:《别求新声于异邦:鲁迅与西方文化》,第126页。

④ 鲁迅:《鲁迅全集》第3卷《马上支日记》,第345页。

起，旨在抨击传统。当鲁迅承续着史密斯对于做戏者“表里不一、装模作样”的论述时，又进一步从国民的“做戏”引申出“看客”，在做戏者与看戏者的共同表演下，戏码才得以顺利演出。从做戏者跨越到看戏者，也拓展出更多国民劣根性：“群众，——尤其是中国的，——永远是戏剧的看客。牺牲上场，如果显得慷慨，他们就看了悲壮剧；如果显得觳觫，他们就看了滑稽剧。”①直至晚年，鲁迅仍把国人的病态人格当作一种久已存在的历史经验来批判，“中国百姓一向自称‘蚁民’，现在为便于譬喻起见，姑升为牛罢，铁骑一过，茹毛饮血，蹄骨狼藉，倘可避免，他们自然是总想避免的，但如果肯放任他们自啮野草，苟延残喘，挤出乳来将这些‘坐寇’喂得饱饱的，后来能够比较的不复狼吞虎咽，则他们就以为如天之福。”②

然而，鲁迅小说中的国民是一个被悬置的框架，通过对“身体博物馆”的“示众”，将国民的丑恶嘴脸和盘托出，旨在揭露国民的灵魂，以引起疗救者的注意，去掉其身上各种因袭的枷锁，从而把他们从铁屋子里唤醒。因此，在鲁迅的小说中，身体示众似乎成了逼视国民劣根性的重要手段：通过“看”与“被看”的叙事模式，国民身体不断被凝视、示众和解剖。《孔乙己》中，看客们的哄笑，与“身材很高大；青白脸色，皱纹间时常夹些伤痕；一部乱蓬蓬的花白胡子”③及“满口之乎者也”不合时宜的孔乙己，在叙述中全成了“示众”的材料，揭露科举制度对人性的戕害，以及国民麻木无知的丑恶嘴脸。对当时读书人而言，“万般皆下品，唯有读书高”，孔乙己因未能入仕，成了众人嘲弄的对象，这种精神打击往往比物质贫乏更残酷。小说中出现两处触目惊心的场景：

> 孔乙己一到店，所有喝酒的人便都看着他笑，有的叫道，“孔乙己，你脸上又添上新伤疤了！”他不回答，对柜里说，“温两碗酒，要一碟茴香豆。”便排出九文大钱。他们又故意的高声嚷道，“你一定又偷了人家的东西了！”孔乙己睁大眼睛说，“你怎么这样凭空污人清白……”“什么清白？我前天亲眼见你偷了何家的书，吊着打。”④
>
> 掌柜仍然同平常一样，笑着对他说，“孔乙己，你又偷了东西了！”但他这回不十分分辨，单说了一句“不要取笑！”“取笑？要是不偷，怎么会打断腿？”孔乙己低声说道，“跌断，跌，跌……”他的眼色，很像是恳

① 鲁迅：《鲁迅全集》第1卷《娜拉走后怎样》，第170页。
② 鲁迅：《鲁迅全集》第4卷《谈金圣叹》，第543页。
③ 鲁迅：《鲁迅全集》第1卷《孔乙己》，第458页。
④ 鲁迅：《鲁迅全集》第1卷《孔乙己》，第458页。

求掌柜,不要再提。①

这两处均是描写孔乙己被打后到酒店喝酒的场景,通过众人的嘲笑与孔乙己的回应,我们觉知孔乙己的处境已经一日不如一日,蒋永国指出:"如果说第一次只是造成孔乙己的精神创伤,那么第二次就是让孔乙己在精神上彻底毙命。"②孔乙己无法逃脱封建旧教育制度织就的罗网,最终悄无声息地消失在人间。

《阿Q正传》中,阿Q的癞疮疤与黄辫子赋予其"卑贱物"的身份符号,在未庄看客眼中,成了戏谑与玩笑的身体表征。他不仅成了一些无聊看客茶余饭后的谈资,而且也是地保、赵太爷、赵秀才与假洋鬼子等欺压的对象。与此同时,未庄各色人等也成了阿Q审视的对象:

赵司晨的妹子真丑,邹七嫂的女儿过几年再说。假洋鬼子的老婆会和没有辫子的人睡觉,吓,不是好东西!秀才的老婆是眼胞上有疤的。……吴妈长久不见了,不知道在那里,——可惜脚太大。③

故在"看"与"被看"的身体叙事方式中,国民性格的愚昧无知、自欺欺人、巧滑卑怯、自高自大等被不断挖掘、展示,由此呈现出国民身体与精神的沦陷图景以及民族国家的黯淡未来。这些"无主名无意识的杀人团"在鲁迅小说中随处可见,在阿Q刑场就死前,他也如狂人看到众人"吃人"眼神后油然而生的恐惧:

这刹那中,他的思想又仿佛旋风似的在脑里一回旋了。四年之前,他曾在山脚下遇见一只饿狼,永是不近不远的跟定他,要吃他的肉。他那时吓得几乎要死,幸而手里有一柄斫柴刀,才得仗这壮了胆,支持到未庄;可是永远记得那狼眼睛,又凶又怯,闪闪的像两颗鬼火,似乎远远的来穿透了他的皮肉。而这回他又看见从来没有见过的更可怕的眼睛了,又钝又锋利,不但已经咀嚼了他的话,并且还要咀嚼他皮肉以外的东西,永是不远不近的跟他走。

这些眼睛们似乎连成一气,已经在那里咬他的灵魂。

---

① 鲁迅:《鲁迅全集》第1卷《孔乙己》,第460-461页。
② 蒋永国:《鲁迅小说形象流变新论——从中西文化之"个"切入》,第111页。
③ 鲁迅:《鲁迅全集》第1卷《阿Q正传》,第540-541页。

“救命，……”①

围观者远比狼群更令人恐怖，不仅食人肉体，而且吞噬灵魂。阿 Q“救命”的哀号被众人的狂欢声浪淹没，凄厉地反衬出围观者的冷酷。这些惨不忍睹的吃人肉、喝人血的野蛮行径在中国历史上不断上演，一部漫长的中国历史演变成了血淋淋的吃人史。故鲁迅一针见血地指出：所谓中国文明者，其实不过是安排给阔人享用的人肉的筵宴。所谓中国者，其实不过是安排这人肉筵宴的厨房。②

在《示众》里，鲁迅不但描绘出了一群看客围观犯人的无聊、麻木嘴脸，也展示出各式看客的身体，他们在看与被看甚至互看之中丑态百出。这群看客有秃头的老头子、红鼻子胖大汉、夹着洋伞的长子、抱着小孩的老妈子、头戴雪白布帽的小学生、赤膊细眼的胖小孩等，角色有老人、青年、妇女、儿童，构成一幅沉默的国民群像。他们争先恐后、互相推挤，只为观看示众的囚犯，他们都“竭力伸长了脖子”③，有人从场边退了出去，“这地方就补上了一个满脸油汗而粘着灰土的椭圆脸”，老妈子被挤得略一踉跄，旋即站定，并将小孩子转过身来指着刑场说道：“啊，啊，看呀！多么好看哪！……”④，那飞奔的小学生见过的那“一件不可动摇的伟大的东西”、那长着几根很长毫毛的“很胖的奶子”、像一条死鲈鱼似的大张着的“嘴”、像弥勒佛似的更圆的“胖脸”以及像洼下的坑里似的“两乳之间”等，鲁迅用戏谑的方式呈现出看客们荒诞可笑的丑陋身体。由于这些被突出、被夸大的身体局部以特写的方式被孤立地展示着，读者无从窥见整体，便愈觉得荒诞可笑。也正是通过变形的身体示众，我们才得审视看客们的丑恶嘴脸：愚昧、麻木、空虚、盲从。鲁迅以敏锐的目光捕捉到这些看客的丑陋体态，并以反讽手法彰显另一种身体的死亡，那就是：他们不会感受到别人精神与肉体上的痛苦。这种死亡其实与被砍头一样，象征着国民精神世界的支离破碎。正如王德威所说：“在实际和在象征的两个层面上，现代中国都是一个身首异处的国家，拥塞着精神上被砍了头的国民，他们生活中的兴奋点只在于观赏砍头和等待砍头。”⑤王德威从“断头”看到身体与国体的互证，生命个体身首异处寓示历史文化的断裂。此类国民身体图景，不仅宣

---

① 鲁迅：《鲁迅全集》第 1 卷《阿 Q 正传》，第 551-552 页。
② 鲁迅：《鲁迅全集》第 1 卷《灯下漫笔》，第 228 页。
③ 鲁迅：《鲁迅全集》第 2 卷《示众》，第 72 页。
④ 鲁迅：《鲁迅全集》第 2 卷《示众》，第 74 页。
⑤ 王德威：《现代中国小说十讲》，第 147 页。

告了旧中国国民主体性的丧失，而且折射出旧中国政治、经济、文化的分崩离析。在数千年的精神奴役与旧礼教的规约下，成了一具具"活死尸"。

## 四、身体祛魅与未来中国的构筑

鲁迅关注身体的生存状态及命运变迁，是一种以身体为基点开掘主体价值的现代性实践，生成了由新的话语关系造成的想象空间。刘禾指出："'五四'文学中'改造国民性'的主题把文学创作推向国家建设的前沿，正是体现了国家民族主义对文学领域的占领"①。"改造国民性"是鲁迅身体祛魅的着力点，颇具儒家通过肉身抵达社会的姿态。"鲁迅希望国人摆脱死相。要表现出一副生机民族的面孔，首先应从思想的解放开始"。② 鲁迅虽身处"铁屋子""人肉的筵宴"与"无物之阵"的封闭空间里，但他以强烈的启蒙意志以及国民性批判之利器，试图将中国身体从纲常伦理禁锢中解放出来，"扫荡这些食人者，掀掉这筵宴，毁坏这厨房"③。鲁迅关注身体的生存状态及命运变迁，寄希望于国民弱者身份的现代变革，这种以身体为基点开掘主体价值的现代性实践，生成了新的话语体系与想象空间。

鲁迅眼中的旧中国已丧失活力，整个国家沦于因循苟且的循环中，非壮士断腕不足以振其弊。在鲁迅看来，国家好比人体，"衰老的国度大概就免不了这类现象。这正如人体一样，年事老了，废料愈积愈多，组织间又沉积下矿质，使组织变硬，易就于灭亡。一面，则原是养卫人体的游走细胞……渐次变性，只顾自己，只要组织间有小洞，它便钻，蚕食各组织，使组织耗损，易就于灭亡。……必须扑灭了这些，人体才免于老衰；要扑灭这些，则须每日服用一种酸性剂。"④鲁迅巧用身体为民族国家设喻，把民族国家复兴与身体自新等同，沿袭了晚清以来的身体政治化想象。鲁迅以身体组织硬化、老化的现象比喻"衰老的国度"，唯有用"酸性剂"或"强酸剂"扑灭"大嚼细胞"，消灭硬化的"古习惯教养"，民族、国家才能幸免于难。鲁迅所开出的药方如"酸性剂""强酸剂"，与"从别国里窃得火来"⑤"别求新声于异邦"⑥等有异曲同工之妙，只有通过借鉴与吸收西方现代化的知识与

① 刘禾：《语际书写——现代思想史写作批判纲要》，上海三联书店 1999 年版，第 192 页。
② 胡梅仙：《行动者的鲁迅和鲁迅的行动哲学》，《湘潭大学学报（哲学社会科学版）》2016 年第 5 期。
③ 鲁迅：《鲁迅全集》第 1 卷《灯下漫笔》，第 229 页。
④ 鲁迅：《鲁迅全集》第 3 卷《十四年的"读经"》，第 139 页。
⑤ 鲁迅：《鲁迅全集》第 4 卷《"硬译"与"文学的阶级性"》，第 214 页。
⑥ 鲁迅：《鲁迅全集》第 1 卷《摩罗诗力说》，第 68 页。

技艺，才能拯救腐烂衰颓的国体。胡风把鲁迅的批判称为“心”“力”的完全结合，即“在冷酷的分析里面，也燃烧着爱憎的火焰。……唯其能爱能憎，所以他的分析才能够冷酷，才能够深刻”①。爱、憎的“心”属于身体的自然向度，冷酷深刻分析的“力”则基于身体的社会向度，二者互为根柢，碰撞交融。

鲁迅在《文化偏至论》中指出，欧洲19世纪的文化过度偏向众治与物质文明，以致人的独立思想、精神之光遭泯灭，至19世纪末斯蒂纳、尼采等“新神思宗”倡主我、主观主义以纠其偏，中国志士却只重西方民主制度与物质文明，于尊个性、张精神的“立人”思想却无所见，实于救中国无益。因此，鲁迅大力主张“掊物质而张灵明，任个人而排众数。人既发扬踔厉矣，则邦国亦已兴起”②，救中国则要“去其偏颇，得其神明”，“取今复古，别立新宗”，“立人”以成“人国”才是目的，此一“人”的理想是“具足协调之人”，即使在欧洲亦“决不能得之今世”。鲁迅试图通过文艺来改造国民性，在《我怎么做起小说来》一文中，曾经这样写道：“说到‘为什么’做小说罢，我仍抱着十多年前的‘启蒙主义’，以为必须是‘为人生’，而且要改良这人生。”③对“人”的关注，是鲁迅的思想内核，他以“人”为价值旨归的精神历险，意在通过“立人”而达到“立国”之目的。

尽管鲁迅的立人思想和政治理性具有共同的出发点，但于现实操作层面颇多抵牾之处，鲁迅对现代民主制“众治”的否定就说明了这一点，张福贵指出：“从一般的人学理论建构看，鲁迅为中国思想提供了一种全新的内容，为中国的民族人格发展确定了一种普遍的理想尺度；而从具体的社会变革过程看，鲁迅对‘众治’的否定，在超越中国社会一般思想的同时，也超越了中国社会的一般现实。其最大的原因在于，他把西方19世纪社会现实作为中国社会发展的前车之鉴的时候，忽视了中西社会发展的时差，即中国思想、现实相对于世界文化时代的落后性。”④张福贵揭示了鲁迅“立人”思想的前瞻性，也深入挖掘了鲁迅思想与其所处时代格格不入的主因。这一点在他的小说人物身上体现得淋漓尽致，如《狂人日记》中的狂人是一个接受新式教育的知识分子，回到家里面对的却是“吃人”的礼教传统，这种以儒家伦理规约的社会秩序中，只有“吃”与“被吃”的关系，故狂人之“狂”成了一

---

① 何梦觉：《鲁迅档案：人与神》，中国工人出版社2002年版，第176-177页。

② 鲁迅：《鲁迅全集》第1卷《文化偏至论》，第47页。

③ 鲁迅：《鲁迅全集》第4卷《我怎么做起小说来》，第526页。

④ 张福贵：《“活着”的鲁迅：鲁迅文化选择的当代意义》，社会科学文献出版社2010年版，第28页。

种自觉的清醒，一种与封建伦理彻底决裂的表现，只能以精神疾病之“狂”来对抗这非人的世界。小说一方面“撕掉传统假面”，对封建伦理道德展开批判，另一方面却凸显了新人身体与传统社会格格不入的现状，狂人只能以“狂”来弃绝传统，从而获得改造与新生。《孤独者》中的魏连殳将封建伦理纲常视为阻碍中国社会进步的拦路石，以及造成民族、国家萎靡不振的主因，并试图洗刷刻在身体上的传统因子，重建新的伦理秩序。他面对亡祖母时“只弯一弯腰”，“始终没有落过一滴泪，只坐在草荐上，两眼在黑气里闪闪地发光”。① 《药》里的夏瑜，以刚强的身体撑起暴力革命，即使“关在牢里，还要劝牢头造反”，认为“这大清的天下是我们大家的”②，甚至挨打也不怕。《长明灯》里的疯子同样有“受迫害狂”的症状，他时时感到孤独与恐惧，对所有人都怀有戒心。面对吉光屯社庙里那盏自梁武帝时点起，“一直传下来，没有熄过”的长明灯，则发出了“我要吹熄它”，以及“我放火”的哀号。然而他无法说服众人，鲁迅故意把他的话变得语无伦次：“那一盏灯必须吹熄。你看，三头六臂的蓝脸；三只眼睛，长帽，半个的头，牛头和猪牙齿，都应该吹熄……吹熄。吹熄，我们就不会有蝗虫，不会有猪嘴瘟……”③这些莫名其妙的话语反证着启蒙者和庸众之间无法沟通，从而导致二者之间的紧张与对立。他们以疯狂作为抗争策略，对传统文化提出质疑，他们以自己的身体为献祭，企图编纂一部真正属于自己的历史。④

五四时期的小说对“新青年”的身体叙事多有着墨，这些青年正如尼采笔下的超人，以坚忍不拔的意志，体现着一种独立自主的精神，以及强悍的个性。“超人”的想象，呈现出一个强健有力、独立自主，以及不断否定、超越自己的人格，弥补了现实中理想人格的缺憾。这些“新青年”往往以对抗传统与既定习俗的反叛者形象出现，他们“重估一切价值”，冲破“奴性道德”的罗网，带领人们面奔向进步和光明的所在。鲁迅对这些充满意志力与勇于成为旧社会叛徒的“新青年”，向来寄予期许和厚望，“青年们先可以将中

---

① 鲁迅：《鲁迅全集》第2卷《孤独者》，第90页。

② 鲁迅：《鲁迅全集》第1卷《药》，第468-469页。

③ 鲁迅：《鲁迅全集》第2卷《孤独者》，第62页。

④ 张钊贻对鲁迅小说中的“狂人”形象进行了系统梳理后指出：鲁迅的“狂人”反映了中国现代化的特殊处境。跟其他殖民地和半殖民地的情况一样，现代化是列强强加在中国身上的，而不是中国社会自然发展的结果。因此，觉醒者往往是受外国影响启蒙的少数先觉之士，因而是零散的，因为他们要引入人们不认识的新观念、新东西，所以必然受抵制而孤立。他们跟群众之间有不可逾越的鸿沟，使他们好像说两种不同的语言。他们很难推行任何的改革，但却很容易为大众所痛恨，受大众所压迫。觉醒的少数人患上“受迫害狂”简直是不可避免的。这既有现代性的通病，也有中国现代化过程的必然悲剧因素。见〔澳〕张钊贻：《鲁迅：中国“温和”的尼采》，第332页。

国变成一个有声的中国。大胆地说话，勇敢地进行，忘掉了一切利害，推开了古人，将自己的真心的话发表出来。”①他强调“新青年”应该“就先该敢说，敢笑，敢哭，敢怒，敢骂，敢打，在可诅咒的地方击退了可诅咒的时代”②，鼓励中国青年“无须迟疑，只是试练自己，自求生存，对谁也不怀恶意的干下去”③，或如黑夜里的萤火，发一点光，照亮暗寂中无声的中国。这种英雄式想象，诉说了对一个历史时代的期待，作者希望出现更多勇于面对挑战的“新青年”，肩起千年“黑暗的闸门”，迎接未来光亮与充满各种声音的中国。鲁迅小说中的狂人、疯子、魏连殳、吕纬甫、涓生等，在其“经验自我”的叙述中被象征化，甚至成了新文化的填充物。经由想象，小说中这些“新青年”的身体，被小说家用以确认中国新世纪自我身体的同时，也记录了“新青年”在自觉和解放的时代，企图寻找中国未来出路的幽微心理历程。

鲁迅认为，要改造“国民性”，其前提是改变中国人的思想状况和精神面貌，鲁迅积极倡导韧性的战斗，只有通过持久不懈的努力才能根治中国历史上遗留下来的精神上“祖传老病”。鲁迅继续沿袭立国先立人的思路，把“立人”与“立国”精密地编织在一起。民族国家的根柢在人，只有寻求人的解放、独立与自由，才能取得中国革命的彻底胜利，故鲁迅对这些叛逆者向来寄予深切厚望与无限期许，“青年的魂灵屹立在我眼前，他们已经粗暴了，或者将要粗暴了，然而我爱这些流血和隐痛的魂灵，因为他使我觉得是在人间，是在人间活着”④，“我想，现在的办法，首先还得用那几年以前《新青年》上已经说过的‘思想革命’。还是这一句话，虽然未免可悲，但我以为除此没有别的法。而且还是准备‘思想革命’的战士，和目下的社会无关。待到战士养成了，于是再决胜负”⑤。故此，在鲁迅小说中，并没有因一切皆同、徒劳无获而陷入绝望。他希望人们肩起“黑暗的闸门”，迎接未来之中国，并真诚地昭示中国新生的希望：

> 我们所可以自慰的，想来想去，也还是所谓对于将来的希望。希望是附丽于存在的，有存在，便有希望，有希望，便是光明……为光明而灭亡，则我们一定有悠久的将来，而且一定是光明的将来。⑥

① 鲁迅：《鲁迅全集》第4卷《无声的中国》，第15页。
② 鲁迅：《鲁迅全集》第3卷《忽然想到(五)》，第45页。
③ 鲁迅：《鲁迅全集》第3卷《忽然想到(十)》，第96页。
④ 鲁迅：《鲁迅全集》第2卷《一觉》，第229页。
⑤ 鲁迅：《鲁迅全集》第3卷《通讯》，第23页。
⑥ 鲁迅：《鲁迅全集》第3卷《记谈话》，第378页。

“将来”这回事，虽然不能知道情形怎样，但有是一定会有的，就是一定会到来的，所虑者到了那时，就成了那时的“现在”。然而人们也不必这样悲观，只要“那时的现在”比“现在的现在”好一点，就很好了，这就是进步。①

鲁迅对民族国家充满无限热情与强烈使命感，他不希望国民在“铁屋子”里悄然死去，试图通过文字唤醒沉睡中的国民，带来民族的苏生。鲁迅的小说针对国人的沉疴陋习及时代的弊病展开批判，敲响了警世之钟。在他的小说世界里，不仅充斥着无望的战栗，而且绽放着充满希望的未来。

综上，鲁迅以现代知识分子巨大的焦虑感，对国民身体进行批判、改造与重塑，并在此基础上对民族国家展开丰富的想象。鲁迅小说中的身体不仅是生与死的场域，而且是小说获得深刻意义与丰富内涵之来源，他试图通过小说文本呈现的“身体”符号，去建构一个具有政治性的民族国家主体。因此，鲁迅小说的身体隐喻，述说的不只是身体本身，更是一种想象中国的方式，通过中国身体再现民族国家的想象，为未来的历史前景寻找光明之所在。

① 鲁迅：《鲁迅全集》第11卷《两地书》，第21页。

# 第三章　鲁迅小说的身体创伤与“主奴”结构运作

身体不单是属于个人的躯体，而且是政治与文化角力的场域。葛红兵把人类认识“自身”的途径分为两种：一种是把自身当作世界的一部分，从世界入手看待自身，一种是反其道而行之，把自身看作独立于世界的个体。① 中国传统的身体观属于前者，往往把个人身体纳入社会体系，才能发现自身的存在价值与人生归属。鲁迅以毫不留情的如椽之笔，大力撕开包裹在儒家礼教面具下中国人虚伪、颟顸、钝漠的民族本性，进而以深刻的思想，揭示启蒙知识分子的独异形象和历史命运。在鲁迅小说“铁屋子”结构中，“君臣父子夫妻”关系的聚合生成了一个划清本体界限、隔绝和疏离个体的文化共同体，它的话语表达保障了“老中国”吃人体制的运转。鲁迅那“已立立人”的心理机制使其洞悉国人之“无痛感”的精神状态，由于国民缺失言说自我痛感与沟通他者之痛的能力，鲁迅试图用“替弱者发声”的方式来抑制共同体的“独声”表达。然而，这种不对位的痛感开掘不仅无法解决“他救”与“自救”的矛盾，而且使启蒙者深陷“唤”与“换”的双重失落的“卡陷”状态，身受“彷徨于无地”的精神苦刑。正如彭小燕指出：“鲁迅以独特的精神之眼，以二十世纪人类生命应当拥有的精神灵光，烛照出了这一生存境况中的虚无本质——其间看不到一个生命应当有的独立自主的生存意愿与自觉自为的生命价值追寻与创造。”②

## 第一节　鲁迅小说的女性身体诗学

女性因生理特质决定其比男性更能“以身体现”自己的生命。在漫长的社会历史长河中，女性往往处于从属者的地位，父权体制对她们的宰制与剥

① 葛红兵、宋耕：《身体政治》，第 66 页。
② 彭小燕：《存在主义视野下的鲁迅》，第 174 页。

夺遍及各层面，由家庭而社会，由思想而语言，乃至深层的无意识深处。当女性被男性中心主义内外钳制、毫无出路之际，唯有“身体”还属于自己，故与男性相较，女性的思考与行为模式中反映出更多的身体逻辑，乃至更多的身体认同。布莱恩·特纳认为：“对身体的控制从本质上是对女性身体的控制。”①从晚清到“五四”，中国步入现代性的历史进程中，女性身体被压抑、禁锢与铭写，打上了政治、经济、文化的烙印，女性身体等待被发现、拯救与建构。而文学作为一种审美意识形态，自然成了身体诗学言说的场域。

清末民初的女性地位，是当时许多作家论述的对象，也有很多知识分子意识到，女性是当时社会的无特权群组。② 周作人认为，“从前的人硬把女子看作两面，或是礼拜，或是诅咒，现在才知道原只是一个，而且这是好的，现代与以前的知识道德之不同就只是这一点，而这一点却是极大的”③。相较于周作人，鲁迅对女性的态度充满理解和同情，“他是歧视妇女的罪恶社会的毫不留情的批判者，同时他又是无罪而可怜的被歧视的妇女的大义凛然的辩护师”④。在鲁迅看来，五四运动之后虽然对女性的态度有所改变，但她们仍然遭受讥笑、侮辱、轻蔑和否定。

> 国难期间，似乎女人也特别受难些。一些正人君子责备女人爱奢侈，不肯光顾国货。就是跳舞、肉感等等，凡是和女性有关的，都成了罪状。仿佛男人都做了苦行和尚，女人都进了修道院，国难就会得救似的。⑤

鲁迅对此进行反驳，“其实那不是女人的罪状，正是她的可怜。这社会制度把她挤成了各种各式的奴隶，还要把种种罪名加在她头上”⑥。当有了男女同等的经济权与社会地位之后，女性的痛苦才可以消失；传统社会难以改变，女性又受到长辈的约束，不被允许解放，而这个恶性循环又直接影响了后代。

在《上海文艺之一瞥》中，鲁迅一针见血地指出鸳鸯蝴蝶派小说“才子+

---

① 〔英〕布莱恩·特纳：《身体与社会》，马海良等译，第 347 页。

② 1924 年，鲁迅翻译的日本作家厨川白村《苦闷的象征》由北京新潮社出版，中译本的封面为陶元庆作，封面是一把钢叉叉着一个女人的舌头，象征“人间苦”。这个画面把苦痛与女人相连，象征着这时代对女人的看法，足见女性的悲惨境遇。

③ 周作人：《知堂文集》，河北教育出版社 2002 年版，第 40 页。

④ 杨义：《鲁迅作品综论》，人民出版社 1998 年版，第 445 页。

⑤ 鲁迅：《鲁迅全集》第 4 卷《关于女人》，第 531 页。

⑥ 鲁迅：《鲁迅全集》第 4 卷《关于女人》，第 531 页。

流氓”的故事逻辑与精神伪善：“佳人才子的书盛行的好几年，后一辈的才子的心思就渐渐改变了。他们发见了佳人并非因为‘爱才若渴’而做婊子的，佳人只为的是钱。然而佳人要才子的钱，是不应该的，才子于是想了种种制伏婊子的妙法，不但不上当，还占了她们的便宜。叙述这各种手段的小说就出现了，社会上也很风行，因为可以做嫖学教科书去读。”①鲁迅以其敏锐的观察力将女性的艰难处境与现实相连，并为之辩护。鲁迅指出，“奢侈和淫靡只是一种社会崩溃腐化的现象，决不是原因”，“没有买淫的嫖男，那里会有卖淫的娼女。问题还在买淫的社会根源”②，导致女性在社会中得不到公平的对待。更可悲的是，我们根本听不到女性的声音，在这种失语的情境下，鲁迅为那些“卖淫”的女性发声，替她们做一个“审理”者，恢复她们在社会上应有的公平与正义。

然而，鲁迅看得多的恰恰是“中国的有一些士大夫，总爱无中生有，移花接木的造出故事来，他们不但歌颂升平，还粉饰黑暗。关于铁氏二女的撒谎，尚其小焉者耳……也还会有人单单捧出什么烈女绝命、难妇题壁的诗词来，这个艳传，那个步韵，比对于华屋丘墟，生民涂炭之惨的大事情还起劲”③。“亡国一次，即添加几个殉难的忠臣，后来每不想光复旧物，而只去赞美那几个忠臣；遭劫一次，即造成一群不辱的烈女，事过之后，也每每不思惩凶、自卫，却只顾歌咏那一群烈女。仿佛亡国遭劫的事，反而给中国人发挥‘两间正气’的机会。”④故此，鲁迅在文学作品中⑤，一方面借用女性形象来传达其性别政治思想，讨论男女平等、妇女解放等社会议题，展现了女性以身体去思考的本能以及在传统男权社会中顽强的生命力；另一方面通过女性身体意识，折射出对女性爱恨交织的情境，呈现出对女性身体特质之创造与扼杀的悖论。

## 一、规训的身体

葛红兵等认为：“人类的政治兴趣有两个方向：一是对外部的，它指向的是宇宙及其代表着的‘客观’世界，这个世界是身外的；一是指向自我的，

---

① 鲁迅：《鲁迅全集》第4卷《上海文艺之一瞥》，第299页。

② 鲁迅：《鲁迅全集》第4卷《关于女人》，第531-532页。

③ 鲁迅：《鲁迅全集》第6卷《病后杂谈》，第177页。

④ 鲁迅：《鲁迅全集》第1卷《灯下漫笔》，第254页。

⑤ 许广平把所有提及女性的鲁迅著作列出，共计29篇，见许广平：《许广平文集》第2卷《鲁迅回忆录》，江苏文艺出版社1998年版，第290-292页。在鲁迅34篇小说（包括《怀旧》）中，其中有12篇用了不少篇幅去揭示女性的悲惨遭遇，着力刻画了13位女性，如单四嫂子、七斤嫂、方玄绰太太、祥林嫂、四铭太太、子君、爱姑、女娲、嫦娥等。

这个对象就是身体。"[①]曹清华亦指出："权力者却常常视人的身体为其语言表达的场所，他们把自己的意见写在人的身上。"[②]中国人很少对身体进行科学层面的探究，更多从文化与政治的视角来考量，尤其是对女性身体的种种规定，诸如"笑不露齿""足不出户""裹脚束胸"等，已经压抑女性数千年。鲁迅曾经辛辣地抨击"伪道士"的丑恶嘴脸，他们"骂女人的奢侈，板起面孔维持风化，而同时正在偷偷地欣赏着肉感的大腿文化"[③]。苏珊·布朗米勒指出："女人之间基因的差异是很大的。然而，每一种文明都要对女性的身体提出一个同一的模式。有关女性的审美标准往往对女性的身体的某些部分和肉体的某些自然表现加以改正、突出或大力压缩，全然不顾实际。"[④]鲁迅意识到中国古代针对身体的规训把人治得死去活来还不毙命，甚至还有用，如缠足、宫刑、幽闭等，"近时好像被我查出一点大概来了，那办法的凶恶，妥当，而又合乎解剖学，真使我不得不吃惊"[⑤]。鲁迅小说集中关注女性身体的两个部位：一是双脚，二是头发。

（一）缠足

缠足起于何时尚无定论，宋代张邦基在《墨庄漫录》中指出："妇人缠足始于近世，前世书传皆无所自，唯《道山新闻》叙南唐李后主做金莲状六尺高台，命宫嫔窅娘以帛裹足，着素袜在莲花台上翩翩起舞，使脚纤小屈上作新月状，回旋有凌云之态。"[⑥]窅娘的轻盈体态令众人惊艳，名门闺秀争相仿效，女子缠足蔚然成风。明太祖朱元璋曾下令浙东丐户"男不许读书，女不许缠足"，赋缠足以权贵地位的象征，如此上行下效，缠足之风从少数的上层社会渐渐遍及社会各个阶层，成为中国女子的身体特征。然而，缠足不仅对脚造成伤害，让女子行走不便，还会造成血流不畅，致使女子手脚冰冷、体弱多病。因此，就历史渊源与实践来看，缠足并非女性自我的表达，而是社会对女性的禁锢，更是基于男性需求对女性身体的改造。鲁迅从中国女性的身体发现了传统伦理道德最丑陋的真相，其中以小脚对女性身体的摧残最为严重，不仅使她们丧失了自由行走的能力，而且导致她们生活上必须依靠男子，以至于在家庭中处于被奴役与被支配的地位。鲁迅以血为墨，把中国女性裹了近千年的小脚押上了刑场。

---

① 葛红兵、宋耕：《身体政治》，第48页。
② 曹清华：《词语、表达与鲁迅的"思想"》，中山大学出版社2009年版，第111页。
③ 鲁迅：《鲁迅全集》第4卷《关于女人》，第531页。
④ 王政、杜芳琴主编：《社会性别研究选译》，生活·读书·新知三联书店1998年版，第111页。
⑤ 鲁迅：《鲁迅全集》第6卷《病后杂谈》，第171页。
⑥ （宋）张邦基：《墨庄漫录》第8卷，黄山书社2009年版，第4页。

许寿裳谈到鲁迅在仙台学医的动机时，除了大家熟知的恨中医耽误了父亲的病，确知日本明治维新大半发端于西医等事实外，还有救济中国女子的小脚。然而当他在仙台医专学习人体解剖之后，才开始明白已断的筋骨无法拯救，从《藤野先生》一文中可以窥探出鲁迅当时复杂的心理，“但他也偶有使我很为难的时候。他听说中国的女人是裹脚的，但不知道详细，所以要问我怎么裹法，足骨变成怎样的畸形”①，鲁迅之所以难以启齿是因为他已深刻理解缠足对女性身体的戕害，缠足在异国人面前则可能成为笑柄或民族的耻辱。因此，这种由热望到绝望的心路历程，使他对于缠足女子的同情远胜过同侪，故鲁迅在文学作品里写小脚时都是字中带血。鲁迅不仅在《随感录四十二》《由中国女人的脚，推定中国人之非中庸，又由此推定孔夫子有胃病》等杂文中揭穿了女性裹脚的罪恶，而且在小说中以医者与思想家的双重身份，关注和表现女性躯体的畸形存在。在《风波》中，“六斤的双丫角，已经变成一支大辫子了；伊虽然新近裹脚，却还能帮七斤嫂做事，捧着十八个铜钉的饭碗，在土场上一瘸一拐的往来”②。《故乡》以素描笔法呈现出曾经风情万种的杨二嫂丑陋卑琐的身体造型：“两手搭在髀间，没有系裙，张着两脚，正像一个画图仪器里细脚伶仃的圆规。”③《示众》里看热闹的老妈子“钩刀般的鞋尖”④。《离婚》中爱姑在船上“摆成一个‘八’字的‘钩刀样的脚’”⑤。《采薇》中借兵士之口提到女人的小脚，“谁知道呢。我也没有看见她的脚。可是那边的娘儿们却真有许多把脚弄得好像猪蹄子的”⑥；《阿Q正传》中阿Q因吴妈的脚太大而心存遗憾。诸如此类的描写虽不过寥寥数笔，却成为再现中国女性身体符号化的影像。

鲁迅试图借对女性小脚的描写，通过女性身体的残缺来烛照其灵魂深处的缺失。缠足是女性身体特有的符号，直到中华民国成立后，政府才明令禁止裹脚，但还有“女人不缠脚就没有女人味，是女的都是那样”⑦的说法，女性的缠足观念依旧根深蒂固，足见当时国民思想的故步自封以及改造国民性的艰巨性。《风波》中，六斤新近裹脚一事寓示其无法逃脱封建礼教束缚的命运，她“只得欣然接受上一代传承下来的无形的枷锁。作者的现代性

① 鲁迅：《鲁迅全集》第2卷《藤野先生》，第316页。
② 鲁迅：《鲁迅全集》第1卷《风波》，第499页。
③ 鲁迅：《鲁迅全集》第1卷《故乡》，第505页。
④ 鲁迅：《鲁迅全集》第2卷《示众》，第74页。
⑤ 鲁迅：《鲁迅全集》第2卷《离婚》，第148页。
⑥ 鲁迅：《鲁迅全集》第2卷《采薇》，第415页。
⑦ 李小江：《让女性自己说话——文化寻踪》，生活·读书·新知三联书店2003年版，第240页。

视点便从沉重的叙述中得以彰显，虽然时处现代，但芸芸众生却仍沉陷古老的生存境遇”①。

《离婚》中的爱姑是鲁迅小说中极富个性的女性，她天不怕、地不怕，敢在大庭广众之下骂公公和丈夫是“老畜生”“小畜生”，也敢斥责父亲是见钱眼热的“老发昏”，甚至根本不把受人尊重的慰老爷放在眼里，这虽有性格粗俗之嫌，但她反抗公婆的绝对权威、挑战数千年以来“夫为妻纲”的旧制的勇气着实可嘉。但鲁迅意不在此，“《离婚》的主旨并非反封建”②。在《离婚》一文中，鲁迅两次插入对爱姑小脚的描写：

> 庄木三和他的女儿——爱姑——刚从木莲桥头跨下航船去，船里面就有许多声音一齐嗡地叫了起来，其中还有几个人捏着拳头打拱；同时，船旁的坐板也空出四人的坐位来了。庄木三一面招呼，一面就坐，将长烟管倚在船边；爱姑便坐在他左边，将两只钩刀样的脚正对着八三摆成一个“八”字。③
>
> 船便在新的静寂中继续前进；水声又很听得出了，潺潺的。八三开始打磕睡了，渐渐地向对面的钩刀式的脚张开了嘴。前舱中的两个老女人也低声哼起佛号来，她们撷着念珠，又都看爱姑，而且互视，努嘴，点头。④

“钩刀样的脚”在文本中出现了两次，⑤不难发现，爱姑生活在一个家庭氛围相对宽松的富裕的农民家庭，由于家里兄弟众多，加之又是家中老幺，故受人宠爱，亦养成了骄纵任性的性格，为下文其言行做了较好的铺垫。有两个细节不容忽视：其一是爱姑将两只钩刀样的脚正对着八三摆成一个“八”字；其二是八三开始打瞌睡，渐渐地向对面的钩刀式的脚张开了嘴。此处折射出爱姑坐姿的不雅以及毫不知男人对其脚的觊觎，这与大家闺秀之举止有天壤之别，从前舱中的两个老女人对其指指点点就可以察觉出爱姑

---

① 胡志明：《鲁迅小说的时间诗学》，第57页。

② 黄子平：《由爱姑的“钩刀样的脚”论定〈离婚〉的主旨并非“反封建”，又由此论及鲁迅的“身体记忆”》，《上海文化》2018年第9期。

③ 鲁迅：《鲁迅全集》第2卷《离婚》，第148页。

④ 鲁迅：《鲁迅全集》第2卷《离婚》，第150-151页。

⑤ 吴组缃对此进行了说明，这是缠过又放了的小脚，又叫解放脚或文明脚。这就把小说所处的时代特点、地方色彩一起带出来了，这是清末或民初，东南“得风气之先”的沿海地区。转引自黄子平：《由爱姑的“钩刀样的脚”论定〈离婚〉的主旨并非“反封建”，又由此论及鲁迅的“身体记忆”》，《上海文化》2018年第9期。

在社会舆论面前已经处于下风，暗示其必将被丈夫休弃的命运。尽管爱姑禁锢的身体得到“解放”，但她骨子里依旧无法摆脱“出嫁从夫”思想的钳制。因此，她不甘心自己被休的命运，一再声称“我是三茶六礼定来的，花轿抬来的呵！那么容易吗”①，爱姑的言语本质上是一种“三纲五常”“三从四德”道德律令下“从一而终”的感性冲动，其反抗目的或许是维系自己早已被架空的婚姻，为她因七大人一句“公婆说‘走！’就得走”②即落荒而逃的遭遇埋下了伏笔。

（二）剪发

在众多有识之士（如金天翮等）与西方教会的大力倡导下，女学堂如火如荼地在全国蔓延开来。然而，许多封建卫道士始终无法接受女学生的存在，在他们看来，“女学生”有违“大门不出，二门不迈”的传统祖训，容易与年轻男子有接触，行苟且之事，严重违反传统的妇德规范；最重要的是，抛头露脸的女子往往从事轻贱职业，甚至牺牲色相，根本不受社会的尊重和保护。故曹清华认为，头发“在中国历史上转化为一个特殊的社会符号，拥有超乎言语之外的表现力”③。

鲁迅指出，现代中国“男男女女，要吃这前世冤家的头发的苦，是只要看明末以来的陈迹便知道的。我在清末因为没有辫子，曾吃了许多苦，所以我不赞成女子剪发”④。“虽然已是民国九年，而有些人之嫉视剪发的女子，竟和清朝末年之嫉视剪发的男子相同。”⑤许羡苏曾寄住在鲁迅家里，就因为剪了头发而获得高等女子师范学校校长毛邦伟的特别“关照”，毛邦伟视中国女子的头发可系千钧，要求许羡苏把头发留起。鲁迅因几次出面疏通未果，甚至退了聘书以示抗议，《头发的故事》即在这一背景下写成，旨在善意提醒中国的女子剪发宜慎重。

1927年，鲁迅针对“北京辟才胡同女附中主任欧阳晓澜女士不许剪发之女生报考”事件愤然“肉薄”，揭示了女性悲惨、尴尬的处境，揭露了卫道士凶残、丑恶的嘴脸。

同是一处地方，甲来乙走，丙来甲走，甲要短，丙要长，长者剪，短了杀。这几年似乎是青年遭劫时期，尤其是女性。报载有一处是鼓吹剪发的，后来

---

① 鲁迅：《鲁迅全集》第2卷《离婚》，第154页。
② 鲁迅：《鲁迅全集》第2卷《离婚》，第154页。
③ 曹清华：《词语、表达与鲁迅的“思想”》，第112页。
④ 鲁迅：《鲁迅全集》第3卷《忧“天乳”》，第488页。
⑤ 鲁迅：《鲁迅全集》第1卷《从胡须说到牙齿》，第260页。

别一军攻入了,遇到剪发女子,即慢慢拔去头发,还割去两乳……。①

我们如果不谈什么革新,进化之类,而专为安全着想,我以为女学生的身体最好是长发,束胸,半放脚(缠过而又放之,一名文明脚)。因为我从北而南,所经过的地方,招牌旗帜,尽管不同,而对于这样的女人,却从不闻有一处仇视她的。②

鲁迅还在小说中对此深入描述,反对政治对身体的规训与惩罚。他在《头发的故事》中借N君之口表明女性(尤其是女学生)所处的尴尬,倡导女子剪发不仅令许多新女性“毫无所得”,而且带来无尽烦恼,甚至“苦痛一生”。“仍然留起,嫁给人家做媳妇去:忘却了一切还是幸福,倘使伊记着些平等自由的话,便要苦痛一生世!”③甚至借用俄国人阿尔志跋绥夫的话对提倡女子剪发的改革者发出质问:“你们将黄金时代的出现豫约给这些人们的子孙了,但有什么给这些人们自己呢?”④《肥皂》中的四铭是一个道貌岸然的假道学家与伪善者,说自己平生最恨的就是那些剪了头发的女学生,因其非但不雅观而且搅乱天下,比土匪还不如。《高老夫子》中的高尔础比四铭更狡诈凶顽,是一个投机钻营的市井无赖,由于会写几句八股文,会讲“桃园三结义”“秦琼卖马”之类的故事,就被聘到贤良女校当历史教员,而他去女子学校教书的目的只为去看看女学生。小说两次提到“半屋子蓬蓬松松的头发”,既是对高尔础龌龊内心的嘲讽,也是对青年女学生的善意提醒:谨防社会以一种新的控制手段使女性身体沦为男性奴役与觊觎的对象。

鲁迅以小说的方式呈现出自身对忘却的反抗,同时也面对改造国民性的困局:曾经作为审美对象的旧式女性的蒲柳之姿,在启蒙者眼里成为国家堕落衰微的根源乃至民族的耻辱,被世人唾弃与羞辱;而拥有“新女性”身体的女性在追求自我认同与解放的同时,仍离不开男性的凝视,她们依旧属于弱势群体,惨遭他人践踏。

## 二、无欲的身体

经历两千多年封建社会的中国,封建传统思想文化对女性身体的支配与规约可谓根深蒂固。刘小枫指出,“女人身体的伦理价值是男人的叙述构

---

① 鲁迅:《鲁迅全集》第3卷《忧“天乳”》,第488-489页。
② 鲁迅:《鲁迅全集》第3卷《忧“天乳”》,第489-490页。
③ 鲁迅:《鲁迅全集》第1卷《头发的故事》,第488页。
④ 鲁迅:《鲁迅全集》第1卷《头发的故事》,第488页。

造出来的"①。正是由于各种封建文化与礼教的严格控制，为女、为妻、为母的伦理身份使女性身体始终局囿于家庭和婚姻的藩篱，这种伦理身份的规训内化为女性的身体自觉，导致其完全丧失自我意识，编织出一具具"活死尸"。福柯认为，当身体卷入政治领域，被社会历史和文化环境所刻写，"权力关系直接控制它，干预它，给它打上标记，训练它，折磨它，强迫它完成某些任务、表现某些仪式和发出某种信号"②。在男权秩序的架构下，女性身体遭受封建礼教的摧残，成为各种权力竞逐的场域，并被压进历史的空白地带。

（一）"三从四德"禁制女性欲望

"三从四德"是儒家礼教对女性在道德、行为、修养等方面提出的规范与要求。《礼记》云："男帅女，女从男，夫妇之义由此始也。妇人，从人者也；幼从父兄，嫁从夫，夫死从子。"《仪礼》中亦有"妇人有三从之义，未嫁从父，既嫁从夫，夫死从子"之说。《周礼》曰："九嫔掌妇学之法，以九教御：妇德、妇言、妇容、妇功。"随着三从四德教化体系的完备，女性一方面要承担各种义务（却没有权利），另一方面还要保持节烈，"饿死事小，失节事大"，无法摆脱任人宰割的命运。百姓（自然包括女性）"默默地生长，萎黄，枯死了，像压在大石头底下的草一样，已经有四千年"③。不仅社会这样要求女性，女性自身也以此为行为准则，从而导致"社会上多数古人模模糊糊传下来的道理，实在无理可讲；能用历史和数目的力量，挤死不合意的人。这一类无主名无意识的杀人团里，古来不晓得死了多少人物；节烈的女子，也就死在这里。"④鲁迅在考察了中国数千年的黑暗历史之后，悲哀地发现：中国自从有文明以来，一直排着大小无数的人肉筵宴，"人们就在这会场中吃人，被吃，以凶人的愚妄的欢呼，将悲惨的弱者的呼号遮掩，更不消说女人和小儿"⑤。

鲁迅对女性的看法集中体现在《我之节烈观》一文中。针对北洋军阀统治时期的复古主义逆流，鲁迅驳斥了提倡节烈的观念，认为这观念是腐朽的、违反人道的封建主义道德。袁世凯于 1914 年发布《褒扬条例》，在刊物上登载了许多颂扬"节妇""烈女"的作品，导致女性在当时社会的生活更为艰辛。鲁迅一针见血地指出当时女性的困扰及痛苦："女子死了丈夫，便守

---

① 刘小枫：《沉重的肉身》，华夏出版社 2007 年版，第 77 页。
② 〔法〕福柯：《规训与惩罚：监狱的诞生》，刘北城，杨远婴译，第 27 页。
③ 鲁迅：《鲁迅全集》第 7 卷《俄文译本〈阿 Q 正传〉序及著者自叙传略》，第 84 页。
④ 鲁迅：《鲁迅全集》第 1 卷《我之节烈观》，第 129 页。
⑤ 鲁迅：《鲁迅全集》第 1 卷《灯下漫笔》，第 229 页。

着,或者死掉;遇了强暴,便死掉;将这类人物,称赞一通,世道人心便好,中国便得救了。大意只是如此。"[①]

鲁迅针对《褒扬条例》提出质疑:不节烈的女性如何危害国家?为什么救国的责任全都由女性担当?以及这个表彰又有什么效果?鲁迅提到古代的社会,因为寡妇被认为是鬼妻(死了丈夫的妻子),"亡魂跟着,所以无人敢娶,并非要他不事二夫"[②],甚至到了清代,寡妇仍旧被视为"鬼妻",认为"再嫁以后,便被前夫的鬼捉去,落了地狱;或者世人个个唾骂,做了乞丐,也竟求乞无门,终于惨苦不堪而死了"[③]。鲁迅指出,在守节与失节的问题上,依旧存在不公正且真理失衡的现象,"只有自己不顾别人的民情,又是女应守节男子却可多妻的社会","主张的是男子,上当的是女子"[④]。在传统道德的规训下,失节的后果全由女性负责;舆论对男性损坏他人节操的罪行则视而不见,凸显出两性所背负的责罚有所不一:社会的公意,向来以为贞淫与否,全在女性。男子虽然诱惑了女人,却不负责任。[⑤] 因此,《我之节烈观》不只是鲁迅对近代女性和贞节的看法,更是他对旧道德、旧伦常的谴责,鲁迅试图匡扶正义,对女性受的冤屈给予理解与同情,以寻求恢复公正的可能性。

《祝福》里的祥林嫂命运多舛,首先是嫁给一个比她小十岁的丈夫,丈夫死后,遭到婆婆虐待,逼得她只好逃出来到鲁四爷家里做工,没想到婆婆再度找上门,以八十的价钱把她卖到深山野坳里的贺老六,成亲那一天,祥林嫂闹得"真出格",再嫁途中一路嚎骂至全哑,拜天地时企图自尽,头上碰了一个大窟窿,这一出格的闹,足见其守节的决绝姿态。但她最终屈从且生下一子,这里除了自杀的勇气消失之外,希望为人母的天性也是她活下去的理由。值得寻味的是,再嫁的祥林嫂居然在贺老六家里过上了她一生中难得的安稳时光,反证再嫁是妇女于不幸中的小庆幸,造成不幸的根源在于旧礼教对再嫁妇女的歧视。但此后的祥林嫂再度陷入两难处境:礼教上她已失节,家庭美满却让她"交了好运"。而丧子之后,她"夫死从子"的希冀也被剥夺,最终被大伯赶了出来,只好又回到鲁四爷家里做工,丧失亲人的哀痛尚未平复,又遭到周遭人的冷嘲热讽,最后在众人的哂笑与漠视之下,悄无声息地死去。

---

① 鲁迅:《鲁迅全集》第1卷《我之节烈观》,第122页。
② 鲁迅:《鲁迅全集》第1卷《我之节烈观》,第125-126页。
③ 鲁迅:《鲁迅全集》第1卷《我之节烈观》,第127页。
④ 鲁迅:《鲁迅全集》第1卷《我之节烈观》,第127页。
⑤ 鲁迅:《鲁迅全集》第1卷《我之节烈观》,第128页。

祥林嫂从婆家脱逃，又极力抗拒再嫁，往往被认为是女性向旧势力挑战，捍卫自尊、自由的象征。这是对《祝福》一文的误读。祥林嫂深中旧礼教的遗毒之害而不自知，她从婆家逃出来，是为了逃离旧家长的专制，她到鲁四爷家当女佣，感到满足，不想再逃，这是典型的“做稳了奴隶”的心态，可见她没有明白作为人的尊严。被婆婆卖掉，她一路异乎寻常的反抗，虽有捍卫尊严的成分，但更多的是受“饿死事小，失节事大”“一女不侍二夫”“从一而终”等清规戒律的规约。正如有论者指出：“戴着这种沉重朽旧的精神镣铐去作抗争，已经标明祥林嫂的抗争是带有悲剧性的：她根本无力冲破这巨大锁链的羁绊，只能成为涂上圣洁光环的礼教文化的牺牲品。”①当夫死子亡的祥林嫂再次回到鲁镇时，“她的境遇却改变得非常大”，“死尸似的脸上”终日没有笑影。鲁镇的人们均因其有伤风化而唾弃与烦厌她，祥林嫂不惜花一年的工钱捐了一条门槛，代替她给“千人踏，万人跨”，虽可视作她对摆脱非人处境的挣扎，但这又何尝不是对迷信的信服呢？但到年底祭祖时，她依然没有拿酒杯与筷子的机会，这致命一击剥夺了她最后一线渺茫的希望，“不仅眼睛窈陷下去，连精神也更不济了”②。最后沦为乞丐，依然承受着难以言说的精神重压：“一个人死了之后，究竟有没有灵魂的？”“那么，也就有地狱了？”“死掉的一家的人，都能见面的？”③可见她临死还在苦苦挣扎，女性无论是生是死，都只能任人宰割，一生都受封建遗毒所苦。

《明天》中的单四嫂子可视为节烈的典范，正如鲁迅所说：“据时下道德家的意见，来定界说，大约节是丈夫死了，决不再嫁，也不私奔，丈夫死得愈早，家里愈穷，她便节的愈好。”④身为一名节妇，精神上的压力已经可想而知，经济上的压力亦是苦不堪言，这种惨苦生活之所以未能碾碎单四嫂子的心，乃是因为她还有一个三岁儿子——宝儿，那是她唯一的希望，宝儿曾对她说：“妈！爹卖馄饨，我长大了也卖馄饨，卖许多钱——我都给你。”⑤单四嫂子为了她的宝儿，等待了两个明天，第一个明天带来了宝儿病情恶化的恐惧，第二个明天，传来一阵敲门声，原来是王九妈带人背了棺材来了，那么第三个明天又该如何？单四嫂子到底还有没有“明天”？鲁迅不肯告诉我们答案，他曾说：“但既然是呐喊，则当然须听将令的了，所以我往往不恤用了曲笔，在《药》的瑜儿坟上平空添上一个花环，在《明天》里也不叙单四嫂子竟

① 庄汉新，邵明波主编：《中国二十世纪乡土小说论评》，第45页。
② 鲁迅：《鲁迅全集》第2卷《祝福》，第20-21页。
③ 鲁迅：《鲁迅全集》第2卷《祝福》，第7页。
④ 鲁迅：《鲁迅全集》第1卷《我之节烈观》，第122页。
⑤ 鲁迅：《鲁迅全集》第1卷《明天》，第478页。

没有做看到自己儿子的梦，因为那时的主将是不主张消极的，至于自己，却也不愿将自以为苦的寂寞，再来传染给如我那年轻时候似的正做着好梦的青年。”①所以鲁迅以曲笔的方式抹去作品中的沉重色调，意在“删削些黑暗，装点些欢容，使作品比较的显出若干亮色”②，然而，单四嫂子在逼仄的社会现实面前，最终只能沦为旧礼教的祭品。正如杨义所说：“两年的守节对于单四嫂子来说，无异于在孤苦无告的艰危处境中进行一场毫无价值的人生冒险。”③

《明天》与《祝福》虽然都写了寡妇失子的故事，但二者又有明显不同，《祝福》是写寡妇失节，终于在旧势力的打压下殒命；而《明天》是写寡妇虽欲守节，却遭到众人无情宰割的命运。因此，在旧社会中不论失节或守节，对处于弱势群体的寡妇而言，都无法逃脱被社会绞杀的命运。

（二）“男尊女卑”压抑女性欲望

数千年来的中国封建社会严格遵循上下尊卑、长幼有序的等级秩序，“男尊女卑”的性别规范又是社会坚不可摧的基石。《列子》云：“男女之别，男尊女卑，故以男为贵。”这些“男尊女卑”的纲常伦理已经深入民心，成了禁锢与绞杀女性的残暴的精神枷锁。鲁迅对此进行了辛辣揭露与讽刺：“天有十日，人有十等”，最下贱一等叫作“台”，“‘台’没有臣，不是太苦了么？无须担心的，有比他更卑的妻，更弱的子在。而且其子也很有希望，他日长大，升而为‘台’，便又有更卑更弱的妻子，供他驱使了”。④ 鲁迅又揭露了等级秩序对女性精神上的腐蚀与毒害：“有贵贱，有大小，有上下。自己被人凌虐，但也可以凌虐别人；自己被人吃，但也可以吃别人，一级一级的制驭着，不能动弹，也不想动弹了。”⑤在《端午节》和《离婚》等小说中，弥漫着“男尊女卑”的气息。

《端午节》中方玄绰的太太没有受过新教育，既无学名又无雅号，所以方玄绰对她什么称呼也没有，照老例虽然也可以叫“太太”，但他又不愿意太守旧，自作聪明地发明了一个“喂”字来称呼其太太。“他两颊都鼓起来了，仿佛气恼这答案正和他的议论‘差不多’，近乎随声附和模样；接着便将头转向别一面去了，依据习惯法，这是宣告讨论中止的表示。”⑥当方玄绰的生活万

① 鲁迅：《鲁迅全集》第1卷《〈呐喊〉自序》，第441页。
② 鲁迅：《鲁迅全集》第4卷《〈自选集〉自序》，第469页。
③ 杨义：《鲁迅作品综论》，第444页。
④ 鲁迅：《鲁迅全集》第1卷《灯下漫笔》，第227-228页。
⑤ 鲁迅：《鲁迅全集》第1卷《灯下漫笔》，第227页。
⑥ 鲁迅：《鲁迅全集》第1卷《端午节》，第562页。

分拮据时，发觉“方太太对他也渐渐的缺了敬意，只要看伊近来不很附和，而且常常提出独创的意见，有些唐突的举动，也就可以了然了”。方玄绰端午节前一回到家，“方太太便将一迭账单塞在他的鼻子跟前，这也是往常所没有的”①。这些看似正常的举动在方玄绰眼里近乎反常，足可见其平日在太太面前的威严。虽然习惯于说“差不多”的方玄绰，看似对教员索薪抗议运动不表示意见，心中不平时也会“忍气吞声”，实际上，他在家也是抱怨：“我钱也不要了，官也不做了，这样无限量的卑屈……”②当方太太听到方玄绰少见的义愤，倒有点不敢作声了。

方玄绰太太不仅要忍受丈夫的酸腐，而且还面临着断炊的困境。但她又不敢顶撞或质疑自己的丈夫，只好忍气吞声，小心翼翼。方玄绰不肯向索薪大会代表亲领薪水，她劝他去亲领；当他得知儿子因未缴学费被学校催过好几次时，大叫“做老子的办事教书都不给钱，儿子去念几句书倒要钱”③，在几次与先生对话中，当方太太“见他强横到出乎情理之外了，也暂时开不得口”。而且，她开始为未来的生计而筹划：“我想，这模样是闹不下去的，将来总得想点法，做点什么别的事……”④然而，方太太提出“兼职作文章赚钱”的意见，还是被先生的“面子尊严”“觉得赚得不多太辛苦”“肚子里也没有这许多文章”等借口否决了。她“明智”地知道方玄绰不可理喻到“已经不很顾忌道理”的地步，再说无益，“便不再言语”。最后，方太太建议去买张彩票，碰碰运气，竟被方玄绰痛斥一顿，便赶紧退开，没有说完话。

《离婚》叙述的是爱姑遭丈夫休弃后不见容于夫家与娘家的“彷徨于无地”的遭遇。爱姑的处境较祥林嫂更为不堪：祥林嫂的孤独来自“三从四德”的孤立，而爱姑则是“男尊女卑”阴影下的孤独；祥林嫂选择顺从、不反抗，所以失败，而爱姑选择“叛逆”，大胆反抗，还是失败。祥林嫂自始至终孑然一身，她不被任何一个社会阶层接纳与认可，她只能被动接受社会灌输给她的信息，也从未曾用语言表达自己的愤怒与孤独，她的身体是被自己信仰的社会价值掏空；但爱姑不信“三从四德”的封建伦理，她遭受丈夫背弃后还有娘家依恃，父兄也未坐视，还拆掉夫家的灶为她出气，她有亲人同情她所遭遇的不公。然而爱姑最后还是屈从于“男尊女卑”的淫威。慰老爷家的厅堂早已布置妥当，厅堂最上首的是威严十足的七大人，依次是衙役、洋学堂的学生、众帮闲、慰老爷子、爱姑的公公和丈夫等，而爱姑和她的父亲坐在最

---

① 鲁迅：《鲁迅全集》第1卷《端午节》，第564页。
② 鲁迅：《鲁迅全集》第1卷《端午节》，第564页。
③ 鲁迅：《鲁迅全集》第1卷《端午节》，第564页。
④ 鲁迅：《鲁迅全集》第1卷《端午节》，第566页。

下首,她是众多人中唯一的女性。爱姑辩驳的话语仍是男性的语言,如闹的家败人亡,“姘上了小寡妇”,“娘滥十十万人生”,“自从结识了那婊子,连我的祖宗都入起来了”等,不难发现,爱姑虽在话语上追求“男女平等”,但其内心深处所依托的仍是男性中心的逻辑,完全落入男性思维的陷阱。当爱姑说出“知道这实在是自己错”“我本来是专听七大人吩咐”时,表明她已主动缴械,一败涂地,她的外表与内心都只能回到封建伦理所建构的“男尊女卑”的世界。

(三)“贤妻良母”驯化女性欲望

中国封建社会注重女性的“贤”与“良”,把“贤妻良母”视为女性的第一目标。鲁迅看穿了男权社会对女性的傲慢与偏见:“女人的天性中有母性,有女儿性;无妻性。妻性是逼成的,只是母性和女儿性的混合。”①女性沦为繁衍后代的工具,把相夫教子当成实现自我存在价值的途径。

《肥皂》中四铭的太太被当成生儿育女的“工具”,看不到“妻性”,耳朵背后的积年“老泥”潜隐着她长期被压抑的身体欲望。四铭太太起初以为四铭买肥皂给自己,“可不禁脸上有些发热了,而且这热又不绝的蔓延开去,即刻一径到耳根。她于是就决定晚饭后要用这肥皂来拼命的洗一洗”②。当她很快意识到四铭买肥皂的真正动机时,引起了一场“风波”,四铭太太对四铭“闹脾气”,揭穿了四铭内心深处的幽暗与淫荡。然而,四太太表面痛斥丈夫的虚伪,并不意味着女性主体意识的觉醒,而是出于一个女人本能的嫉妒与自卫。正如鲁迅所说:

> 父母之命媒妁之言的旧式婚姻,却要比嫖妓更高明。这制度之下,男人得到永久的终身的活财产。当新妇被人放到新郎的床上的时候,她只有义务,她连讲价钱的自由也没有,何况恋爱。不管你爱不爱,在周公孔圣人的名义之下,你得从一而终,你得守贞操。男人可以随时使用她,而她却要遵守圣贤的礼教,即使“只在心里动了恶念,也要算犯奸淫”的。③

最具反讽意味的是,鲁迅安排那块引起风波的肥皂最终为四铭太太所用,再多的不满终究只能往肚里吞,受制于夫为妻纲的约束,只能乖乖充当

---

① 鲁迅:《鲁迅全集》第3卷《小杂感》,第555页。
② 鲁迅:《鲁迅全集》第2卷《肥皂》,第46页。
③ 鲁迅:《鲁迅全集》第5卷《男人的进化》,第301页。

丈夫的活财产，女性依旧还是推不倒封建的高墙。因此，李继凯指出："从她在这次'斥夫'之前的帮夫（大有夫唱妇随之风，一派守旧的强调）与此后的'媚夫'（录用了肥皂并持续用了下去）行为中，不难看出她在努力地磨砺和培养自己的'妻性'。"①四铭太太这种转变与《狂人日记》中狂人的康复有异曲同工之妙。

《幸福的家庭》中的妻子应该是接受过新文化洗礼的新女性，她与丈夫自由恋爱而组成家庭。她也没有名字，为了让"我"去创作那迎合貌似新潮实则脱离现实的小说，一人扛起家庭生活的重担。然而，鲁迅通过"名实不符"的尖锐对照，使小说达到高度的反讽效果。篇名"幸福的家庭"与"我"家中的穷窘生活形成鲜明对照；"我"在写作过程中对优美高尚家庭生活的幻想，与不时穿插的购柴、白菜堆等生活琐事纠缠在一起；这些现实与幻想的切换最后都聚焦在妻女泪中带笑的脸庞：女儿打翻油灯被妻打哭，又被"我"哄笑后"笑眯眯的挂着眼泪对他看"，这脸与当年妻听说"我"愿为她反抗一切阻碍、为她牺牲时的脸一样天真可爱——这张泪中带笑的脸。鲁迅试图告诉人们：有女性做清醒的"生活者"（即贤妻良母），男性才能做不切实际的"幻想家"。

鲁迅小说中被封建礼教规训和建构的女性身体，隐匿于家庭伦常之中，成为没有独立人格的所在，禁锢在封建传统思想文化的"铁屋子"里，饱受礼教的摧残，或为传宗接代的工具，或为卑微的喑哑客体，成了一个空洞的能指，并隐而不显地化约为"无名之物"。

## 三、失语的身体

恩斯特·卡西尔指出，人"使自己被包围在语言的形式、艺术的想象、神话的符号……中"②。在男尊女卑的封建社会，由于女性被剥夺了话语权，不论其所处的社会环境、本身的觉醒程度与方式如何，其实都是无"语"表达自己的人，其身体成为男性赏玩的对象。鲁迅主张"如实地"描述中国人的身体，通过"睁开眼看"式的去秘化，戳穿了女性只能"以身体现"的"失语"真相，这种"真实"与他见到"无声的中国"的真实或许无必然因果，但视为与女性失语彼此互训并不为过。

### （一）男性话语霸权

传统中国文学中，男性对女性往往只有需要和抛弃两种取向，女性被玩

---

① 李继凯：《鲁迅小说中的女性异化》，《海南师院学报》1995年第1期。
② 〔德〕恩斯特·卡西尔：《人论》，甘阳译，西苑出版社2003年版，第44页。

弄于股掌，附庸于男性的权威。孟悦、戴锦华认为：“不论是易卜生时代的欧洲还是鲁迅时代的中国，都还没有一种观念、一种学说解释过‘女性’这个群体，女性的真相从未形成过概念——语言。这里无意中出现一个有趣的逻辑：一方面女人不是玩偶，女人不是社会规定的性别角色，但女人也不是她自己。因为所谓‘我自己’，所指的不过是‘同男人一样’的男人的复制品。另一方面，女人若是否认同男人一样，承认自己是女人，则又落回到历史的旧辙，成为妻子或女人味儿的女人。”①女性身体的真相到底是什么，这实质上是女性主义者提出来的伪命题，其困境往往来自女性在男性话语霸权面前的身体“失语”与身份认同的内在张力。

鲁迅小说中的男性实现其身份认同的方式更多依赖“语言”。阿Q虽身处社会最底层，但他也会因身体上的癞疮疤而忌讳光、亮、灯、烛等言语；被人揪住黄辫子，在壁上碰了四五个响头，他通过“总算被儿子打了”反而转败为胜；他瞧不起假洋鬼子：“辫子而至于假，就是没有了做人的资格；他的老婆不跳第四回井，也不是好女人。”②尽管死到临头，还无师自通说出“过了二十年又是一个……”，这是他随时为自己的生命情境做出合理化解释的言语，也是他延续生物性身体本能的话语策略。而祥林嫂卑微与受难的身体困境几乎没有诉诸语言去合理化：她一向“不很爱说话，别人问了才回答，答的也不多”，当她的辛勤劳作因鲁家年底“没有添短工”而受到肯定时，也不过“口角边渐渐有了笑影”③。她唯一属于自己的话语不过是失去阿毛后那段“我真傻”的独白，但这不是对受难身体的合理化，反而是内心深处的忏悔。祥林嫂的悲剧在于，她丧失了用一种恰如其分的语言表达自我的能力，即得了“失语症”。

《离婚》中的爱姑比起祥林嫂、单四嫂等，明显具有反抗本能，性格更显强势。因为她生长在一个兄弟众多的比较富裕的庄户人家，从小受到父母与兄长的庇护，自然养成了泼辣、自私、霸道的性格。在大庭广众之下，她敢责骂公公和丈夫是“老畜生”“小畜生”；敢斥责自己的父亲是见钱眼热的“老发昏”；根本不把慰老爷等人放在眼里……以上自然被视为大逆不道之举。鲁迅把一个农家妇女粗俗、倔强、认理不怕人的个性展露无遗，足见她有勇气反抗公婆的绝对权威，挑战数千年以来“夫为妻纲”的旧制，以求挽回

---

① 孟悦、戴锦华：《浮出历史地表——现代妇女文学研究》，中国人民大学出版社2004年版，第32页。

② 鲁迅：《鲁迅全集》第1卷《阿Q正传》，第522页。

③ 鲁迅：《鲁迅全集》第2卷《祝福》，第11页。

自己“被休”的命运：“我倒并不贪图回到那边去”，“我是赌气”。[①] 她甚至拒绝了慰老爷的调停，连去见人人敬畏的七大人也无丝毫胆怯。爱姑的反抗虽然具有盲目性和被迫性，却让人酣畅淋漓、耳目一新。甚至于习惯了批判国民劣根性的鲁迅也对爱姑颇为欣赏，并试图从她身上发掘出不同于以往传统妒妇形象的时代新特质。

然而，鲁迅对爱姑以恶抗恶的言行未置可否，也没有把爱姑的形象一味拔高，他那力透纸背的如椽之笔如探针般插入爱姑的精神肌理，瞬间揭示出人物深层意识中难以掩藏的奴隶心态。夏志清指出：“爱姑的悲剧，在于一种毫无道理的差误：她本来不喜欢她的丈夫，但是她拼命要保持她的婚姻地位；她宁愿不快乐，而不愿不名誉。”[②]爱姑试图借封建之“礼”为自己争取最卑微的“出嫁从夫”的地位，“三茶六礼定来的，花轿抬来的呵！”[③]嫁进夫门之后“低头进，低头出，一礼不缺”[④]。不难发现，爱姑借以反抗夫权之“礼”无一不是男性为女性定制的枷锁，爱姑的反抗并非个体自觉与主体的自由意志，“父母之命，媒妁之言”“生是夫家人，死是夫家鬼”的传统婚姻家庭观才是她斗胆为自己辩护的力量之源。她的反抗仍基于封建礼教，而人的权利以及人格独立与尊严则不在其中。她把最终希望寄托在打官司上，“县里不行，还有府里”[⑤]，仗着这“理”，爱姑敢于闹到县里去、府里去，因为她深信封建威权会给她评“理”的机会。然而，封建礼教的代言人七大人也劝她离婚，“打官司打到府里，难道官府就不会问问七大人么？”[⑥]她的精神支柱瞬间轰塌，在男权社会的秩序规范下，在礼教和纲常面前，爱姑终于认输了。“爱姑觉得自己是完全孤立了；爹不说话，弟兄不敢来，慰老爷是原本帮他们的，七大人又不可靠，连尖下巴少爷也低声下气地像一个瘪臭虫，还打‘顺风锣’”[⑦]。爱姑从据理力争、气场十足到最后戏剧性地屈服不是因为其性格怯懦，而在于她用封建传统的伦理教条为依凭来反抗男权社会，强大的封建权力机制自然不会令其得逞，她微弱的呼喊在封建强权面前哑然失声，她没有作为单独个体进而发出女性的自由话语，也没有能力和资格按照自己的体验重新维系这个世界。无论离婚成功与否，爱姑始终无法摆脱受奴役的命运：离了婚，她可能像子君那样被封建礼教和社会舆论“谋杀”；不

---

① 鲁迅：《鲁迅全集》第2卷《离婚》，第149页。
② 夏志清：《中国现代小说史》，刘绍铭等译，第31页。
③ 鲁迅：《鲁迅全集》第2卷《离婚》，第154页。
④ 鲁迅：《鲁迅全集》第2卷《离婚》，第154页。
⑤ 鲁迅：《鲁迅全集》第2卷《离婚》，第154页。
⑥ 鲁迅：《鲁迅全集》第2卷《离婚》，第154页。
⑦ 鲁迅：《鲁迅全集》第2卷《离婚》，第155页。

离婚，她也只能继续臣服于封建夫权和礼教的权威，在夫权的威严下毫无尊严地生活。尽管此时自由平等、个性解放等思想对封建专制带来了前所未有的冲击，而像爱姑这种生活在底层的劳动妇女依然被传统深深禁锢着，她们的自发反抗在封建强权面前依然是那么苍白无力，正如朱崇科所言：“爱姑的反抗有其悖论性，她恰恰是利用父权逻辑维护自己的权益，甚至借此攻击男人，这也注定了她的悲剧性。”①浓重的时代悲剧气氛从离婚这一幕闹剧中散发开来，令人感到无比窒息。

爱姑尽管有挑战“三从四德”的勇气，但她胆怯于慰老爷的客厅这一男性中心语境，这一语境与她的女性身体是割裂的，无法把她要表达的思想转换成属于自己的语言策略，使她找不到为自己辩护的言语，绕了一圈，不得不落回她原来出发的男性语境。她反抗夫权的依据还是封建礼教，并不是主体的自由意志和个体自觉。生是夫家人，死是夫家鬼，她奋起反抗的最终目的不外乎维系封建纲常伦理，维护以“父母之命、媒妁之言”为纽带的婚姻家庭关系。她的反抗仍然以不僭越封建礼教为前提，而人的权利以及独立与尊严则不在其中。因此，爱姑自始至终都处于“失语”状态。她那“觉得心脏一停，接着便突突地乱跳……仿佛失足掉在水里一般”②的纯女性的身体体验，“敌人”固不能理解，就连自己的父兄也法悉知。

### （二）“无爱”所以失语

《伤逝》以涓生的手记来描述其内心感受，通过涓生滔滔不绝的诉说，反衬出子君所处的失语状态。涓生的自白不乏对子君的怨怼。同居后不过三星期，涓生就“渐渐清醒地读遍了她的身体，她的灵魂”，“似乎于她已经更加了解，揭去许多先前以为了解而现在看来却是隔膜，即所谓真的隔膜了”。③ 子君婚后忙于家务、不再追求思想上的进步，“子君的功业，仿佛就完全建立在这吃饭中。吃了筹钱，筹来吃饭，还要喂阿随，饲油鸡；她似乎将先前所知道的全都忘掉了”④。与涓生谈论的多为邻里间鸡毛蒜皮的小事，涓生日久生厌，最后发展到与子君相对无言的地步。后来涓生以“人是不该虚伪”为口实，说出其早已不爱子君的残酷真相！当他痛快淋漓地说出“真实”后，却立即悔恨“不应该将真实说给子君，我们相爱过，我应该永久奉献她我的说谎”，又自责“我没有负着虚伪的重担的勇气，却将真实的重担卸给

---

① 朱崇科：《鲁迅小说中的话语形构：“实人生”的枭鸣》，第93页。

② 鲁迅：《鲁迅全集》第2卷《离婚》，第156页。

③ 鲁迅：《鲁迅全集》第2卷《伤逝》，第117-118页。

④ 鲁迅：《鲁迅全集》第2卷《伤逝》，第121-122页。

她了”。[①] 这种虚伪的名相之辩给子君带来无法弥补的精神与肉体的双重伤害，折射出涓生的虚伪与卑怯。陈平原指出，从《伤逝》中不仅可读到“今天的我”对“昨天的我”的解剖，也可读出“今天的我”为安慰不安的灵魂，在“空泛的自我谴责中，有意无意处处为自己开脱”[②]。子君的悲剧正在于此：当她要嫁鸡随鸡、嫁狗随狗时，而爱人偏不喜欢鸡、狗；当她把身体的全部押注在爱人身上，以至于当爱人不再爱她，她只得以生命的终结来完成自己对爱的承诺。故子君从“旧家”出走组建“新家”，虽然摆脱了“父权”的束缚，却未能走出“夫权”的阴影，依然找不到出路，其身份只是从反叛的女儿变成玩偶的妻子，无法逃离男性编织的牢笼。子君所谓的自我解放，并不意味着对自我身体的“发现”或“重新发现”，她的死亡意味着女性身体无意识地自我解放后，发现前方无路可走的一场历史悲剧。相较于祥林嫂与爱姑，作为新知识女性的子君因男权话语窒息而死，更令人触目惊心。

总之，女性在鲁迅小说中无疑演绎着从属的社会弱势角色，并标志着一种“无人”“无名”“无我”的存在处境——一个完全丧失自我主体意识的附属物。女性身体作为鲁迅国民性批判的蓝本，演绎出鲁迅对国民性批判的认识论与方法论。这些乡土中国的身体，从外在的躯体到内在的精神状态，都处于一个相对保守与封闭的世界。在“看”与“被看”，甚至“互看”的特殊语境中，女性身体呈现出病态社会的种种症候，鲁迅把它加以放大与凸显，作为启蒙的对象，反观男性强加于女性身上的霸权，借此探索女性身体的出走之路。

## 第二节　鲁迅小说儿童身体的话语形构

传统中国是聚族而居的农业社会，儒家的宗法制度和亲亲原则规范着家族伦理，家长是伦理上的宗主，与子女之间是一种以血缘与亲情为纽带的人身依附关系，掌握着子女的生杀大权。中国传统的童蒙教育充斥着道德的训示与群性的培养，而儿童的创造力与审美能力鲜有关注。鸦片战争后，支撑近代中国的文化、思想、价值观等逐渐崩溃，有识之士急欲寻求拯救病弱中国的良方，改造国民性、塑造“新国民”成了当务之急。而长期隐匿于历史深处的“儿童”逐渐成为人们关注的焦点。从晚清到“五四”，无论是梁启超的《论幼学》《少年中国说》，还是鲁迅的易“长者本位”为“幼者本位”，抑

---

① 鲁迅：《鲁迅全集》第 2 卷《伤逝》，第 130 页。

② 陈平原：《中国小说叙事模式的转变》，北京大学出版社 2003 年版，第 356 页。

或是周作人的以“子孙崇拜”取代“祖先崇拜”，其最终目的，在于寄希望于“孩童”“少年”等新生命的开始，振衰起弊，除旧布新，打造崭新的国族未来，从而挽救积弱积贫的旧中国。然而，梁启超的“少年中国”之说落脚点是“中国”，“少年”只是对“中国”青春希望的修辞策略。鲁迅、周作人及其后的现代文学作家，则在广泛汲取西方现代孩童观念基础上开始建构中国化的孩童论述。柄谷行人指出：“所谓孩子不是实体性的存在，而是一个方法论上的概念。”①如果我们把“儿童”置于现代中国的具体语境之中考察，就会触及一个关键问题：“儿童”作为一个有效的历史和文化载体在中国现代文学中承载着什么样的性别、社会和政治想象？“儿童的发现”能否为理解现代中国文学的发展提供新视角？当我们把现代中国文学中的儿童问题置于整个现代中国历史和文化语境中进行讨论时，它又将呈现出何种样态？这正是我们研究鲁迅小说对儿童身体话语形构的初衷。

## 一、“幼者本位”的儿童观

近代中国在西方启蒙思潮和人道主义思想的影响下，妇孺的地位相对受到重视。1918 年，鲁迅在《狂人日记》中借“狂人”之口指陈封建社会的血腥历史与封建礼教的“吃人”本质，并发出了悲怆的呐喊：“没有吃过人的孩子，或许还有？”“救救孩子”②成为对封建社会吃人传统最具震撼力的控诉。鲁迅基于进化论观点认为：“后起的生命，总比以前的更有意义，更近完全，因此也更有价值，更可宝贵；前者的生命，应该牺牲于他。”③鲁迅彻底颠覆了子女身体附属于父母的封建传统观念，认为父母应该牺牲子女。鲁迅痛陈中国传统观念的偏颇，“本位应在幼者，却反在长者；置重应在将来，却反在过去”。“长者本位与利己思想，权力思想很重，义务思想和责任心却很轻。以为父子关系，只须‘父兮生我’一件事，幼者的全部，便应为长者所有。尤其堕落的，是因此责望报偿，以为幼者的全部，理该做长者的牺牲。”④据此，鲁迅提出了“幼者本位”的儿童观，重新估定“儿童”的价值，其主张往往被学界视为中国现代儿童观的先声。

### （一）爱是人伦的索子

美国学者普西认为，鲁迅的思想核心自始至终都没变过，而这个核心就

---

① 〔日〕柄谷行人：《现代日本文学的起源》，赵京华译，生活 · 读书 · 新知三联书店 2006 年版，第 124 页。

② 鲁迅：《鲁迅全集》第 1 卷《狂人日记》，第 454-455 页。

③ 鲁迅：《鲁迅全集》第 1 卷《我们现在怎样做父亲》，第 137 页。

④ 鲁迅：《鲁迅全集》第 1 卷《我们现在怎样做父亲》，第 137 页。

是人道主义。[1] 鲁迅一生都受西方人道主义思潮影响，这是一个不争的事实。其实从周作人之《人的文学》开始，整个五四文坛就笼罩在人道主义思潮之下。基于人道主义基础之“爱”备受五四作家的关注，周作人倡导“讲人道、爱人类”。冰心主张“爱的哲学”，“有了爱就有了一切”。叶圣陶“以为‘美’（自然）和‘爱’（心与心相印的了解）是人生的最大意义，而且是‘灰色’的人生转化为‘光明’的必要条件。‘美’和‘爱’就是他的对于生活的理想”。[2] 王统照以为“高超的纯洁的‘爱’（包括性爱在内）便是美，而且由此两者的‘交相融而交相成’，然后‘普遍于地球’的‘烦闷的混扰’的人类能够‘乐其生’而‘得正当之归宿’。”[3]鲁迅也是如此，“原来到日本去学海军，因为立志不杀人，所以才弃海军而学医。后来因受西欧革命和人道主义思潮的影响，思想起了变迁，又放弃只能救个人和病人的医学而改学文学，想传播人道主义以救大多数思想有病的人”[4]。正是基于人道关怀，使得他对于受到压迫的弱势群体特别是儿童付出了更多的真诚与情感。

鲁迅认为中国国民性中最缺乏的是“诚和爱”。鲁迅所说的“诚”是指人与人交往的真实情感，缺乏“诚”就是指缺乏面对人生的勇气。而爱则是因受制于儒家的纲常伦理，凡事总先讲“恩”，大到皇恩浩荡，小到养育之恩，反而使人丧失最原始的天性之爱。长者往往将瞒和骗那套惯用伎俩强加于幼者身上，待到幼者长大，再把那一套往下传递，形成恶性循环，积重难返。鲁迅寄希望于文艺，在改造社会的同时改造国民性，并将“诚”与“爱”这两个观念植入国民脑中，以取代原有的虚伪与冷酷。鲁迅在《我们现在怎样做父亲》一文中明确指出：

> 我作这一篇文的本意，其实是想研究怎样改革家庭：又因为中国亲权重，父权更重，所以尤想对于从来认为神圣不可侵犯的父子问题，发表一点意见。总而言之：只是革命要革到老子身上罢了。[5]

封建孝道是一种“长者本位”的伦理，“以为幼者的全部，理该做长者的

---

① 转引自周展安：《进化论在鲁迅后期思想中的位置——从翻译普列汉诺夫的〈艺术论〉谈起》，《中国现代文学研究丛刊》2010 年第 3 期。

② 茅盾：《中国新文学大系小说一集 导言》，上海良友图书印刷公司 1935 年版，第 23 页。

③ 茅盾：《中国新文学大系小说一集 导言》，第 23 页。

④ 鲁迅博物馆、鲁迅研究室、《鲁迅研究月刊》选编：《鲁迅回忆录散篇（上册）》，北京出版社 1999 年版，第 136 页。

⑤ 鲁迅：《鲁迅全集》第 1 卷《我们现在怎样做父亲》，第 134 页。

牺牲"①,将子女视为父母的财产,可以随意支配、买卖乃至杀掉,诸如"父母在,不远游""身体发肤受之父母,不敢毁伤,孝之始也""父要子亡,子不得不亡"便属于此。鲁迅大力倡导的"诚与爱"是基于对封建伦理纲常的反驳,传统中国的父母对孩子以"恩"为出发点,一味要孩子尽孝报恩,鲁迅对此十分反感,并进行了辛辣地讽刺。鲁迅认为,饮食、性欲皆是动物本性,饮食为了养活自己,性欲为了繁衍后代,"饮食的结果,养活了自己,对于自己没有恩;性交的结果,生出子女,当然也算不了有恩"②。鲁迅把"爱"视为自然界赋予人类的一种天性,这种离绝了交换与利害关系的"爱",才是真正"人伦的索子"③,才是纲常之所系。唯有秉着对子女的爱,"只有爱依然存在。——但是对于一切幼者的爱"④,父母才能义无反顾,"自己背着因袭的重担,肩住了黑暗的闸门,放他们到宽阔光明的地方去;此后幸福的度日,合理的做人"⑤。封建卫道士往往以此为借口,指责鲁迅离经叛道,罔顾人伦。其实生活中的鲁迅十分孝敬自己的母亲,但那是发自内心的亲情,不是长者耳提面命的孝道;他对弟弟们的照顾提携也有目共睹;他对挚友亲朋用情之深,绝不输给满口仁义之士,他只是不能忍受封建礼教"一意提倡虚伪道德,蔑视了真的人情"⑥。总之,他主张用天性的爱代替人为的恩。正基于此,鲁迅呼吁:"所以觉醒的人,此后应将这天性的爱,更加扩张,更加醇化;用无我的爱,自己牺牲于后起新人。"⑦基于对子女的爱,父母对子女应该"健全的产生,尽力的教育,完全的解放"⑧。鲁迅认为,儒家那套旧学说只是愚昧他人的手段,并无良效,"父恩谕之于先,皇恩施之于后,然而割股的人物,究属寥寥"。因此,"独有'爱'是真的","因为父母生了子女,同时又有天性的爱,这爱又很深广很长久,不会即离"。⑨

杨义指出:"鲁迅前期接受了西方的进化论、个性主义和人道主义的影响,但他所表现出来的整体思想素质,完全是鲁迅式的,而不是尼采式,或托尔斯泰式的。对这个问题的唯一合理的解释,就是鲁迅具有过人的文化意识,并以这种文化意识对外来思潮进行深层次的整体组合,从而有效地保持

① 鲁迅:《鲁迅全集》第1卷《我们现在怎样做父亲》,第137页。
② 鲁迅:《鲁迅全集》第1卷《我们现在怎样做父亲》,第136页。
③ 鲁迅:《鲁迅全集》第1卷《我们现在怎样做父亲》,第138页。
④ 鲁迅:《鲁迅全集》第1卷《随感录六十三》,第381页。
⑤ 鲁迅:《鲁迅全集》第1卷《我们现在怎样做父亲》,第135页。
⑥ 鲁迅:《鲁迅全集》第1卷《我们现在怎样做父亲》,第143-144页。
⑦ 鲁迅:《鲁迅全集》第1卷《我们现在怎样做父亲》,第140页。
⑧ 鲁迅:《鲁迅全集》第1卷《我们现在怎样做父亲》,第141页。
⑨ 鲁迅:《鲁迅全集》第1卷《我们现在怎样做父亲》,第142页。

了鲁迅思想的主体创造机能。”①鲁迅由人道主义的“博爱”观所衍生出的“能憎才能爱”的思想即是明证。尽管鲁迅也向往“人人都是人类的相待”的人类之爱，②但作为一个清醒的现实主义者，他非常清楚这种以德报怨的博爱观不仅很难实现，而且会成为压迫者碾压他人的凭借。因此，在《破恶声论》中，他对托尔斯泰倡导的和平主义提出质疑，“因为人道是要各人竭力挣来、培植、保养的，不是别人布施、捐助的”③。鲁迅甚至认为，“损着别人的牙眼，却反对报复，主张宽容的人，万勿和他接近”④，因为“在现在这‘可怜’的时代，能杀才能生，能憎才能爱，能生与爱，才能文”⑤。因为盲目的爱会让人软弱，甚至成为强权者玩弄于股掌的口实，唯有抗争才能解放被压迫者的命运，这才是鲁迅真正要施行的大爱。从鲁迅引用裴多菲的诗句，我们就能领略其用“憎”来保护“爱”的良苦用心：

> 我的爱并不是欢欣安静的人家，
> 花园似的，将平和一门关住，
> 其中有“幸福”慈爱地往来，
> 而抚养那“欢欣”，那娇小的仙女。
> 我的爱就如荒凉的沙漠一般——
> 一个大盗似的有嫉妒在那里霸着：
> 他的剑是绝望的疯狂，
> 而每一刺是各样的谋杀。⑥

（二）创造独立的人

鲁迅盛赞卢梭、尼采、托尔斯泰和易卜生等人是“轨道破坏者”⑦，这些人采取的破坏是“革新的破坏”，因为“他内心有理想的光”⑧。在鲁迅的眼中，他要破坏的轨道就是国民劣根性，尤其是奴性，取而代之以人的独立。钱理群认为鲁迅对奴性的批判是鲁迅中心思想的一个命题，甚至成为他心理情感上的

---

① 杨义：《鲁迅作品综论》，第 509 页。
② 鲁迅：《鲁迅全集》第 10 卷《译文序跋集 · 译者序》，第 209 页。
③ 鲁迅：《鲁迅全集》第 1 卷《随感录六十一》，第 375 页。
④ 鲁迅：《鲁迅全集》第 6 卷《死》，第 635 页。
⑤ 鲁迅：《鲁迅全集》第 6 卷《七论“文人相轻”——两伤》，第 419 页。
⑥ 鲁迅：《鲁迅全集》第 6 卷《七论“文人相轻”——两伤》，第 419–420 页。
⑦ 鲁迅：《鲁迅全集》第 1 卷《再论雷峰塔的倒掉》，第 202 页。
⑧ 鲁迅：《鲁迅全集》第 1 卷《再论雷峰塔的倒掉》，第 204 页。

一个“情结”。① 正基于此,鲁迅反对下一代再受奴化教育,并对孩子那种“低眉顺眼”“死相”模样表示强烈反感。当他在上海租界看到外国孩子昂然活泼,中国孩子“衣裤郎当,精神萎靡,被别人压得像影子一样”②时痛心不已:

中国中流的家庭,教孩子大抵只有两种法。其一,是任其跋扈,一点也不管,骂人固可,打人亦无不可,在门内或门前是暴主,是霸王,但到外面,便如失了网的蜘蛛一般,立刻毫无能力。其二,是终日给以冷遇或呵斥,甚而至于打扑,使他畏葸退缩,仿佛一个奴才,一个傀儡,然而父母却美其名曰“听话”,自以为是教育的成功,待到放他到外面来,则如暂出樊笼的小禽,他决不会飞鸣,也不会跳跃。③

在《论“赴难”和“逃难”》一文中,鲁迅不仅揭露了国民党“攘外必先安内”的反动立场、现代评论派学者御用文人的丑恶嘴脸,而且对中国式的奴化教育加以痛斥:

施以狮虎式的教育,他们就能用爪牙,施以牛羊式的教育,他们到万分危急时还会用一对可怜的角。然而我们所施的是什么式的教育呢,连小小的角也不能有,则大难临头,唯有兔子似的逃跑而已。④

当鲁迅带儿子周海婴去照相馆照相,别人看到海婴活泼而富有生气,都以为是日本小孩,因为中国孩子不是这副模样。他深感忧虑:

但中国一般的趋势,却只在向驯良之类——“静”的一方面发展,低眉顺眼,唯唯诺诺,才算一个好孩子,名之曰“有趣”。活泼,健康,顽强,挺胸仰面……凡是属于“动”的,那就未免有人摇头了,甚至于称之为“洋气”。⑤

“童年的情形,便是将来的命运。”⑥儿童如果自小就接受奴才与顺民思

---

① 钱理群:《绝对不能让步》,《鲁迅研究月刊》1998年第1期。
② 鲁迅:《鲁迅全集》第4卷《上海的儿童》,第580页。
③ 鲁迅:《鲁迅全集》第4卷《上海的儿童》,第580页。
④ 鲁迅:《鲁迅全集》第4卷《论“赴难”和“逃难”》,第488页。
⑤ 鲁迅:《鲁迅全集》第6卷《从孩子的照相说起》,第83-84页。
⑥ 鲁迅:《鲁迅全集》第4卷《上海的儿童》,第581页。

想的教育，长大后自然为奴。据许广平回忆：

> 他自己生长于大家庭中，一切戕贼儿童天真的待遇，受得最深，记得最真，绝对不肯让第二代的孩子再尝到他所受的一切。尤其是普通所谓礼仪，把小孩教成木头人一样，见了人都不敢声响的拘拘为仁，他是绝不肯令海婴如此。要他“敢说，敢骂，敢笑，敢打”。①

除了痛斥封建奴式教育外，鲁迅对民国以来出现的“新式奴化教育”十分警觉，因为有一些新式的“爱国之士”，“或者用笔，或者用舌，不怕劳苦的来给他们教训。一个说要用功，古时候曾有‘囊萤照读’‘凿壁偷光’的志士；一个说要爱国，古时候曾有十几岁突围请援、十四岁上阵杀敌的奇童”②，这是历史的倒退，完全违背人道与人性，“请援，杀敌，更加是大事情，在外国，都是三四十岁的人们所做的。他们那里的儿童，着重的是吃，玩，认字，听些极普遍、极紧要的常识”③。面对改头换面、阴魂不散的“新式奴化教育”，鲁迅责无旁贷地予以回击。当看到《申报》的《儿童专刊》刊载署名梦苏的《小学生们应有的认识》一文时，鲁迅甚至拖着带病之躯撰文痛斥：“主杀奴无罪，奴杀主重办的刑律，自从民国以来（呜呼，二十五年了！）不是早经废止了么？”④这样“卑污地说教”令平常嘲讽性较浓的鲁迅少见的严厉责骂：“大朋友，我们既然生着人头，努力来讲人话吧！”⑤他再次发出了“救救孩子”的呐喊：“真的要‘救救孩子’。这‘于我们民族前途的关系是极大的’！”⑥这时距离鲁迅逝世仅22天。他直到生命最后一刻都寄希望于将来，并期许先觉者解开束缚孩子们的枷锁，让他们能自在的呼吸并茁壮成长，把他们养成顺应潮流的“战士”，与旧社会抗争：“扫荡这些食人者，掀掉这筵席，毁坏这厨房，则是现在的青年的使命。”⑦

如何培养儿童的独立性是鲁迅终其一生都在思考的问题。鲁迅基于西方进化论的观点，体察到“立人”（尤其是儿童）的重要性。他在《我们现在怎样做父亲》一文中，指明我们对于儿童所尽的义务是：一要理解，二要指

---

① 许广平：《鲁迅先生与海婴》，《鲁迅的写作和生活·许广平忆鲁迅精编》，上海文化出版社2006年版，第210页。

② 鲁迅：《鲁迅全集》第6卷《难行和不信》，第52页。

③ 鲁迅：《鲁迅全集》第6卷《难行和不信》，第52-53页。

④ 鲁迅：《鲁迅全集》第6卷《“立此存照”（七）》，第658页。

⑤ 鲁迅：《鲁迅全集》第6卷《“立此存照”（七）》，第658-659页。

⑥ 鲁迅：《鲁迅全集》第6卷《“立此存照”（七）》，第659页。

⑦ 鲁迅：《鲁迅全集》第1卷《灯下漫笔》，第229页。

导,三要解放。这也是鲁迅的儿童观远比他人更深刻之处。

> 开宗第一,便是理解。往昔欧人对于孩子的误解,是以为成人的预备,中国人的误解,是以为缩小的成人,直到近来,经过许多学者的研究,才知道孩子的世界,与成人截然不同;倘不先行理解,一味蛮做,便大碍于孩子的发达。所以一切设施,都应该以孩子为本位……第二,便是指导,时势既有改变,生活也必须进化,所以后起的人物,一定尤异于前,决不能用同一模型,无理嵌定。长者须是指导者、协商者,却不该是命令者。不但不该责幼者供奉自己,而且还须用全副精神,专为他们自己,养成他们有耐劳作的体力、纯洁高尚的道德、广博自由能容纳新潮流的精神,也就是能在世界新潮流中游泳、不被淹没的力量。第三,便是解放。子女是即我非我的人,但既已分立,也便是人类中的人。因为即我,所以更应该尽教育的义务,交给他们自立的能力;因为非我,所以也应同时解放,全部为他们自己所有,成一个独立的人。①

然而,是否真如鲁迅希冀的那样,孩子果真得救?答案是否定的。尽管鲁迅勠力于现代性之追求,一方面秉持“拿来主义”,强调“孩子的世界,与成人截然不同”②,倡议应理解、指导、解放孩童,让其自然发展;另一方面,当时的社会完全不具备可以理解、尊重孩童自由发展的历史条件,再加上“感时忧国”“涕泪飘零”的文学理念,“孩子业已成为各种势力竞相角力的场域,自我建构的同时亦被无情解构”③。

## 二、在“呐喊”中找寻儿童身体

鲁迅曾在《摩罗诗力说》中盛赞“不为顺世和乐之音”的“摩罗诗人”,称他们“刚健不挠,抱诚守真;不取媚于群,以随顺旧俗;发为雄声,以起其国人之新生,而大其国于天下”④。而鲁迅自身就具有摩罗诗人之气质,他弃医从文,立志改造国民性,开始其文学的“呐喊”生涯,试图唤醒铁屋子里熟睡的大众:

> 假如一间铁屋子,是绝无窗户而万难破毁的,里面有许多熟睡的人

---

① 鲁迅:《鲁迅全集》第1卷《我们现在怎样做父亲》,第140-141页。

② 鲁迅:《鲁迅全集》第1卷《我们现在怎样做父亲》,第140页。

③ 胡志明:《论鲁迅小说的狂欢化诗学》,《华夏文化论坛》2017年第2期。

④ 鲁迅:《鲁迅全集》第1卷《摩罗诗力说》,第101页。

们，不久都要闷死了，然而是从昏睡入死灭，并不感到就死的悲哀。现在你大嚷起来，惊起了较为清醒的几个人，使这不幸的少数者来受无可挽救的临终的苦楚，你倒以为对得起他们么？[①]

铁屋子在这里被喻为压制民众数千年的传统桎梏，鲁迅清醒地意识到反传统的艰难，虽然唤醒了部分沉睡的国民，却冲不出铁屋子，徒然增加痛苦，反映出先驱者找不到出路的苦闷与彷徨。然而，鲁迅并没有绝望，“我虽然自有我的确信，然而说到希望，却是不能抹杀的，因为希望是在于将来，决不能以我之必无的证明，来折服了他之所谓可有”[②]，他喜欢引用裴多菲“绝望之为虚妄，正与希望相同”来宣示文学的精神立场，他高张希望的大纛，决心做一个“呐喊”者，“有时候仍不免呐喊几声，聊以慰藉那在寂寞里奔驰的猛士，使他不惮于前驱”[③]。鲁迅以摩罗诗人的勇敢和决绝姿态加入“呐喊”者的行列，在亢奋的状态中，一再把批判的矛头对准了旧中国固有的文化传统，火力全开。

在吃人的阴影下，吃与被吃的主题在鲁迅小说里反复出现，处于食物链底端的儿童首当其冲，他们犹如一群“折翼的天使”，无论是在都市或是乡村，往往难逃被吃的厄运，鲁迅似乎已经肩不住黑暗的闸门，只能把孩童放逐到狭隘幽暗的所在。《药》里的革命青年夏瑜身首异处，其鲜血竟然成了救治肺痨的“灵药”，刽子手用夏瑜的血来蘸馒头高价卖出而谋取利益，牢头红眼睛阿义剥了他身上的衣服，告密者夏四老爷获得了令人艳羡的二十五两银子的奖赏。华小栓的“夹袄也帖住了脊心，两块肩胛骨高高凸起，印成一个阳文的‘八’字”[④]，这一个正在走向死亡的生命在父母的殷切期待下，吃下了带血的馒头，“小栓撮起这黑东西，看了一会，似乎拿着自己的性命一般，心里说不出的奇怪。十分小心的拗开了，焦皮里面窜出一道白气，白气散了，是两半个白面的馒头。——不多工夫，已经全在肚里了，却全忘了什么味；面前只剩下一张空盘”[⑤]。华老栓夫妇试图借“人血馒头”往儿子身上“注进”新的生命，从而使小栓“收获”重生，但儿子的“一阵咳嗽”却暗示着希望将化为泡影，华老栓花大价钱买来的“灵丹妙药”救不了病入膏肓的儿子，只能作为生命的献祭被亲人悼念。《明天》里的宝儿是单四嫂子活下去

---

① 鲁迅：《鲁迅全集》第1卷《〈呐喊〉自序》，第441页。
② 鲁迅：《鲁迅全集》第1卷《〈呐喊〉自序》，第441页。
③ 鲁迅：《鲁迅全集》第1卷《〈呐喊〉自序》，第441页。
④ 鲁迅：《鲁迅全集》第1卷《药》，第465页。
⑤ 鲁迅：《鲁迅全集》第1卷《药》，第466页。

的唯一精神支柱。当宝儿守着她说：“妈！爹卖馄饨，我大了也卖馄饨，卖许多许多的钱——我都给你。”①这个3岁儿童天真的话语虽然使人觉得辛酸与渺茫，但对单四嫂子来说，是极大的精神慰藉。她日夜纺纱，但觉得纺出来的纱变得寸寸都有意思，寸寸都活着了。然而单四嫂子到头来连这样一根脆弱的精神支柱都被无情摧折了。宝儿得了急病，这个大门不出、二门不迈的“粗笨女人”只好四方奔走，求神签，许心愿，送孩子到何小仙家中就诊。但是，神仙没有给她赐福，何小仙的“保婴活命丸”最终结果了宝儿的性命。华小栓与宝儿死于非命，呼应鲁迅早年赴日学医乃是为“救治像我父亲似的被误的病人的疾苦”②的良苦用心。

鲁迅试图通过无辜的“受害者”宣告其与传统的彻底决裂。华小栓与宝儿身上背负着整个中国古老的传统弊病，未及成长就夭折，在凸显成人社会愚昧与迷信的同时，也让人对中国的“明天”与“未来”发出质疑与诘问。华小栓与宝儿吃药而死，《狂人日记》里的妹子则被吃，这种殊途同归的“吃”与“被吃”完成了鲁迅对中国传统文化的批判。五岁的妹子竟然在哥哥与母亲的合谋下连皮被带肉吞噬，其惨状比起病死的小栓、宝儿更加恐怖。鲁迅通过儿童的“受害者”身份的“失声”来控诉封建社会的暴行，与其“救救孩子”的呐喊声遥相呼应。③

在“吃”或“被吃”的框架内，鲁迅预设了“拯救者”与“被拯救者”的双重角色，作为“拯救者”的狂人与夏瑜并没有将儿童从传统的桎梏中拯救出来。尽管鲁迅倡导的是由“长者本位”过渡到“幼者本位”的儿童观，但在其小说中，幼者异化成“被拯救者”，有待长者前来拯救。“幼者本位”原本是对传统文化中的“长者本位”的反抗与抵制，而当小说里的儿童一个个步入死亡之境，幼者的“本位”却已悄然移位。同样是对传统的反制，可是幼者却在鲁迅反传统的过程中被边缘化成“被拯救者”。吴翔宇指出：“这种从旧到新的话语转化内蕴着这样的话语偏狭：由弱而强的价值预设容易制造廉价的‘强者神话’，弱者蜕变的可能性被揭示出来，而不可反抗的弱者处境以及弱者先天的根性却被遮蔽。最终，这种跪求‘他救’的意识自然会漠视弱

① 鲁迅：《鲁迅全集》第1卷《明天》，第478页。

② 鲁迅：《鲁迅全集》第1卷《〈呐喊〉自序》，第438页。

③ 李欧梵认为，日记的最后一句是竭尽全力的呼吁：“救救孩子”这和“五四”思想家的感情明显一致，鲁迅公开表示赞成这思想。但是小说的真正结尾并不在此，而是在刚开始时那篇伪托的“序”里。暗含的作者宣布狂人的病已经治愈，也就取消了日记中所叙的一切事的有效意义，也包括最后那句呼吁的意义。在这运用“文本套文本”的双重结构所作的乐观与悲观的双重处理中，鲁迅显示出高度反讽意味。见〔美〕李欧梵：《铁屋中的呐喊》，尹慧珉译，第63页。

者本是弱者的事实。"①

这些深受传统荼毒的儿童，被搁置在"弱者"的位置加以凝视与想象，正如鲁迅自言："说到'为什么'作起小说罢，我仍抱着十多年前的'启蒙主义'，以为必须是'为人生'。而且要改良这人生……所以我的取材，多采自病态社会的不幸的人们中，意思是在揭出病苦，引起疗救的注意。"②当五四作家用西方的现代性眼光来审视乡土中国社会时，乡村成了封建传统的藏污纳垢之所，儿童往往受制于同需拯救的成人话语体系。《阿Q正传》中的阿Q憎恶"里通外国"的假洋鬼子，甚至认为他被剪了辫子就没有了做人的资格，"他的老婆不跳第四回井，也不是好女人"③。只要遇见假洋鬼子，阿Q便在心里暗骂其"秃驴"来宣泄自己的不满。有一次不小心骂出了声，遭到假洋鬼子的一顿毒打。他情急之下指着近旁的一个孩子狡辩。阿Q寡廉鲜耻地将自己受到的羞辱无所顾忌地转嫁到比他更弱的孩子身上，着实可悲可笑。《风波》表面上看似"无思无虑""真是田家乐"，其背后处处体现出停滞不前，虽然已是1917年，乡民却过着"不知有汉，无论魏晋"的庸碌生活，如对张勋复辟感到陌生，谣传张勋是张翼德的后代；终日念着"一代不如一代"的愚昧守旧的九斤老太；七斤帮人撑着航船，每日一回，早晨从鲁镇进城，傍晚又回到鲁镇……辛亥革命在临河土场的仅有成果是剪掉了七斤的一条辫子，但在当时居然没有激起半点涟漪。唯一鲜活的生命就是六斤，她因饭前吃豆子遭到九斤老太的责骂，于是直奔到河边，藏在乌桕树后，伸出双丫脚的小头大声喊："这老不死的！"小孩的天真率直一览无遗，显现了对古老世界的反叛姿态，也可以视为七斤嫂泼辣粗野的性格对其的潜移默化。当"皇帝会坐龙庭"的消息传到临河土场上，被剪了辫子的七斤自然成了众乡人注意的焦点与茶余饭后的谈资，六斤也难免受到牵连。她不知道赵七爷到他家是为了报一己私仇，围观的众人只是一群喜欢热闹和幸灾乐祸的看客。她拿了空碗，伸手嚷着要添饭时被七斤嫂痛骂"偷汉的小寡妇"，却又由于不小心打碎了碗而被七斤一大巴掌拍倒在地。面对这突如其来的变故，她无所适从。小孩无法在革命的风暴中受惠，仍然处在弱者地位。在极具戏剧性的辫子风波中，"六斤的双丫角，已经变成一支大辫子了；伊虽然新近裹脚，却还能帮同七斤嫂做事，捧着十八个铜钉的饭碗，在土场上一瘸一拐的往

① 吴翔宇：《儿童镜像与鲁迅"新人想象"的话语实践》，《文艺争鸣》2016年第9期。

② 鲁迅：《鲁迅全集》第4卷《我怎么做起小说来》，第526页。

③ 鲁迅：《鲁迅全集》第1卷《阿Q正传》，第522页。

来”①。周作人认为这是鲁迅很伤痛地看到裹脚的妙笔，②虽寓示了六斤的成长，但终究未能逃脱封建礼教的束缚，她只得接受上一代传承下来的无形的枷锁。作者的现代性视点便在沉重的叙述中得以彰显，虽然时处新纪元，但芸芸众生却仍沉陷古老的生存境遇。

在西方现代性的观照下，乡土中国始终承袭着愚昧落后的古老封建传统。为了“引起疗救的注意”，鲁迅笔下的乡土中国成了病态社会的代名词。《故乡》中的“我”因卖老屋回到暌违二十余年的故乡，重逢儿时的好友闰土。昔日的“小英雄”如今“脸上现出欢喜和凄凉的神情；动着嘴唇，却没有作声。他的态度终于恭敬起来了，分明的叫道：‘老爷！’”③闰土甚至要儿子水生来磕头。“多子、饥荒、苛税、兵、匪、官、绅，都苦得他像一个木偶人了。”④闰土的转变重新筑起鲁迅试图拆解的等级观念，他把中国未来的希望寄托在孩童身上，可是当这批孩童长大成人后，却又重新回到传统的桎梏。《孔乙己》中的孩子也将可怜落魄的孔乙己当作开心的佐料，作为酒店伙计的“我”从十二岁当伙计起就被掌柜灌输怎样坑骗顾客的招数，而从“我”对孔乙己的冷漠来看，“我”也成了一个与成人无异的吃人者。《白光》中陈士成再次落第回家，“七个学童便一齐放开喉咙，吱的念起书来。他大吃一惊，耳朵边似乎敲了一声磬，只见七个头拖了小辫子在眼前幌，幌得满房，黑圈子也夹着跳舞。他坐下了，他们送上晚课来，脸上都显出小觑他的神色。”⑤这里的孩子已经变得与成人一样圆滑世故。在鲁迅的批判体系里，乡土徒然成为一种缺憾，乡土世界在现实的透视下百孔千疮、民生凋敝。满目疮痍的乡土正好映照着畸形的孩童世界，他们周围的人们是由吃人者、赖皮、看客等构成的“无主名无意识的杀人团”，鲁迅一再让孩童失陷于铺天盖地的封建体制，他们既无自我意识，也无法看到被救的希望。鲁迅指出：“中国大约太老了，社会里事无大小，都恶劣不堪，像一只黑色的染缸，无论加进什么新东西去，都变成漆黑。”⑥鲁迅把数千年来的中国社会比喻成一个大染缸，置身其中终会变质甚或朽腐。孩童的真纯、活泼与聪颖在残酷的社会现实面前消磨殆尽，只剩下麻木的灵魂与衰腐的思想。

冷峻深沉是《呐喊》的底色，旨在揭出病苦，引起疗救的注意，故鲁迅在

---

① 鲁迅：《鲁迅全集》第1卷《风波》，第499页。
② 周作人：《鲁迅小说中的人物》，河北教育出版社2002年版，第59-60页。
③ 鲁迅：《鲁迅全集》第1卷《故乡》，第507页。
④ 鲁迅：《鲁迅全集》第1卷《故乡》，第508页。
⑤ 鲁迅：《鲁迅全集》第1卷《白光》，第571页。
⑥ 鲁迅：《鲁迅全集》第11卷《致许广平》，第466页。

作品中铺设若干亮色，而这些少有的亮色恰恰与儿童联系在一起。朱自强指出：“这里所谈及的亮色，不是鲁迅自己所说的‘删削些黑暗，装点些欢容，使作品比较的显出若干亮色’中的亮色，即不是‘在《药》的瑜儿的坟上平空添上一个花环’，而是鲁迅以崇尚童心的儿童观来‘时时反顾’童年生活时所必然具有的结果。”“我们不了解鲁迅儿童观崇尚童心的一面，就或者容易忽略了亮色这一鲁迅文学世界的重要存在，或者虽然看到却难以作出合理的解释。”①

《故乡》就是一个色彩反差极大的例子。返乡者眼中的故乡“没有一些活气”②，甚至怀疑眼前的真实，即使看到久违的母亲也未能释怀，因为此时的母亲“也藏着许多凄凉的神情”③，只有当母亲提起闰土时“我”心中的苍凉才烟消云散：

> 这时候，我的脑里忽然闪出一幅神异的图画来：深蓝的天空中挂着一轮金黄的圆月，下面是海边的沙地，都种着一望无际的碧绿的西瓜，其间有一个十一二岁的少年，项带银圈，手捏一柄钢叉，向一匹猹尽力的刺去，那猹却将身一扭，反从他的胯下逃走了。④

对自然之子闰土的回忆使文章色调变成暖色，生机盎然的西瓜地里，一个生机勃勃、勇敢机敏的少年形象跃然纸上。少年闰土“紫色的圆脸，头戴一顶小毡帽，颈上套一个明晃晃的银项圈”，“他见人很怕羞，只是不怕我，没有旁人的时候，便和我说话，于是不到半日，我们便熟识了”。⑤ 在相处的日子里，少年闰土为我讲述捕鸟、看瓜等神奇、勇敢的经历，他心里装着无穷无尽的稀奇之事。然而三十年前两人真挚纯净的友谊在闰土恭敬地叫了一声“老爷”后被无情拆解，但“我”仍寄希望于水生跟宏儿这两个孩子身上。“我们的后辈还是一气，宏儿不是正在想念水生么。我希望他们不再像我，又大家隔膜起来……然而我又不愿意他们因为要一气，都如我的辛苦展转而生活，也不愿意他们都如闰土的辛苦麻木而生活，也不愿意都如别人的辛苦恣睢而生活。他们应该有新的生活，为我们所未经生活过的。”⑥鲁迅在

---

① 朱自强：《鲁迅的儿童观：儿童文学视角》，《东北师大学报（哲学社会科学版）》1989 年第 5 期。

② 鲁迅：《鲁迅全集》第 1 卷《故乡》，第 501 页。

③ 鲁迅：《鲁迅全集》第 1 卷《故乡》，第 502 页。

④ 鲁迅：《鲁迅全集》第 1 卷《故乡》，第 502 页。

⑤ 鲁迅：《鲁迅全集》第 1 卷《故乡》，第 503 页。

⑥ 鲁迅：《鲁迅全集》第 1 卷《故乡》，第 510 页。

《故乡》中呈现出两种截然不同的人际关系：儿童世界的心灵沟通与成人世界的心灵隔绝，他毫不犹豫地选择了前者。

《社戏》中的平桥村是“我”儿时的乐土，并通过“我”与小伙伴一起掘蚯蚓、钓鱼虾、放牛、看社戏等活动得以呈现，“我”再也不用念“秩秩斯干，幽幽南山”等佶屈聱牙之文字，凸显出封建传统文化对孩童心灵的禁锢。看社戏乃是全文浓墨重彩的部分，具体展现“我”和小伙伴们看戏途中别样的风姿。

> 我的很重的心忽而轻松了，身体也似乎舒展到说不出的大。一出门，便望见月下的平桥内泊着一只白篷的航船，大家跳下船，双喜拔前篙，阿发拔后篙，年幼的都陪我坐在舱中，较大的聚在船尾。母亲送出来吩咐“要小心”的时候，我们已经点开船，在桥石上一磕，退后几尺，即又上前出了桥。于是架起两支橹，一支两人，一里一换，有说笑的，有嚷的，夹着潺潺的船头激水的声音，在左右都是碧绿的豆麦田地的河流中，飞一般径向赵庄前进了。①

鲁迅极力摹写飞船前进之状，使用了一系列形象生动的身体语词，如跳、拔、点、磕、退、上、出、架、嚷等，这些词语把小伙伴们看戏心情之迫切、行船技术之熟练等毕现于纸上。在船飞一般径向赵庄前进的过程中，我们体味到的是童心的自由、活泼、天真和童趣的隽永、精致、和谐，呈现出真正意义上的“别一样”的生命情致。

### 三、在“彷徨”中消解儿童身体

如果说《呐喊》中儿童身体的书写是鲁迅“剖心”后的发现，那《彷徨》中儿童身体的书写则是鲁迅“剖心”过程中的消解，“彷徨”是对呐喊式解剖的再解剖。李欧梵指出：“在《呐喊》中我们还可以看到由于响应《新青年》伙伴们的努力而作的乐观调子，到二〇年代中期，他的战斗精神就已消失了许多。正如第二个集子的书名所显示的，他的情绪已转向‘彷徨’，转向波动的怀疑和烦恼的哀伤，调子是辛辣而痛苦的反讽。”②未过数年，新文化运动的阵营就发生很大变化，有的高升，有的隐退，有的从文化领域转向政治层面的抗争，《新青年》也渐渐淡出历史舞台，鲁迅落得“两间余一卒，荷戟独彷

① 鲁迅：《鲁迅全集》第1卷《社戏》，第592页。

② 〔美〕李欧梵：《铁屋中的呐喊》，尹慧珉译，第65-66页。

徨”的孤独境地，发出“战斗的意气却冷得不少。新的战友在哪里呢”[①]的喟叹。

《彷徨》中的知识分子有的在庸众的围观中走向失落或是回归旧文化系统，如《孤独者》的魏连殳违背自我意志出任杜师长的顾问，《在酒楼上》的吕韦甫从“议论些改革中国的方法”走向“敷敷衍衍、模模胡胡的生活态度”；有的成了如四铭（《肥皂》）、高干亭（《高老夫子》）等假道学或伪知识分子；大大削减了知识分子救国济世的使命感。当《药》里怀着革命理想的夏瑜、《狂人日记》中呐喊“救救孩子”的狂人都成了过眼烟云，处于“被拯救”位置的孩子由谁来救呢？吊诡的是，《彷徨》里的孩童基本上走出死亡的阴影，即使出现死者，也是作为回忆来叙述，如《孤独者》中的小兄弟与《祝福》里的阿毛，鲁迅残酷地将孩子置于庸众的行列加以审视。正如汪卫东所说，《彷徨》中的小说有一种“梦魇模式”，“‘梦魇模式’的存在，是身陷绝境的鲁迅绝望体验的心理反映，也是鲁迅面临人生重大转折时的自我预测，更是自我总结和自我清算”。[②]

从《呐喊》开始，鲁迅便一针见血地揭穿了“看客”的丑态，“群众，——尤其是中国的，——永远是戏剧的看客。牺牲上场，如果显得慷慨，他们就看了悲壮剧；如果显得觳觫，他们就看了滑稽剧。北京的羊肉铺前常有几个人张着嘴看剥羊，仿佛颇愉快，人的牺牲能给予他们的益处，也不过如此”[③]。尽管在《孔乙己》《白光》中已出现孩童从受害者走向看客的趋向，但鲁迅往往只一笔带过。到了《彷徨》中，许多孩童步入看客或庸众的行列。

《示众》继《阿Q正传》后描述了第二场“看”与“被看”的狂欢盛典，巡警用绳头牵着犯人在烈日炎炎的大街上示众，一群由各色人等组成的“看客”不断移动进退，最引人注目的是小孩赫然步入看客群，从“被拯救”的位置加入“看客”的共犯结构，集体陷溺在麻木状态中。《示众》里的孩子们尽管年纪小，但已经开始学成人鉴赏、玩味、咀嚼他人的痛苦，逐步沦为麻木的庸众。卖包子的胖小孩与小学生对“看”的热切绝对不输给大人，鲁迅刻意在两处使用相同的语句来形容两人：“像用力掷在墙上而反拨过来的皮球一般”[④]，飞着似地凑入人群中，钻来钻去，寻找有利的视角。更值得玩味的是

① 鲁迅：《鲁迅全集》第4卷《〈自选集〉自序》，第469页。

② 汪卫东：《现代转型之痛苦“肉身”：鲁迅思想与文学新论》，北京大学出版社2013年版，第106页。

③ 鲁迅：《鲁迅全集》第1卷《娜拉走后怎样》，第170页。

④ 鲁迅：《鲁迅全集》第2卷《示众》，第70、71页。

“老妈子”抱着的孩子，在大人“阿，阿，看呀！多么好看哪！”①的教唆下也加入吃人者队伍。文中的“胖孩子”更是呈现出一幕未老先衰、毫无生气的体态：

> 十一二岁的胖孩子，细着眼睛，歪了嘴在路旁的店门前叫喊。声音已经嘶嗄了，还带些睡意，如给夏天的长日催眠。他旁边的破旧桌子上，就有二三十个馒头包子，毫无热气，冷冷地坐着。②

在这个“胖孩子”身上，新生者的朝气荡然无存，看不到未来的希望，孩子的未老先衰，印证了鲁迅的隐忧：“幼稚是会生长，会成熟的，只不要衰老、腐败，就好。”③鲁迅以孩童集体陷溺于沉默中的麻木嘴脸与失语状态，勾勒出一“无声的中国”，揭出国民身上难以治愈的精神顽疾。

“疯子”试图吹灭象征封建传统痼疾的长明灯，以为吹熄了“就不会有蝗虫，不会有猪嘴瘟”④，引起了吉光屯村民的恐慌。因为“‘长明灯’是吉光屯村民赖以生存的精神支柱，也是中国封建社会长期处于停滞、落后、保守、愚昧状态的耻辱标记”⑤。围观“疯子”的人群里，“两个是闲看的，三个是孩子”，孩子们多次围观“疯子”并从中取快乐，甚至当“疯子”被关在庙里还不忘戏弄，将两片稻草叶偷偷从背后粘到他的头发上。小说中还曾两次出现赤膊的孩子擎起苇子对他瞄准，这虽是对杀戮动作的戏仿，却暗示着这些孩童已经加入吉光屯欺压疯子的行列，走到“迫害者”的位置。

通过拯救者与被拯救者关系的位移，我们看到鲁迅无情地架空了知识分子启蒙的使命感和人道主义情怀，当孩童从“呐喊”时期的受害者位置趔趄出走而加入庸众行列，鲁迅原初架构的拯救与被拯救的身体语境瞬间瓦解。《在酒楼上》中，吕韦甫心中美好的顺姑已经死去，而她的妹妹和弟弟宛如《狂人日记》中出现的脸色铁青的食人者：

> 阿昭长得全不像她姊姊，简直像一个鬼，但是看见我走向她家，便飞奔的逃进屋里去。我就问那小子，知道长富不在家。“你的大姊呢？”他立刻瞪起眼睛，连声问我寻她什么事，而且恶狠狠的似乎就要扑过

---

① 鲁迅：《鲁迅全集》第2卷《示众》，第74页。

② 鲁迅：《鲁迅全集》第2卷《示众》，第70页。

③ 鲁迅：《鲁迅全集》第4卷《无声的中国》，第15页。

④ 鲁迅：《鲁迅全集》第2卷《长明灯》，第62页。

⑤ 闫玉刚：《改造国民性——走进鲁迅》，第88页。

来，咬我。[①]

鲁迅在《孤独者》中细致入微地处理了拯救者与被拯救者之间的关系，巧妙地陈述二者经由变位走向失落的过程。接受过新思想的洗礼，被旁人视为异类的魏连殳笃信“孩子总是好的。他们全是天真……”“大人的坏脾气，在孩子们是没有的。后来的坏，如你平日所攻击的坏，那是环境教坏的。原来却并不坏，天真……我以为中国的可以希望，只在这一点。”[②]此时的魏连殳对社会进化论思想深信不疑，他爱孩子，甚至把他们看得比自己的性命还宝贵。他将孩童放到未来中国的想象上，买琴给他们，跟他们玩乐。鲁迅借由魏连殳生活的起落，触及孩子骨子里深匿的市侩，印证了人性本恶。当他被校长辞退，生活惨淡，曾经黏着他的孩子对之退避三舍，被所爱过的那些“天真”的孩子歧视。他亲眼看到街上一个还不会走路的孩子竟然拿着一片苇叶对着他喊“杀”；堂兄带着年幼的儿子来谋取他那寒石山祖传的一间破屋。他对未来的希望破灭了，他深感“儿子正如老子一般”。残酷的现实终于令他放弃了拯救孩子的希冀，于是开始了疯狂的“复仇”之旅，钱理群指出，魏连殳采用了“以毒攻毒”的报复方式：“先使自己成为‘毒’（军阀杜师长的顾问），然后利用由此获得的权势，对压迫（自己）者以压迫，凌辱（自己）者以凌辱，即所谓‘以其人之道还治其人之身’。”[③]他彻底陷入精神和肉体双重毁灭的窘境。昔日的敌人纷纷向自己打拱作揖，于是又面临着“新的宾客，新的馈赠，新的颂扬……”[④]，房东孩子装一声狗叫或磕一个响头才给他们买东西……而学狗叫、磕响头等正是鲁迅要批判的国民劣根性，魏连殳却用在孩子身上。为了玩具、财产，这些孩子效法成人的世故，向国民性的卑微处“探赜”。原本属于拯救与被拯救的关系已经移位，拯救者被放逐于愤世者的位置，而被拯救者步入庸众行列，显示出双重的失落。

《肥皂》里的学程与父亲一样长着一张肥胖的圆脸，在父亲四铭的淫威下，失去了独立思辨的能力，唯唯诺诺，老气横秋，了无生气。他虽然进了新学堂，可是似乎没受到“民主”与“自由”的思潮影响，处处仿效其道貌岸然的假道学父亲，从其身上可以窥见新旧教育体制的冲突，延续了鲁迅对传统的父权世界吞噬童真的观点。新文化运动提倡解放人的个性，而十五六岁

---

① 鲁迅：《鲁迅全集》第2卷《在酒楼上》，第31-32页。

② 鲁迅：《鲁迅全集》第2卷《孤独者》，第93页。

③ 钱理群：《试论鲁迅小说中的“复仇”主题——从〈孤独者〉到〈铸剑〉》，《鲁迅研究月刊》1995年第10期。

④ 鲁迅：《鲁迅全集》第2卷《孤独者》，第104页。

的学程却处处受封建礼教的掣肘，其名字“学程”就暗含其父要求他效法“二程”的愿望。四铭因挨了青年学生的骂，急于想知道究竟骂他什么，迫不及待地叫正在练八卦拳的学程查字典，学程查出来的结果令他不满意，又被他骂得干瞪眼。吃饭时四铭又问学程查的结果，尽管学程说是“阿尔特肤尔”，并获得了四铭的认可，但学程不敢把意思“老笨蛋”告诉他，又引起四铭的怒骂。秀儿和招儿因为年纪尚小，以其天性来模仿，但秀儿一看他爹回头时，“什么动作也没有了”，暗示着她们的个性也将被封建伦理道德吞噬。

“呐喊”时期，鲁迅曾通过狂人喊出“没有吃过人的孩子，或者还有？救救孩子”①，暗示孩子既有被吃的危险，也有吃人的危险，而到了“彷徨”时期，孩子已经加入庸众与围观者的行伍，成为“无主名无意识杀人团”之一员。鲁迅曾发誓向庸众宣战，“背着因袭的重担，肩住了黑暗的闸门，放他们到宽阔光明的地方去”②，转而又把孩童推向了庸众的位置，使之成为宣战的对象，这种“鲁迅式”尴尬让他苦于做将来的梦，“人生最苦痛的是梦醒了无路可以走。做梦的人是幸福的；倘没有看出可走的路，最要紧的是不要去惊醒他”③。“假使寻不出路，我们所要的就是梦；但不要将来的梦，只要目前的梦。”④不难发现，“彷徨”时期，鲁迅笔下的孩童属性已从国民性的重塑逆转到毁灭性的民族文化寓言，被成人的劣根性染黑，“穷人的孩子蓬头垢面的在街上转，阔人的孩子妖形妖势娇声娇气的在家里转。转得大了，都昏天黑地的在社会上转，同他们的父亲一样，或者还不如”⑤。

鲁迅曾一再强调“杀了‘现在’，也便杀了‘将来’。——将来是子孙的时代”⑥。而小说里的儿童身体很难让人见到光明的未来，乃至于成为“新中国未来”的终结者。让我们不得不思考鲁迅在引起疗救的注意或放弃疗救时，是否有损儿童的形象？在西方启蒙主义思潮的影响下，秉持“幼者本位”的鲁迅反对从“成人世界”观照孩童，可是却一再在小说里把孩童禁锢于幽暗的文化传统或彷徨的未来，用犀利的笔锋挖掘出孩童身上潜隐的“劣根性”，以死亡、市侩或残忍的孩童面貌来见证这新旧交接的社会。其笔下的孩童始终被抛弃在适合生长的情境外，或是鲁镇的酒店、单亲的家庭、跟不上革命步伐的农村，任由封建体制残忍地啃噬，完全没有自救或他救的机

① 鲁迅：《鲁迅全集》第1卷《狂人日记》，第454-455页。
② 鲁迅：《鲁迅全集》第1卷《我们现在怎样做父亲》，第135页。
③ 鲁迅：《鲁迅全集》第1卷《娜拉走后怎样》，第166页。
④ 鲁迅：《鲁迅全集》第1卷《娜拉走后怎样》，第167页。
⑤ 鲁迅：《鲁迅全集》第1卷《随感录二十五》，第311页。
⑥ 鲁迅：《鲁迅全集》第1卷《随感录五十七》，第366页。

会，只能成为“异乡”人，归返不到童年的情境。失去童稚的他们，接踵步上没有光明的所在，在黑暗中述说着无尽的吃人故事，以其凋零的面貌呈现在世人面前，折射出鲁迅对未来中国的隐忧。

## 第三节　鲁迅小说中知识分子的精神体格

在近代中国社会由传统向现代的转型过程中，知识分子逐渐摆脱了传统思想的桎梏，开始寻求人格与精神独立，试图在新旧夹缝中探寻个人与国家的新生之路。李林荣认为：“中国现代知识分子不仅是从与中国古代知识分子的区别中产生的，更是从与中国现代非知识分子的各社会阶层或社会群体的区别中产生的。”①鲁迅小说匠心独具地塑造出一系列形象迥异的知识分子形象，试图通过身体的具象书写，揭示他们特殊的精神体格。尽管封建制度已经土崩瓦解，但封建思想的残余与遗毒依然存在。鲁迅用其如椽之笔，既揭露了封建卫道士的丑恶嘴脸，又生动地呈现出处于经济剥削与精神奴役双重压力下垂死挣扎的知识分子的身体创伤与悲惨命运。张梦阳指出：“改造国民性，是鲁迅一生不渝的创作宗旨与贯串始终的思想精髓。”②探讨鲁迅小说中的知识分子的精神世界，紧扣其小说创作宗旨：“揭出病苦，以引起疗救的注意。”③然而，鲁迅小说中的知识分子大多是灰暗苍白或冷漠虚伪的，令人愤慨、恼恨、同情者居多，使人振奋、景仰、敬佩者极少。

### 一、“悟自己之为奴”

在鲁迅眼里，“中国的人们，遇见带有会使自己不安的朕兆的人物，向来就用两样法：将他压下去，或者将他捧起来”④，并一针见血地批判了国人“纵为奴隶，也处之泰然”的可悲心态。鲁迅曾在与旭生的通讯中指出：

> 中国人倘有权力，看见别人奈何他不得，或者有“多数”作他护符的时候，多是凶残横恣，宛然一个暴君，做事并不中庸；待到满口“中庸”时，乃是势力已失，早非“中庸”不可的时候了。一到全败，则又有“命

---

① 李林荣：《经典的祛魅：鲁迅文学世界及其历史情境新探》，北京燕山出版社2007年版，第70页。

② 张梦阳：《悟性与奴性——鲁迅与中国知识分子的“国民性”》，河南人民出版社1997年版，第1页。

③ 鲁迅：《鲁迅全集》第4卷《我怎么做起小说来》，第526页。

④ 鲁迅：《鲁迅全集》第3卷《这个与那个》，第150页。

运”来做话柄，纵为奴隶，也处之泰然，但又无往而不合于圣道。这些现象，实在可以使中国人败亡，无论有没有外敌。要救正这些，也只好先行发露各样的劣点，撕下那好看的假面具来。①

在这里，鲁迅形象地探讨了国人灵魂深处的奴性，并赋予其两种身份、两种人格：在主子面前是奴才，苟且偷生，这是一种卑怯的自我保全方法，即把危险的强人“捧起来”，“以为抬之使高，餍之使足，便可以于己稍稍无害，得以安心”②；在地位比他低的人面前是暴君，“中国人但对于羊显凶兽相，而对于凶兽则显羊相，所以即使显着凶兽相，也还是卑怯的国民”③。中国人的卑怯是在饱受长期欺凌、压迫和失败后无力通过反抗来宣泄的结果，只好把怒火发泄在更弱者（特是妇女和儿童）身上，“我觉得中国人所蕴蓄的怨愤已经够多了，自然是受强者的蹂躏所致的。但他们却不很向强者反抗，而反在弱者身上发泄”④，这些人正是尼采所说的具有“奴隶道德”的典型。正是这种奴性十足的人格，孵化滋生出种种贻害民族、国家的可恶病症。这类人在本质上是“吃人”者与“自食”者的联体物，其所维系的封建传统并非自己独立思考、理性选择的结果，而仅仅是历史遗留下来的一套陈腐规则，证实了其精神的空洞与虚无。

这些“悟自己之为奴”者即《破恶声论》中提到的“伪士”，往往包含两类人：一类是指“伪诈者”，鲁迅对“伪士”的痛恨胜过迷信：“伪士当去，迷信可存，今日之急也。”⑤鲁迅认为“迷信”之人至少发自内心地信仰，是“心声”之人，而“伪诈者”“不能白心”，“神气恶浊，每感人而令人病”。⑥“伪诈者”属于“唯为稻粱折腰”之辈，为功利而说假话，鲁迅从人类演化史揭露其丑恶嘴脸：“人类顾由昉，乃在微生：自虫蛆虎豹猿狖以至今日，古性伏中，时复显露，于是有嗜杀戮侵略之事，夺土地子女玉帛以厌野心；而间恤人言，则造作诸美名以自盖，历时既久，入人者深，众遂不知所由来，性偕习而俱变，虽哲人硕士，染秽恶焉。”⑦另一类是没有独立主见之人，他们臣服于主子或侵略者的淫威，奴性十足，“久匍伏于强暴之足下，则旧性失，同情漓，灵台之中，满以势利，因迷谬亡识而为此与！故总度今日佳兵之士，自屈于强

① 鲁迅：《鲁迅全集》第3卷《通讯》，第27页。
② 鲁迅：《鲁迅全集》第3卷《这个与那个》，第150页。
③ 鲁迅：《鲁迅全集》第3卷《忽然想到（七）》，第64页。
④ 鲁迅：《鲁迅全集》第1卷《杂忆》，第238页。
⑤ 鲁迅：《鲁迅全集》第8卷《破恶声论》，第30页。
⑥ 鲁迅：《鲁迅全集》第8卷《破恶声论》，第29页。
⑦ 鲁迅：《鲁迅全集》第8卷《破恶声论》，第33页。

暴久。因渐成奴子之性，忘本来而崇侵略者最下；人云亦云，不持自见者上也”①。这两类人往往相伴相随，成为封建专制统治的坚实拥趸。

在封建时代借着科举平步青云的知识分子，拥有了金钱与权力，满足于已经取得的“奴隶”地位，他们在对待弱小无力的同类时，内心中隐藏着“狮子似的凶心”和“狐狸似的狡猾”。读过《孔乙己》的人都会对孔乙己的悲剧深感同情，“那孔乙己便在柜台下对了门槛坐着。他脸上黑且瘦，已经不成样子；穿一件破夹袄，盘着两腿，下面垫着一个蒲包，用草绳在肩上挂住”②，造成他双腿残废，几乎不成人形的原因是他偷了丁举人的书，被连夜拷打，“先写服辩，后来是打，打了大半夜，再打折了腿”③，手段之残忍让人触目惊心。丁举人的野蛮与凶残可以从咸亨酒店的酒客话语中略知一二：“这一回，是自己发昏，竟偷到丁举人家里去了。他家的东西，偷得的么？”④一语道出了丁举人平日狰狞凶恶的嘴脸。

在《阿Q正传》中，当阿Q自称姓赵，原是赵太爷的本家时，赵太爷以为有这样的本家大失体面，便暴跳如雷地说：“你敢胡说！我怎么会有你这样的本家？你姓赵吗？”接着又跳过去给阿Q一个巴掌，吼道：“你怎么会姓赵！——你哪里配姓赵！”⑤赵太爷以霸道的手段，剥夺阿Q“姓赵的可能”，足见其蛮横无理。阿Q成了一个没有名姓的人，“Q”是一个鬼魅符号，阿Q虽在人世，却连人的身份也不可得，张闳指出：“姓氏是对于人的血缘承传的记录。姓氏的被剥夺，意味着这个人与历史之间的联系被切断，他只能成为游离于历史之外的一个游魂。”⑥阿Q向吴妈示爱，差点让吴妈寻短见，地保教训并敲诈了阿Q，提了五个要求，其中要阿Q拿一对红烛向赵家赔罪，还有阿Q不准再去索取工钱和布衫。面对衣不蔽体、三餐不继的阿Q，赵家还要从他身上榨出点“油水”，强取豪夺，吃人不吐骨头。“咸与维新”的赵秀才与钱家大少爷相约到静修庵“革命”，去砸毁“皇帝万岁万万岁”的龙牌，以示自己与清廷势不两立的革命决心。老尼姑因多说几句就遭到殴打，待他们走后，定下神来检点，发现观音娘娘座前的宣德炉竟然不见了，无疑是在混乱中被这两位少爷顺走了，足见其手段之卑劣、内心之龌龊。

《离婚》中的慰老爷帮爱姑的夫家施家说和不止一两回，看似热心，实则

① 鲁迅：《鲁迅全集》第8卷《破恶声论》，第35-36页。
② 鲁迅：《鲁迅全集》第1卷《孔乙己》，第460页。
③ 鲁迅：《鲁迅全集》第1卷《孔乙己》，第460页。
④ 鲁迅：《鲁迅全集》第1卷《孔乙己》，第460页。
⑤ 鲁迅：《鲁迅全集》第1卷《阿Q正传》，第513页。
⑥ 张闳：《血的精神分析——从〈药〉到〈许三观卖血记〉》，《上海文学》1998年第12期。

贪心,他一味维护男方,主张"走散好走散好",其实是拿人钱财,与人消灾。文中爱姑与父亲搭船前往庞庄慰老爷家谈判,船上一位"蟹壳脸"透露:"我听说去年年底施家送给慰老爷一桌酒席哩。"①爱姑此行无疑是赴"鸿门宴",凶多吉少。七大人是慰老爷的后台与帮凶,生得"团头团脑,却比慰老爷们魁梧得多;大的圆脸上长着两条细眼、和漆黑的胡须;头顶是秃的,可是那脑壳和脸都很红润,油光光地发亮"②。他不停地把玩一个得自古墓的"屁塞",奉为珍宝,放在自己的鼻子旁边,做摩擦的动作,生动地呈现出其附庸风雅的丑态与变态的身体嗜好。当爱姑进来,他故意视而不见,一言不发,一味地玩弄手上的"屁塞",其实是自矜身份、故弄玄虚,使人摸不着头绪,给爱姑一个下马威。等爱姑一股脑儿指责丈夫、公公之后,他才缓缓开口一字一句地说道:"年纪青青。一个人总要和气些:'和气生财'。对不对?我一添就是十块,那简直已经是'天外道理'了。要不然,公婆说'走!'就得走。莫说府里,就是上海北京,就是外洋,都这样。你要不信,他就是刚从北京洋学堂里回来的,自己问他去。"③说完旁边的慰老爷和几位少爷们连声附和,一举击溃爱姑寻求公道的信心。

然而,他们中的大多数又有"兔子似的怯懦",正如鲁迅所说:"专制者的反面就是奴才,有权时无所不为,失势时即奴性十足。"④《阿Q正传》中,被人鄙视的阿Q"中兴"后,赵太爷也不敢小觑他,特地邀请阿Q到家中做买卖,此时赵太太想起了先前所订的"不平等条约",其中第三款为"阿Q从此不准踏进赵府的门槛"⑤,赵太爷贪便宜之心占据了上风,自食其言,立刻表示无妨。当赵秀才怀疑阿Q的货物来路不正,提议要将阿Q驱逐出未庄时,赵太爷"以为不然,说这也怕要结怨"⑥,完全不见先前掌掴阿Q时盛气凌人的架势,这是典型的欺软怕硬的表现。当辛亥革命的风暴席卷全国后,赵太爷亟欲寻找新的靠山以保全自己的权势及财富,当他看见阿Q"直唱过去"的姿态,疑心他与革命党有来往,不免巴结一番,他怯怯地迎着低声的叫了声"老Q",接着又搭讪地说:"现在……发财吗?"那种自轻自贱、趋炎附势的嘴脸一览无余。赵秀才一夜间也将辫子盘在头顶上投靠革命,即刻去拜访那素不往来的钱洋鬼子,与他成为情投意合的同志。而当他因怀疑阿

① 鲁迅:《鲁迅全集》第2卷《离婚》,第150页。
② 鲁迅:《鲁迅全集》第2卷《离婚》,第152页。
③ 鲁迅:《鲁迅全集》第2卷《离婚》,第154页。
④ 鲁迅:《鲁迅全集》第4卷《谚语》,第557页。
⑤ 鲁迅:《鲁迅全集》第1卷《阿Q正传》,第528页。
⑥ 鲁迅:《鲁迅全集》第1卷《阿Q正传》,第536页。

Q偷窃而进城报官被剪了辫子后，全家都嚎啕了，可见他只是一个十足的"骑墙派"，一个投机分子。

《风波》中的赵七爷是邻村茂源酒店的老板，又是这方圆三十里以内唯一的出色人物兼学问家，所以人们格外怕他、敬他，在他面前心惊肉跳、竭力陪笑。他有十多本金圣叹批的《三国志》，足见其受传统文化影响之深。辛亥革命以后，他便将辫子盘在顶上，像道士一般，而一旦听说皇帝又坐回龙庭了，"却变成光滑头皮，乌黑发顶"[①]，立刻穿上竹布长衫，不为别的，而是去找被剪了辫子的宿敌——七斤报仇。

> 赵七爷的这件竹布长衫，轻易是不常穿的，三年以来，只穿过两次：一次是和他怄气的麻子阿四病了的时候，一次是曾经砸烂他酒店的鲁大爷死了的时候，现在是第三次了，这又是于他有庆，于他的仇家有殃了。[②]

赵七爷的竹布长衫是地方政治生态的晴雨表，也是其精神世界的投影。只因两年前七斤醉酒后曾骂过赵七爷是"贱胎"。张大帅的辫子军入驻京城，传言皇帝重坐龙庭，不能没有辫子的，而七斤被剪了辫子。[③] 不难发现，赵七爷穿上长衫只是一种报仇泄愤的手段，充分暴露其封建卫道士的丑恶嘴脸。他试图借无形的精神屠刀诛杀仇敌，用"长毛时候，留发不留头，留头不留发"来恐吓七斤一家，没有头发的七斤"便仿佛受了死刑宣告似的，耳朵里嗡的一声，再也说不出一句话"[④]，当得知皇上坐了龙庭却没有马上"皇恩大赦"，没有辫子便成了七斤全家的心病。赵七爷的心胸狭隘与自私本性一览无遗，他把七斤一家弄得惶惶不安之后，扬长而去。而极富讽刺意味的是，赵七爷之所以认为张勋难以抵挡是因为他自认是燕人张翼德的后代，拥有一支万夫不当之"丈八蛇矛"，对历史事件的歪曲透露出赵七爷的愚妄与凶顽。未料张勋复辟失败，皇帝没有坐回龙庭，他又把辫子盘在头顶上，也不穿长衫了。由此可见，赵七爷穿上竹布长衫看似是对七斤恫吓，其内里却是寻求失重心理的平衡。赵七爷对辫子和竹布长衫的固守，暴露了国民性格中让人余悸的顽固与守旧。他未尝知晓辫子和长衫的幽微深意，但骨子里却虔诚于封建伦理纲常，凸显封建卫道者的丑恶嘴脸。

孟子云："古之人，得志，泽加于民；不得志，修身见于世。穷则独善其身，

---

① 鲁迅：《鲁迅全集》第1卷《风波》，第494页。

② 鲁迅：《鲁迅全集》第1卷《风波》，第494页。

③ 鲁迅曾目睹张勋的辫子军在北京城外布防，对没辫子的人气焰万丈。

④ 鲁迅：《鲁迅全集》第1卷《风波》，第495页。

达则兼善天下。”这些“悟自己之为奴”的知识分子当属“得志”人群，在鲁迅的小说中往往呈现出一副自私、冷漠的嘴脸。《祝福》中的老监生鲁四爷书房里挂着朱拓的大“壽”字和写着“事理通达心气和平”的半副对联，案头陈列着《康熙字典》《近思录集注》《四书衬》，揭露其伪装精通旧学的假面孔，嘲讽他食古不化、因循守旧、迂腐不堪。祥林嫂的死，鲁四爷难辞其咎。当祥林嫂来到他家做佣人时就皱眉头，因为她是寡妇，后来祥林嫂被婆婆劫走，他完全不以为意，认为既是婆婆出面，即便手段粗暴，也无可置喙，足见他对封建礼教的维护。后来祥林嫂失去丈夫以及幼子，被赶出家门回到鲁镇，鲁四爷便嫌弃她曾经改嫁，非贞烈女子，不准她碰供桌上的任何物品，连上香的时候，也不让她站在旁边，这对祥林嫂来说无疑是致命一击，“这一回她的变化非常大，第二天，不但眼睛窈陷下去，连精神也更不济了。而且很胆怯，不独怕暗夜，怕黑影，即使看见人，虽是自己的主人，也总惴惴的，有如在白天出穴游行的小鼠；否则呆坐着，直是一个木偶人”①。祥林嫂最后沦为乞丐，在肉体与精神的双重折磨中凄惨死去。而鲁四爷听闻祥林嫂的死讯时还加以责骂：“不早不迟，偏偏要在这时候，——这就可见是一个谬种！”②足见其冷酷与无情。

这些既得利益者不仅自私冷漠，而且顽固守旧。他们借提倡“国学”，拥“国粹”之名大张旗鼓地反对新文化，其中不乏曾经大势鼓吹新式教育、以青年导师自居之徒，一旦看到新的力量危及封建统治，便跳出来大声喧嚷，极力维护旧文化。鲁迅愤懑地指出：“看看报章上的论坛，‘反改革’的空气浓厚透顶了，满车的‘祖传’‘老例’‘国粹’等等，都想来堆在道路上，将所有的人家完全活埋下去。”③《肥皂》中的四铭便是如此。

> 我最恨的就是那些剪了头发的女学生，我简直说，军人土匪倒还情有可原，搅乱天下的就是她们，应该很严的办一办……④
>
> “他们还嚷什么‘新文化新文化’，‘化’到这样了，还不够？”他两眼盯着屋梁，尽自说下去。“学生也没有道德，社会上也没有道德，再不想点法子来挽救，中国这才真个要亡了。——你想，那多么可叹？……”⑤

四铭是一个极端的卫道者，他打着“读经救国”的旗号，对新文化横加指

① 鲁迅：《鲁迅全集》第2卷《祝福》，第20-21页。
② 鲁迅：《鲁迅全集》第2卷《祝福》，第8页。
③ 鲁迅：《鲁迅全集》第3卷《通讯》，第22页。
④ 鲁迅：《鲁迅全集》第2卷《肥皂》，第48页。
⑤ 鲁迅：《鲁迅全集》第2卷《肥皂》，第49页。

责，对当时妇女解放的思潮不遗余力地攻击，他只认定“读经”才是高尚的行为，否定一切新思想，把新文化运动视为祸国殃民的万恶之源。然而，四铭可不是一般的反改革派，据他自己说：“在光绪年间，我就是最提倡开学堂的。”① 这是典型的“奉旨改良派”，但其维新的根柢是为了维护封建统治，改革只是做表面文章，民国以后，眼见“五四”风暴要冲破封建高墙，他就立即站出来，“要与周围的坏学生以及恶社会宣战”，其卫道士嘴脸与险恶用心一览无遗。他认定的道德就是代表“国粹”的孔孟之道，他与同伙极力主张“专重圣经崇祀孟母”，因为唯有如此才能“挽颓风而存国粹”，尽显其复古文人的反动本质。然而，四铭骨子里是一个十足的“洋奴”，他不用代表“国粹”的皂荚子，要用洋货——肥皂；家里银色的纸锭与金边的字典摆放在一起；开口闭口反对解放、自由，却又费尽心思将儿子送到“中西折中的学堂”，因为那学堂是“口耳并重的”，对于学习英文颇有帮助。鲁迅指出：“这也是庚子义和拳败后的达官、富翁、巨商、士人的思想，自己念佛，子弟却学些‘洋务’，使将来可以事人：便是现在，抱这样思想的人恐怕还不少。”②尽管这些人嘴上对新文化大加挞伐，但背地里却偷偷攀附新文化，折射出投机钻营的险恶用心。

与《肥皂》里的四铭相比，《高老夫子》中里的高干亭表面接受新文化，而内心却极力主张复古。他手上拎着“新皮包”，头上戴着“新帽子”，口袋里装着“新名片”，平常也会留心“新学问、新艺术”，最有趣的是，其“新名字”效仿俄国大文豪高尔基，他把自己里里外外包装成新派人物。然而，当社会上出现封建复古逆流时，他立马撰写“论中华国民皆有整理国史之义务”的“脍炙人口”的名文；不学无术的他在贤良女学校上课时遭到学生嘲笑，他感到无端的愤怒：“女学堂真不知道要闹到什么样子，自己又何苦去和她们为伍呢？犯不上的。”③暴露出其丑恶嘴脸。除了高干亭，没有出场的贤良女学校的女校长，以及教务长万瑶圃也是一丘之貉，曾喝过洋墨水的女校长仅凭高干亭《论中华国民皆有整理国史之义务》一文便聘他担任教师，“聘书上的落款是‘校长何万淑贞敛衽谨订’，女校长竟然还得把丈夫的姓冠在自己姓名的前面，而且又继续使用早该废弃的‘敛衽’等套语，年代虽然写着‘中华民国十三年’，但日期却又署上已经被废去的‘夏历菊月吉旦’，这一切都使读者闻到一股陈腐的复古气息。”④教务长万瑶圃虽然身在新式

---

① 鲁迅：《鲁迅全集》第2卷《肥皂》，第47页。

② 鲁迅：《鲁迅全集》第5卷《扑空》，第367页。

③ 鲁迅：《鲁迅全集》第2卷《高老夫子》，第84页。

④ 曾华鹏、范伯群：《论〈高老夫子〉——鲁迅小说研究之一》，《扬州大学学报（人文社会科学版）》1984年第2期。

学堂，骨子里却是个十足的国粹派，满身的腐儒气，一出场就是虚伪做作的繁文缛节，张口闭口就是“维新固然可以，但作诗究竟不是大家闺秀所宜。蕊珠仙子也不很赞成女学，以为淆乱两仪，非天曹所喜”①。他还是盛德乩坛的一员，并把自己和谪降红尘的花神“蕊珠仙子”的赠答诗编成《仙坛酬唱集》，陆续刊登在《大中日报》上，装神弄鬼，大力提倡迷信。尽管这些人曾受新文化洗礼，有的甚至负笈国外，表面上推动新式教育，暗地里却与复古思潮同流合污，成了新文化运动的反对力量。

四铭与高干亭之流的丑恶行径折射出20世纪20年代复古主义与西方文化激烈碰撞时知识分子的生存方式，鲁迅认为他们是涂抹了西方油彩的“伪士”，虽然主张尊孔读经，其实他们根本就不相信儒家教义，甚至连自己也不相信。鲁迅在写完《高老夫子》后两个月所作的《补白》一文中感叹道：“谁说中国人不善于改变呢？每一新的事物进来，起初虽然排斥，但看到有些可靠，就自然会改变。不过并非将自己变得合于新事物，乃是将新事物变得合于自己而已。”②这些“伪士”是中西文化夹缝中生长出来的典型，尽管披上了西方文化的外衣，但由于缺乏独立人格和自主意识而显得奴性十足。他们试图通过用中国传统文化去逢迎西方文化，已无独立人格，更无对传统的诚敬之心，他们口口声声称维护文化传统，骨子里却利用文化传统来谋私利，正如鲁迅所说：“其实是中国自南北朝以来，凡有文人学士、道士和尚，大抵以‘无特操’为特色的。……小百姓却都叫他们是‘吃教’的。这两个字，真是提出了教徒的‘精神’，也可以包括大多数的儒释道教之流的信者。”③

## 二、“不悟自己之为奴”

鲁迅在1934年6月2日致郑振铎的信中写道：“顷读《清代文字狱档》第八本，见有山西秀才欲娶二表妹不得，乃上书于乾隆，请其出力，结果几乎杀头。其像明清之际的佳人才子小说，惜结末大不相同耳。清时，许多中国人似并不悟自己之为奴，一叹。”④“不悟自己之为奴”是鲁迅对庸众的真实写照。自科举取士以来，所谓“万般皆下品，唯有读书高”“满朝朱紫贵，尽是读书人”的观念深植人心，读书人都以“学而优则仕”为目标，做着“十年寒窗，一举成名”的美梦，然而，能够跻身上层的人毕竟只是少数，大多数知

① 鲁迅：《鲁迅全集》第2卷《高老夫子》，第81页。

② 鲁迅：《鲁迅全集》第3卷《补白》，第109页。

③ 鲁迅：《鲁迅全集》第5卷《吃教》，第328页。

④ 鲁迅：《鲁迅全集》第13卷《致郑振铎》，第134-135页。

识分子穷尽一生孜孜以求的结果，除了赢得满头华发，别无他物，鲁迅用“哀其不幸，怒其不争”的心理深刻地刻画出孔乙己、陈士成等底层知识分子不悟己为奴的悲剧命运。

孔乙己是一位遭受封建科举制度戕害的传统知识分子，他被自己深信的封建思想和科举制度愚弄，他作为读书人的自尊与清高惨遭现实生活的蹂躏与践踏。他的言谈举止处处与众不同，“他对人说话，总是满口之乎者也，教人半懂不懂的”。甚至跟小孩说话时，他也咬文嚼字地用“多乎哉？不多矣”回答，让人哭笑不得，当他穷得三餐不继的时候，就引“君子固穷”的话来安慰自己。小说通过“咸丰酒店”里喝酒的顾客的不同形象，有“靠柜外面站着”的短衣帮，有“要酒要菜，慢慢地坐喝”的阔绰长衫客，进而对照出孔乙己这位没有进学又穷困潦倒的老童生身处其中而格格不入的状态。对于孔乙己而言，他应该保有知识分子的尊严，跻身“长衫客”行列中，也因此成了“站着喝酒而穿长衫的唯一的人”；但就他的经济地位与现实处境而言，他是讨饭一样的人，穷困潦倒，应该归入“短衣帮”一类。即使面对所有人的取笑，孔乙己仍旧维持着读书人的尊严，虽然他所穿的长衫又脏又破，像是十多年没有补，也没有洗，其境遇像紧箍咒一样紧紧地束缚着他的身体与灵魂，成为酒客闲人茶余饭后的谈资。“万般皆下品”的观念在读书人心中牢不可破，从而使他们丧失了谋生的本事。孔乙己养成了“一样坏脾气，便是好喝懒做”，便只能“愈过愈穷，弄到将要讨饭了”，后来甚至“便免不了偶然做些偷窃的事”，①被打折了腿，剥去了长衫，最后无声无息地消失在人间。鲁迅对孔乙己在同情之中隐藏讽刺，怜悯之中又存在批判。孔乙己的没落是必然的，他活着只是给别人做笑料，存在与否似乎也无足轻重，“可是没有他，别人也便这么过”②。鲁迅猛烈地抨击了封建科举制度对知识分子心灵与身体的摧残与戕害，也对他们的遭遇寄予了深切的同情。

《白光》讲述了一个想要中兴祖业的封建地主阶级的没落子弟的可悲下场，和孔乙己一样深受科举制度的钳制，满脑子只想着学而优则仕的古训，因此从年少直到头发花白，仍旧一心幻想着踏着科举考试的阶梯一路往上爬。他对于自己的未来已经安排妥当，“隽了秀才，上省去乡试，一径联捷上去了……绅士们既然千方百计的来攀亲，人们又都像看见神明似的敬畏，深悔先前的轻薄，发昏……赶走了租住在自己破宅门里的杂姓——那是不劳说赶，自己就搬的，——屋宇全新了，门口是旗竿和扁额……要清高可以做

---

① 鲁迅：《鲁迅全集》第1卷《孔乙己》，第458页。

② 鲁迅：《鲁迅全集》第1卷《孔乙己》，第460页。

京官，否则不如谋外放”①。然而他在第十六次县考的榜单上依然落榜。这次落榜给了陈士成致命的打击，使他过去的美梦都像“受潮的糖塔一般，刹时倒塌，只剩下一堆碎片了”②。陈士成自叹命运不济：“没有一个考官懂得文章，有眼无珠。”③他妄想以“掘藏”翻身，年少时就曾听祖母说家里原是巨富，屋子里埋着无数银子，只是未曾找到，传说中宝藏的所在地会出现一道白光，正常人都知道这是无稽之谈，但在几度失意落魄的陈士成眼中仿佛看见那摇曳飘忽的白光，指引着他去“掘藏”，这无疑是一种精神失常。他拿起锄头就挖，结果一无所获，他仍然不甘心，又跑到山里去挖，最后掉在闪着白光的万流湖里淹死了。为什么陈士成会跑到山里去寻宝，其实文中早已埋下伏笔：

> “这里没有……到山里去……”
>
> 陈士成似乎记得白天在街上也曾听得有人说这种话，他不待再听完，已经恍然大悟了。他突然仰面向天，月亮已向西高峰这方面隐去，远想离城三十五里的西高峰正在眼前，朝笏一般黑魆魆的挺立着，周围便放出浩大闪烁的白光来。④

西高峰如朝笏一般以及其周围发出的白光，不仅是陈士成幻想的藏宝之地，也是权力的象征，折射出旧知识分子对权势和金钱痴迷的扭曲心理。蒋永国认为：“在《白光》里鲁迅几乎揭示封建社会异化人的全部密码。把一个官本位的社会和盘托出，让我们看到它对人主体性和创造性的泯灭与屠杀。陈士成是一位找不到自己的人，被权和钱这种习惯的势力所占据，整个物质生活和精神生活都不是自己清醒状态的表现，而是在迷幻中被裹挟着走到了生命的终点。”⑤

其实，鲁迅笔下的新式知识分子又何尝不是这样呢？《端午节》中的方玄绰是知识分子中的阿Q，⑥丧失了“和恶社会奋斗的勇气”，信奉“差不多”

---

① 鲁迅：《鲁迅全集》第1卷《白光》，第570页。
② 鲁迅：《鲁迅全集》第1卷《白光》，第570页。
③ 鲁迅：《鲁迅全集》第1卷《白光》，第571页。
④ 鲁迅：《鲁迅全集》第1卷《白光》，第574页。
⑤ 蒋永国：《鲁迅小说形象流变新论——从中西文化之“个”切入》，第128页。
⑥ 朱寿桐认为，《端午节》中的方玄绰是个新人，是一个比阿Q高雅一些的“精神胜利法”继承人，他的著名的“差不多”理论，他的明哲保身又唯利是图的思想方法，都体现了阿Q主义的某种变异。他的狡狯与巧言善辩尽管使他显得比阿Q更清醒更可爱一些，但他的“不争”品性、他的滑于世故，依旧体现出了国民劣根性的特征。见朱寿桐：《孤绝的旗帜：论鲁迅传统及其资源意义》，文化艺术出版社2005年版，第100页。

主义，认为凡事“易地则皆然”，“便再没有什么不平了”。“差不多”的信条既与方玄绰的性格有关，又由他的经济地位所决定。方玄绰是官吏兼做教员，与教员相比，他又多了一重保障，“教员的薪水欠到大半年了，只要别有官俸支持，他也决不开一开口。不但不开口，当教员联合索薪的时候，他还暗地里以为欠斟酌，太嚷嚷”①。只要经济上过得去，他是绝不提索薪。直到政府拖欠官吏的薪俸时，他才有些不平起来。尽管方玄绰虽然既同情教员的索薪，也赞成同僚的索俸，却仍然安坐在衙门中，照例的并不一同去讨债，说是“自从出世以来，只有人向他来要债，他从没有向人去讨过债，所以这一端是‘非其所长’。而且他最不敢见手握经济之权的人物”②。方玄绰拒绝索薪之举并非源自孤高，更多是由于其性格的软弱与自欺欺人的本性，即知识分子的犬儒主义，“这种脾气，虽然有时连自己也觉得是孤高，但往往同时也疑心这其实是没本领”③。为了逃避良心的谴责，他发展出一套“自圆其说”的理论，比方说：他看到老辈威压青年，内心虽感愤懑，但是换个角度想，等到他日青年成了老辈，照例还是要欺压青年的，事事都能“自圆其说”，于是求得了内心的平静。鲁迅在《论睁了眼看》中指出：“于是无问题，无缺陷，无不平，也就无解决，无改革，无反抗。……中国的文人也一样，万事闭眼睛，聊以自欺，而且欺人，那方法是：瞒和骗。”④方玄绰就是鲁迅说的这一类文人，靠着一味清高和不断地“转念”，试图消解是非曲直来寻找瞒己昧心的逃路，终将陷入自欺与欺人的窘境。

《幸福的家庭》写于1923年，当时报刊上掀起一股探讨“爱情”“配偶”的风潮，其中，《晨报副刊》上关于“爱情的定则”的讨论和《妇女杂志》上关于“理想的配偶”的讨论，引起广泛回响，鲁迅为什么会如此关心这些议题呢？当时五四运动的风潮已过，一些知识分子对北洋军阀的统治感到灰心，但又不做抗争，只好采取逃避现实的态度，他们不去改革社会，把重心放在探讨恋爱、婚姻、家庭等话题上，鲁迅认为这类话题并非不重要，而是若不先改善整个大环境，个人的爱情及婚姻也只是空谈而已。小说中的主角是一个穷作家，家庭的重负使他的锋芒渐渐消失了，他想以“幸福的家庭”为题来赚稿费，直待下笔才发现所谓幸福家庭根本无法在现实生活中存在，以致写作掣肘，如在偌大的中国因连年内战，竟找寻不到幸福的家庭存在的乐土；他想象幸福家庭里的夫妇正在享用一顿丰盛的晚餐，而自己饥肠辘辘，饿得

① 鲁迅：《鲁迅全集》第1卷《端午节》，第561页。
② 鲁迅：《鲁迅全集》第1卷《端午节》，第563页。
③ 鲁迅：《鲁迅全集》第1卷《端午节》，第563页。
④ 鲁迅：《鲁迅全集》第1卷《论睁了眼看》，第252页。

两眼发昏;他为幸福的家庭设计了一个宽阔而明亮的住处,自己却蜗居斗室,书架旁还堆了好几株白菜,床底下放着柴;幸福的家庭里夫妇相敬如宾、夫唱妇随,而他听到的却是妻子的责骂声、孩子的哭声、妻子打在女儿身上"啪"的声音……各种矛盾纷至沓来,终于使他无法下笔,将稿纸揉成一团后,又摊开给女儿擦拭眼泪和鼻涕。这是一个被现实击溃的知识分子的真实写照,不管如何粉饰太平,都掩盖不了现实的残酷,鲁迅无情地架空了新式知识分子对未来的愿景。

## 三、"独异的个人"

"五四"时期,启蒙运动的先驱者大胆而无情地抨击封建礼教与传统文化。"只有真的声音,才能感动中国的人和世界的人;必须有了真的声音,才能和世界的人同在世界上生活。"①鲁迅敏锐地洞察到几千年来传统礼教对国民精神奴役的创伤,"中国人向来有点自大。——只可惜没有'个人的自大',都是'合群的爱国的自大'。这便是文化竞争失败之后,不能再见振拔改进的原因"②。鲁迅把"个人的自大"视为"独异","是对庸众宣战。除精神病学上的夸大狂外,这种自大的人,大抵有几分天才,——照 Nordau 等说,也可说就是几分狂气"③。至于"合群的自大""爱国的自大"则相反,"是党同伐异,是对少数的天才宣战"④,"倘若遇见攻击,他们也不必自去应战,因为这种蹲在影子里张目摇舌的人,数目极多,只须用 mob 的长技,一阵乱噪,便可制胜。胜了,我是一群中的人,自然也胜了;若败了时,一群中有许多人,未必我受亏;大凡聚众滋事时,多具这种心理,也就是他们的心理"⑤。鲁迅在《长明灯》中曾揭露国民在"合群的自大"掩盖下的卑劣与凶残,众人想出一个对付疯子的办法:"去年,连各庄打死一个: 这种孙子。大家一口咬定,说是同时同刻,大家一齐动手,分不出打第一下的是谁,后来什么事也没有。"⑥他们试图在"群"的庇护下宣泄对"独异的个人"的不满与愤恨,从而掩盖其滔天罪责。

李欧梵认为:"'独异个人'和'庸众'正是鲁迅小说中经常出现的两种形象。我们完全可以为他们建立一个'谱系'(genealogy),从而寻找出在鲁

① 鲁迅:《鲁迅全集》第 4 卷《无声的中国》,第 15 页。
② 鲁迅:《鲁迅全集》第 1 卷《随感录三十八》,第 327 页。
③ 鲁迅:《鲁迅全集》第 1 卷《随感录三十八》,第 327 页。
④ 鲁迅:《鲁迅全集》第 1 卷《随感录三十八》,第 327 页。
⑤ 鲁迅:《鲁迅全集》第 1 卷《随感录三十八》,第 327 页。
⑥ 鲁迅:《鲁迅全集》第 2 卷《长明灯》,第 65 页。

迅小说叙述的表层下面的'内在内容'。"[①]在鲁迅小说中，"独异的个人"的呼号，就如无声的中国在"五四"时期发出的最强音。这些"独异的个人"带有晚清以降"冲决罗网"的特质，"他们必定自己觉得思想见识高出庸众之上，又为庸众所不懂，所以愤世嫉俗，渐渐变成厌世家，或'国民之敌'。但一切新思想，多从他们出来，政治上……道德上的改革，也从他们发端"[②]。然而，当这些"独异的个人"化而为小说中人物，这些特质却被鲁迅策略性解构，有别于"体格"的模拟嘲讽，更多有了悲悯与同情。鲁迅小说着力描写主人公的焦虑、危机与疏离之感，以此折射无序、混乱的外部世界与生活境遇，叙述基调往往不可避免地带上颓废、感伤的色彩，正如李丹梦所说："我们往往强调启蒙中的理性力量，却很少念及启蒙的战斗姿态对于屈辱中挣扎个体的意义。它是对屈辱的克服或自我保护吗？或者，仅是由被'看'激发起的孤独、迷惘中的一种落实？跟个体存在的自觉、领悟相比，启蒙以及对带有民族主义意味的现代国家的认同，其后发性、第二性应该毋庸置疑。"[③]

《狂人日记》中的狂人，虽有新思想，却仍得在旧社会中生存，鲁迅通过他来检视传统礼教桎梏人性的吃人本质，借着患有"迫害狂"的精神病患者视角来审视世界、社会与人生，一切都超出了常规，甚至改变了固有、陈旧的看法，而显出世间本来面目。庸众还在昏睡中吃人与被吃而不自知，并且对站出来揭露封建社会吃人真相的先觉者加以迫害。鲁迅通过象征手法，将狂人离经叛道的行为和"礼教吃人"结合在一起，通过其被迫害的经历，来揭露、控诉封建礼教的罪恶。然而，吊诡的是，狂人治愈之后，竟然加入了候补做官者的行列，与吃人者为伍。我们可以这样理解：由于狂人无法承受礼教吃人的可怕现实，惊觉生存危机，当他在权衡生存或毁灭的时候，不得不放弃可贵的良知，选择妥协，浑浑噩噩地过日子。

在强大的保守势力面前，先觉者若选择不妥协、奋战到底，将面临何种境遇？写于1925年的《长明灯》正值复古风气甚嚣尘上之际，其目的在于批判复古主义者。鲁迅指出："自从新思潮来到中国以后，其实何尝有力，而一群老头子，还有少年，却已丧魂失魄的来讲国故了，他们说：'中国自有许多好东西，都不整理保存，倒去求新，正如放弃祖宗遗产一样不肖。'"[④]《长明灯》就是要揭露这群遗老遗少声嘶力竭地要保存国粹、打压新思潮的丑恶嘴

① 〔美〕李欧梵：《铁屋中的呐喊》，尹慧珉译，第81页。
② 鲁迅：《鲁迅全集》第1卷《随感录三十八》，第327页。
③ 李丹梦：《"侨民文学"与"异域情调"——关于鲁迅的乡土文论与乡土小说》，《南方文坛》2010年第5期。
④ 鲁迅：《鲁迅全集》第1卷《未有天才之前》，第175页。

脸。“疯子”坚决要吹灭那盏长明灯，他说：“你看，三头六臂的蓝脸，三只眼睛，长帽，半个的头，牛头和猪牙齿，都应该吹熄……吹熄。吹熄，我们就不会有蝗虫，不会有猪嘴瘟……”①吹熄长明灯，对封闭的吉光屯人说来，简直就是一场灾难，“吹熄了灯，我们的吉光屯还成什么吉光屯，不就完了么”②。屯里的人为此担忧、恐惧，想方设法阻止。“长明灯”何尝不是“国粹”的象征呢？《长明灯》里的“疯子”正是中国需要的“轨道破坏者”③，冀求他们不单是破坏，还要将这碍手碍脚的旧轨道全面清除，为“国粹”象征的“长明灯”自然也要一并吹熄。《长明灯》中的“疯子”并不怕威胁，人们说：“你的伯伯会打断你的骨头。”他不为所动地答道：“必须吹熄。”人们说：“我替你吹，你过几天来看就知道。”他坚定地说：“我自已去熄，此刻去熄。”为了安抚他，人们赞他：“一向懂事。”希冀他能退让一步，但他答道：“我就要吹熄他，自已熄。”这种寸步不让的精神，使得庸众们无计可施，只好关闭庙门，不让他去吹熄，这时“疯子”才沉静地说出了“就用别的法子来”，这法子就是“我放火”。这种不妥协的战斗精神旨在告诉人们，若要扫除腐败的旧势力，成为一个“轨道的破坏者”，就必须要有犹如疯子一般百折不挠的精神。

与反动势力苦斗的先觉者，当革命前景渺茫，生计陷入困顿之际，心中充满苦闷与彷徨。面对这种苦痛，他们以“玩世不恭”的手法来对抗整个社会，这是一种典型的“自厌”与“自虐”。汪卫东指出：“自我厌弃对于鲁迅来说，乃是作为启蒙者的他长期经受希望和绝望的折磨的产物，在信念式的希望和事实性的绝望之间，鲁迅受尽了煎熬。长期在痛苦中煎熬而又无望的状态，最后往往对自身产生怀疑甚至厌弃，形成自我的危机。”④《孤独者》中的魏连殳曾经“出外游学”，因为受过现代教育，常常发些异端的议论，被人们视为“异类”。这样，他与旧社会就产生了深刻的矛盾。他认为继祖母是封建家族制度压迫下的牺牲品，对这个老祖母寄予无限同情，他敢对家族的霸凌发出异声。尽管他深知封建礼教的弊病，但是却不能积极与之抗争，在祖母的丧礼上，族长、近房、亲丁、闲人们都聚集一堂，“排成防势，互相策应”，等待着魏连殳来对阵。他们“商定了三大条件，要他必行。一是穿白，二是跪拜，三是请和尚道士做法事。总而言之：是全都照旧”⑤。然而魏连

---

① 鲁迅：《鲁迅全集》第2卷《长明灯》，第62页。

② 鲁迅：《鲁迅全集》第2卷《长明灯》，第59页。

③ 鲁迅：《鲁迅全集》第1卷《再论雷峰塔的倒掉》，第202页。

④ 汪卫东：《现代转型之痛苦“肉身”：鲁迅思想与文学新论》，第108页。

⑤ 鲁迅：《鲁迅全集》第2卷《孤独者》，第89页。

殳却神色不动，简单地回答道：“都可以的。”[1]虽然他内心不服，但也一概应允，不反对，也不解释，众人觉得他荒诞叛逆，事实上这种“玩世不恭”的表现是对旧制度更深刻的蔑视和更强力的反抗。魏连殳在该拜、该哭的时候，他“就始终没有落过一滴泪，只坐在草荐上，两眼在黑气里闪闪地发光”[2]；却在大殓结束后，人们要走散的时候失声大恸。

> 忽然，他流下泪来了，接着就失声，立刻又变成长嚎，像一匹受伤的狼，当深夜在旷野中嗥叫，惨伤里夹杂着愤怒和悲哀。这模样，是老例上所没有的，先前也未曾豫防到，大家都手足无措了……[3]

王瑶认为，魏连殳表达不满和怨愤的方式与阮籍相似，“在我国历史上对现实抱有强烈不满的知识分子本来是很多的，但他们在‘无计可施’的情况下，不是‘与俗浮沉’就是‘悲愤以歿’，这种情况一直到魏连殳的时代仍然是存在的”[4]。据《晋书》记载，阮籍听闻母丧，“正与人围棋，对者求止，籍留与决赌。既而饮酒二斗，举声一号，吐血数升”。鲁迅指出，阮籍“表面上毁坏礼教者，实则倒是承认礼教，太相信礼教”[5]，故钱理群认为，魏连殳为祖母精心装殓、放声大哭都是出于真心，是真正守礼的孝子，他们反对的仅是形式化的繁复礼教。[6] 有论者指出：“所谓‘受伤的狼’便喻指着一种反叛的精神在中国社会中被视为异类、被攻击、被驱逐而伤痕累累的必然命运。魏连殳便是这样一只狼，一头闯入了一个只需要驯服的狗而视狼为异类的环境中，孤独、挣扎、嗥叫、绝望，直至死亡。”[7]魏连殳正是以这些人们看似“异样”的、老例上所没有过的行动，向旧社会挑战和反抗，借此表达对饱受封建礼教迫害的继祖母的深切哀悼与同情，更是对自己将来命运的悲观与绝望。

事实上，魏连殳一直在反抗与逃避中摆荡，为了反抗，他在报上“发些没有顾忌的议论”，引来旧势力的打压而导致失业，靠卖书度日，在“求乞”与“冻馁”中苟且偷生，最终连“愿意我活几天”的仅有的一个人也死去。其他失意也接踵而至：一是他一直喜欢接近失意的人，但当这些失意人得意之后，就头也不回地离开了；二是他曾把希望寄托在孩子身上，但他发现有些

---

① 鲁迅：《鲁迅全集》第2卷《孤独者》，第90页。
② 鲁迅：《鲁迅全集》第2卷《孤独者》，第90页。
③ 鲁迅：《鲁迅全集》第2卷《孤独者》，第90-91页。
④ 王瑶：《鲁迅作品论集》，人民文学出版社1984年版，第2页。
⑤ 鲁迅：《鲁迅全集》第3卷《魏晋风度及文章与药及酒之关系》，第535页。
⑥ 钱理群：《鲁迅作品十五讲》，第67页。
⑦ 薛毅、钱理群：《〈孤独者〉细读》，《鲁迅研究月刊》1994年第7期。

孩子被教育得“像他老子一样”。一度奋起的战士最终成了孤独者，他选择了逃避，从颓唐到堕落，从堕落到灭亡。魏连殳的遭际与鲁迅身陷绍兴时极其相似：“所至颠沛，一遘于杭，两遇于越，夫岂天而既厌周德，将不令我索立于华夏邪？”①鲁迅深感孤立与无奈，在杭州，处处受制于人；到了绍兴，则要听命于人，否则，就是“不和官场结交”，“于旧的方面站不住脚”②。魏连殳在走投无路的情况下开始了狂人式的“康复”之旅：选择与旧势力为伍——成为军阀杜师长的顾问，尽管他内心深处并没有完全接受这一残酷事实，他只能用玩世不恭、自暴自弃甚至及时行乐的态度来消极对抗，“你将以我为什么东西呢？你自己定就是，我都可以的”③。他胡里胡涂地花钱，“譬如买东西，今天买进，明天又要卖出，弄破，真不知道是怎么一回事”④。魏连殳的“康复”是以自己的精神自戕，甚至肉体生命的自毁为代价，生病吐血也不治疗，将自己慢性谋杀，推向死亡。然而，可悲的是，死后的魏连殳依然没有摆脱任人摆布的命运，有人给他的尸体穿上军装，戴上金闪闪的肩章，还放一柄纸糊的指挥刀，俨然一副军阀打扮，把他的尸体当作宣传工具。他不能拒绝自己先前憎恶的远房亲戚在自己灵前掉下虚伪的眼泪，他成了一个彻头彻尾的失败者。因此，彭小燕认为：“魏连殳式的生命道路还是空有报复、反抗，空有玩世之心而诞生不出自我生命的积极价值，魏连殳也同样失去了积极作用于环境世界的一切可能路径。可以说，魏连殳式的‘反抗’是一种具有虚无主义气息的反抗——‘工人绥惠略夫式’的反抗。”⑤

《在酒楼上》中的吕纬甫曾经是一个热情的、富有理想的改革家，年少时就怀着远走高飞的志向，闪耀过斗争的火花，“我也还记得我们同到城隍庙里去拔掉神像的胡子的时候，连日议论些改革中国的方法以至于打起来的时候”⑥。但随着时世的变迁，昔日的热情一点一滴地消磨殆尽，已经颓唐而“失了精彩”，变得“敷敷衍衍”“模模胡胡”了。他哀叹道：“你看我们那时预想的事可有一件如意？”现今的他，甚至对教“ABCD”或是《女儿经》之类的新旧之争，已经了无兴趣。随着热情的消失，吕纬甫成了一个自暴自弃的“颓废者”，他常挂在嘴边的话就是“无聊”，他认为自己十年来“无非做了些无聊的事情，等于什么也没有做”⑦。第一件无聊的事是给小弟弟迁坟，发

---

① 鲁迅：《鲁迅全集》第11卷《致许寿裳》，第337页。
② 周建人：《鲁迅故家的败落》，第306页。
③ 鲁迅：《鲁迅全集》第2卷《孤独者》，第104页。
④ 鲁迅：《鲁迅全集》第2卷《孤独者》，第109页。
⑤ 彭小燕：《存在主义视野下的鲁迅》，第248页。
⑥ 鲁迅：《鲁迅全集》第2卷《在酒楼上》，第29页。
⑦ 鲁迅：《鲁迅全集》第2卷《在酒楼上》，第26-27页。

现死者早已尸骨无存，大可平土不必再迁，回家后照样应付母亲即可，但他却认认真真地"仍然铺好被褥，用棉花裹了些他先前身体所在地方的泥土，包起来，装在新棺材里，运到我父亲埋着的坟地上，在他坟旁埋掉了"①。虽然他口中一直不愿意承认自己的感情，但是从他细腻的处理动作，可见他对亲情的眷恋和对生命的珍重。吕纬甫对母亲的嘱咐不敢有丝毫懈怠与敷衍，这种旁人视为毫无意义的行为却与鲁迅十分契合，正如鲁迅所说："我有时却也喜欢将陈迹收存起来，明知不值一文，总不能绝无眷念。"②另一件无聊的事则是去给邻居长富的女儿顺姑送剪绒花，这也是吕纬甫很愿意做的事，不仅是因为阿顺能干、孝顺、做事周全，还因为那年当他勉强吃尽那一大碗她调的荞麦粉时，看到阿顺得意的笑容，"虽然饱胀得睡不稳，又做了一大串恶梦，也还是祝赞她一生幸福，愿世界为她变好"③。吕纬甫历尽周折才求得两朵阿顺想要而不得的剪绒花，然而当送去时阿顺却已死去，原来她听信无赖偷鸡贼长庚的诳话，误信自己的未婚夫比长庚更可怕，绝望和疾病夺走了她年轻的生命，吕纬甫只得把花送给其妹妹阿昭，借以弥补心灵的空虚与失落，也算是对母亲有了交代。为已逝的邻家少女送花，同样显示了吕纬甫对过往美好人事的追怀，蕴含的仍是对生命凋零的哀悼，他至今仍记得阿顺那双"眼白又青得如夜的晴天，而且是北方的无风的晴天"④的大眼睛。这两件事的真实情况吕纬甫也不打算告诉母亲，"骗骗母亲，使她安心些"，对他来说"这样总算完结了一件事"⑤。吕纬甫对母亲的孝思不可否认，因为身处传统社会，他不可能割断与母亲的血缘关系，但吕纬甫的行为毫无意义，在欺骗母亲的同时也在自欺。梁伟峰认为："这种绝望、虚无的精神状态，被烙下深凹的鲁迅的人格印记，维系着鲁迅个体独特而充满悲剧性的精神体验。"⑥接受过西方现代思想的鲁迅渴盼自由恋爱，但母亲给他包办婚事，娶了他根本不喜欢的朱安，而且要朝夕相处，遭受身体与精神的双重折磨。尽管鲁迅内心向往新道德，但现实生活中仍屈从旧道德，从后来与许广平的结合便可以看出，虽然他在情感上摆脱了传统道德的束缚，可在现实生活中还得承认朱安，这是鲁迅一生都无法逃脱的精神炼狱。

在五四运动的感召下，对爱情的忠贞不渝和执着追求成为青年男女之

---

① 鲁迅：《鲁迅全集》第2卷《在酒楼上》，第29页。
② 鲁迅：《鲁迅全集》第1卷《写在〈坟〉后面》，第299页。
③ 鲁迅：《鲁迅全集》第2卷《在酒楼上》，第31页。
④ 鲁迅：《鲁迅全集》第2卷《在酒楼上》，第29页。
⑤ 鲁迅：《鲁迅全集》第2卷《在酒楼上》，第29页。
⑥ 梁伟峰：《〈在酒楼上〉新解》，《鲁迅研究月刊》1999年第4期。

间的热门话题，冲决封建宗法家长制的婚姻罗网在现代文学作品中得到井喷式表现。在《伤逝》里，鲁迅笔下的涓生与子君代表的是“五四”先觉的知识青年，在两人的思想里同样有着反抗传统的精神，他们试图击溃几千年传统礼教的防线，为了争取自由的爱情与婚姻，子君不顾他人的非议和嘲讽，勇敢地逃脱父亲的控制，从家庭出走，为了选择自由，忠于爱情，她呐喊着：“我是我自己的，他们谁也没有干涉我的权利！”①同居后的子君虽然获得了短暂的幸福和安宁，却沉湎在喂鸡、养狗等日常琐事里，未能继续前行。而涓生厌倦了生活的琐碎，失业后捉襟见肘的生活更加促使涓生反省过往：

> 待到孤身枯坐，回忆从前，这才觉得大半年来，只为了爱，——盲目的爱，——而将别的人生的要义全盘疏忽了。第一，便是生活。人必生活着，爱才有所附丽。世界上并非没有为了奋斗者而开的活路；我也还未忘却翅子的扇动，虽然比先前已经颓唐得多……②

烦厌的情绪正好说明着他没有力量去粉碎守旧势力的反扑，只好将所有的错归咎于子君，归咎于有了一个家庭，急急忙忙地想救出自己，并一厢情愿地规划着他认为的未来，以为“新的希望就只在我们的分离；她应该决然舍去，——我也突然想到她的死，然而立刻自责，忏悔了”③。涓生无疑认定了子君的离开是两人新生活的开端，而在面对子君离开的事实后，他又对子君的命运感到自责与忧心，在子君死后，他谴责自己，与此同时他更觉空虚，最后终究选择“用遗忘和说谎做我的前导”④，这是一种暂求心安、自欺欺人的方式，也是对未来不确定性的苦闷与彷徨。

面对被启蒙者的缺席，启蒙者深陷空前的孤独、寂寞、苦闷，魏连殳、吕纬甫、涓生这类“先觉的人”“孤独的精神战士”惨遭“阴险的小人”“昏庸的群众”的无情打压，冯光廉认为：“作为先觉者，他们将自己和庸众区别开来，但他们也不是‘超人’和‘真的人’，他们尚没有到达超人那种心灵形体的和谐、充盈、自由、新鲜的境界。在庸众与‘超人’发展的历史链条上，他们充当的是中间环节的作用。因而历史将悲剧降临到他们头上：他们与庸众战斗着，却始终难以摆脱弥漫在庸众头上的传统文化氛围的制约；他们是‘真的

---

① 鲁迅：《鲁迅全集》第2卷《伤逝》，第115页。
② 鲁迅：《鲁迅全集》第2卷《伤逝》，第124页。
③ 鲁迅：《鲁迅全集》第2卷《伤逝》，第126页。
④ 鲁迅：《鲁迅全集》第2卷《伤逝》，第133页。

人’的预言者，而自己却将与庸众同归于尽，难见‘真的人’。”[①]这些“独异的个人”对于传统文化的自审与批判，也无法跳脱出由传统所构成的文化氛围与话语陷阱，林毓生曾经指出：“借思想文化方式以解决问题的途径，是受根深蒂固的、其形态为一元论和唯智论思想模式的中国传统文化倾向的影响。它并未受到西方经邦济世之道的直接作用；社会政治条件对它的形成也不是决定性的，而只是辅助因素。在西方的冲击下，知识分子的思想和价值观念确曾发生根本性的变化，然而，在思想内容改变、价值观念改变的同时，传统的思想模式依然顽强有力，风韵犹存。”[②]魏连殳、吕纬甫、涓生等知识分子大多陷入精神的漩涡，正如鲁迅自身，一方面要求完全摒弃中国传统，另一方面却献身于中国知识和道德的某些传统价值。[③] 对西方文化价值观念的接受使他们深刻认识到传统文化的落后性与反动本质，但他们自幼所承受的传统文化熏陶却使他们内心深处不由自主地对传统文化难以割舍，由此陷入进退失据的窘境。

虽然“妖怪很多”，但鲁迅仍不失乐观，指出光明如“天亮般”终究会来，那些“压不下去”的战士，终将会被高高抬举，“中国经了许多战士的精神和血肉的培养，却的确长出了一点先前所没有的幸福的花果来，也还有逐渐生长的希望”[④]。“独异的个人”之所以失败，原因在于：“开首太自以为有非常的神力，有如意的成功。幻想飞得太高，堕在现实上的时候，伤就格外沉重了；力气用得太骤，歇下来的时候，身体就难于动弹了。”[⑤]并建议，“要缓而韧，不要急而猛。中国青年中，有些很有太‘急’的毛病……，因此，就难于耐久（因为开首太猛，易将力气用完），也容易碰钉子，吃亏而发脾气”[⑥]。由此可知，鲁迅寄希望于先觉的知识分子成为一股绵长持久的力量，而非缤纷夺目但转瞬即逝的流星。“独异的个人”之失落的结局是一种未竟的理想，鲁迅却通过这种失落完成了对国民性的刻画与纪录，其犀利的笔触犹如照妖镜般照出了庸众的丑恶嘴脸。

总之，鲁迅在剖析国民灵魂时，往往爱恨交织，然而在撕开鲜血淋漓的伤疤之后，又竭尽全力给予止血的良药。他在痛陈传统文化的落后与鄙陋

---

① 冯光廉：《鲁迅小说研究》，天津人民出版社 1989 年版，第 328 页。

② 〔美〕林毓生：《中国意识的危机——“五四”时期激烈的反传统主义》，穆善培译，第 45-46 页。

③ 〔美〕林毓生：《中国意识的危机——“五四”时期激烈的反传统主义》，穆善培译，第 219 页。

④ 鲁迅：《鲁迅全集》第 3 卷《黄花节的杂感》，第 428 页。

⑤ 鲁迅：《鲁迅全集》第 3 卷《补白》，第 113 页。

⑥ 鲁迅：《鲁迅全集》第 11 卷《两地书》，第 91-92 页。

之余，企图代之以先进的思想，择优汰劣；他对底层民众既哀其不幸，又怒其不争；他揭露知识分子的虚伪与堕落，又对青年不遗余力地扶持；在撕开别人假面的同时，时时不忘更深地解剖自己的灵魂。“我自己总觉得我的灵魂里有毒气和鬼气，我极憎恶他，想除去他，而不能。我虽然竭力遮蔽着，总还恐怕传染给别人，我之所以对于和我往来较多的人有时不免觉到悲哀者以此。”①因此，鲁迅终其一生都摆荡在爱与恨、希望与绝望之间，反映在其作品中，就形成了一股柔和中带有冷峻、温暖中渗着悲凉的创作风格，这种“鲁迅式的矛盾与挣扎”正是其作品的独特魅力之所在。

---

① 鲁迅：《鲁迅全集》第11卷《致李秉中》，第453页。

# 第四章 鲁迅小说的身体示众与精神表征显隐

鲁迅小说将“身体”内化为具有特定思维、人格、精神的形象主体，从“时间”“空间”和“死亡”三个维度来想象身体。从时间隐喻身体的变化来看，鲁迅小说中的知识分子经历了从“外突”到“回到原点”的“绕圈”循环，孤独地体验希望与绝望、光明与黑暗、热与冷交集而生的痛苦。下层民众则在遁入过去“旧梦”和将来“幻梦”之中消弭了对现实的抗争，在新旧嬗变的时代中无法“坐”“站”得一席之地，只能边缘化成最奴隶的“爬”，发展到最后“躺”的结局。从空间隐喻身体的文化结构来看，物理空间封闭而逼仄，主导的空间基调和氛围黑暗且阴冷。老中国文化自身的腐朽造成了中国人的非人处境和身体的创伤体验。通过一双“他者化”的“现代目光”观看，“老中国文化”的“吃人”本质表现为中国文化内在的“非人”化，这种非人化将身体“物化”，从而剥夺了个人心智的发展。为了驱逐异类，原本稳定的分层文化空间秩序自动实现了身份的僭越，这种空间秩序的错置是维系老中国常态的有效手段，也是老中国身体溃败的文化表征。从死亡隐喻身体的形象来看，病弱且沉默是国民躯体的文化显征，充斥着“老中国”衰老、羸弱的病相身体，人的生存几乎就是在疾病和困苦中挣扎，没有健康童年的欢乐、没有强壮青年的旺盛欲求，也没有幸福老年的安详仁慈，有的只是眼泪、疾病和伤痛、衰老和残缺，非人生活导致过早衰老、疾病与死亡。鲁迅小说对国民死亡现象进行了深刻剖析，通过对“死亡博物馆”的“示众”，将国民身体的种种弊病和盘托出。

## 第一节 鲁迅小说的身体时间隐喻

文学作品往往打破常规时间的单向度，将时间随意切割、扭曲、拼凑后移置小说文本中，从而使绝对、客观的现实生活时间转化为以艺术价值为核心的文学时间。鲁迅小说将过去、现在与将来，瞬间与永恒，实有与虚无等时间因素紧紧缠绕在一起，尽可能呈现对于时间的全部感受和想象。孙玉石指出："历史的现实感与现实的历史感在鲁迅的叙述中融为一体。"[①]鲁迅小说中的叙事时间既不能归纳为"单线"，也无法用"多线"或"立体"来简单概括。其小说情节复杂多变，初时往往平淡无奇，但随着故事情节的推演，其间无数千丝万缕的因子逐渐向中心聚拢、相互撞击，经过短暂地沉积与发酵，逐渐掀起大的波澜，经过几番挣扎后终归沉寂。

## 一、存在之躯的时间觉知

时间以某种时机或境域（horizon）示予他人。而任何样式的时间都只是时间性的一种可能性存在，或者是时间性展示出来的一种可能性境域。时间性不同于意向性时间结构，它以不同的时间样式而显在。由于每一种时间样式都包含着各自的意向性结构，时间性以哪一种样式存在，它就以这种样式时间呈现出一种境域。小说文本的时间性呈现应该是小说中表现出来的人与时间相遇而产生的审美意识和哲学意识的统一体。其中审美意识无疑是文学最本真的存在，而文学文本的时间审美化正是通过作家即时体验的时间呈现以及作品时空序列的无限延展得以再现，我们缘此进入鲁迅小说的时间领域。

审美时间是一种特殊的时间维度，它不仅是时间的绵延，也是时间的瞬间。由于加入时间的瞬间，审美时间不再是时间的顺序延展。在审美时间上，过去、现在与将来不再是一个线性时间向度，而是由时间的瞬间爆发的过去、现在与将来的碎片。审美时间的延续性不断滋生出现在时所构成的时间链，每一瞬间的出现都会产生新的时间序列，同时带来新的审美感知，从而使文学文本自身产生时间感的可能。

就人类经验而言，人们习惯性地把时间分为过去、现在和将来。最容易把握的当属过去，因为我们可以通过记忆来回顾过去，而最难把握的是现在。博尔赫斯认为："事情真是奇怪，我们区分的三个时间（过去、现在和将来）中，最难以把握、最难以抓住的竟然是现在！现在就像不存在的点一样难以确定。如果我们想象它没有长度，那么就等于否认了它的存在；我们必须把它想象成过去的一部分和将来的一部分。我们感到的是时间的进程。"[②]时间在不断加载，我们却不能看到其面目，只能够感受到时间的流

---

① 孙玉石：《现实的与哲学的：鲁迅〈野草〉重释》，上海书店出版社 2001 年版，第 5 页。

② 高尚、陈众议等译：《博尔赫斯文集 · 文论自述卷》，海南国际新闻出版中心 1996 年版，第 195 页。

逝。在文学文本中，时间只能是完成时，“现在”根本不存在，将来则是作者或人物的主观臆想。所以，文学文本是一个关于过去经验的文字聚合，里面充满了“过去”，也许还包括“将来”。这种过去的记忆通过语言的空间化形式线性地铺展开来，只有通过记忆把握过去，并试图通过对过去经验的讲述指向将来，以达到“永恒”。

王乾坤认为，中间物，“它意味着一切都是有限，意味着一切都是由此到彼之行，意味着中断、必死或无可奈何地逝去”①。他认为中间物是鲁迅作为思想家的根本标志，“这个概念所要回答的是有限与无限、有与无、形下与形上、现世与终极之类的根本问题”②。鲁迅的现实主义是建构在进化论基础之上：由于世界是无限发展、进化的，在进化的环节上，每一个环都是有限生命的中间物。他在《〈十二个〉后记》曾说：“人多是‘生命之川’之中的一滴，承着过去，向着未来，倘不是真的特出到异乎寻常的，便都不免并含着向前和反顾。”③所以不要想什么“普遍、永久、完全”④，鲁迅说这三件固然是了不得的宝贝，但却是会钉死作家的棺材钉，既然生存在当下，要想的就只有“现在”。在鲁迅思想中，没有所谓终极目的。鲁迅曾在回答青年的询问时明确表示：

> 现在只要有人做一点事，总就另有人拿了大道理来非难的，例如问“木刻的最后的目的与价值”就是。这问题之不能答复和不能答复“人的最后目的和价值”一样。但我想：人是进化的长索子上的一个环，木刻和其他的艺术也一样，它在这长路上尽着环子的任务，助成奋斗、向上、美化的诸种行动。至于木刻、人生、宇宙的最后究竟怎样呢？现在还没有人能够答复。也许永久，也许灭亡。但我们不能因为“也许灭亡”就不做，正如我们知道人的本身一定要死，却还要吃饭也。⑤

鲁迅对“现在”的执着，甚至到这种地步：“要做就做，与其说明年喝酒，不如立刻喝水；待廿一世纪的剖拨戮尸，倒不如马上就给他一个嘴巴。”⑥既

① 王乾坤：《鲁迅的生命哲学》，人民文学出版社1999年版，第12页。
② 王乾坤：《鲁迅的生命哲学》，第14页。
③ 鲁迅：《鲁迅全集》第7卷《〈十二个〉后记》，第312页。
④ 鲁迅：《鲁迅全集》第6卷《答〈戏〉周刊编者信》，第151页。
⑤ 鲁迅：《鲁迅全集》第13卷《致唐英伟》，第494页。
⑥ 鲁迅：《鲁迅全集》第3卷《有趣的消息》，第214页。

然生在现在，就应该关注现在的生活，甚至有必要进行大刀阔斧的改革。他痛恨那些抱残守缺的守旧派，所以尖锐地指出：

> 做了人类想成仙；生在地上要上天；明明是现代人，吸着现在的空气，却偏要勒派朽腐的名教，僵死的语言，侮蔑尽现在，这都是“现在的屠杀者”。杀了“现在”，也便杀了“将来”。——将来是子孙的时代。①
>
> 那切切实实，足踏在地上，为着现在中国人的生存而流血奋斗者，我得引为同志，是自以为光荣的。②

因为执着于现在，所以人最重要的就是为当下改革而奋斗，让人们生活得更好，朝着美好的、进化的方向前进。倘若要改善现实的人生，那么对鲁迅来说，所能凭借的武器是什么？就是文学。鲁迅弃医从文就是寄望文艺能改变人的精神，“并没有要将小说抬进‘文苑’里的意思，不过想利用他的力量，来改良社会”③。所以他那依附于进化论思想的现实主义而产生的文学观，一开始就具有明确的价值指向。

孙玉石指出：“坚持实有的人生的现在和反对空幻的美好的未来，无论就形而上的哲学层面，还是就形而下的现实生活的层面，都一直是鲁迅战斗生涯中一个长期深度探寻的思想。”④鲁迅向来不屑于古圣今贤所鼓吹的“将来的黄金世界”，一针见血地指出其不敢面对现实的卑怯心理，“我看一切理想家，不是怀念‘过去’，就是希望‘将来’，而对于‘现在’这一个题目，都缴了白卷，因为谁也开不出药方。所有最好的药方，即所谓‘希望将来’的就是”⑤。因此，执着于现在成了鲁迅现实主义文学观的基石，也是鲁迅审视身体、探求人生的出发点。《人与时》就是鲁迅的即时性时间体验的最佳注脚。

> 一人说，将来胜过现在。
>
> 一人说，现在远不及从前。
>
> 一人说，什么？
>
> 时道，你们都侮辱我的现在。

---

① 鲁迅：《鲁迅全集》第1卷《随感录五十七》，第366页。
② 鲁迅：《鲁迅全集》第6卷《答托洛斯基派的信》，第610页。
③ 鲁迅：《鲁迅全集》第4卷《我怎么做起小说来》，第525页。
④ 孙玉石：《现实的与哲学的：鲁迅〈野草〉重释》，第29–30页。
⑤ 鲁迅：《鲁迅全集》第11卷《两地书》，第20页。

从前好的，自己回去。
将来好的，跟我前去。
这说什么的，
我不和你说什么。①

在中国现代文学史上，任何一位作家对身体的感知都不如鲁迅来得如此真切。汪晖指出："鲁迅在生命的悲剧性体验中感到的首先不是抽象的荒诞感，而是极其残酷的生存状态，是在恐惧、紧张、死亡之中表达'生'的意志。不是希望，不是幻想唤起了鲁迅的生存意识，而是绝望，是流血，是隐痛，是死亡，是恐惧……唤起了鲁迅对生命的自觉。"②鲁迅强调身体的现实存在，把物质需求看成人生的第一要务："一要生存，二要温饱，三要发展。"③这种自觉的以身体存在为本位的身体意识彻底颠覆了传统儒家身体伦理化思想，趋近道家对身体的哲理化思考。这种言说方式传达出一种鲜明的表意手法与写作立场："凡是愚弱的国民，即使体格如何健全，如何茁壮，也只能做毫无意义的示众的材料和看客，病死多少是不必以为不幸的。所以我们的第一要着，是在改变他们的精神。"④鲁迅基于身体言说的思维模式和表意手法，站在现实主义立场上，以清醒决绝的姿态展开了对社会现实的批判。

仰慕往古的，回往古去罢！想出世的，快出世罢！想上天的，快上天罢！灵魂要离开肉体的，赶快离开罢！现在的地上，应该是执着现在，执着地上的人们居住的。⑤

这一命题表明了鲁迅对温情的"过去"与希望的"未来"是拒绝的。在他看来，过去和未来只是剂精神的毒药，使人们沉湎其间而不能自拔。未来本身就是一种虚妄的存在，更无希望可言。人类唯一能拯救自己的方式就是执着于现在，只有直面现实的黑暗，才能从黑暗中杀出一条生路。

鲁迅执着于现在，很容易被人误认为"厚今薄古"。然而，执着于现在就是执着于现在的时间，并不意味着舍弃过去与将来。事实上，鲁迅往往把批

① 鲁迅：《鲁迅全集》第7卷《人与时》，第35页。
② 汪晖：《反抗绝望：鲁迅及其文学世界》，第105页。
③ 鲁迅：《鲁迅全集》第3卷《忽然想到（八）》，第47页。
④ 鲁迅：《鲁迅全集》第1卷《〈呐喊〉自序》，第439页。
⑤ 鲁迅：《鲁迅全集》第3卷《杂感》，第52页。

判矛头对准现在,他从不"厚今"。鲁迅深切感知现在和身体之间千丝万缕的联系,王富仁指出:"在鲁迅的小说里,现在实际只是过去、当前和将来的角逐场。如果说过去是黑色的,当前是灰色的,对将来的理想是光亮的,那么,在鲁迅小说的'现在'的画布上则有所有这些光点的跳跃闪烁。也正是这些光点的不同组合在鲁迅小说中构成了两条或多条的情节线。"①过去与现在的对比使鲁迅小说形成巨大张力,便于作者抒发强烈的感情。正如什克洛夫斯基所说:"他用自己的诗揩拂时间的玻璃。"②鲁迅小说身体诗学植根于生命个体对时间的觉知,时间作为身体存在状态的诗意栖居,内蕴作家悲天悯人的情怀。鲁迅小说人物在时间之流中往往陷入轮回,开始就是结尾,终点便意味着起点。

王富仁指出:"鲁迅小说的这种永远现在时的时态特征,并不是说作品中没有对过去、现在和将来的描述,而是它们都有了新的不同于过去的内涵。"③鲁迅小说时序变化的特征正是在作家即时体验的时间展现过程中建立起来的,过去和将来都被纳入"现在式"的时间体系。

> 我回到四叔的书房里时,瓦楞上已经雪白,房里也映得较光明,极分明的现出壁上挂着的朱拓的大"壽"字,陈抟老祖写的;一边的对联已经脱落,松松的卷了放在长桌上,一边的还在,道是"事理通达心气和平"。我又无聊赖的到窗下的案头去一翻,只见一堆似乎未必完全的《康熙字典》,一部《近思录集注》和一部《四书衬》。④

以上话语均由"我"以现在时态进行讲述,而故事时间却处处充塞过去的痕迹。虽然已经是民国,而在鲁四老爷书房里弥漫着封建伦理道德的腐朽气息,也让人感到了过去对现在的压迫和现在对过去的嘲讽。鲁四老爷作为一个"吃名教"者,固守封建统治秩序,臣服于现实秩序规则,阻碍他人的独立生命欲求,同时也扼杀了自主意识。

在《伤逝》中,鲁迅以涓生哀怨悲愤的内心独白视角写下了感人至深的爱情名篇。而涓生所有的悔恨与悲哀都以现在时态呈现,美好的过往只能残存在记忆中。

① 王富仁:《鲁迅小说的叙事艺术(下)》,《中国现代文学研究丛刊》2000年第4期。
② 〔苏〕维·什克洛夫斯基:《散文理论》,刘宗次译,百花洲文艺出版社1994年版,第339页。
③ 王富仁:《鲁迅小说的叙事艺术(下)》,《中国现代文学研究丛刊》2000年第4期。
④ 鲁迅:《鲁迅全集》第2卷《祝福》,第6页。

> 会馆里的被遗忘在偏僻里的破屋是这样地寂静和空虚。时光过得真快，我爱子君，仗着她逃出这寂静和空虚，已经满一年了。事情又这么不凑巧，我重来时，偏偏空着的又只有这一间屋。依然是这样的破窗，这样的窗外的半枯的槐树和老紫藤，这样的窗前的方桌，这样的败壁，这样的靠壁的板床。深夜中独自躺在床上，就如我未曾和子君同居以前一般，过去一年中的时光全被消灭，全未有过，我并没有曾经从这破屋子搬出，在吉兆胡同创立了满怀希望的小小的家庭。①
>
> 我要向着新的生路跨进第一步去，我要将真实深深地藏在心的创伤中，默默地前行，用遗忘和说谎做我的前导……②

这些"现在式"的身体叙述，处处流露着涓生对过去的眷恋与悔恨、对将来的迷惘与期待。过去已经不堪回首，正是自己说出了实话导致子君之死，而将来似乎遥不可及，因为真无所谓鬼魂，也无所谓地狱，涓生只能生活在当下，长歌当哭，哀戚地诉说无尽的悔恨与悲哀。

鲁迅擅长在其以童年视角写就的作品中交替采用"现在"和"过去"的描述。在《孔乙己》中，"这是二十多年前的事，现在每碗要涨到十文"③，不难发现，"我"正是站在现在的角度叙述过去发生在咸亨酒店里的故事。"我到现在终于没有见——大约孔乙己的确死了。"④作者又把读者的目光牵引到现在，在过去与现在的来回穿插中把孔乙己的悲剧人生呈现在读者面前。《故乡》以"我"的返乡叙事来追忆儿时往事；《社戏》通过"我"过去二十年来三次不同看戏的经历，延伸出现在对戏剧的看法和感受，表现了"我"对都市与乡土不同生活场景与人际关系的独特感知。以上三篇小说，"过去"几乎占据小说的全部，"现在"则溢出故事时间之外，已退居次席。

在对将来的描述中，鲁迅将他的希冀深深潜藏在生存的寂寞中。《药》与《明天》均承袭了《狂人日记》"救救孩子"的写作模式，故事也跟随对希望的追寻而展开，然而一切都化为泡影，将来黑暗如漆。《药》中的华老栓从地狱般的刑场抱回"人血馒头"，夫妇俩又满怀希望地看着小栓吃"药"，华老栓花重金买来的"灵丹妙药"依然拯救不了病重的小栓。革命者夏瑜宣称"这大清的天下是我们大家的"，这或许给本文平添了一点希望的亮色，然而

---

① 鲁迅：《鲁迅全集》第2卷《伤逝》，第113页。
② 鲁迅：《鲁迅全集》第2卷《伤逝》，第133页。
③ 鲁迅：《鲁迅全集》第1卷《孔乙己》，第457页。
④ 鲁迅：《鲁迅全集》第1卷《孔乙己》，第461页。

革命者的鲜血不仅被愚昧者当作“药引”吃掉，而且还被刽子手与麻木不仁的民众当作茶余饭后的谈资。《明天》在苦寻“明天”的希望，宝儿是单四嫂子生存的唯一寄托，她面对孩子的病一筹莫展，寄希望于“求神签”“许心愿”，而宝儿的病情不见好转，最后狠心拿出家中所有积蓄“去诊何小仙”，“神医”并没有挽救宝儿的性命，宝儿还是早夭了。单四嫂子深陷绝望，而她周遭的人们皆如暗夜游魂，并未给她半点关爱。尽管人物不断期盼“明天”，但“明天”又会怎样呢？在周而复始的轮回中，人物感到的是深入骨髓的孤寂。“只有那暗夜为想变成明天，却仍在这寂静里奔波；另有几条狗，也躲在暗地里呜呜地叫。”①

《风波》一文以“剪发”为线索，穿插了“张勋复辟”的闹剧，意欲反映此事在古老乡土中国产生的回响，而“风波”由此散开，给整个乡村带来了小小的冲击。如赵七爷放下辫子重出江湖，七斤一家闹意见等，但是，如此“风波”远不足以撼动老旧的乡村，宛如死水中荡起的一点点涟漪，“风波”过后，临河土场上的人们又回到了往日的生活，仿佛一切都未曾发生过。在《阿Q正传》中，鲁迅将阿Q置于一部时间不详的历史中来考察。阿Q于极度的屈辱和悲哀中施展其“精神优胜”的“利器”，最终被处以极刑。面对历史的宰制，他始终是沉默的，偶尔发声也不过是内心愤懑的悄然宣泄。他如行尸走肉般生活在这非人的时代，尽管革命也曾唤起阿Q复仇的“快意”与对革命的向往，但其革命却是基于生命本能对女人、金钱、权力的向往与追求，倘若阿Q式的革命成功，中国社会只会遭受新一轮的历史浩劫，再次陷入成王败寇的历史轮回。在残酷的“大团圆”结局里，阿Q无师自通地来了一句“过了二十年又是一个……”，在众人如豺狼般地叫好声中，阿Q满足了他生命中的最后一次精神胜利。他把希望寄托在未知的将来，然而将来又能给他带来什么呢？唯有其死到临头所发出的“救命”哀号，才是阿Q这辈子发出的唯一属于自己的声音，但这声音却未能出口，他早已一命呜呼，这声音只能留存于作者笔端。

哈迎飞指出：“这种既肯定又否定的叙事结构正是鲁迅心灵世界中非同一般的内在矛盾和冲突的外现。”②鲁迅深知自己的呐喊只能是孤独的绝叫，其生存的寂寞已经无以复加。时间在不停流逝，世间依旧太平，将来仍会出现，但已与人的身体无关。鲁迅失落于生存的时间荒漠，独自咀嚼着无法言说的孤独以及对将来的绝望。

---

① 鲁迅：《鲁迅全集》第1卷《明天》，第479页。

② 哈迎飞：《“五四”作家与佛教文化》，上海三联书店2002年版，第90-91页。

## 二、生命存在的时间境域

人的自我意识主要体现在个体意识到时间对其生命的限制，即生命的短暂，由此而产生了对这种限制进行超越的渴望，并滋生出在有限生命存在中寻求无限发展空间的可能性。只有当人们把外物与人自身纳入生命时间意识的生成中，时间才能彰显其真实存在，即生命存在之本真及价值。而时间又是生命存在的本真，一切生命形式的本质形构自始至终围绕时间展开，正如卡西尔（Ernst Cassirer）所说，"即使时间，最初也不是被看作人类生活的一个特殊形式，而是被看作有机生命的一个一般条件。有机生命只是就其在时间中逐渐形成而言才存在着。它不是一个物而是一个过程——一个永不停歇的持续的事件之流"①。

自鸦片战争以来，中国面临严重的现代性危机，人们逐步意识到中西文明的差距，"在西方的入侵和东方民族意识觉醒这二者之间，存在着一个相当大的时间滞差"②。这种现代性焦虑导致人们急切地去寻求新的时间观念与言说方式。当长期封闭自足的空间被外敌坚船利炮攻破后，国人长期持存的传统观念与价值体系随着中西对峙的空间体系解体而土崩瓦解，现代性的时空观念开始酝酿和生成。"对于'现代性'的想象以及渴盼社会迅速'现代化'的情感诉求，构成了二十世纪中国文学、文化的中心内容。"③时间意识是一种基于生命个体存在的内在体验，其产生前提是身体的"在场"。在场指主体在当下瞬间与他物相联结而获得的"在场性"④，而身体对当下的感知以及身体作为"在场"的参照物，使"时间"于在场状态中得以言说，"时间——一个事情，也许是思的根本事情，只要在作为在场状态的存在中说出了诸如时间这样的东西。"⑤正基于此，主体在当下存在并与他物产生"连结"的在场状态，使时间呈现出来。

鲁迅拒绝对将来时间作任何预设和想象，从不相信人们对"黄金世界"的种种许诺和向往。早在《头发的故事》里，他借N先生的口发出诘问："我要借了阿尔志跋绥夫的话问你们：你们将黄金时代的出现豫约给这些人们

---

① ［德］卡西尔：《人论》，甘阳译，第86页。
② ［英］凯杜里：《民族主义》，张明明译，中央编译出版社2002年版，第15页。
③ 杨春时、俞兆平主编：《现代性与20世纪中国文学思潮》，广西师范大学出版社2005年版，第160页。
④ 倪梁康：《意识的向度：以胡塞尔为轴心的现象学问题研究》，北京大学出版社2007年版，第60页。
⑤ ［德］海德格尔：《面向思的事情》，陈小文、孙周兴译，商务印书馆2007年版，第5页。

的子孙了，但有什么给这些人们自己呢?”[①]在《影的告别》一文中进一步指出：“有我所不乐意的在天堂里，我不愿去；有我所不乐意的在地狱里，我不愿去；有我所不乐意的在你们将来的黄金世界里，我不愿去。”[②]明确反对预设一个终极目标，拒绝为虚幻的将来而舍弃幸福的此在，折射出鲁迅清醒的现实主义精神和执着于现在的决绝。因此，钱理群指出：鲁迅“要打破的是‘普遍，永久，完全’的此岸人生的梦幻，但他仍然保留了对彼岸世界的理想，也就是说，他要消解的是此岸世界的终结性，至善至美性，但他并没有把终结性、至善至美性本身完全消解。所谓‘彼岸世界的至善至美性’就是可以不断趋近，却永远达不到，是作为人的一种理想，一种追求存在的，所以不能把鲁迅的‘执着现在’理解为没有理想，没有终极关怀，可以说他是怀着对彼岸世界的理想来执着现在的。鲁迅提醒人们要区分‘奴才式的破坏者’与‘革新的破坏者’，后者‘内心有理想的光’，他自己就是这样的有理想的革新的破坏者。”[③]钱理群明确了鲁迅对个体生命有“执着现在”与“破坏现在”的双重使命，揭示出鲁迅作为生命个体存在的现代性焦虑。我们对鲁迅内心世界所产生的现代性焦虑必须置于生存论境域进行考察，否则我们无法参透其人生哲学。鲁迅深刻领悟自身的生存困境，而且内心时刻充满被大众弃绝的焦虑。

尼采指出，“痛苦者又分成两种：一类是因拥有过度充沛的生命力的痛苦者，他们渴望酒神艺术，同样也渴望一种悲剧的人生观，一种对人生的洞见；——另一类是因生命力枯竭的痛苦者，这是人力图在艺术和知识中寻觅安宁、平静和休憩，力求那静谧的海洋，寻找自我的解脱；要不然就追逐迷醉、痉挛、麻痹、疯狂来逃避痛苦”[④]。显然，鲁迅选择的是前者，他通过小说创作来消除这种内心深处潜藏的痛苦，在反抗绝望的过程中构建自身。鲁迅小说“是一座建筑在‘中间物’意识基础上的完整的放射性体系”，“鲁迅小说的整体性将不仅体现为它对中国社会的各个阶层和各个生活领域的整体性反映，即不再依赖于外部的社会联系，而且也找到了联结自身的内在的纽带”[⑤]。然而，“时间”仅仅是一个抽象的概念，“时间的持续性本身并不是我们知觉的对象，我们所能知觉的只是知觉内容的变动”[⑥]。鲁迅的时间思

---

① 鲁迅：《鲁迅全集》第1卷《头发的故事》，第488页。
② 鲁迅：《鲁迅全集》第2卷《影的告别》，第169页。
③ 钱理群：《与鲁迅相遇：北大演讲录之二》，生活·读书·新知三联书店2007年版，第161页。
④ 〔德〕尼采：《上帝死了——尼采文选》，戚仁译，上海三联书店1989年版，第165页。
⑤ 汪晖：《反抗绝望：鲁迅及其文学世界》，第111页。
⑥ 吴国盛：《时间的观念》，中国社会科学出版社1996年版，第240页。

维与“现代性”所蕴含的时间意识紧密联系在一起，其小说文本内部交织着两种时间观念：“一个是企盼变化与发展的作者和他的读者的时间观念……而另一个是只有‘转换’意识而没有‘发展’观念的社会群体的时间观念以及由他们构成的现实社会状况。”①在时间的流逝中，鲁迅以超然物外的姿态对时间进行审视，打量着现实时空中的人与物。他以特殊的方式记录时间，展示每一生命独特的身体样态，对人类的生命、情感、行为进行诗意观照。鲁迅对中国传统小说的突破首先表现在时间艺术上的探索：一方面，他打破了传统小说的时间形式，将线性时间断裂为碎片或消解为虚无；另一方面，他把时间物化或数字化，通过将时间凝固于实物或事件的方式来“挽留”时间。鲁迅通过对时间的静态化、重复的梦魇等方式呈现，意在展露其笔下人物身体的精神状态与生存境遇。

（一）静态化

静态化是指时间之流被切断，将人物的活动骤然停止而定格为一个静止的画面，抓住人物身体最富意蕴的瞬间，“化动为静”，从而突出或渲染某一场面或细节的原始时间性。海德格尔指出：“真正的时间，不是以现成的现在为核心的过去、现在、将来逐次相递的线性流逝过程，而是在这静止凝定的瞬间，让时间之光烛照真正的人生，向我们澄明存在的真谛。”②进入现代社会之后，现代生活的不确定性加剧了人们生存的焦虑，鲁迅极具想象力地把时间物化与数字化，试图通过将时间凝固在某种具体的场景、某种神态或某个具体细节来留存时间，在其小说中，他一方面以多元形式呈现出时间的样式，另一方面也反映了现代人尽其所能挽留时间的冀求。而时间在证明身体存在的同时，也在解构人的生存境遇。在《阿Q正传》中，鲁迅给人们展现出了阿Q与小D龙虎斗的精彩场景：

> 这谦逊反使阿Q更加愤怒起来，但他手里没有钢鞭，于是只得扑上去，伸手去拔小D的辫子。小D一手护住了自己的辫根，一手也来拔阿Q的辫子，阿Q便也将空着的一只手护住了自己的辫根。从先前的阿Q看来，小D本来是不足齿数的，但他近来挨了饿，又瘦又乏已经不下于小D，所以便成了势均力敌的现象，四只手拔着两颗头，都弯了腰，在钱家粉墙上映出一个蓝色的虹形，至于半点钟之久了。③

---

① 冯光廉、刘增人、谭桂林主编：《多维视野中的鲁迅》，山东教育出版社2002年版，第678页。

② 转引自傅松雪：《时间美学导论》，山东人民出版社2009年版，第242页。

③ 鲁迅：《鲁迅全集》第1卷《阿Q正传》，第530页。

这幅看似精彩实则无趣的打斗场景，在众多看客们的鼓噪声中，定格为"一个蓝色的虹形"，竟然持续了"半点钟之久"，这一场景有力地展现出了阿Q、小D卑微的命运以及痛苦的生存状态，揭示出看客们的无聊与丑恶嘴脸。

在《药》的结尾处也出现了一个静态化场景：

> 微风早经停息了；枯草支支直立，有如铜丝。一丝发抖的声音，在空气中愈颤愈细，细到没有，周围便都是死一般静。两人站在枯草丛里，仰面看那乌鸦；那乌鸦也在笔直的树枝间，缩着头，铁铸一般站着。①

这是夏四奶奶给儿子上坟时的情景。她把坟头上的白色花圈看成儿子显灵诉冤，昭示判决不公的显证，她希望儿子真的是被冤死的，而不是因犯了让人感到"羞愧"的"革命"罪而死。因此，夏四奶奶要求儿子证明给她看，让乌鸦飞到坟顶上。但乌鸦终于没有飞上坟顶，而是张开两翅飞向远处的天空，夏四奶奶的希望也随之落空。此场景深刻揭示了辛亥革命未能发动群众，革命者不被民众理解和接受，数千年的统治造成的愚昧和麻木未能消除，封建忠君思想依然禁锢着人们的头脑。

《风波》描写的是一个令人窒息的"临河土场"，这里的人们永远重复着祖辈们"日出而作，日落而息"的生活样式，九斤老太重复着她那句"一代不如一代"的咒语，"皇帝坐了龙庭"成了人们茶余饭后的谈资。身体成了道德式微的价值附庸，成了朝代更迭的见证，时间凝滞，活动空间逼仄，生活单调且乏味。"他（七斤）也照例的帮人撑着航船，每日一回，早晨从鲁镇进城，傍晚又回到鲁镇"②，通过从早到晚流水账似的时间叙述，七斤生活的外部空间被抽丝剥茧。辛亥革命在临河土场的仅有成果是剪掉了七斤的一条辫子，但在当时居然没有激起半点涟漪，临河土场上人们的生活被河里航船上的"文豪"看成"田家乐"。只有当"皇帝坐了龙庭"时，才掀起了一场小小的"风波"，而这是由七斤和赵七爷之间的私人恩怨引起的，小小的"风波"在人们的心中没有长时间留存。当"风波"平息后，人们依旧生活在时间轮回的怪圈里，一切复归常态：

> 现在的七斤，是七斤嫂和村人又都早给他相当的尊敬，相当的待遇

① 鲁迅：《鲁迅全集》第1卷《药》，第471页。
② 鲁迅：《鲁迅全集》第1卷《风波》，第492页。

> 了。到夏天，他们仍旧在自家门口的土场上吃饭；大家见了，都笑嘻嘻的招呼。九斤老太早做过八十大寿，仍然不平而且康健。六斤的双丫角，已经变成了一支大辫子了；伊虽然新近裹脚，却还能帮同七斤嫂做事，捧着十八个铜钉的饭碗，在土场上一瘸一拐的往来。①

遭受辛亥革命洗礼的中国大地依然是一潭死水，革命的余波远未波及偏远的乡村。所做的仅仅是强迫"革"掉了几条辫子，社会并未进步，人心依然守旧，土场生活依旧不变，时间被空间无情地悬置和吞噬，成了循环往复的生存隐喻。

当鲁迅把个体视为一个独特生命存在而去思考其身体价值与意义时，他就无法摆脱人生的悲凉。鲁迅小说无法使人读出璀璨美景，触目皆是无路可逃的茫茫将来。这些处在十字路口的人物，在新旧之间徘徊，不知何去何从，"将来"只能成为一种令人措手不及的时间意指。挫折之感与沮丧之情填充在时间框架里，进化论意义上的时间想象被无情消解。吕纬甫的彷徨说明了铁屋子的封闭性阻挡了前瞻性的时间观，抽离了"进化"的时间想象，注定了鲁迅小说人物毫无归宿感的悲剧命运。正如夏志清所说，"对鲁迅来说，《在酒楼上》是他自己彷徨无着的衷心自白，他和阿诺德一样：'彷徨于两个世界，一个已死，另一个却无力出生。'鲁迅引用了屈原的《离骚》作为《彷徨》的题词，完全证实了这种心态"②。狂人在发狂无端折腾一番后病愈，赴某地候补，吕纬甫"飞了一个小圈子，便又回来停在原地点"，魏连殳以叛逆的姿态反抗社会而最终却自甘堕落……时间的流逝给人们的生活留下了一段长时间的空白。我们可以把鲁迅这些小说视为一个整体，时间在身体感知上凝固为恒久，从时间轮回中观照鲁迅小说的整体意蕴为我们把握鲁迅小说身体诗学提供了一个绝佳视角。

鲁迅尽管在"将来"的时间框架里点缀少许对于光明希望的期许，但更多承载着黑暗与虚无、失落与幻灭。陈士成靠着月亮微薄的白光所提供的线索，寻找家族传说中的宝藏，从屋里找到院子、山野，空间上的位移揭示出对现实生活意义的怀疑和对古老价值、寓言体系的追逐。陈士成挖到的并非金银珠宝，而是黑土泥沙，寓示整个家庭寓言的虚无，祖先的金科玉律瞬间崩塌，当他摸到先人的头颅时，说明整个家族的寓言已经腐烂，追寻宝藏的梦想完全幻灭，完成了对整个理想时空的解构。如果说《白光》里的尸骸

---

① 鲁迅：《鲁迅全集》第1卷《风波》，第499页。
② 夏志清：《中国现代小说史》，刘绍铭等译，第32页。

象征了过去时间的腐蚀，那么《在酒楼上》消失的尸骨则是将来的落空。埋在渐渐进水的坟墓中的吕纬甫小弟的尸体构成一种身体隐喻，幼者非但无法以其蓬勃面貌支撑起新的国家想象，反而以尸体的腐烂象征希望的落空，晚清呼唤的“少年中国”到“五四”的“幼者本位”已经变得如此不堪一击，构成一个衰败的“国民”体系。“棺木已经快要烂尽了，只剩下一堆木丝和小木片……被褥、衣服、骨骼，什么也没有。我想，这些都消尽了，向来听说最难烂的是头发，也许还有罢。我便伏下去，在该是枕头所在的泥土里仔仔细细的看，也没有。踪影全无！”①以上两具尸骸，说明了“过去”与“将来”都无法作为人物安身立命的承载体系。鲁迅残酷地架空了希望延宕的可能，没有也不可能树立一个终极的价值信仰去安抚那些努力奋斗的人们。

（二）重复的梦魇

巴赫金以“定点、循环式”的叙述模式说明时间的停滞，②当文本的叙述只重复一些细微的事物，只在欲望与饮食中度过，时间便成为定点、循环式的时间。叙述停滞不前、不断重复，时间失去了向前的历史进程。普通世俗的日常时间凝结在空间场域里，重复的梦魇充斥鲁迅小说的各个角落。

威廉·莱尔认为，鲁迅小说结构上的一个显著特点是“故事开始时，种种人和事纷至沓来，进入行动；故事结束时，又回到原来的静止状态”③。在白昼和黑夜、日出和日落、四季的更替、万物的盛衰以及人生世代相继这些自然现象的启示下，鲁迅小说时间更多表现为一种时间的循环。如《祝福》中“旧历的年底毕竟最像年底”，④《故乡》中“这不是我二十年来时时记得的故乡”⑤……从中我们不难发现鲁迅内心潜藏的忧郁。鲁迅在存在论意义上的梦魇中，在多疑的禀性和深邃尖刻的思索中，看到了一个静态化的历史黑影。以其对历史的独到洞见，从而避免了愚民常犯的幼稚、简单和廉价的乐观，但又使他终身陷入一个轮回的怪圈而无法出逃。

鲁迅小说中的人物愈是寻找将来便愈是失落，对于将来有所寄托的人物似乎已被架空。阿Q在精神胜利法不能奏效的情况下，开始了新的“瞒和骗”，得出了“似乎觉得人生天地间，大约本来有时也未免要……”的结论，把游街、示众与杀头归结于任何人都无法改变的命运。阿Q临死之前的

① 鲁迅：《鲁迅全集》第2卷《在酒楼上》，第28页。

② 〔俄〕巴赫金：《小说的时间形式和时空体形式》，载《巴赫金全集　第三卷　小说理论》，白春仁、晓河译，河北教育出版社1998年版，第449页。

③ 乐黛云编：《国外鲁迅研究论集（1960—1980）》，北京大学出版社1981年版，第334页。

④ 鲁迅：《鲁迅全集》第2卷《祝福》，第5页。

⑤ 鲁迅：《鲁迅全集》第1卷《故乡》，第501页。

"泰然自若"和独异逻辑无疑是数千年封建思想荼毒的结果，是自给自足的小农经济的产物。《明天》中粗笨无助的单四嫂子抱着病重的孩子，将希望投向"明天"："到了明天，太阳一出，热也会退，气喘也会平的：这实在是病人常有的事。"作者在小说里刻意着重于时间的铺展，在煎熬的漫长等待中，"东方已经发白；不一会，窗缝里透进了银白色的曙光。"①曙光是否能够带来新生的希望？鲁迅接着又再重复："现在居然明亮了；天的明亮，压倒了灯光。"②"太阳早出了。"③鲁迅安排了如《药》般的构思，摧毁了单四嫂子的希望，让她在"天明"的曙光中寻求庸医何小仙的帮助，取得"保婴活命丸"后孩子一命呜呼。单四嫂子在儿子死后，又把希望寄托到"明天"："明天醒过来，自己好好的睡在床上，宝儿也好好的睡在自己身边。他也醒过来，叫一声'妈'，生龙活虎似的跳去玩了。"④然而宝儿的早夭使单四嫂子对"明天"的奢望已然落空。鲁迅残酷地多次架空单四嫂子对"明天"的期许："鸡也叫了；东方渐渐发白，窗缝里透进了银白色的曙光。""银白的曙光又渐渐现出绯红，太阳光接着照到屋脊。"⑤"明天"到来了，但她心爱的宝儿却再没有回来，枯等整夜的单四嫂子迎来的却是一具冰冷的棺材。单四嫂子生命的曙光在对明天的期许中消耗殆尽，明天的希望持续被延宕，棺材成了"明天"的终结，预示了"希望"只能埋入尘土。阿Q与单四嫂子的自欺在本质上何其相似：这都是古老时间轮回中形成的一种令人可怕的驯良、麻木、愚昧、苟安的特性，是遭受长久压抑、失败之后的"不争"所导致的自我精神苦痛。"中国人的不敢正视各方面，用瞒和骗，造出奇妙的逃路来，而自以为正路。在这路上，就证明着国民性的怯弱、懒惰，而又巧滑。一天一天的满足着，即一天一天的堕落着，但却又觉得日见其光荣。"⑥这种重复与循环着的"瞒和骗"折射出儒家封建文化重压下的病态灵魂，对鲁迅那种独特思维方式的形成无疑起到了催化剂作用，对国民的失望以及个人的无助感就像毒蛇一样噬咬着他，以至于引起深入骨髓的绝望。

永恒轮回是一种苦境的轮回，是我们所不能忍受的沉疴。《狂人日记》借"狂人"之口控诉了中国几千年"吃人的历史"：易牙蒸子献与齐桓公、易子而食、食肉寝皮、徐锡麟的心肝被炒吃、人血馒头治痨病、狼子村的恶人心

---

① 鲁迅：《鲁迅全集》第1卷《明天》，第474页。
② 鲁迅：《鲁迅全集》第1卷《明天》，第474页。
③ 鲁迅：《鲁迅全集》第1卷《明天》，第475页。
④ 鲁迅：《鲁迅全集》第1卷《明天》，第477页。
⑤ 鲁迅：《鲁迅全集》第1卷《明天》，第477页。
⑥ 鲁迅：《鲁迅全集》第1卷《论睁了眼看》，第254页。

肝被油煎炒……这些都是惨不忍睹的吃人肉、喝人血的血腥场面。还有那些无形的吃人与被吃的“盛况”：为民请命的墨子，尽管冒着生命危险解除了宋国的亡国之危，而他回到宋国却被“募捐救国队”募去了破包袱，在城门下避雨也被执戈的巡兵赶走。眉间尺与黑衣人以死复仇的壮举最终沦为一场闹剧……历史变成了血淋淋的吃人史，而这一切在一代又一代人中轮番上演。《阿Q正传》中阿Q以“我们先前——比你阔的多啦!”出场，又以“过了二十年又是一个……”而离场，在他的时间意识中很难发现有现在，面对现实的窘境，他孤立无助，只有以“精神胜利法”去麻痹自己，他或许对过去和将来寄予更高的期许，或许他根本就没有现在，线性时间被消解，而只有潜藏在灵魂深处的永恒轮回。这样做尽管能在短暂的时间里麻醉自己的灵魂，逃避无法直面的现实苦难，然而，其结果必将形成一种恶性循环，造成严重的社会后果。“这一流人是永远胜利的，大约也将永久存在。在中国，唯他们最适于生存，而他们生存着的时候，中国便永远免不掉反复着先前的运命。……难道竟不过老是演一出轮回把戏而已么?”①

面对社会，面对人生，面对自我，鲁迅的小说主人公往往陷入难以自拔的苦闷。在时间的魔咒里，人们痛苦地挣扎。在经过无数次无果的折腾后，留给他们的只是难以言说的“苦闷”与“无聊”。《在酒楼上》数次出现吕纬甫抽烟的细节动作，虽然时间短暂，但我们却能察觉他内心的迷惘、痛苦和挣扎。先前的信仰和行动在残酷的现实面前夭折，他逐渐心灰意冷甚至于心死，在“无聊”的永恒时间轮回里了此残生。《孤独者》中的魏连殳宿命般地出现在读者面前：以送殓始，以送殓终。故事以死亡开始又以死亡结束，中间没有获得半点新生，仅仅只是一种简单循环。文中多次提到“一切是死一般静，死的人和活的人”，让我们感到“气闷”无比，主人公痛苦地承受着一种撕心裂肺的孤独、无奈与痛楚，只得躲进他亲手造成的“独头茧”里，苟延残喘，“这人已经被敌人诱杀了”。他由此彻底否定自我存在的价值，认为自己“不配活下去”。但又不甘心缴械投降，“我自己又觉得偏要为不愿意我活下去的人们而活下去”，他时刻身处胜利与失败、生存与毁灭的尴尬境地，以至于求生不得，求死不能，“我已经躬行我先前所憎恶，所反对的一切，拒斥我先前所崇仰，所主张的一切了。我已经真的失败，——然而我胜利了”。② 此处可以视为鲁迅“我所憎恶的太多了，应该自己也得到憎恶，这才

---

① 鲁迅：《鲁迅全集》第3卷《忽然想到(四)》，第18-19页。
② 鲁迅：《鲁迅全集》第2卷《孤独者》，第103页。

还有点像活在人间"①的最佳注脚。他对于自己行尸走肉般的生活给予刻薄的嘲讽，在物质的充裕与精神的极度匮乏之中糟蹋自己的躯体，最终走向死亡的境地。

孔乙己在咸亨酒店里人们的哄笑声中出场，又在人们的说笑声中消失。《风波》始于在土场上吃饭，终于在土场上吃饭，七斤仍然重复着"每日一回，早晨从鲁镇进城，傍晚又回到鲁镇"②。《故乡》始于篷船，又终于篷船，"我"念念不忘闰土，宏儿也无法忘怀水生。《端午节》中方玄绰的行为处世哲学则是通过他四次拿起《尝试集》来呈现："他点上一枝大号哈德门香烟，从桌上抓起一本《尝试集》来，躺在床上就要看"，"只见这只手便去翻开了《尝试集》"，"他又要看《尝试集》了"，"方玄绰也没有说完话，将腰一伸，咿咿呜呜的就念《尝试集》"。③《白光》中陈士成的悲剧命运在三次念叨"这回又完了"中完成。《祝福》中借祥林嫂之口，对情节和故事进行多次交代，用以表现人物的精神状态："我单知道下雪的时候野兽在山坳里没有食吃，会到村里来；我不知道春天也会有。我一清早起来就开了门，拿小篮盛了一篮豆，叫我们的阿毛坐在门槛上剥豆去……"④不仅展示了祥林嫂深深的自责与悔恨，揭示了她生不如死的精神状态，而且还通过听者从同情到厌倦的态度变化，从侧面反映了祥林嫂所处的生活境遇。《孤独者》中我和魏连殳的相识以送殓始，以送殓终。……这一切无不昭示着社会、历史、人生亘古不变的丑陋，对事件的重复既是小说结构艺术的体现，又凸显人物个性和情感的纠葛，以及主人公无法逃脱的悲剧命运。诚如尼采所说："人生便是你目前所过、或往昔所过的生活，将来仍将不断重演，绝无任何新鲜之处。然而，每一样的痛苦、欢乐、念头、叹息，以及生活大大小小无法言传的事情皆会再度重现，而所有的结局也都一样——同样的月夜、枯树和蜘蛛，同样的时刻以及我。那存在的永恒之沙漏将不断地反复转动，而你在沙漏的眼中不过是一粒灰尘罢了。"⑤正如《在酒楼上》吕纬甫对自己人生轨迹的描述：

> 我在少年时，看见蜂子或蝇子停在一个地方，给什么来一吓，即刻飞去了，但是飞了一个小圈子，便又回来停在原地点，便以为这实

---

① 鲁迅：《鲁迅全集》第3卷《我的"籍"和"系"》，第89页。
② 鲁迅：《鲁迅全集》第1卷《孔乙己》，第492页。
③ 鲁迅：《鲁迅全集》第1卷《端午节》，第566-568页。
④ 鲁迅：《鲁迅全集》第2卷《祝福》，第15-17页。
⑤ 〔德〕尼采：《快乐的智慧》，余鸿荣译，中国和平出版社1986年版，第230页。

在很可笑，也可怜。可不料现在我自己也飞回来了，不过绕了一点小圈子。①

有论者指出："鲁迅的小说，既融汇了他的历史观，又隐含着他的人生观。其历史观中'进化与循环'的矛盾、起伏，与人生观中'希望与绝望'的矛盾、起伏，相互对应，交织贯串。"②诚如斯言，鲁迅小说中的重复梦魇并不是对荒谬现状的逃避，而是"走异路，逃异地，去寻求别样的人们"③的应然选择。

尽管中国历史上"古已有之"的现象不胜枚举，但鲁迅并没有消极面对或者放逐自我，他一再强调："我并不说古来如此，现在遂无可为，劝人们对于'过去'，生敬畏心，以为它已经铸定了我们的命运。"④因为人类在进化，鲁迅总结研究了历史之后告诫人们："世界日日改变，我们的作家取下假面，真诚地，深入地，大胆地看取人生并且写出他的血和肉来的时候早到了；早就应该有一片崭新的文场，早就应该有几个凶猛的闯将！"⑤鲁迅倡导大胆地看取人生与历史的真实来直面历史循环，其小说中重复的梦魇并不是想使人屈从于已然不变的事实，而是激发人们反抗绝望后的战叫。

## 第二节　鲁迅小说的身体空间隐喻

空间是人类借以认识外界的基本范畴，也是人类生命存在的承载场域；是人类所建构的行动与思想范围，也是人类活动的场所与舞台。空间具有延展性及多元性，人在空间里最能呈现其生存状貌及意义。梅洛-庞蒂指出："身体的空间性不是如同外部物体的空间性或'空间感觉'的空间性那样的一种位置的空间性，而是一种处境的空间性。"⑥因此，从空间的角度来观察人的生活与环境，是理解人的最佳方式。小说是观察社会生活、反映人生形式最为切近的文学样式，因此从空间切入来审视其深刻意涵，已经成为学界关注的焦点。1945 年约瑟夫·弗兰克在《现代小说中的空间形式》一文中最先提出了小说空间形式的理论，初步建构关于空间的理论体系，随

---

① 鲁迅：《鲁迅全集》第 2 卷《在酒楼上》，第 27 页。

② 庄汉新、邵明波主编：《中国二十世纪乡土小说论评》，第 56 页。

③ 鲁迅：《鲁迅全集》第 1 卷《〈呐喊〉自序》，第 437 页。

④ 鲁迅：《鲁迅全集》第 3 卷《这个与那个》，第 149 页。

⑤ 鲁迅：《鲁迅全集》第 1 卷《论睁了眼看》，第 255 页。

⑥ 〔法〕梅洛-庞蒂：《知觉现象学》，姜志辉译，第 137-138 页。

后，科林柯维支、詹姆斯·M.柯蒂斯、埃里克·S.雷比肯、梅洛-庞蒂曾先后就小说的空间形式进行了不同向度的探讨，回应并丰富了小说空间形式的理论言说，促成了现代小说研究从时间到空间的转变。王富仁认为：“重视环境展现，把环境的展现放在小说创作的首要位置，是《呐喊》《彷徨》的一个重要艺术特征。”①王富仁进一步指出，鲁迅是一个空间主义者，鲁迅更加重视的是空间而不是时间；空间主义者关心的是现实的空间环境，正视现在的空间环境，正视现在自我的生存和发展，这就是鲁迅思想的核心。② 在鲁迅小说中，各式人物纷至沓来，事件与人物的来龙去脉涌现在人物的谈话和意识之中，小说中的身体以空间隐喻的方式得以彰显，从而使身体实现了意象关系和意义价值的有机整合。

## 一、流亡与返乡的回返空间

新文学不但参照了西方世界的蓝图，更特别的是在“新”的展望之际，却总是伴随着昔日故乡溃散的记忆与阴影，而只剩下孤独漂泊的个人。陈继会指出：“考察20世纪中国乡土小说，现代作家的乡恋心态是一个重要的审视角度。因为它直接制约着作家对生活的感悟、评价和艺术传达。”③故“五四”以来对个人与社会关系的探讨，可以说是中国自19世纪以来，以宗法制度为血缘纽带的家族瓦解之后“无家”“无乡”到“无国”状态的重新整合，“对于中国人，意味着失去了最后的‘精神避难所’，熄灭了所有‘美好的人与事’以及‘希望之光’，是绝望达到极致”④。

“五四”知识分子大多被“欧风美雨”所带来的西方现代文明蛊惑与吸引，或因被宗法制度的乡土中国所排挤与放逐，他们纷纷离家辞乡，奔向现代都市，开启了精神历练与灵魂蜕变之旅。然而，现代中国并不具备真正意义上的现代都市滋生土壤，所谓的“现代都市”也无法成为他们诗意栖居的精神乐园。刚摆脱乡土中国封建宗法制度罗网的束缚，又坠入了现代都市文明的陷阱，这种日趋激化且无法摆脱的精神苦刑以及“归根”“恋土”情结的招引，使他们开始做起怀乡的痴梦，在灵魂的返乡与现实的返乡所构成的内在张力中展开叙事，使得“幻景”与“现实”融为一体。

---

① 王富仁：《中国反封建思想革命的一面镜子——〈呐喊〉〈彷徨〉综论》，北京师范大学出版社1986年版，第273页。

② 王富仁：《时间·空间·人——鲁迅哲学思想刍议之一章(四)》，《鲁迅研究月刊》2000年第4期。

③ 陈继会等：《中国乡土小说史》，第6页。

④ 庄汉新、邵明波主编：《中国二十世纪乡土小说论评》，第32页。

在鲁迅小说中，身体内化为空间性存在，并且积极参与了环绕在人周遭的空间性的社会建构，于是空间成为多层次的存在，从物质化空间实践与感知转化为再现的构想空间与生活空间，空间已不只是具体“物质”和抽象“精神”的简单拼凑，而是存在于交界的暧昧地带，具有不断位移、游走的“中介”性质。范家进指出：“鲁迅正是通过对乡村主人公相对独立的内在心理空间和外在行为空间的力所能及的开拓和‘预留’，使得主人公的精神世界和生存世界构成了对于作品内外的知识分子所倡导和认同的‘现代文化’或现代价值观念体系的某种疏离、反讽以至‘反抗’‘批判’，并以小说方式寓言般地暗示二十世纪中国知识分子与乡村人、现代中国文化与转型阵痛中的中国乡村社会两者之间种种曲折复杂、变幻莫测、痛苦辛酸而又难分难舍的多重多向关系。”①多元空间的开启，导致跨界旅行的想象成为可能，也是鲁迅小说身体诗学的重要特质。就鲁迅小说而言，它同时结合“绍兴”与“北京”“故乡”与“国家”的双重想象。鲁迅“走异路、逃异地”的离乡之旅，并不是探寻未知的蛮荒世界，而是重返理想之“故乡”，建构国族之未来。

（一）异乡苦楚的诉情

鲁迅在《〈呐喊〉自序》里提到他“到N进K学堂去了，仿佛是想走异路，逃异地，去寻找别样的人们”②，而当时学洋务往往被视为将灵魂卖给鬼子，要加倍奚落。告别乡土中国旧灵魂的反叛却变成了“将灵魂卖给鬼子”的罪名，这种悖论在鲁迅小说里不断出现，一方面，“将灵魂卖给鬼子”的知识分子以“原乡的破灭”等叙述模式哀悼破败的乡土，由此反叛传统中国；另一方面却被乡人视为“异类”，以“理想的破灭”随时遭到乡土的放逐，因此，在灵魂的“反叛”与“出卖”之间内隐着无尽的哀思。革命作家往往让一批革命男女冲破传统家庭的藩篱，以投奔都市作为对抗传统的策略，而出走过程中所承受的压力则成了对传统的控诉。如何摆脱乡土中国传统、远离封建家庭成为革命文学的主题。鲁迅却逆向操作，以趋近传统的方式来否定传统，而这种趋近正好提供了他伺机颠覆旧文化的契机，鲁迅小说的都市书写承续了“思乡的蛊惑”的底蕴。

鲁迅面临进退失据的两难窘境：身处都市却时时反顾与批判落后的乡土文化，同时又对都市文化显露出焦灼与苦闷。若我们将鲁迅“走异路，逃异地”的经验放到空间上来解读，“离乡赴城”的叙述正好预设了“乡土”与

---

① 范家进：《“双向隔膜”的发现和“双向批判”的开展——鲁迅乡土小说研究》，《文艺理论研究》1998年第6期。

② 鲁迅：《鲁迅全集》第1卷《〈呐喊〉自序》，第437页。

"都市"的对比，"在这学堂里，我才知道世上还有所谓格致、算学、地理、历史、绘图和体操"①。西学的内容显然让他大开眼界，N 城的求学经历所带来的启蒙，更凸显了城与乡、传统与现代之间的差距。城乡的落差主要体现在"传统"与"现代"之间的此消彼长，以及"革命前"与"革命后"的政治体系的交锋。鲁迅小说中的"乡土中国"大多以辛亥革命前后的绍兴乡村为主，往往呈现出骇人听闻的畸形世界与血腥夸张的"吃人"场面。"都市中国"的笔触往往落墨于柴米油盐的生活琐碎，大多以辛亥革命后为时代的取景点，从"畸形世界"转变为"现代"的空间。在文化空间上，学堂、报馆、图书馆等取代了茶楼、客厅、乡场等场景；在家庭制上，《幸福的家庭》《肥皂》《端午节》《弟兄》等家庭两代制取代了乡土传统的大家庭，整个空间背景沿着现代化思路迈进。

"五四"前夕，鲁迅作为客居 S 会馆中的孤独者，就仿佛沉浸在一个死亡、虚无与阴影相随的"公共空间"。竹内好敏锐地发现，在鲁迅的生涯之中，正是这一段在北京 S 会馆的幽居岁月最为重要，最令人感到好奇，但是也最难以理解。竹内好甚至进一步否认了鲁迅自己的说法——在钱玄同的鼓励之下，鲁迅才开始写作小说，故才有了日后的《呐喊》诸作。竹内好认为，鲁迅在 S 会馆中提笔创作，必定是出于更为深沉的原因，而这也是他称为"回心"的某种事物："我认为对鲁迅来说，这个时期是最重要的时期。他还没开始文学生活。他还在会馆的一间'闹鬼的屋子'埋头抄古碑，没有任何动作显露于外。'呐喊'还没爆发为'呐喊'，只让人感受到正在酝酿着呐喊的凝重的沉默。我想象，鲁迅是否在这沉默中抓到了对他的一生来说都具有决定意义，可以叫作回心的那种东西。"②竹内好进一步指出：鲁迅的"回心之轴"乃建立在一个"无"字上，他还将鲁迅的《野草》与《呐喊》《彷徨》中诸作对应起来，而在显示它们之间的各种对应关系的同时，也似乎显示着各篇系统又是极端独立的："但这独立又反过来以非存在的形式暗示着一个空间的存在，就像一块磁石，集约性地指向一点。这是什么呢？靠语言是表达不出来的。如果勉强而言的话，那么便只能说是'无'。"③在竹内好的论述模式底下，"无"是一个"空间的存在"，而这一空间范畴从 S 会馆时期开始展开，从此伴随鲁迅终身，它已经超越了语言能指的疆界，而是陷落到无边无际的黑暗中。钱理群也强调了 S 会馆时

---

① 鲁迅：《鲁迅全集》第 1 卷《〈呐喊〉自序》，第 438 页。

② 〔日〕竹内好：《近代的超克》，李冬木等译，第 45 页。

③ 〔日〕竹内好：《近代的超克》，李冬木等译，第 99 页。

期在鲁迅生命中的重要意义，“鲁迅在文网密织下的自我麻醉，使他‘沉入古代’，‘沉入民间’，在魏晋、浙东文化中，寻到了自己的根，并获得了对生命本体的黑暗体验，这又是五四时期大多数人所没有的，这正是鲁迅的独特性所在。”①

辛亥革命以后，鲁迅选择来到北京。然而“寻找别样的人们的生活”的梦想显然落空，反而看到的却是丑角们在政治舞台上演一出又一出的闹剧，让鲁迅发现，原来根本就没有“中华民国”存在过：

> 我觉得仿佛久没有所谓中华民国。
>
> 我觉得革命以前，我是做奴隶；革命以后不多久，就受了奴隶的骗，变成他们的奴隶了。
>
> 我觉得有许多民国国民而是民国的敌人。
>
> ……
>
> 退一万步说罢，我希望有人好好地做一部民国的建国史给少年看，因为我觉得民国的来源，实在已经失传了，虽然还只有十四年！②

在《头发的故事》中，鲁迅道出心声：身处北京，却与“民国”有无比隔阂与疏离之感。因此，我们可以把鲁迅看成是一个孤立于时代之外的独行侠或孤独者。

1916 年 5 月，鲁迅从北京绍兴会馆的藤花西屋搬到补树书屋居住，原因是：原来的住室不够安静，“夜半邻室诸人聚而高谈，为不得眠熟”。补树书屋位于宣武门外南半截胡同内，而这也就是鲁迅日后在《〈呐喊〉自序》中提及的 S 会馆里的“三间屋”。鲁迅在这里一直住到 1919 年才搬到八道湾的居所，《狂人日记》便在绍兴会馆里完成。故此，绍兴会馆不仅是鲁迅创作的转捩点，而且成了中国现代小说萌芽的起点，“‘S 会馆’是新文学的产房”③。然而，在鲁迅的笔下，绍兴会馆却是一个了无生气的处所。鲁迅在《〈呐喊〉自序》中写道：

> S 会馆里有三间屋，相传是往昔曾在院子里的槐树上缢死过一个女人的，现在槐树已高不可攀了，而这屋还没有人住；许多年，我便寓在

---

① 钱理群：《十年沉默的鲁迅》，《浙江社会科学》2003 年第 1 期。

② 鲁迅：《鲁迅全集》第 3 卷《忽然想到（三）》，第 16-17 页。

③ 彭晓丰、舒建华：《“S 会馆”与五四新文学的起源》，湖南教育出版社 1995 年版，第 1 页。

这屋里抄古碑。客中少有人来，古碑中也遇不到什么问题和主义，而我的生命却居然暗暗的消去了，这也就是我唯一的愿望。夏夜，蚊子多了，便摇着蒲扇坐在槐树下，从密叶缝里看那一点一点的青天，晚出的槐蚕又每每冰冷的落在头颈上。①

学界往往注重S会馆生涯对鲁迅的重要性，却鲜少有人提及鲁迅这段文字简明扼要的写作笔法，通过故乡绍兴和客居北京、死去的女人和生长的槐树、传统的古碑和流行的问题与主义等进行对比，营造出语意之间的暧昧与矛盾，于是就在故乡与京城、死与生、传统与现代、静默与喧嚣、鬼与人之间，唯独剩下一个漂泊与孤寂的"我"，夹在这两侧世界的中央，任凭时光悄然流逝。

鲁迅自1912年来到北京，直到1926年方才离开，北京成了鲁迅生命中的重要组成部分，也是鲁迅研究一个不可或缺的环节。姜异新指出："北京之于鲁迅，不仅仅是一个活动场所，一个创作地点，更是一个内蕴丰厚的文化符号和具有无限审美意味的想象空间。当我们从他生活的北京城走出，走进他玄妙的文本世界之后，却发现这里的北京呈现一片暗赭色。它，没有花，没有诗；没有光，没有热，甚至消逝了春和秋，是寂寞荒凉的古战场，黄埃漫天的大沙漠……"②当我们细细梳理一下鲁迅的小说，有下列作品明确或隐约地告诉我们故事发生在北京：《一件小事》《头发的故事》《端午节》《鸭的喜剧》《兔和猫》《幸福的家庭》《示众》《肥皂》《高老夫子》《伤逝》《弟兄》等，约占鲁迅小说数量的一半，这些作品里的环境是沉闷的，人物对生活充满无助与绝望。鲁迅小说着力刻画了北京恶劣无常、了无生机的四季：

老于北京的人说，地气北转了，这里在先是没有这么和暖。只是我总以为没有春和秋；冬末和夏初衔接起来，夏才去，冬又开始了。③

首善之区的西城的一条马路上，这时候什么扰嚷也没有。火焰焰的太阳虽然还未直照，但路上的沙土仿佛已是闪烁地生光；酷热满和在空气里面，到处发挥着盛夏的威力。许多狗都拖出舌头来，连树上的乌老鸦也张着嘴喘气……④

---

① 鲁迅：《鲁迅全集》第1卷《〈呐喊〉自序》，第440页。

② 姜异新：《徘徊于文本内外的"现代性"——北京时期的鲁迅与鲁迅的文学北京》，《鲁迅研究月刊》2005年第7期。

③ 鲁迅：《鲁迅全集》第1卷《鸭的喜剧》，第583页。

④ 鲁迅：《鲁迅全集》第2卷《示众》，第70页。

> 这北京的冬天；就如蜻蜓落在恶作剧的坏孩子的手里一般，被系着细线，尽情玩弄，虐待，虽然幸而没有送掉性命，结果也还是躺在地上，只争着一个迟早之间。①

在1922年《兔和猫》一文中我们可察觉到北京会馆时期的鲁迅对于生命之归于“沉寂”的极其敏感：

> 我总觉得凄凉。夜半在灯下坐着想，那两条小性命，竟是人不知鬼不觉的早在不知什么时候丧失了，生物史上不着一些痕迹，并S也不叫一声。我于是记起旧事来，先前我住在会馆里，清早起身，只见大槐树下一片散乱的鸽子毛，这明明是膏于鹰吻的了，上午长班来一打扫，便什么都不见，谁知道曾有一个生命断送在这里呢？我又曾路过西四牌楼，看见一匹小狗被马车轧得快死，待回来时，什么也不见了，搬掉了罢，过往行人憧憧的走着，谁知道曾有一个生命断送在这里呢？夏夜，窗外面，常听到苍蝇的悠长的吱吱的叫声，这一定是给蝇虎咬住了，然而我向来无所容心于其间，而别人并且也不听到……②

诚然，任何生命将会在悄然中死去，甚至在喧嚣的世界上不留下任何痕迹，这或许正如鲁迅所说，是造物“将生命造得太滥，毁得太滥”③的缘故。但是，这种情形对鲁迅而言，无疑是一个没有过去、现在和未来的虚无世界，没有了梦寐向往与爱恨情仇，甚至已经没有生死之分，说明鲁迅已经沉潜到生命存在的最低落、最消极之处。

鲁迅借爱罗先珂之口，道出生活在北京的感慨：“寂寞呀，寂寞呀，在沙漠上似的寂寞呀！”④而寂寞与孤独正是鲁迅当时生活的真实写照，故鲁迅笔下的胡同、街道、居所等黯淡阴森，压抑得让人窒息，无丝毫温情。

> 会馆里的被遗忘的偏僻里的破屋是这样地寂静和空虚。时光过得真快，我爱子君，仗着她逃出这寂静和空虚，已经满一年了。事情又这么不凑巧，我重来时，偏偏空着的又只有这一间屋。依然是这样的破窗，这样的窗外的半枯的槐树和老紫藤，这样的窗前的方桌，这样的败

---

① 鲁迅：《鲁迅全集》第2卷《伤逝》，第128页。
② 鲁迅：《鲁迅全集》第1卷《兔和猫》，第580页。
③ 鲁迅：《鲁迅全集》第1卷《兔和猫》，第580-581页。
④ 鲁迅：《鲁迅全集》第1卷《鸭的喜剧》，第583页。

壁，这样的靠壁的板床。①

《伤逝》中的会馆正如“铁屋子”，里面关着的是活死的灵魂，他们正在等待或将要走向坟墓。《弟兄》里头上那有着三四个乌鸦窠的古槐中会突然发出“哇”的一声鸦鸣，令人毛骨悚然；《示众》里在街头看热闹的民众兴奋异常地伸长脖子，像鸭子一样围在一起细细咀嚼他人的苦痛。“远处隐隐有两个铜盏相击的声音，使人忆起酸梅汤，依稀感到凉意，可是那懒懒的单调的金属音的间作，却使那寂静更其深远了。”②这些发生在北京背景下的故事，记录了来自病态社会中不幸的人们，这些软弱的知识分子、麻木的民众分散在北京的各个角落，他们孤独空虚、自私冷漠、麻木健忘，无情地消解这个曾经盛极一时的古老的都市文化。

鲁迅小说的都市书写多以牺牲新文化为写作策略，如《高老夫子》中安排守旧分子进驻校园，教务长万瑶圃认为“合乎中庸，一以国粹为归宿，那是决无流弊的”③，并炫耀着与蕊珠仙子的暧昧关系，使得神圣的学校乌烟瘴气。高老夫子“打牌，看戏，喝酒，跟女人”无所不通，只因为发表了《论中华国民皆有整理国史之义务》，被聘到女校教书，由市井无赖摇身变成了所谓的“学者”，由于胸无点墨，遭到女学生的哂笑，最终狼狈而逃。这些社会渣滓虽任教于女学府，可是处处打压女学，认为女学“淆乱两仪，非天曹所喜”④。《肥皂》里的四铭自称在光绪年间大力提倡女学校，道貌岸然，一旦受到学生的嘲笑，便极力主张关掉学校：“什么解放咧，自由咧，没有实学，只会胡闹”⑤，“女人一阵一阵的在街上走，已经很不雅观的了，她们却还要剪头发。我最恨的就是那些剪了头发的女学生，我简直说，军人土匪倒还情有可原，搅乱天下的就是她们，应该很严的办一办。”⑥尽管四铭看似脱离了传统的封建大家庭，可是却要求“庭训”，儿女在其父权的威严下变得唯唯诺诺，与鲁迅强调的“儿童本位”背道而驰。他与一批“志同道合”的朋友为移风文社拟定佶屈聱牙的征文题目：“共拟全国人民合词吁请贵大总统特颁明令尊重圣经崇祀孟母以挽颓风而存国粹文”，如“古训所筑成的高墙”，成了“活埋庵”，用“祖传”“老例”“国粹”埋葬令人。⑦

---

① 鲁迅：《鲁迅全集》第 2 卷《伤逝》，第 113 页。
② 鲁迅：《鲁迅全集》第 2 卷《示众》，第 70 页。
③ 鲁迅：《鲁迅全集》第 2 卷《高老夫子》，第 81 页。
④ 鲁迅：《鲁迅全集》第 2 卷《高老夫子》，第 81 页。
⑤ 鲁迅：《鲁迅全集》第 2 卷《肥皂》，第 47 页。
⑥ 鲁迅：《鲁迅全集》第 2 卷《肥皂》，第 48 页。
⑦ 鲁迅：《鲁迅全集》第 3 卷《通讯》，第 22 页。

《孤独者》中的魏连殳无法容于乡土,在都市中亦未觅得生机。当他返回寒山寺奔丧,受到族长、近房以及祖母的母家的亲丁、闲人的对付:"排成阵势,互相策应,并力作一回极严厉的谈判。"①并要求魏连殳遵守旧式的仪式,"一是穿白、二是跪拜、三是请和尚"②,将一个"吃洋教"的"新党"强行拉进旧有体系。可是当他回到S城,并没改变被排挤的命运。他因为毫无顾忌地发表言论,遭到小报的攻击,学界传播着他的流言,他终于被校长辞掉,连房东、小孩都远离他。魏连殳经济困苦、孤立无助,生存空间被无情剥夺,只能一步步退守,甚至沦落到求乞的地步。

《伤逝》里的子君走向会馆与涓生幽会,显现了都市青年反抗的决绝。他们在会馆谈家庭专制,谈打破旧习惯,谈男女平等,谈伊孛生、泰戈尔、雪莱等,显然是受到西方启蒙思想的影响,也因应了五四时代以"西学"反"中学"的策略。③ 进而到吉兆胡同的小屋同居,建构起新的文化空间,实现了青年男女追求自由恋爱的吁求。可是"幸福的空间"终将化为泡影,由子君父亲、涓生的上司、邻居等组成的封建道德维护者,时刻监视着该时代的禁忌——同居,并通过家庭、经济、人际关系的制裁达到对冲决封建罗网者的惩戒。经济上陷入困境后的男女,同居的小屋成了囚禁的牢笼,涓生千方百计逃出、子君最终返回家里,在父亲烈日一般的严威和旁人赛过冰霜的冷眼催逼下凄惨死去,从而回答了"娜拉走后怎样"的疑问,没有获得独立经济地位的娜拉们只有两种选择:"不是堕落,就是回来。"④"堕落"意味着成为性的商品,"回来"最终也无法承受精神奴役的创伤,子君与涓生的悲剧控诉了阻碍这群青年男女追求自由恋爱的时代桎梏。

与木偶人闰土相比,步入都市的知识分子不遑多让,他们也相继沦为木偶人。《在酒楼上》的故事源于"我"与吕纬甫在S城里的酒楼上相遇,继而在只有两人独处的封闭空间里展开了一场触及生命本真的对话。吕纬甫慨

---

① 鲁迅:《鲁迅全集》第2卷《孤独者》,第89页。

② 鲁迅:《鲁迅全集》第2卷《孤独者》,第89页。

③ 曹清华认为,小说里面子君所说的"我是我自己的,谁也没有干涉我的权利",在鲁迅的眼中,并非是涓生"启蒙"的结果,而是历来就可以听到的中国女性的声音。子君一面听不懂涓生的"教人"的理论,以致"她睁大着稚嫩的眼睛",一面却发出了这一句卓绝之中国女性一直在努力表达的内心里的声音。这种声音在中国历史的记述里很微弱,是因为它被压制、被掩盖的结果。鲁迅的小说也旨在告诉我们,这种声音能够强大起来,并非"启蒙"所能奏效。小说中,涓生的"启蒙"以及与子君的同居,与其说在"教人"与"救人",不如说给了子君一个表达"心声"的脆弱和虚幻的场所。"铁屋子"的压迫,不仅扭曲了"涓生"的理想,也淹没了"子君"的心声和扼杀了其卓绝的性格。这便是鲁迅的远见。见曹清华:《词语、表达与鲁迅的"思想"》,第102页。

④ 鲁迅:《鲁迅全集》第1卷《娜拉走后怎样》,第166页。

叹："看你的神情，你似乎还有些期望我，——我现在自然麻木得多了。"①"我现在什么也不知道，连明天怎样也不知道，连后一分……"②"我在少年时，看见蜂子或蝇子停在一个地方，给什么来一吓，即刻飞去了，但是飞了一个小圈子，便又回来停在原地点，便以为这实在很可笑，也可怜。可不料现在我自己也飞回来了，不过绕了一点小圈子。"③这正是鲁迅思想的深刻之处，他将自己一分为二，并且设置了两种截然不同的生命抉择：一个与生活妥协，一个继续在困苦迷惘中辗转前行，然而不管是哪一种方式，终究未能逃出既定的生命轨迹。从吕纬甫讲述的"无聊的事"和其对生命的感悟，以及"我"的反应与质疑，无不显示了知识分子的失语、无奈与彷徨。杨泽视之为"忧郁之物"："在革命后的废墟里，在历史的荒原上，鲁迅用他阴郁的冷眼所关注、所沉思的种种文化断裂的问题皆化成沉淀了的'忧郁之物'(melancholy object)。"④鲁迅小说充斥着"现在彷徨""未来无望"的深沉忧郁，"只能重复以文字描摹启蒙者对家园、对家国的离异情愫，为忧郁所俘虏，陷入了作者亟欲反抗的'奴隶状态'里"⑤。

（二）离乡与返乡的心理纠葛

在《〈呐喊〉自序》中，他先是从祖父的冤狱、父亲的死历历说起，然后家庭"从小康人家而坠入困顿"，见到了世人的真面目后，告别故乡，展开了走异路逃异地的旅程，辗转南京、东京、北京等大都市。虽然鲁迅的大半光阴在异乡度过，但他在绍兴前后加起来约二十年光景，占据人生的三分之一强，《呐喊》《彷徨》又多叙述令他魂牵梦萦的家乡，这种写作心绪或许可以从《答〈戏〉周刊编者信》一文中窥见端倪：

> 一、未庄在那里？《阿Q》的编者已经决定：在绍兴。我是绍兴人，所写的背景又是绍兴居多，对于这决定，大概是谁都同意的。但是，我的一切小说中，指明着某处的却少得很。中国人几乎是爱护故乡，奚落别处的大英雄，阿Q也很有这脾气。……二、阿Q该说什么话？这似乎无须问，阿Q一生的事情既然出在绍兴，他当然该说绍兴话。但是第三个疑问接着又来了——三、《阿Q》是演给那里的人们看的？倘是演给绍兴人看的，他得说绍兴话无疑。……别的脚色也大可以用绍兴

---

① 鲁迅：《鲁迅全集》第2卷《在酒楼上》，第29页。
② 鲁迅：《鲁迅全集》第2卷《在酒楼上》，第34页。
③ 鲁迅：《鲁迅全集》第2卷《在酒楼上》，第27页。
④ 杨泽：《在台湾读鲁迅的国族文学》，《中外文学》1994年第6期。
⑤ 杨泽：《在台湾读鲁迅的国族文学》，《中外文学》1994年第6期。

话。……但如演给别处的人们看，这剧本的作用却减弱，或者简直完全消失了。①

照常理，去乡愈久，思之愈甚。然而鲁迅的作品人物在辞乡与返乡的旅途中，既没有辞乡时的恋恋不舍，也没有返乡时的归心似箭，更多呈现出对故乡复杂的心绪。乡土在返乡者的眼中，往往被视为凋敝滞后、愚昧野蛮的代名词，一再替传统背黑锅，而"传统"本身在文本的空间表现上又经由另一层"人魅"的工程："狂与死的情节，以一种沉淀在历史记忆的梦魇出现，已化成了弥漫在空气中，弥漫在人物意识底层的基本氛围。"②由死亡、疯狂组成了无法拯救的阴暗与畸形世界，可是这种无法拯救的惨淡空间恰好成了鲁迅为了"引起疗救的注意"而苦心经营出的病态社会，乡村成了传统的藏污纳垢之所，他见证了乡土的衰落，从而把乡土编入待拯救的行列。

在鲁迅小说中，我们时时能感受到那种潜藏于内心深处的怀旧情绪，钱杏邨认为鲁迅小说来源于"在灯下对坐的怀旧谈中，回味那时冲突以后的和重得重生一般乐趣"，"所以鲁迅的创作，我们老实的说，没有现代的意味，不是能代表现代的，他的大部分创作的时代是早已过去了"③。钱杏邨窥见了鲁迅小说游离于乡土与都市时所存在的内在矛盾，这也是鲁迅的忧虑所在，他在谈及小说创作时，除了把"启蒙主义"作为自己创作的动力之外，还一再宣称在他的作品中存在着洗刷不掉的"暮气"，"使精神的丝缕还牵着已逝的寂寞的时光"④，怕因此影响了青年们进取的热情。但钱杏邨以此来否定鲁迅小说的现代性无疑是对鲁迅小说的误判，"怀旧"不等于"恋旧"，尽管鲁迅高张启蒙主义大旗，走出了旧文化、旧家庭的营垒，但是却无法完全摆脱传统历史文化加给他的负累，他有时也徘徊在新的人生理想和旧的生活记忆的岔路口，在义无反顾的人生抉择中踉踉跄跄地踏上了新征程。

丁帆指出，鲁迅小说"不仅仅是对乡土社会的悲哀和惆怅，也不仅仅是包含着同情和怜悯的人道主义精神，而更多的是以一种超越悲剧、超越哀愁的现代理性精神去烛照传统乡土社会结构和'乡土人'（这个"乡土人"当然是整个国民精神的象征）的国民劣根性"⑤。无论是"未庄""鲁镇""咸亨酒店"，鲁迅都刻意述说绍兴的故事。故乡是一个不折不扣的冷乡，笼罩在寒

① 鲁迅：《鲁迅全集》第6卷《答〈戏〉周刊编者信》，第149-150页。
② 杨泽：《在台湾读鲁迅的国族文学》，《中外文学》1994年第6期。
③ 北京大学等主编：《文学运动史料选》第二册，上海教育出版社1979年版，第48-49页。
④ 鲁迅：《鲁迅全集》第1卷《〈呐喊〉自序》，第437页。
⑤ 丁帆：《中国乡土小说史》，北京大学出版社2007年版，第29页。

冬里：

中秋过后，秋风是一天凉比一天，看看将近初冬；我整天的靠着火，也须穿上棉袄了。①

时候既然是深冬；渐近故乡时，天气又阴晦了，冷风吹进船舱中，呜呜的响，从篷隙向外一望，苍黄的天底下，远近横着几个萧索的荒村，没有一些活气。我的心禁不住悲凉起来了。②

天色愈阴暗了，下午竟下起雪来，雪花大的有梅花那么大，满天飞舞，夹着烟蔼和忙碌的气色，将鲁镇乱成一团糟。③

深冬雪后，风景凄清，懒散和怀旧的心绪联结起来，我竟暂寓在S城的洛思旅馆里了；这旅馆是先前所没有的。④

故乡之所以是极冷的原乡，是因为鲁迅生长的地方是个萧索的荒村，农村经济凋敝，人们的生活陷入极大的困境。但鲁迅少年家变乃是深层原因，周家是一个聚族而居的仕宦家庭，虽日趋没落，但儿时的鲁迅仍然过着养尊处优的生活。后因祖父科场弊案而家道中落，鲁迅自幼见识的是人情淡薄、世态炎凉以及迅速败落的家园。鲁迅对故乡的矛盾愁绪可以从他对儿时故乡食物的感受彰显出来。

我有一时，曾经屡次忆起儿时在故乡所吃的蔬果：菱角、罗汉豆、茭白、香瓜，凡这些，都是极其鲜美可口的；都曾是使我思乡的蛊惑。后来，我在久别之后尝到了，也不过如此；唯独在记忆上，还有旧来的意味留存。他们也许要哄骗我一生，使我时时反顾。⑤

思乡的蛊惑与久别后的重逢却有天壤之别，这种人生的况味如此尴尬，让人唏嘘不已。值得玩味的是，在中国现代小说中，沈从文用童心看湘西故乡的食物——甜甜的，似乎到处弥漫着姜糖的味道；老舍对于北京家乡的食物总是一再回味，其作品中极富生活气息的老北京滋味，则是老舍与北京剪不断理还乱的一生情缘。而当鲁迅离乡多年再回到比之前更荒凉的家乡，

---

① 鲁迅：《鲁迅全集》第1卷《孔乙己》，第460页。

② 鲁迅：《鲁迅全集》第1卷《故乡》，第501页。

③ 鲁迅：《鲁迅全集》第2卷《祝福》，第6页。

④ 鲁迅：《鲁迅全集》第2卷《在酒楼上》，第24页。

⑤ 鲁迅：《鲁迅全集》第2卷《小引》，第236页。

家乡的食物也非儿时之味了！尽管步入都市的鲁迅每每忆及家乡时都一往情深地运用诗一般的语言表达他对乡土的眷恋，但他并未沉迷于此，而是时时用一种冷峻清醒的目光审视古老中国传统文化和乡土中国的底层生态，批判沉滞封闭的乡土文化形态下的人伦与社会关系。

鲁迅在《故乡》一文中，丝毫没有回乡的喜悦，满眼萧瑟凄凉，返乡倒是为了“别他而来的”，故“返乡”才是真正的“离乡”，因为“多年聚族而居的老屋，已经公同卖给别姓了”①。然而，这样的“故乡”并未使鲁迅深陷绝望，他依然在苦苦寻找爱它的理由：

> 我所记得的故乡全不如此。我的故乡好得多了。但要我记起他的美丽，说出他的佳处来，却又没有影像，没有言辞了。仿佛也就如此。于是我自己解释说：故乡本也如此，——虽然没有进步，也未必有如我所感的悲凉，这只是我自己心情的改变罢了，因为我这次回乡，本没有什么好心绪。②

到了《白光》一文中，“乡”的破败则呈现出万念俱灰的死灭。《白光》看似讽刺一个不合时宜一心想往上爬的穷酸秀才，其实，鲁迅立意在写一个士绅家族的没落与败亡的故事。陈士成在落榜之后孤单一人徘徊在破败的大宅院之中，充满莫名的凄厉与恐惧。在昔日的温情回忆与当下的冰冷死寂之中，他被屋内的静寂与阴森的光芒所催逼，开始挖掘幻想中的“宝藏”，竟然挖到一颗死人头骨：

> 他栗然的发了大冷，同时也放了手，下巴骨轻飘飘的回到坑底里不多久，他也就逃到院子里了。他偷看屋里面，灯火如此辉煌，下巴骨如此嘲笑，异乎寻常的怕人，便再不敢向那边看。他躲在远处的檐下的阴影里，觉得较为平安了：但在这平安中，忽而耳朵边又听得窃窃的低声……③

神经错乱的陈士成惨然地往城外奔去，最后溺死在万流湖。全篇充满了紧张、焦虑又癫狂的幻象，而室内与室外、灯火辉煌与黑暗阴影的对照，以及在寂静之中却又出现莫名的窃窃低语，使得偌大的祖屋如同生人与亡魂

---

① 鲁迅：《鲁迅全集》第1卷《故乡》，第501页。
② 鲁迅：《鲁迅全集》第1卷《故乡》，第501页。
③ 鲁迅：《鲁迅全集》第1卷《白光》，第574页。

共舞的坟场，呈现出孤独的个人置身于死灭的家族与社会中的荒芜与悲哀。其实早在“五四”以前，传统的家族伦理就已经在中国社会的各个角落土崩瓦解。西方列强入侵以及太平天国运动加速了封建社会与封建家族制度崩溃的步伐，以家族为联结纽带的民间社会以摧枯拉朽之势溃散，家族内部出现了前所未有的经济危机与道德困境。

可以说，鲁迅几乎是在“无父”“无家”甚至“无乡”的窘境之下长大。与其说鲁迅被西方个人主义启蒙，倒不如说他是被中国传统家庭制度放逐后的弃子。“北方固不是我的旧乡，但南来又只能算一个客子，无论那边的干雪怎样纷飞，这里的柔雪又怎样的依恋，于我都没有什么关系了。”①钱理群认为：“这里所表现的是一种更深沉的无家可归的悬浮感、无可附着的漂泊感。它既表明了中国现代知识分子与乡土中国‘在’而‘不属于’的关系，更揭示了人在飞向远方、高空与落脚于大地之间选择的困惑，以及与之相联系的冲决与回归、躁动与安宁、剧变与稳定、创新与守旧……两极间摇摆的生存困境。在这背后，隐藏着鲁迅内心的绝望与苍凉。”②鲁迅面对“乡土中国”与“现代中国”“传统中国文化”与“现代西方文化”撞击时的选择与困惑，呈现出中国现代知识分子在乡村与都市中找不到自己位置的窘境与彷徨，这种生存困惑“既是社会、历史、形而下的，又是人性、心理、形而上的。在这个意义上，鲁迅对人生状态的把握、表现已汇入二十世纪世界文学主题长河之中，这本身就显示出鲁迅小说的世界性意义”③。

五四作家往往表现共同的主题：感时忧国与涕泪飘零。他们在对故乡人事、物象的回忆时，往往爱恨交织，愤懑与悲悯之情混合在一起。丁帆指出：“鲁迅是站在‘五四’启蒙知识分子的立场来书写乡土的，其全部乡土小说都渗透着对‘乡土人’那种无法适应现代社会与文化变革的精神状态的真诚而强烈的痛心和批判态度。”④鲁迅一半以上的小说以故乡绍兴为背景，故事人物原型大都来自故乡之人或亲戚，足见他对于绍兴情感之深。夏志清认为，《呐喊》是在批判“农村人物的懒散、迷信、残酷和虚伪深感悲愤；新思想无法改变他们，鲁迅因之摒弃了他的故乡，在象征的意义上摒弃了中国传统的生活方式”⑤。这是对鲁迅故乡情怀的一种误解，鲁迅并非冰冷的批判者，小说中的“个人”与“庸众”并非完全敌对，水火不容。尤其是在《孔乙

---

① 鲁迅：《鲁迅全集》第2卷《在酒楼上》，第25页。

② 钱理群、温儒敏、吴福辉：《中国现代文学三十年》，北京大学出版社1998年版，第39页。

③ 庄汉新、邵明波主编：《中国二十世纪乡土小说论评》，第32页。

④ 丁帆：《浅论鲁迅乡土小说中价值与审美的悖反现象》，《长江学术》2014年第4期。

⑤ 夏志清：《中国现代小说史》，刘绍铭等译，第32页。

己》《药》《明天》《白光》等作品中，我们不难发现，鲁迅并未停留在对人物的表层刻画，而是深入挖掘他们的内在灵魂，试图让“个人”融入“庸众”的内心世界，从而体验一种深沉的原罪感：“我是吃人的人的兄弟”①，而“我未必无意之中，不吃了我妹子的几片肉”②。故乡俨然成为鲁迅灵魂与肉体不可分割的一部分。因此，李长之指出：“鲁迅更宜于写农村生活，他那性格上的坚韧、固执、多疑，文笔的凝练、老辣、简峭，都似乎不宜于写都市。写农村，恰恰发挥了他那常觉得受奚落的哀感、寂寞和荒凉，不特会感染了他自己，也感染了所有的读者，同时他自己的倔强、高傲，在愚蠢、卑怯的农民性之对照中，也无疑给人们以兴奋与鼓舞。”③

“偏是谋生忙”，鲁迅离开残破的家乡后，却对故乡风土人情依然念念不忘，他在文言小说《怀旧》中以诗一般的言语追述：

> 吾家门外有青桐一株，高可三十尺，每岁实如繁星，儿童掷石落桐子，往往飞入书窗中，时或正击吾案；一石入，吾师秃先生辄走出斥之。桐业径大盈尺，受夏日微瘁，得夜气而苏，如人舒其掌。家之阍人王叟，时汲水沃地去暑热，或掇破几椅，持烟筒，与李妪谈故事，每月落参横，仅见烟斗中一星火，而谈犹弗止。④

这正是鲁迅故家门前的景象，青桐落子，民风淳朴，颇有古风，读者仿佛走入画中。尽管故乡残破不堪，都有可恋之处。鲁迅不时反顾记忆中的故乡，烦厌现实中的故乡，寄望、憧憬理想中的故乡，他的思绪穿梭于交错的故乡时空。鲁迅曾在《故乡》里呈现出一幅“神异”的图画：

> 这时候，我的脑里忽然闪出一幅神异的图画来：深蓝的天空中挂着一轮金黄的圆月，下面是海边的沙地，都种着一望无际的碧绿的西瓜，其间有一个十一二岁的少年，……紫色的圆脸，头戴一顶小毡帽，颈上套一个明晃晃的银项圈……⑤

这是鲁迅作品中少有的亮色：深蓝的天空、金黄的圆月、碧绿的西瓜、

---

① 鲁迅：《鲁迅全集》第1卷《狂人日记》，第448页。

② 鲁迅：《鲁迅全集》第1卷《狂人日记》，第454页。

③ 李长之：《鲁迅批判》，第95页。

④ 鲁迅：《鲁迅全集》第7卷《怀旧》，第225页。

⑤ 鲁迅：《鲁迅全集》第1卷《故乡》，第502-503页。

紫色的圆脸、银色的项圈，这既是他对童年美好的回忆，又是对昔日故乡的追思。因此，在鲁迅作品中，唯有用充满童真的眼光审视世界，心灵中的馨美原乡才能成为理想中的“乐土”：

> 这时我便每年跟了我的母亲住在外祖母的家里。那地方叫平桥村，是一个离海边不远，极偏僻的，临河的小村庄……但在我是乐土：因为我在这里不但得到优待，又可以免念“秩秩斯干幽幽南山”了。①

《社戏》是鲁迅小说中最接地气的一部作品，极富生活情趣，小说极力描写去平桥村看戏前的一波三折，看戏时的索然寡味以及归途时的放飞自我等场景，一群天真无邪、质朴坦诚的“地之子”形象跃然纸上。小说着力刻画看戏途中的美景，江南水乡的氤氲气息扑面而来：

> 两岸的豆麦和河底的水草所发散出来的清香，夹杂在水气中扑面的吹来；月色便朦胧在这水气里。淡黑的起伏的连山，仿佛是踊跃的铁的兽脊似的，都远远地向船尾跑去了，但我却还以为船慢。②

上述文字把景色之美、船行之快、心情之迫切形象生动地呈现在读者面前。景色宜人的江南水乡，即使是夜晚时分，也能让人感受到月色朦胧，清香扑鼻，风景迷人，把孩子们的童真、童趣描写得细致入微，让人深受感染。钱理群指出：“鲁迅对人和自然的生命的关爱，原来是建立在童年时代就获得的这样的刻骨铭心的生命体验的基础之上的。鲁迅之所以如此珍惜和眷恋这童年的、故乡的、民间的体验和记忆，而且越是面对外界的黑暗，以至死亡的威胁，就越要回归到他的生命之根上来，原因即在于此。”③

鲁迅小说除了对童真、童趣充满无限眷恋外，还极力摹写了家乡极富“田家乐”的场景：“老人男人坐在矮凳上，摇着大芭蕉扇闲谈，孩子飞也似的跑，或者蹲在乌桕树下赌玩石子。女人端出乌黑的蒸干菜和松花黄的米饭，热蓬蓬冒烟。”④鲁迅为我们呈现出一个淳朴平和的绍兴农村，这也成了他记忆中挥之不去的梦，他在对往事的回味中往往发出如此喟叹：

---

① 鲁迅：《鲁迅全集》第1卷《社戏》，第590页。
② 鲁迅：《鲁迅全集》第1卷《社戏》，第592页。
③ 钱理群：《鲁迅作品十五讲》，第17页。
④ 鲁迅：《鲁迅全集》第1卷《风波》，第491页。

我在年轻时候也曾做过许多梦，后来大半忘却了，但自己也并不以为可惜。所谓回忆者，虽说可以使人欢欣，有时也不免使人寂寞，使精神的丝缕还牵着已逝的寂寞的时光，又有什么意味呢，而我偏苦于不能全忘却，这不能全忘的一部分，到现在便成了《呐喊》的来由。①

不难发现，鲁迅在描写乡土风景时往往采用双重视角，一方面通过"童年记忆"描绘出乡村美景，留存无限的眷恋之情；另一方面，又在和谐宁静的美丽乡土背后涂抹一层灰暗的颜色，以示乡土的黑暗与愚顽。因此，对鲁迅而言，"真正的'乡土'也许只能在想象和梦幻之中，回归精神故园的'乡土之恋'命定地会成为永恒的悲剧。失落—重建，漂泊—回归，循环往复以致无穷。这将是一代又一代现代知识者的'西西弗斯神话'。他们的追求也会如这'神话'般悲壮而又迷人。这也许正是其价值所在"②。当童年的美好记忆随风飘散，故乡的人事只会让人感到悲哀，离开故乡成了鲁迅万般无奈的选择。然而当独自一人身处异乡，寓居在孤寂的处所，四面都是肃杀的严冬，其内心深处的故乡则有一种无法言说的落寞与孤寂："这时的鲁镇，便完全落在寂静里。只有那暗夜为想变成明天，却仍在这寂静里奔波；另有几条狗，也躲在暗地里呜呜的叫。"③这里暗含了一种众人皆醉我独醒的人生况味，醒着的人是孤寂的，他得如暗夜中穿梭的野狗，为生计而劳碌奔波。故鲁迅写故乡的明月时，总是带着阴冷的笔锋："潮湿的路极其分明，仰看太空，浓云已经散去，挂着一轮圆月，散出冷静的光辉。"④这种强烈的孤独感，总令人不寒而栗。鲁迅深陷生存空间的失落与绝望："我现在在哪里呢？四面都还是严冬的肃杀，而久经诀别的故乡的久经逝去的春天，却就在这天空中荡漾了。"⑤"我现在在哪里"的悲鸣深刻传达出鲁迅对生存之境的忧思，揭示其内心深处的孤独与彷徨，宣泄出其人生道路的苦闷与焦虑。江南"温暖的春天"与北国"严冬的肃杀"形成鲜明对比，故乡的青葱往事、馨美时光往往无法释怀，成为一道留存在心底的亮丽风景。

用废墟荒坟来衬托华屋，用时光来冲淡苦痛和血痕；日日斟出一杯微甘的苦酒，不太少，不太多，以能微醉为度，递给人间，使饮者可以哭，

---

① 鲁迅：《鲁迅全集》第1卷《〈呐喊〉自序》，第437页。
② 陈继会等：《中国乡土小说史》，第10页。
③ 鲁迅：《鲁迅全集》第1卷《明天》，第479页。
④ 鲁迅：《鲁迅全集》第2卷《孤独者》，第110页。
⑤ 鲁迅：《鲁迅全集》第2卷《风筝》，第187页。

可以歌，也如醒，也如醉，若有知，若无知，也欲死，也欲生。他必须使一切也欲生；他还没有灭尽人类的勇气。①

鲁迅的小说试图通过人文情愫与社会关怀来烛照孤寂冰冷的原乡，即使留存笔端的故乡不忍睹视，但字字血泪的背后依然是他魂牵梦萦的故乡。尽管辗转奔波于异地，故乡始终是无法割舍的脐带。鲁迅笔下的鲁镇、未庄、赵庄、S城、吉光屯、庞庄等，均是社会人生的缩影，鲁迅想呈现的不是这些单调乏味的空间，而是要揭示出留存故乡里每个卑微灵魂的挣扎与彷徨。因此，朱寿桐指出："对故乡的美好与缺陷的如此深刻的理解，使得鲁迅既对故乡表现出热切的向往和回归的热情，又不得不带着批判的眼光和审视的态度与之保持某种距离，这样构成的故乡情结便显得复杂而深刻。"②

## 二、虚幻与真实的异质空间

巴什拉（Gaston Bachelard）在《空间诗学》一文中指出："我们并非生活在一个空洞的空间中，相反的，却生活在全然地浸淫着特质和奇想的世界里。"③在鲁迅小说中把虚幻与真实的异质空间④糅合在一起，一暗一明，一隐一显，在真实的空间中更多的是对社会现实的反映，而在虚幻空间中则更集中于人的精神层面剖析与深描，成为人物塑造与意蕴表达的有效手段。

### （一）隐蔽的狂欢空间

美国小说理论家利昂·塞米利安指出："场景是小说中富有戏剧性的成分，是一个不间断的正在进行的行动。"⑤隐蔽的狂欢空间是存在于虚幻空间中的"狂欢"，狂欢作为节日的价值正在于彻底打破日常时空的约束，使人们在假定场景中消弭贵贱上下的森然界限，获得独特的世界感受，从而产生戏剧化效果。鲁迅在大喜、大悲之中，为当时社会背景下难以明说的言语提供了良好的表达载体。

---

① 鲁迅：《鲁迅全集》第2卷《淡淡的血痕中——记念几个死者和生者和未生者》，第226页。

② 朱寿桐：《孤绝的旗帜：论鲁迅传统及其资源意义》，第140页。

③ 朱立元主编：《当代西方文艺理论》，华东师范大学出版社2005年版，第488页。

④ 福柯在巴什拉空间理论基础上提出了"异质空间"（heterotopia）这一概念，并系统阐释了其特征：第一，世界上不存在没有建立异质空间的单一文化，但异质空间的形态多种多样；第二，相对于一种文化而言，另一种不同于自己的文化就是一种异质空间；第三，异质空间"有能力在一个真实的场所并置几个本身无法比较的位所"；第四，异质空间"常常和时间的断裂相关联"；第五，异质空间同时具有开放性和封闭性；第六，异质空间具有幻觉性和补偿性。转引自包亚明：《后现代性与地理学的政治》，上海教育出版社2001年版，第22-28页。

⑤ 〔美〕利昂·塞米利安：《现代小说美学》，宋协立译，陕西人民出版社1987年版，第6页。

汪晖指出,鲁迅“很少用现实世界的惯用逻辑去叙述问题,却用推背法、归谬法、证伪法、淋漓的讽刺和诅咒撕碎这个世界的固有逻辑,并在笑声中将之展示给人们”[①]。《阿Q正传》中阿Q戏弄小尼姑后,“十分得意的笑”,看客们“九分得意的笑”。把阿Q和看客们麻木愚昧、欺软怕硬、无聊透顶的丑恶嘴脸刻画得淋漓尽致。孔乙己先后两次出场,第一次是站着喝酒,第二次是爬着去喝酒,十次写他的“偷”;七次写围观者的“笑声”,其中两次写孔乙己“引得众人都哄笑起来:店内外充满了快活的空气”[②],“众人也都哄笑起来:店内外充满了快活的空气”[③]。孔乙己的悲惨命运成了众人寻乐子的谈资。通过场景的反复切换把孔乙己的悲惨人生境遇投射在读者眼前,渲染了孔乙己周遭环境的恶劣,真实地揭示了旧知识分子的悲惨命运,无情地鞭挞了看客冷漠市侩的丑恶嘴脸。在《肥皂》中,四铭多次津津乐道地复述大街上两个光棍对十八九岁女乞丐的觊觎与污辱,当何道统明白了四铭买肥皂的念头原来跟流氓的想法如出一辙时,响亮的笑声突然发作,“震得人耳朵嗡嗡的叫”[④],龌龊的笑声暴露了这一小撮卫道士满嘴仁义道德、满脑子男盗女娼的丑恶嘴脸以及虚伪、无耻的思想本质。

鲁迅在其小说中不遗余力地批判国民性,欲写出“我的眼里所经过的中国的人生”[⑤]。“国民性”是一个被悬置的概念,以作为国人身体示众的展览,而作为示众场景的,主要不是犯人,而是看客。如《药》里围观砍头的群众,“颈项都伸得很长,仿佛许多鸭,被无形的手捏住了的,向上提着”[⑥]。《阿Q正传》里,阿Q看犯人被提赴刑场枪毙时如看戏般兴高采烈,当阿Q被绑往刑场、游街示众时,那些如影随形的看客的目光比狼还令人生畏:“这回他又看见从来没有见过的更可怕的眼睛了,又钝又锋利,不但已经咀嚼了他的话,并且还要咀嚼他皮肉以外的东西,永是不远不近的跟他走”,甚至“这些眼睛们似乎连成一气,已经在那里咬他的灵魂”。[⑦]《示众》里,鲁迅描绘了一群看客围观囚犯的麻木不仁的丑态,他们在看与被看,甚至彼此互看间构成了一幅沉默的“群丑图”。这些人争先恐后、互相推挤,只为观看被示众的囚犯,他们“竭力伸长了脖子”,竟至“连嘴都张得很大,像一条死鲈

① 汪晖:《死火重温——以此纪念鲁迅逝世六十周年》,《天涯》1996年第6期。
② 鲁迅:《鲁迅全集》第1卷《孔乙己》,第458页。
③ 鲁迅:《鲁迅全集》第1卷《孔乙己》,第459页。
④ 鲁迅:《鲁迅全集》第2卷《肥皂》,第54页。
⑤ 鲁迅:《鲁迅全集》第7卷《俄文译本〈阿Q正传〉序及著者自叙传略》,第84页。
⑥ 鲁迅:《鲁迅全集》第1卷《药》,第464页。
⑦ 鲁迅:《鲁迅全集》第1卷《阿Q正传》,第552页。

鱼"①;老妈子被挤得略一跄踉,即便站定,并将小孩子转过身来看囚犯,"阿,阿,看呀!多么好看哪"②。正如王德威所说:"……拥塞着精神上被砍了头的国民,他们生活中的兴奋点只在于观赏砍头和等待被砍头。"③看客们所组成的"无物之阵",是"无主名无意识的杀人团"④,他们展示了隐藏在历史背后以仁义道德为标榜的无形权力与暴力,也成了"无声的中国"难以治愈的精神痼疾,是一种文化与政治身体象征符号下旧中国病态的隐喻,揭示了国人从肉体到灵魂的陷落,也凸显了"自救"与"他救"的困境。

《阿Q正传》以反讽的笔调极力渲染阿Q与王胡、小D的对决,将游戏化的斗殴场景戏仿为"龙虎斗"。鲁迅刻意以"续优胜记略"来渲染阿Q与王胡的对决。王胡"又癞又胡,别人都叫他王癞胡"⑤。阿Q试图通过对王胡的贱斥,反观己身的"圣洁",并上演出一场令人啼笑皆非的争斗:"阿Q以为他要逃了,抢进去就是一拳。这拳头还未达到身上,已经被他抓住了,只一拉,阿Q跄跄踉踉的跌进去,立刻又被王胡扭住了辫子,要拉到墙上照例去碰头。"⑥阿Q接下来又因调戏吴妈,庄人改请小D当雇工,导致阿Q失业。在事关脸面与存亡的时刻,阿Q愤而找"又瘦又乏"的小D复仇,延续了先前阿Q与王胡相斗的场面:

> 阿Q进三步,小D便退三步,都站着;小D进三步,阿Q便退三步,又都站着。大约半点钟,——未庄少有自鸣钟,所以很难说,或者二十分,——他们的头发里便都冒烟,额上便都流汗,阿Q的手放松了,在同一瞬间,小D的手也正放松了,同时直起,同时退开,都挤出人丛去。⑦

这种"进三步""退三步"的打斗节奏与缓慢步伐,显然与紧张激烈的"龙虎斗"场面大相径庭。阿Q与小D狂欢式的"舞步"成了一场娱乐性十足的"游戏",这种荒腔走板的打斗场面,抽离了"龙虎斗"的庄重内涵,表现出与"龙虎"迥异的国民体格。

《铸剑》描写了两处斗殴场景。第一处是眉间尺同干瘪少年的纠缠。眉

① 鲁迅:《鲁迅全集》第2卷《示众》,第72页。
② 鲁迅:《鲁迅全集》第2卷《示众》,第74页。
③ 王德威:《现代中国小说十讲》,第147页。
④ 鲁迅:《鲁迅全集》第1卷《我之节烈观》,第129页。
⑤ 鲁迅:《鲁迅全集》第1卷《阿Q正传》,第520页。
⑥ 鲁迅:《鲁迅全集》第1卷《阿Q正传》,第521页。
⑦ 鲁迅:《鲁迅全集》第1卷《阿Q正传》,第530页。

间尺仗剑报父仇,突然被人捏住一只脚跌倒,“压在一个干瘪脸的少年身上”①。少年扭住他的衣领不肯放手,“被他压坏了贵重的丹田,必须保险,倘若不到八十岁便死掉了,就得抵命”②。闲人们立即围上来呆看、笑骂、附和,冲淡了眉间尺刺杀大王的紧张、悲壮的气氛,延缓了悲剧行动,使故事情节跌宕起伏、扑朔迷离,从而反衬出英雄的孤独、无助以及复仇的艰难。郑家健指出:“在主题原型上,它是鲁迅小说中独异于个人与庸众的对立形象谱系的延伸,干瘪脸的少年显然是那一群麻木、自私、无聊庸人的典型代表,从而对比出眉间尺反抗的孤独。”③第二处是“三头相斗”的场景,鲁迅将此场景写得热闹非凡。王走下金阶,就在探头看到眉间尺的眼光觉得似曾相识而惊疑未定时,“黑色人已经掣出了背着的青色的剑,只一挥,闪电般从后颈窝直劈下去,扑通一声,王的头就落在鼎里了”④。于是,鼎里的表演由一头独舞变为二头互咬,复仇替代了表演,狂欢成为可能。当宴之敖看到眉间尺在争斗中处于下风,于是自断头颅,坠入鼎中,两头争斗又变为三头相搏,最后,复仇者与王的头颅完全混淆。从三头合葬一事来看,钱理群认为:“从国王这一边说,至尊者与‘大逆不道的逆贼’混为一体,自是荒诞不经;从黑的人与眉间尺这面看,与自己的死敌共享祭拜,也是透着滑稽。这双重的荒谬,使复仇者与被复仇者同时陷入尴尬,也使复仇自身的价值变得可疑。”⑤复仇与被复仇者同时陷入尴尬,黑色人和眉间尺的壮烈之举因与暴君合葬而有失庄重,如果复仇的结局仅是一场生命的闹剧,复仇者的牺牲将变得毫无意义,同时折射出鲁迅的生存悖论:明知自己是无谓的付出与牺牲,却一而再,再而三地对仇恨的人、事、物进行无畏地批判,其中自然有其不得不为的无奈与不肯向绝望妥协的反抗。因此,《铸剑》留给读者的不是毁灭后的快意和大欢喜,而是痛彻心扉的绝望和悲凉。

### (二)空间变调

福柯指出:“文学叙述中时间被凸显出来,但仍透露空间如何被编排秩序,以及与空间的关系如何能够界定社会行动。”⑥小说作为一门时间艺术,其场景是时间之流中的一个空间形式,具有一定的完整性。就小说文本而

---

① 鲁迅:《鲁迅全集》第2卷《铸剑》,第438页。
② 鲁迅:《鲁迅全集》第2卷《铸剑》,第439页。
③ 郑家建:《历史向自由的诗意的敞开:〈故事新编〉诗学研究》,上海三联书店2005年版,第57页。
④ 鲁迅:《鲁迅全集》第2卷《铸剑》,第447页。
⑤ 钱理群:《试论鲁迅小说中的“复仇”主题——从〈孤独者〉到〈铸剑〉》,《鲁迅研究月刊》1995年第10期。
⑥ 〔法〕福柯:《规训与惩罚:监狱的诞生》,刘北成、杨远婴译,第172页。

言，一空间场景过渡或跳跃到另一空间场景，都将勾勒出事件的变化与进程。然而，空间场景的编排没有一成不变的技法，即使是最普通的空间场景，依赖它在不同次序中所处的位置也能表达各自不同的空间效果与意义，读者在小说阅读过程中内心自发形成一种空间体验效果，从而营造出属己的心理图景和艺术表达张力。

1. 并置空间

叶世祥认为："鲁迅的小说常常突出强调空间因素，有意地打乱甚至粉碎时间的桎梏；鲁迅小说构建空间形式的最常用方法是'并置'，并置强调的是打破叙述的时间流，并列地放置那些或小或大的意义单元，使文本的统一性不是存在于时间关系中，而是存在于空间关系中。"①鲁迅在小说文本叙事空间营造过程中追求写实化的艺术效果，与其着力表现的日常生活审美旨趣遥相呼应。他在日常生活空间基础上着力营造了一个专属小说主要人物的心理空间，形成了显在的生活空间与潜隐的心理空间并叙的蒙太奇效果。这两重空间在鲁迅小说中彼此关系较为复杂，有时分离，有时重合，总是或隐或显地存在着。《狂人日记》的空间主要由狂人的生存生活空间和潜在心理空间构成。其生存生活的空间，则主要由狂人所处的复杂社会关系组成。小说文本共 13 节，尽管作品前后没有一个明确的时间指向，但依据小说文本编排的前后顺序，不难发现构成"狂人"的社会关系的有"赵家的狗"、赵贵翁、路人、陈老五、哥哥等。这其中即有大人小孩，同时还包括各种动物，即有亲人，也有熟人，同时也有陌生人。在众多的社会空间构成因素中，狂人与社会的矛盾冲突的根子却在"古久先生"身上，其他因素均围绕着它展开，这一点已在小说中明示："我想：我同赵贵翁有什么仇，同路上的人又有什么仇；只有廿年以前，把古久先生的陈年流水簿子，踹了一脚，古久先生很不高兴。"②正是因为古久先生的不高兴，才使赵贵翁"代抱不平"，最终约来路人与其作对，亲人之间反目成仇，而且小孩子也因在父母的唆使下对他充满敌意。与社会空间同时存在的是狂人潜在的心理空间。读者从小说文本中了解的是狂人在"夜晚"和"白天"之间来回切换的杂乱思绪，一个又一个的空间像电影镜头一样在狂人眼前闪现：赵贵翁与"七八个人"构成的空间、"一伙小孩子"构成的空间、廿年以前踹"古久先生"的陈年流水簿子构成的空间、狼子村吃人心肝构成的空间、听大哥讲"割股疗亲"的故事所构成的空间等。狂人白天意识到众人对自己充满不怀好意的眼光，其生存空

① 叶世祥：《鲁迅小说的空间形式》，《鲁迅小说研究月刊》1997 年第 11 期。
② 鲁迅：《鲁迅全集》第 1 卷《狂人日记》，第 445 页。

间时刻被压迫和害怕充塞。夜晚狂人虽处私人空间，但是，有“很好的月光时”，狂人是怕的，而在“全没有月光”时，他更是“知道不妙”。从时间的物理属性来看，白天和黑夜分属两个不同的时段，狂人所处的空间自然不同，应当不存在空间并叙的可能。但一句“黑漆漆的，不知是日是夜”说明在狂人的世界里物理时间根本不复存在，从而为小说文本空间张本。

《明天》以鲁镇为故事背景，充斥自私、贪婪、卑劣的“无主名无意识的杀人团”，鲁迅巧妙地将单四嫂子的住处安排在咸亨酒店隔壁，设置了一静一闹、一明一暗两个并置空间，“深更半夜没有睡的只有两家：一家是咸亨酒店，几个酒肉朋友围着柜台，吃喝得正高兴；一家便是间壁的单四嫂子，他自从前年守了寡，便须专靠着自己的一双手纺出棉纱来，养活他自己和他三岁的儿子，所以睡的也迟”①，将众人的肆意放纵与单四嫂子的勤勉辛劳呈现在读者面前。

《长明灯》一文中的空间叙述策略就是随时间的推移与场景的变换而将事件分隔成四个场面：吉光屯茶馆里人们谈论“疯子”，社庙前“疯子”与众人交锋，四爷的客厅上商量处置“疯子”的办法，“疯子”被关进社庙。四个场景之间相对独立，场景之间如何连接，作者并没有告知；场景与场景之间如何衔接，只有靠读者自己去推测。不难发现，第一场景与第二场景之间省略了众青年奔向社庙的情景，第二场景与第三场景之间省略了阔亭和方头前往四爷客厅的行动。第三场景和第四场景之间省略了“疯子”被关进社庙的过程。

《奔月》由三个固定场景组成的。一开始出现的是羿宅的情形，接下来是后羿射猎的情景，第三个场景是后羿射月。三个场景分属三个不同的空间，既描写了英雄遭怨、受辱、被弃的生活场面，又道出了英雄末路的人生况味。《非攻》也设置了三个场景。先是墨子在家中反驳公孙高、训斥徒弟阿廉，接下来是墨子在宋国组织弟子固城防攻，再写墨子在楚国与公输般辩论、斗法。空间跳跃凸显了主要场景之间的内在勾连以及主要事件对于情节产生的结构意义。不难看出，鲁迅小说的空间跳跃与电影艺术的镜头切换艺术功能一样，都是为了表现时间的间隔和空间的转移，为了将最具表现力的空间组织在一起以凸显作品主题。

《理水》全篇共分四节，第一节描写文化山上的学者，他们对禹治水能否成功争论不休，不仅运用了考据学和遗传学的现代研究方法，而且大量使用夹杂着现代词（包括外来词）的语言，诸如“古貌林！”“古鲁几哩……”

① 鲁迅：《鲁迅全集》第1卷《明天》，第473页。

“O.K”等，场面十分滑稽。第二节则写水利局大员以所谓灾情考察为借口赏古松、钓黄鳝、收特产等，作风之官僚以及行为之荒唐令人发指。第三节写水利局的官员在局里大摆宴席为考察员接风洗尘，席间高谈灾区风光，欣赏采集的民食，评论木匣的书法，把灾民的痛苦忘到了九霄云外，极显空虚、庸俗和腐朽。这时禹在故事中才正式出场，听取考察员们的“考察报告”和“善后建议”。第四节则写禹走后京师的盛况，以及禹返回京师后向舜汇报的场面。我们可以看出，“文化山上学者”这一画面与“大禹治水”的画面，二者之间不存在一种必然的空间联系，也不是一种安排成序的自然组合，而是各具不同内涵的元素。作者有意地加以组织，并努力使两者之间构成一种突兀的视觉反差，形成强烈的内在冲突式结构，从而迸发出嘲讽的热情，激发人们的深刻反思。《采薇》的结尾对伯夷、叔齐的描写也采取了空间并叙的方式，它分别从小丙君、闲人的谈话以及阿金姐这三个角度来把伯夷、叔齐的形象转化成三个局部场景，把伯夷、叔齐的懦弱、虚伪、贪婪暴露无遗，有力地解构了伯夷、叔齐不食周粟的所谓“气节”，同时也对几千年来儒家文化所宣扬的伯夷、叔齐义薄云天的正面形象提出质疑。在阅读过程中，这三个局部场景都能单独构成完整的故事情节，从而在读者内心视域中产生出人物形象塑造的新质，即一种意味着新的统一性的“某个第三种东西”①。

2. 穿插空间

《祝福》以空间倒叙的写法先写了“我”在年底回到鲁镇上的见闻：整个鲁镇笼罩在“祝福”前夕的热闹气氛中；在路上遇见祥林嫂，并被追问人死后灵魂和地狱的有无；从他人口中得知祥林嫂的死讯。接着再用追叙的手法呈现祥林嫂生前的四个生活片段：死掉丈夫后在卫老婆子的举荐下到鲁四老爷家做女工，婆家差人在河边把祥林嫂劫走；被婆家卖到深山野坳，与贺老六结婚生子；再次死了丈夫，儿子被狼叼走，重回鲁四老爷家做帮佣；上土地庙捐门槛，仍被视为不洁之物，精神失常后沦为乞丐。这种空间倒叙方法的运用极大地增强了作品的真实感与文本容量，小说将笔触伸向辛亥革命后的鲁镇，向人们展现了以鲁镇为缩影的封闭、落后、沉闷的传统中国社会及其麻木冷漠的民众，揭露了旧社会吃人的本质，揭示了旧中国妇女的悲剧命运。

《伤逝》以涓生对往事的回忆和反思为主线，将故事的尾声置于开端构

① 李恒基、杨远婴主编：《外国电影理论文选》，生活·读书·新知三联书店 2006 年版，第 367 页。

成总体的空间倒叙。涓生在会馆偏僻的破屋里倍感寂静和空虚，以前与子君生活的场景历历在目：首先是他与子君在会馆里浪漫约会。当求婚成功后，他与子君一起在吉兆胡同建立了满怀希望的小家庭。婚后涓生过起了由家到局，又由局到家的简单生活，子君俨然成为一名家庭主妇。当涓生被局里辞退后，生活举步维艰，家庭的压抑让他整日枯坐图书馆寻求解脱。最后子君被父亲接走后死亡，涓生又重新搬回会馆破屋。鲁迅跳出了传统恋爱婚姻悲欢离合的描述模式，以独到的眼光从已经取得了个性解放和婚姻自主的男女青年的家庭生活入手进行深入探讨，引导青年男女去思索爱情的内涵和人生的真谛。

《故乡》中有两处使用了插叙：一处是“我”回忆闰土少年时的景况，另一处是“我”回忆杨二嫂年轻时的情形。二十余年后，“我”于深冬回到相距两千余里的故乡，此行的目的是卖屋、搬家、与故乡真正的作别。当“我”踏上故土空间的那一刻起，眼前的故乡早已不是昔日的模样：

> 渐近故乡时，天气又阴晦了，冷风吹进船舱中，呜呜的响，从篷隙向外一望，苍黄的天底下，远近横着几个萧索的荒村，没有一些活气。①

展现在读者面前的是一幅萧瑟的荒村图景，寒冷而了无生机。鲁迅接下来并没有立即写搬家的过程，而是突兀地插入记忆中的、希望看到的故乡的画面：

> 深蓝的天空中挂着一轮金黄的圆月，下面是海边的沙地，都种着一望无际的碧绿的西瓜，其间有一个十一二岁的少年，项带银圈，手捏一柄钢叉，向一匹猹尽力的刺去，那猹却将身一扭，反从他的胯下逃走了。②

然而，当杨二嫂和中年闰土出现，又把遥远的空间记忆拉回到现实，记忆中的少年英雄、美人已经面目全非：小英雄已满脸皱纹、浑身瑟缩，豆腐西施变成了细脚伶仃的“圆规”。故事在现实空间与记忆空间的不断穿插中逐步向前推进，呈现出一种动态化空间艺术。

3. 内化空间

鲁迅小说的空间意识通过内外对比得以彰显，其中“内”指的是文本内

---

① 鲁迅：《鲁迅全集》第1卷《故乡》，第501页。

② 鲁迅：《鲁迅全集》第1卷《故乡》，第502页。

容所呈现的文学空间，“外”指的是文本内容对社会现实的反映与折射所组成的空间。鲁迅小说通过空间的内化，铺展出人物复杂的性格特点与丰富的内心世界，具有时间的阻滞性和外在空间的延宕性。

《狂人日记》以“狂人”倍受压抑的激越、愤懑的内心世界为原点，以是否符合这种特定的内心世界作为事件取舍标准。《狂人日记》“具有在无空间化之水平结构上以‘崭新的我’为向心点收敛着一切空间的结构”①。通过“白天”和“晚上”的不停切换，使得空间具有多质性。“我不见他（指月光——引者注），已是三十多年”说明“狂人”已经被禁锢了很久，他在第二节“早上小心出门”，重新开始接触外部世界。然而通过这次接触，他察觉到了屋外的人们敌视的目光。在第三节，陈老五硬把他拖回家中，大门重新让他与世隔绝，丧失了与外部世界之间的沟通机会，“狂人”又由屋外之世界转入屋里之世界。当发现屋里的人们与外人别无二致之后，他进了书房便把房门反扣上，“狂人”又从屋里之世界龟缩到自己房内。随着里外界限的消失，“狂人”生存的空间越来越逼仄，对外部世界的认识也愈加深刻。在第十节，“狂人”与大哥正面交锋，突然发现大哥与站在大门外的人们均为一丘之貉。在陈老五的劝导下，狂人重回屋子里去：“屋里面全是黑沉沉的。横梁和椽子都在头上发抖；抖了一会，就大起来，堆在我身上。”②客观的、物理的空间逐渐消失，只剩下主观的、心理的空间。

《白光》写陈士成去县城看榜：“一见榜，便先在这上面寻陈字。陈字也不少，似乎也都争先恐后的跳进他眼睛里来，然而接着的却全不是士成这两个字。他于是重新再在十二张榜的圆图里细细地搜寻，看的人全已散尽了，而陈士成在榜上终于没有见，单站在试院的照壁的面前。”③众所周知，旧时读书人把中第登榜看成是攫取荣华富贵的捷径，陈士成已经是第十六回应考，是否榜上有名对他来说生死攸关。他急切地想看到自己的姓名出现在县榜上，“跳进”一词生动逼真地体现了他内心的焦虑，“争先恐后”则形象地表现他急躁的心绪。无情的现实却彻底击溃了他的信心，榜文上面没有他的名字，“这时他其实早已不看到什么墙上的榜文了，只见有许多乌黑的圆圈，在眼前泛泛的游走”④。无数次沉重的打击使他已经麻木、绝望。然而，在潜意识中陈士成早已替自己安排好了锦绣前程：“隽了秀才，上省去乡

① 李珠鲁：《试论鲁迅狂人日记的文学时空》，《苏州大学学报》2001年第2期。
② 鲁迅：《鲁迅全集》第1卷《狂人日记》，第453页。
③ 鲁迅：《鲁迅全集》第1卷《白光》，第570页。
④ 鲁迅：《鲁迅全集》第1卷《白光》，第570页。

试，一径联捷上去”，“屋宇全新了，门口是旗竿和扁额”，“要清高可以做京官，否则不如谋外放”。[1] 各色人等纷纷前来巴结：“绅士们既然千方百计的来攀亲，人们又都像看见神明似的敬畏，深悔先前的轻薄，发昏。”[2]而这一切在残酷的现实面前瞬间倒塌，只剩下一堆碎片，他的内心已经被彻底击垮，“他不自觉的旋转了觉得涣散了的身躯，惘惘的走向归家的路”[3]，真难想象他如何去面对周遭人等。“他刚到自己的房门口，七个学童便一齐放开喉咙，吱的念起书来。他大吃一惊，耳朵边似乎敲了一声磬。只见七个头拖了小辫子在眼前幌，幌得满房，黑圈子也夹着跳舞。”[4]在他看来，似乎这些小孩们都在嘲弄他再次落第，内心的窘迫与失落难以复加。“他目睹着许多东西，然而很模胡，——是倒塌了的糖塔一般的前程躺在他面前，这前程又只是广大起来，阻住了他的一切路。”[5]在这里，人物的心绪变得混沌、飘忽、迷惘，甚而至于陷入万念俱灰的境地，人物已经命在旦夕。残酷的现实、破灭的前景与灰暗的心绪糅合在一起，像千斤重担压得他无法喘息。再次落榜的强烈刺激和沉重打击，竟使他在潜意识里产生新的幻觉，幻想挖掘出传说中的宝藏，以此来改变自己卑微的命运。陈士成在潜意识的幻觉中看见一道摆曳飘忽的白光，正是这道白光引诱着他在房屋里四处挖掘宝藏。然而，掘地取银的希望也破灭，完全摧毁了他改变自己命运的决心，他在万般绝望之下孤注一掷：到山里去，最终在白光的诱惑下葬身万流湖。陈士成落水身亡前在西关门前战战兢兢的叫喊蕴含特殊意味：他一方面期待“开城门来”，逃离现实生活的残酷打压；另一方面又不自觉地内化外在凝视的眼光，将自我封闭于科举考试的城门内，无法脱离传统的价值体系。

《伤逝》中涓生枯坐会馆回忆与子君曾经的美好经历：“在一年之前，这寂静和空虚是并不这样的，常常含着期待；期待子君的到来。在久待的焦躁中，一听到皮鞋的高底尖触着砖路的清响，是怎样地使我骤然生动起来呵！于是就看见带着笑涡的苍白的圆脸，苍白的瘦的臂膊，布的有条纹的衫子，玄色的裙。她又带了窗外的半枯的槐树的新叶来，使我看见，还有挂在铁似的老干上的一房一房的紫白的藤花。”[6]这段文字是涓生用回忆编成的梦幻

① 鲁迅：《鲁迅全集》第1卷《白光》，第570页。
② 鲁迅：《鲁迅全集》第1卷《白光》，第570页。
③ 鲁迅：《鲁迅全集》第1卷《白光》，第570页。
④ 鲁迅：《鲁迅全集》第1卷《白光》，第571页。
⑤ 鲁迅：《鲁迅全集》第1卷《白光》，第571页。
⑥ 鲁迅：《鲁迅全集》第2卷《伤逝》，第113页。

空间，追思与子君在一起美好与幸福，与现在的浑浑噩噩、空虚寂寞形成强烈反差。子君的死亡让涓生陷入了难以自拔的悔恨和悲哀，在深深的忏悔中他急切地召唤子君的鬼魂，并乞求她的宽恕。

> 我愿意真有所谓鬼魂，真有所谓地狱，那么，即使在孽风怒吼之中，我也将寻觅子君，当面说出我的悔恨和悲哀，祈求她的饶恕；否则，地狱的毒焰将围绕我，猛烈地烧尽我的悔恨和悲哀。①
>
> 我将在孽风和毒焰中拥抱子君，乞她宽容，或者使她快意……②

子君凄惨地离开了这无爱的人间，地狱成了她孤绝灵魂的最后栖居地。涓生绝望后残存的唯一意愿是在地狱“孽风怒吼之中”去寻觅他曾经的爱人，哪怕身受炼狱之苦。在绝望的灵魂面前所有的价值体系都无疑是苍白的，只有历经炼狱灵魂才能得救。

利用虚拟或梦幻空间来得到一定程度的满足与慰藉，在鲁迅小说中随处可见。如在《祝福》中祥林嫂在遭遇被逼改嫁、丈夫病死、受人排挤、唯一的儿子被狼咬死等打击下，变成乞丐，遇到回鲁镇的我。她问我有无地狱、死后一家人能否在地狱团聚的问题。这也就是祥林嫂在残酷现实中无法得到与亲人在一起的满足，从而寄希望于虚无缥缈的地狱相逢梦。在时间的流逝中，可能感受到的只是更多的无奈与悲凉，人们只有通过对空间的把握才能够体味自我的存在。然而，当鲁迅试图通过空间隐喻努力为小说人物寻求出路的同时，空间之门却随之关闭。

## 第三节　鲁迅小说的身体死亡隐喻

现代文学中的身体已经不同于过往文学作品中的简单肉体，它是一个充溢着各种欲望的生命存在，具有了能指的意义。身体作为一个客观存在与象征物，始终承载着人类的心理意识。彼得·布鲁克斯（Peter Brooks）指出：“写作……为文字恢复其精神，为身体恢复其意义。那种改编一般采用给身体打上标价或符号的形式。那就是，身体成为一个能指，或者是书写信息的地方。在叙述文学里也许大都如此，在那里，经过欲望和时间考验的身

① 鲁迅：《鲁迅全集》第2卷《伤逝》，第133页。
② 鲁迅：《鲁迅全集》第2卷《伤逝》，第133页。

体的故事,通常就是一个人物的故事的重要组成部分。"①死亡作为身体存在方式,促使人类对自己生存的价值与目的产生清醒的认知和深切关注,从而正视人生无常带来的冲击与苦难,重塑生命的价值与意义。勒维纳斯(E. Levinas)认为,"死亡是一个点,时间维系着它的整个耐心,这是一种拒绝它的等待意向性的等待"②。当人遭遇生命大限,即将死亡,内心难免产生不舍与眷恋,从而促使他们开始追寻生命的不朽与人生的意义,而文学往往是人们借用的手段。他们试图通过文学作品来捕捉当下的、片刻的、瞬间的生命感知,从而在书写过程中寻求时间的永恒。这种对永恒的追求实际上是对精神不朽与人类文明永续的追逐。在追寻永恒的背后掩藏着一个这样的事实:寻求时间的永恒的同时其实是在追寻自我,期待自我价值的实现,而只有了解自我及死亡,生命的价值才得以彰显。

李泽厚指出:"在中国人的意识里,时间首先是与人的生死存亡联系在一起的。"③在中国人的思想体系架构中,经常会出现对于死亡的讨论与描述,但其重心往往在于现实人生的安顿和内在心性的探讨。从古至今,人们都在苦苦思索着生与死这个形而上的命题,并在此基础上形成了独特的生死观。孔子曰:"未知生,焉知死""死生有命,富贵在天"。孟子言:"尽其心者,知其性也。知其性,则知天矣。存其心,养其性,所以事天也。殀寿不贰,修身以俟之,所以立命也"④。儒学为积极入世之学,儒家关注人的生存体验与存在价值。孔子并非不知生死,或惧怕生死,而更愿活在当下,安身立命。然而,这也使得儒家在如何面对死亡这个问题,没有给出明确的答案。道家也多言生死,即使提倡精神逍遥的庄子也未放弃对死亡的关注,并且成了他人生哲学中不可或缺的一部分。庄子教导人们要"安时处顺""方生方死,方死方生""死生一如""死生齐一"⑤。不难发现,庄子希望人们消除生死的对立,认为生就是死,死就是生,只有泯灭了对于形体、富贵、年寿的执着,才能超越死生界限,做到心境的清明透彻。然而,庄子没有对死后世界作出说明,庄子谈生论死的目的是希望人们能泯除对于生死的执着,以

① 〔美〕布鲁克斯:《身体活:现代叙述中的欲望对象》,朱生坚译,第27页。
② 〔法〕勒维纳斯:《上帝、死亡和时间》,余中先译,生活·读书·新知三联书店1997年版,第2页。
③ 李泽厚:《美学三书》,安徽文艺出版社1999年版,第267页。
④ 儒家往往把生死问题视为道德选择问题,是道德层面上的生命操作,而不具备生存论的形而上学意义。
⑤ 庄子这种生命观实际已超脱了生死,作为东方智慧的表现,它为人生提供了一种泰然宁静的生存态度。但这种生命的意义是由"自然"给出,死亡未成为它的结构因素,因而意志问题已被消解。

摆脱“有限生命”的束缚，面对死后的世界，人们依旧没有弄明白，庄子哲学劝诫人们消极应世，王富仁对此进行了批判：“在社会中，人必须是一个独立的有生命的主体。他在社会中失去了自己的独立性，在人与人的关系中失去了自己的独立性，也就失去了自己的全部独立性；他在社会中失去了自己的生命活力，在人与人的关系中失去了自己的生命活力，也就等于失去了自己全部的生命活力。人在更多的情况下对自然还是可以消极适应的，但对社会和人的消极适应便成了一个社会的奴才，就没有可能成为一个具有独立人格的、有生命力的人了。”①

在西方，从柏拉图开始，死亡问题就成为哲学的根本问题而被关注。两千多年来的西方哲学，几乎从未停止过对于死亡的思考。西方人相信人皆有一死，在死亡面前人人都是平等的。到海德格尔那里，这一探索被给予了总结性的哲学描述与阐释。② 西方人看重死亡，是因为死亡给生存的此岸划出了不可逾越的界限。个体生命的生存之“有”是因为死亡之“无”而被限定和确立起来的。③ 人作为自为的存在，具有超越的特性，永远处于变动当中，而且在时间的流逝中得以实现。而死亡的绝对否定性，使个别存在的生命成为有限。自为和超越性的存在者的存在，构成了西方哲学的生命观基础。

## 一、患生忧死

死亡是生命的终点，也是起点，是有限对无限的否定，是将偶然的“有”融入必然的“无”，它是人类的一种深沉的情感和清醒的认知。因此人作为有限者，死亡便成为一种无法抗拒的宿命。鲁迅可谓是现代文学史上第一位积极叩问生命两端并将追问生死巧妙融入作品之中最投入、最深刻的人，随着他的笔触，可以深入探索“死亡”的内在纹理，发现生命的意义。夏济安在《鲁迅作品的黑暗面》一文中指出：“鲁迅是一个善于描写死的丑恶的能手”，“各种形式的死亡的阴影爬满他的著作”。④ 钱理群也认为：“人，特别

---

① 王富仁：《中国文化的守夜人：鲁迅》，第114页。

② 海德格尔认为，“死亡是把此在作为个别的东西来要求此在”，“在先行中所领会的死亡的无所关联状态把此在个别化到它本身上来。这种个别化是为生存开展出‘此’的一种方式”，只有这时，“此在才能够真正地作为它自己而存在”。见〔德〕海德格尔：《存在与时间》，陈嘉映、王节庆译，生活·读书·新知三联书店1987年版，第315页。

③ 艾耶尔认为，“作为整体的存在物是由无来限定和看透的，每一个人的生存也是由死所限定并得到真正的识破的。”见〔英〕艾耶尔：《二十世纪哲学》，李步楼等译，上海译文出版社1987年版，第261页。

④ 乐黛云编：《国外鲁迅研究论集(1960—1981)》，第373页。

是现代中国人的‘生’——他们的生存权利、价值与方式；人，特别是现代中国人的‘死’——他们的死亡方式，意义与死后的命运，构成了鲁迅思想的一个基本方面；生与死，是鲁迅作品的母题之一”，“这是终生纠缠着鲁迅的人生课题”。① “生”和“死”这对哲学命题始终贯穿在鲁迅的作品之中，对于生命问题的思考是鲁迅思想中的重要组成部分，他通过人的生老病死来揭示人生的真相，穿透人的灵魂深处，使他们接受精神苦刑的洗礼，鲁迅通过自己对“生”与“死”的深切感受，并在此基础上形成了独特的人生感悟。鲁迅的一生都在苦苦探求“生”与“死”的意义与价值。生命对于鲁迅而言，充满着困惑、烦忧、黑暗与虚无，此时死亡的来临无疑是对荒诞生命的解脱，因此他能以豁达的态度去看待生死，当生命失去尊严与自由，满布黑暗与不公，鲁迅就会以超脱生死的态度，重新检视生命的本真，以精神超越的方式探求新生的可能，而其抗争的力量正是来自对生命的重视与眷恋。

（一）否定灵魂轮回与齐生死

鲁迅认真研究过中国传统的思想文化，对于中国人这种不积极看待生命的处世态度，有很深刻的省思。他认为民族之所以停滞不前，与深植人们心中的传统死亡观有密切关系。

鲁迅指出，在进化的链条上一切都是“中间物”，正因为是“中间物”，所以生命才会不完美、不圆满，甚至存在缺陷，正是由于上述遗憾，人类才会有前行的动力，人们才能正视死亡，参透死亡与生命的奥秘，并且认识到自己的“中间物”位置与自己作为“中间物”的价值。在鲁迅看来，“凡有高等动物，倘没有遇到意外的变故。总是从幼到壮，从壮到老，从老到死”②。“但进化的途中总须新陈代谢。所以新的应该欢天喜地的向前走去，这便是壮，旧的也应该欢天喜地的向前走去，这便是死；各各如此走去，便是进化的路。”③“一切都是中间物”是鲁迅对宇宙与人生的追问，世界上的任何事物都是有限的，宇宙中的一切生命都在生死流转，都只不过是沧海一粟、人类发展进化过程中的组成部分。

鲁迅在《死》一文中指出：

> 大家所相信的死后的状态，更助成了对于死的随便。谁都知道，我们中国人是相信有鬼（近时或谓之“灵魂”）的，既有鬼，则死掉之后，虽

① 钱理群：《心灵的探寻》，第114页。

② 鲁迅：《鲁迅全集》第1卷《随感录四十九》，第354页。

③ 鲁迅：《鲁迅全集》第1卷《随感录四十九》，第355页。

然已不是人，却还不失为鬼，总还不算是一无所有。不过设想中的做鬼的久暂，却因其人的生前的贫富而不同。穷人们是大抵以为死后就去轮回的，根源出于佛教。佛教所说的轮回，当然手续繁重，并不这么简单，但穷人往往无学，所以不明白。这就是使死罪犯人绑赴法场时，大叫“二十年后又是一条好汉”，面无惧色的原因。①

这样的民族性，使人们不思改变，习惯于专制的循环中，在革命已行之际，似乎撼动不了整个业已僵化固着的社会，大多数中国人正醉心于美好来生的勾画，不计较革不革命，也不管统治者是专制还是民主。故鲁迅常有此说：

我常常感叹，印度小乘佛教的方法何等厉害：它立了地狱之说，借了和尚、尼姑，念佛老妪的嘴来宣扬，恐吓异端，使心志不坚定者害怕。那诀窍是在说报应并非眼前，却在将来百年之后。②

鲁迅经历过生死的考验，对生命别有一番感触，加上深刻省思了民族的劣根性，熟知社会的病灶，对人们提出当头棒喝。

鲁迅的死亡观已经具有与往昔完全不同的生命体验与价值内涵。他洞察到了生与死之间的鸿沟，他通过对死亡的反观来建构生命自觉意识。他的生命意志，正是在这种对于生与死的自由抉择中建立起来的。无论是“肩住了黑暗的闸门”，还是准备“在黑暗中沉没”，他都是自己生命的主宰。鲁迅的生命存在也自觉地以自己的方式来践履生存的意义。只有这种选择对于选择者而言才赋予其生命的自由意志及其存在的内涵，同时也是这种选择的超越性所在。正是由于能选择就是对于选择的超越，故鲁迅把自己的第一本杂文集命名为《坟》，就因为这《坟》不仅是他对于死亡的选择，而且是他超越死亡的象征，同时也意味着它重构并且显现了鲁迅的生命存在及其意义。众所周知，我们无法否定死亡，因为人对生存意义的理解是从对死亡的切身感悟中建立起来的，没有死亡意识，人类就无法理解生存的价值，倘若人们一味去否定死亡，这倒成了死亡不可战胜的明证。

庄子的豁达处世态度，提供给中国人一种面对生活苦楚困顿，面对生死无措时的另一种视野，让人打破固有的世俗看法，能坦然面对生活的一切考

---

① 鲁迅：《鲁迅全集》第6卷《死》，第632页。

② 鲁迅：《鲁迅全集》第3卷《有趣的消息》，第214页。

验。鲁迅认为,中国人的思想深受庄子的影响,表面是奉行儒家思想,但骨子里流淌的价值观却是庄子的想法。在庄子看来,气聚则为生,散则为死,生死互为循环,加上看待死后世界的乐观主义,对中国人来说,似乎大大减低死亡的焦虑。庄子信奉的"闭眼"哲学缓解了人世的苦难,让人看破生死,甚至在不知不觉中忽视了生命的价值,期待死后世界的快乐。鲁迅在《起死》中借骷髅与庄子的一番对话,来批评庄子对于死生齐一的看法。鲁迅将庄子的思想归于"混沌说",并不苟同庄子消极的处世看法,并认为中国的"出世"思想是因为庄子而圆备。

> 自史迁以来,均谓周之要本,归于老子之言。然老子上欲言有无,别修短,知白黑,而措意于天下;周则欲并有无修短白黑而一之,以大归于"混沌",其"不谴是非","外生死","无始终",胥此意也。中国出世之说,至此乃始圆备。①

消极地看待生命,将生与死这人生两端视为同一注解,是与鲁迅的生命观相左的。王学谦指出:"鲁迅厌恶道家文化的'静'与'柔'。认为这不是人性的真诚袒露——人心没有那么恬淡,而是国民生命力衰退的证明,也是道德堕落的体现。它一方面抹去人心中的意志、力量,另一方面又自以为得计,圆滑处世,与时俱化,没有信念,没有灵魂深度和硬度,没有节操,没有责任,是国民劣根性的重要表现之一。"②鲁迅热爱生命的每一刻,终其一生沉思死亡意识与生命意识,并充分实践生命这一课题。鲁迅揭露庄子思想中的矛盾,点破"齐生死"的不可行,试图把众人从生死的混沌中解救出来。

《起死》是鲁迅晚年的作品,顽疾缠身与死亡的迫近,令其对生命本质洞悉得更加豁达与透彻。他将现实与荒诞交织、古人与今人并置,进行了一场穿越时空、超越生死的人鬼神对话。不仅如此,鲁迅还刻意以一条起死回生的生命作为反衬,将原本备受世人推崇的庄子思想大加挞伐,甚至令庄子变得趋炎附势、言行不一,从而颠覆传统的思维模式,重新审视生命的价值所在:如果存在本是虚无,主宰者可以为所欲为,那么得不到基本尊重的生命,还有延续的必要吗?或许只有死亡才是唯一逃路,可以消除所有的烦恼与苦痛。庄子在拜见楚王的途中发现了一具骷髅,就胡乱臆测死因,在好奇

---

① 鲁迅:《鲁迅全集》第9卷《汉文学史纲要》,第377页。

② 王学谦:《鲁迅为何改写老子和孔子?——从〈出关〉看鲁迅晚年心态的复杂性》,《文艺争鸣》2012年第5期。

心的驱使下召唤司命大神，“复他的形，生他的肉，和他谈谈闲天，再给他重回家乡，骨肉团聚吧”①。于是拱手向天，呼唤司命大天尊，却先招来一大群鬼魂：“庄周，你这胡涂虫！花白了胡子，还是想不通。死了没有四季，也没有主人公。天地就是春秋，做皇帝也没有这么轻松。”庄子不但不听劝，还回骂：“你们才是胡涂鬼，死了也还是想不通。要知道活就是死，死就是活呀，奴才也就是主人公。”②以他的相对主义进行辩驳，甚至以“楚王的圣旨在我头上”来做护身符。不难发现，骷髅之所以不愿复生，是因其乐与天地同化，当个没有主人管制，比皇帝还要自在的鬼魂。然而庄子执言无生死之分，以自己的主观意念去决定他人的生死，胶着于生命的迷思。而被强迫“起死”的骷髅，也将重新面对死前的一切生存烦忧。重新获得生命后的骷髅，是一个名叫杨大的汉子：“体格高大，紫色脸，像是乡下人，全身赤条条的一丝不挂。”③而他与庄子所有争执的起因，皆因“全身赤条条”这个简单却又难解的问题。庄子试图以他熟知的历史知识和哲学道理来说服汉子，失败后只好以漆园吏的身份和使用警笛的权势把自己与汉子区隔开来，而对汉子因失去衣服、包裹、伞子而身受的苦不闻不问，演绎一出荒诞可笑的生命悲喜剧。

（二）打破宿命观

中国人在儒、道两家的学说洗礼下，对于生命的体认多倾向于宿命论。尽管鲁迅的文章充斥着死亡的阴影与威胁，正也让人发现鲁迅对死亡的认真对待，或者说是他对生命的超乎常人的关爱。他心痛国人酣睡在“铁屋子”里，久久不愿觉醒，依赖宿命论的麻药，麻痹自己的痛觉，用愚昧的忠孝规训生命。宿命观是统治者驾驭民众的伎俩，鲁迅急于道出生命的真相，尊重每一个独立个体的生命价值，期望人们走出宿命的牢笼，迎接生命的曙光。

然而，鲁迅生命哲学的最终指向是人。人的生命是有限的，有生必有死，生与死唇齿相依。在鲁迅看来，死亡是过去生命存在过的明证，在《野草》中，鲁迅用诗一般的语言来描述生命与死亡的关系：

> 过去的生命已经死亡。我对于这死亡有大欢喜，因为我借此知道它曾经存活。死亡的生命已经朽腐。我对于这朽腐有大欢喜，因为我

---

① 鲁迅：《鲁迅全集》第2卷《起死》，第485页。

② 鲁迅：《鲁迅全集》第2卷《起死》，第486页。

③ 鲁迅：《鲁迅全集》第2卷《起死》，第487页。

借此知道它还非空虚。①

正是因为“死亡”能够证明生命的存在,生命的“死亡”能给“我”带来“大欢喜”;正是因为“朽腐”能够证明存在的价值,死亡的生命的“朽腐”能给我带来“大欢喜”。“死亡”与“朽腐”同时成了生命存在的证明,死亡不再单纯意味着生命的终结,它一直贯穿于生命的始终。对死亡的思考也可以说是对存在的思考,鲁迅正是在对死亡的深切感受与冷峻思考的过程中领悟了生命的存在,也是在其灵魂、思想的深处对人类命运的终极关怀,他正是从人类自身的存在境遇以及人们日常生活遭际出发进行终极思考。我们可以体会鲁迅那种超越生死后的坦然与安详——背后隐藏着他的生命哲学,那就是对于死亡的自觉意识。鲁迅相信“生命不怕死,在死的面前笑着跳着,跨过了灭亡的人们向前进”,“人类总不会寂寞,因为生命是进步的,是乐天的”。②《过客》中的“过客”明知道前面是“坟”,但还是要听内心的声音,不顾一切地去前方寻找生命的本真。不难发现,鲁迅的生死观是建立在万事万物都进步发展的基础上。钱理群认为:“对生命的关爱,确实是鲁迅思想的一个亮点,一个底色。”并对此做了进一步解释。他认为,鲁迅的“生命”是一个“大生命”的概念。它不仅超越了自我生命的狭窄范围,甚至超越了国家、民族、人类的范围,升华到自我心灵与宇宙万物(生物、非生物)的契合。③

死亡是人类生命的一部分,意味着人生的终结。生死不明的晦暗状态则意味着生命的“非存在”和虚无,这是生存意义上的死寂。对鲁迅而言,没有什么比“活着,但不存在”更悲哀,所以,他也只能以生命的消亡来应对存在的死寂,即以死的虚无来确证生的存在:

为我自己,为友与仇,人与兽,爱者与不爱者,我希望这野草的死亡与朽腐,火速到来。要不然,我先就未曾生存,这实在比死亡与朽腐更其不幸。④

在这里,“生与死”的终极价值与意义已经被进一步展开,就生与死本身而言它并无实际意义,只有把生与死辩证联系在一起其意义才得以体现,死

① 鲁迅:《鲁迅全集》第2卷《〈野草〉题辞》,第163页。
② 鲁迅:《鲁迅全集》第1卷《随感录六十六 生命的路》,第386页。
③ 钱理群:《鲁迅作品十五讲》,第5页。
④ 鲁迅:《鲁迅全集》第2卷《〈野草〉题辞》,第164页。

就是生的意义，活也是死的意义。鲁迅论及的生与死已经转变为对“存在”与“虚无”的持续追问。

然而，时间易逝，生命短暂，个体终将死亡，这是任何生命都无法改变的命运。进化论固然能让人看到微薄的希望，但我们也能感受到其对生命的残忍。作为一个人类灵魂的拷问者与人生命运的关切者，鲁迅在作品中尽可能示人以亮色，其内心却难掩对死亡的悲戚。在1935年鲁迅为《中国新文学大系》撰写序言时我们就不难发现其所处的境遇。

> 尼采教人们准备着“超人”的出现，倘不出现，那准备便是空虚。但尼采却自有其下场之法的：发狂和死。否则，就不免安于空虚，或者反抗这空虚，即使在孤独中毫无“末人”的希求温暖之心，也不过蔑视一切权威，收缩而为虚无主义者（Nihilist）。巴札罗夫（Bazarov）是相信科学的，他为医术而死，一到所蔑视的并非科学的权威而是科学本身，那就成为沙宁（Sanin）之徒，只好以一无所信为名，无所不为为实了。①

综上可知，鲁迅对于“生”与“死”的体验异常深刻，在鲁迅那里，“生”与“死”是相通的，“死”只是“生”的特殊存在形式，从某种意义上说，死亡也就是新生，“死”是“生”存在过的明证。只有正视死亡，才能超越死亡。

## 二、死亡在场

真正理解死亡的人才能真正懂得生命的意义，只有执着于生者才能直面死亡。王晓明认为，鲁迅“不断地夺路而走；却又总是遇上新的穷途和歧路，说得严重一点，你真可以说他的一生就是走投无路的一生。因此，人生的种种滋味当中，他体味得最深的，正是那种从仿佛的生路上面，又看见熟识的穷途时的幻灭，那种从新找来的光明背后，又发现旧有的黑暗时的悲哀”②。在他的作品中充斥着一种令人窒息的虚无与绝望，一种使人惊惧的死亡气息。③

---

① 鲁迅：《鲁迅全集》第6卷《〈中国新文学大系〉小说二集序》，第262-263页。

② 王晓明：《无法直面的人生：鲁迅传》，第233页。

③ 林毓生认为，由于鲁迅属于二十世纪初中国革命知识阶层的一分子，有无需辩解的为国家牺牲、奉献的情结，加以鲁迅属于中国的思想家，受中国传统文化天人合一、道心与人心合一的浸润，因此，尽管鲁迅有“强烈的存在主义式的倾向和虚无主义式的观察”，但不可能推演到“在逻辑上极具合理性的虚无主义的结论”。见林毓生：《政治秩序与多元社会——社会思想论丛》，联经出版事业公司1989年版，第248-252页。

鲁迅认为,“博大的诗人”是必定“感得全人间世,而同时又领会天国之极乐和地狱之大苦恼的精神相通”①。在“死亡”面前,鲁迅随时保持清醒与冷静,不断质疑这个黑暗的现实与国民的劣根性,几近陷入“无物之阵”的绝望。在鲁迅文学作品中,死亡可谓置身于幕后的总导演,犹如达摩克利斯之剑,悬挂每个人的头上。② 夏济安指出:“在散文诗和短篇小说中,他熟练地刻画死亡的丑陋,故事里的许多活人也是脸色苍白、眼神冷漠、行动迟缓,与行尸走肉无异;葬礼、墓地、行刑、砍头和生病,更是鲁迅反复想象、创作的主题。死亡的黑影以各种形式在他的作品中蔓延。”③鲁迅正是通过对“死亡”的叙述来拷问灵魂深处的幽暗,从而摆脱缠绕自己的毒气和鬼气,追寻人生的意义与价值,以此达到“灵魂疗救”的目的。

在鲁迅创作的小说中,人物的死亡占了许多篇章,如果把《怀旧》也算进鲁迅的小说篇目,我们不难发现,鲁迅一半以上的作品提及或者详细描述过死亡,比例之高形成了鲁迅小说的特色之一。死亡原是令人敬而远之的忌讳话题,但鲁迅尽情地书写死亡,当中自有其深意。鲁迅关注人生,通过描述生老病死的苦难,揭示人生真相。他穿透人类灵魂的深处,使人受了精神苦刑的洗礼,从而走向苏生之路。

夏瑜被杀及他的血被做成“人血馒头”卖了个好价钱,用来治痨病。而“灵丹妙药”没有拯救华小栓的性命,其死亡过程作家略而不写,只写了在第二年“分外寒冷”的清明,两位年迈的母亲去祭奠,结尾“忽听得背后‘哑——’的一声大叫;两个人都竦然的回过头,只见那乌鸦张开两翅,一挫身,直向着远处的天空,箭也似的飞去了”。④ 与人物生前清晰的形象相比照,鲁迅的“死亡叙述”相当简单,既没有残酷的死亡过程,也没有隆重的祭奠场面,我们无法看到死者临死前的痛苦、挣扎,也没有生离死别的悲哀,只有人物死亡后的无尽悲凉:他们在孤寂地、悄无声息地“死”去,化作一股凛冽的寒风、一声鸦鸣、一片丛冢、一堆乱草……鲁迅把“死亡”内蕴于“荒寒”的虚空意境中,看似轻描淡写,实则带有“安特莱夫式的阴冷”,字里行间蔓

---

① 鲁迅:《鲁迅全集》第7卷《诗歌之敌》,第246页。

② 如《呐喊》有《狂人日记》《孔乙己》《药》《明天》《阿Q正传》《白光》《兔和猫》《鸭的喜剧》描写死亡;《彷徨》中有《祝福》《在酒楼上》《长明灯》《孤独者》《伤逝》《弟兄》触及死亡;《故事新编》中《补天》《采薇》《铸剑》以人物死亡为主要情节;《朝花夕拾》有《狗猫鼠》《阿长与〈山海经〉》《父亲的病》《无常》《范爱农》回忆死亡。《野草》有18篇描写死亡、想象死亡。《且介亭杂文末编》及其附录的《〈凯绥·珂勒惠支版画选集〉序目》《写于深夜里》《半夏小集》《“这也是生活”……》《死》《女吊》等篇章均与死亡有关。

③ 〔美〕夏济安:《黑暗的闸门:中国左翼文学运动研究》,第135页。

④ 鲁迅:《鲁迅全集》第1卷《药》,第472页。

延着一股深入骨髓的寒气，全篇弥漫着一种“几乎无事”的悲剧气氛，留给人们丰富的想象余地和深沉的思索空间。

孔乙己与陈士成都是落魄的读书人，前者穷到偷窃、赊欠，最后悄无声息地死去，后者在屡试不第之后妄想从地下掘出宝藏，在寻找未果后到山里去，最终在白光的诱惑下失足葬身万流湖。鲁迅借此暴露读书人的丑陋，批判传统文人对功名利禄的执着与沉迷，尽管他们遍读圣贤书，却并未真能够豁达或者安身立命，这与鲁迅对儒家思想脱离现实的批判不谋而合。当读书人遭遇生存危机时，其所倡导的仁义道德均被抛之脑后，为求生存不惜采取一切手段。不难看出，儒家所倡导的生死观不过是一个美丽的幻影。

《阿Q正传》是鲁迅改造国民性的力作，其目的是“写出一个现代的我们国人的灵魂来”，是“暴露国民弱点的”。阿Q是受压迫欺凌的角色，但自身却也“沾了些游手之徒的狡猾”。他视女尼为异端，调戏女仆吴妈后受未庄人的排斥。离开未庄后做过小偷，后来因同伙失手，仓皇逃回未庄。当见到革命党神气时想沾沾革命党的威风，却被当成革命党逮捕枪毙。“至于舆论，在未庄是无异议，自然都说阿Q坏，被枪毙便是他坏的证据；不坏又何至于被枪毙呢？”[①]阿Q在临死前，无师自通地说出了“过了二十年又是一个……”[②]，阿Q所期待的死亡只是一种生命的轮回，也是当时大多数中国人对死后的期待，体现了当时国人对于死亡的心态：死亡即回归，死也是一种超脱，是生命的轮回，循环不已。

在中国人眼里，先人虽已逝去，其灵魂尤与他们同在，而自己“死”后，他的灵魂便与先人团聚，共同庇护后世子孙。在祥林嫂眼里，“死”了就能和亲人们重聚，犹如生前，享受天伦之乐。而且死后也能再享现世的幸福，这是祥林嫂所期盼的。但祥林嫂又不敢死，因为她曾事二夫，死后要被锯开、受惩罚，信佛的柳妈曾经告诫她：“再一强，或者索性撞一个死，就好了。现在呢，你和你的第二个男人过活不到两年，倒落了一件大罪名。你想，你将来到阴司去，那两个死鬼的男人还要争，你给了谁好呢？阎罗大王只好把你锯开来，分给他们。”[③]这是祥林嫂“在山村里所未曾知道”的，令其对死亡倍感恐怖。欲生不得、求死不能的祥林嫂对于前者的“向往”最终压倒了对于后者的恐惧（当然，现实的残酷无情也让她无法苟且偷生），所以“她那没有精采的眼睛忽然发光了”[④]，这一细节与其对魂灵、地狱的有无与死后一家人

---

① 鲁迅：《鲁迅全集》第1卷《阿Q正传》，第552页。

② 鲁迅：《鲁迅全集》第1卷《阿Q正传》，第526页。

③ 鲁迅：《鲁迅全集》第2卷《祝福》，第19页。

④ 鲁迅：《鲁迅全集》第2卷《祝福》，第7页。

能否相见的追问加速了她的死亡。对于在现世生活中饱受苦难的祥林嫂来说,这种"理想化"与悄无声息的"死"未尝不是一种解脱。鲁迅以看似冷漠与无奈的话语深深体味着死亡的悲辛:"这百无聊赖的祥林嫂,被人们弃在尘芥堆中的,看得厌倦了的陈旧的玩物,先前还将形骸露在尘芥里,从活得有趣的人们看来,恐怕要怪讶她何以还要存在,现在总算被无常打扫得干干净净了。"①"我"于祥林嫂悄无声息的死亡中体悟生命存在的虚妄:生如尘埃,死如草芥。祥林嫂的悲惨遭际与他人"祝福"的节日狂欢形成鲜明对照,既抨击了世情之冷漠,又揭示出人物的生存状态,渲染出鲁镇令人窒息的生存环境,从而剖解出中国底层民众尤其是女性所处社会地位之卑微。

《明天》中的单四嫂子死了丈夫,靠纺纱养活自己和儿子,屋漏偏逢连夜雨,儿子又陷入病危,孤立无助的她深陷绝望。为了宝儿的病,单四嫂子求过神签,许过心愿,吃过单方。无计可施,她拿出全部积蓄问诊于收费不菲的何小仙,庸医的"保婴活命丸"无法拯救病入膏肓的宝儿。众人平日对她漠不关心,在宝儿的丧礼上却异常热心,为的是凑热闹、捞油水与吃羹饭,热闹场面反衬出单四嫂子的无助与世态的炎凉。因为单四嫂子只是个"粗笨的女人",丈夫死了,寄希望于儿子;儿子病了,寄希望于庸医;儿子死了,寄希望于明天。尽管生活在痛苦与无望中,却寄希望于虚无缥缈的未来,反映出底层民众愚昧的精神状况。因此,甘智钢认为,《明天》隐藏着更深的发泄、自慰和自我解脱的心理动机,形象地演绎了早期鲁迅解开死亡之结的精神历程。②

鲁迅作品中人物死后的丧葬活动也值得玩味,这里选取两个有代表性的片段:

> 但单四嫂子待他的宝儿,实在已经尽了心,再没有什么缺陷。昨天烧过一串纸钱,上午又烧了四十九卷《大悲咒》;收敛的时候,给他穿上顶新的衣裳,平日喜欢的玩意儿,——一个泥人,两个小木碗,两个玻璃瓶,——都放在枕头旁边。后来王九妈掐着指头仔细推敲,也终于想不出一些什么缺陷。③
>
> 寿材寿衣早已做成,都无须筹划……聚议之后,大概商定了三大条件,要他必行。一是穿白,二是跪拜,三是请和尚道士做法事。总而言

---

① 鲁迅:《鲁迅全集》第2卷《祝福》,第10页。

② 甘智钢:《唱给自己的安魂曲——鲁迅小说〈明天〉的再诠释》,《湖南医科大学学报(社会科学版)》2002年第1期。

③ 鲁迅:《鲁迅全集》第1卷《明天》,第477-478页。

之：是全都照旧。①

以上是关于宝儿与魏连殳祖母葬礼上的情形。王九妈和魏连殳族人的这些行为举止反映出中国人的死亡意识也是一种特殊的生命意识：死者只有经过"入殓""出殡""入葬""圆坟"等繁文缛节才能获得安生。正是通过仪式，人们便由对死亡本身的恐惧和悲伤转移到热闹的葬礼仪式上，尽管仪式复杂、琐细，但在虔诚的繁文缛节中表达了人们对死亡的恐惧以及对死后世界的精神幻想。以上与鲁迅父亲离世前的场景同样荒腔走板：衍太太"是一个精通礼节的妇人，说我们不应该空等着。于是给他换衣服；又将纸锭和一种什么《高王经》烧成灰，用纸包了给他捏在拳头里"②。徒具形式的繁文缛节，唤不回亲人的生命，留下的只有终生的愧疚和挥之不去的伤痛与悔恨："我现在还听到那时的自己的这声音，每听到时，就觉得这却是我对于父亲的最大的错处。"③

## 三、反抗绝望

死是对生的彻底否定，再壮丽的人生也会因死亡戛然而止。然而，人活着的所有原因都是潜意识地规避死亡，并在其有生之年对死亡做出无声无息的反抗，具体体现在身体的意向性。梅洛-庞蒂认为："意向性并不是源于一个独立于机械式的身体的精神实体，而是源于我们的身体本身。因此，我们对他人的发现也不是通过意识的意向性活动，而是通过我们的身体来完成的。而身体的存在本身就是前个体和前反思的，因此身体的知觉就不存在所谓唯我论的问题。"④因此，鲁迅最担心、最惧怕的民国人虽生犹死的状态，形同一具"活死尸"："假使一个人的死亡，只是运动神经的废灭，而知觉还在，那就比全死了更可怕。"⑤面对这种行尸走肉似的生命在场，鲁迅甚至无计可施，只好采取"虚无"的姿态来应对。鲁迅并不是一无所求，而是追求一个不能被任何在场之物满足的目标，或者说一个永远不在场的缺席之物，即孙玉石所言："鲁迅所追求的是一种真正实现了人的价值的生命的存在。"⑥

---

① 鲁迅：《鲁迅全集》第2卷《孤独者》，第89页。
② 鲁迅：《鲁迅全集》第2卷《父亲的病》，第298页。
③ 鲁迅：《鲁迅全集》第2卷《父亲的病》，第299页。
④ 转引自苏宏斌：《作为存在哲学的现象学》，《浙江社会科学》2001年第3期。
⑤ 鲁迅：《鲁迅全集》第2卷《死后》，第214页。
⑥ 孙玉石：《现实的与哲学的：鲁迅〈野草〉重释》，第42页。

鲁迅往往以战斗者的姿态来反抗、摆脱虚无对生命的羁绊。死亡对鲁迅而言并不是人生的终点，因为他既然能反抗绝望，自然就能向死存在。鲁迅以死为生，借以排遣内心深处潜藏的黑暗，即使和敌人同归于尽也在所不惜；或独自咀嚼苦痛，将希望留于后人，追求精神不死的生命哲学。钱理群指出："鲁迅作品的基本母题：'爱'——对每一个生命个体的关爱；'死'——生命无辜的毁灭；以及'反抗'——对来自一切方面的对生命的奴役、残害的绝望的抗争。"①汪晖也认为："鲁迅在生命的悲剧性体验中感到的首先不是抽象的荒诞感，而是极其残酷的生存状态，是在恐惧、紧张、死亡之中表达'生'的意志。不是希望，不是幻想唤起了鲁迅的生存意识，而是绝望，是流血，是隐痛，是死亡，是恐惧……唤起了鲁迅对生命的自觉。"②鲁迅于1925年1月写的《希望》一文中流露出对虚无的抗拒，这篇文字从"我的心分外地寂寞"开始，记录下这些年来的心境，隐晦地表达复杂的情感体验：

> 这以前，我的心也曾充满过血腥的歌声：血和铁，火焰和毒，恢复和报仇。而忽而这些都空虚了，但有时故意地填以没奈何的自欺的希望。希望，希望，用这希望的盾，抗拒那空虚中的暗夜的袭来，虽然盾后面也依然是空虚中的暗夜。③

于是鲁迅终于"放下了希望之盾"，他"只得由我来肉薄这空虚中的暗夜了"④。这里鲁迅对希望作了第一度的否定，舍弃了作为虚构的自欺的假象的希望，这使他将要沉入作为真实的暗夜之中，尽管在开篇鲁迅就感到一种分外的寂寞："然而我的心很平安：没有爱憎，没有哀乐，也没有颜色和声音。"⑤但是，便在这绝望的深处，鲁迅引述了匈牙利诗人裴多菲的诗句："绝望之为虚妄，正与希望相同。"⑥这看似悖论的诗句，否定了作为第一度的否定的绝望。但是这种对绝望的否定并不是希望，那样将会陷入希望、绝望、希望、绝望……周而复始循环的怪圈，而是作为否定之否定的存在，包含了对希望自身的否定的希望。鲁迅继续描绘与前半段相似的暗色，对于希望的第一度否定依然不变。直到文章的结尾，他再次写下"绝望之为虚妄，正

① 钱理群：《鲁迅作品十五讲》，第8页。
② 汪晖：《反抗绝望：鲁迅及其文学世界》，第46页。
③ 鲁迅：《鲁迅全集》第2卷《希望》，第181页。
④ 鲁迅：《鲁迅全集》第2卷《希望》，第181页。
⑤ 鲁迅：《鲁迅全集》第2卷《希望》，第181页。
⑥ 鲁迅：《鲁迅全集》第2卷《希望》，第182页。

与希望相同!”[①]不难发现,鲁迅虽然用了裴多菲的诗句,但句末标点从句号变成了感叹号。第一次引述时,其中的“希望”是作为第一度的,即由虚妄的希望概念而确立,是相对于否定它的“绝望”而存在的。到了第二次引述,惊叹号将整个诗句化为吁求,不再是平铺直叙,而是意志的自由跳跃与转换。在这里,“希望”变成了第二度的,是洞察了自身虚妄之后,包容了自身内部的绝望而确立的希望。鲁迅借此来否定绝望,从而滋生出微茫的希望,决定以自身的力量去“肉薄”暗夜,这是鲁迅融入个人的生命体验,彻悟了绝望与希望同为虚妄后的精神转变。片山智行指出,鲁迅在其中“溶注了在中国的现实中生存、战斗而且苦闷着的自己的心绪”。并借裴多菲的话语“将自己浸血的经验和胸中的思绪铸成了箴言”[②]。鲁迅不仅借此诗以自勉,而且意在激发意志消沉的青年,唤起希望的信心和力量。因此,孙玉石把“反抗绝望”视为鲁迅的思想和性格的逻辑,是“一个觉醒的知识者在政治形势的低气压之下的环境里的一种积极的‘生命的哲学’思考中的必然的选择”[③]。

正基于此,钱理群注意鲁迅文本独特的结构方式:“在他的小说(当然不是全部)里,不论情节发展,还是情感、心理的推演,往往有一个顶点,通常是情节上人物的死亡,情感、心理的绝望。在推于死亡与绝望的顶点之后,又反激出一种死后之生,绝望后的反抗(挑战),然后戛然而止——这当然不是纯粹的结构技巧,它内蕴着鲁迅‘反抗绝望’的人生哲学和对于生命的悲剧性体验。”[④]那么,鲁迅用什么来完成“死后之生”“绝望后的反抗”?通过阅读鲁迅小说,不难发现,作家通常以反抗绝望的心志来面对死亡,而绝非迁就、苟且与偷安,在与命运抗争的同时,试图改变生命中的不幸。在《兔和猫》中,鲁迅悲叹鸽子、小狗、苍蝇等弱小生物的生命无情地被吞噬,“谁知道曾有一个生命断送在这里呢”[⑤]。这是鲁迅对造物主“将生命造得太滥,毁得太滥”的无声抗议,也使人联想到弱小者生命的无常与人生的凄凉,从而激发人们对弱小者的同情与悲悯,激起奋起反抗的斗志。

孔乙己常以读书人自居,不甘与短衣帮为伍,坚信自己会有出头之日。随着岁月的不断流逝,生活境遇每况愈下,他也一天比一天颓丧,甚至沦落到偷窃来糊口,纵使被他人惩戒与嘲笑,还是屡屡再犯,终于给人打折了腿,最后穷困潦倒而死。他对虚无的期盼纵然是徒劳的,令人唏嘘扼腕,儒家经

---

① 鲁迅:《鲁迅全集》第2卷《希望》,第182页。
② 转引自孙玉石:《〈野草〉二十四讲》,中信出版社2014年版,第91页。
③ 孙玉石:《现实的与哲学的:鲁迅〈野草〉重释》,第137页。
④ 钱理群:《走进当代的鲁迅》,北京大学出版社1999年版,第12页。
⑤ 鲁迅:《鲁迅全集》第1卷《兔和猫》,第580页。

典中所呈现的虚妄世界成了麻醉读书人的精神鸦片，读书人无法从书中寻求真正的生命意义与价值，从而导致孔乙己之流陷入消极、颓废的境地。然而孔乙己也曾试图反抗绝望，在生活中找寻属于自己的生存价值与意义，他通过教咸亨酒店的小伙计识字来获得满足感，分享茴香豆获取认同感，到丁举人家行窃来报复这个社会的不公……从孔乙己身上，我们可以发现一个人在穷苦潦倒中一步一步逼近死亡，他的生命力在世俗的嘲讽中消磨殆尽，直至无声无息地从人间蒸发。

阿Q身处社会底层，饱受欺凌与羞辱，他也曾经反抗过，他不想一直靠打短工过活，想要走出自己的一片天。从城里“发达”后变成未庄人敬畏的对象，尽管名声不好。当再度陷入精神与经济危机后，他想投靠革命党来改变困境。阿Q跌跌撞撞地想找出一条生路。虽然他加入革命党起因于自身欲望的渴求和对革命的误解，但对阿Q而言，革命才是改变他命运的唯一捷径，这是人的身体欲求的投机表现，只是阿Q下的赌注太大，最终输掉了自己的性命。

《在酒楼上》《孤独者》中，在“我”面对人物的生存困境或者人物的死亡后，“我”的心情却慢慢轻松起来，此时的“我”再一次回到“现在”。

> 我们一同走出店门，他所住的旅馆和我的方向正相反，就在门口分别了。我独自向着自己的旅馆走，寒风和雪片扑在脸上，倒觉得很爽快。见天色已是黄昏，和屋宇和街道都织在密雪的纯白而不定的罗网里。①
>
> 潮湿的路极其分明，仰看太空，浓云已经散去，挂着一轮圆月，散出冷静的光辉。
>
> 我快步走着，仿佛要从一种沉重的东西中冲出，但是不能够。耳朵中有什么挣扎着，久之，久之，终于挣扎出来了，隐约像是长嗥，像一匹受伤的狼，当深夜在旷野中嗥叫，惨伤里夹杂着愤怒和悲哀。
>
> 我的心地就轻松起来，坦然地在潮湿的石路上走，月光底下。②

在鲁迅的时间体系中，“现在”是最重要的组成部分，过去的“反乌托邦”的情感体验，对现在而言只能以“忘却”的方式去面对；而在经历绝望之后，“未来”则不复存在。鲁迅选择了“做一世的牺牲”，向封建道德宣战，他所

① 鲁迅：《鲁迅全集》第2卷《在酒楼上》，第34页。
② 鲁迅：《鲁迅全集》第2卷《孤独者》，第110页。

恃者，就“独有‘爱’是真的”[①]，“血液究竟干净，声音究竟醒而且真”[②]。正如钱理群所说：“鲁迅又把他的生命哲学归结为‘反抗绝望’：不计后果、不抱希望地，永远不停地‘向前走’这一绝对命令，这更是使他的生命获得了不断开拓的活力。”[③]因此，鲁迅执着于现在的时间理念，最终促使他形成了独特的人生哲学——“反抗绝望”，而最终落脚点是“向死存在”。

## 四、向死存在

生命存在的感知方式靠时间而呈现，每个生命个体始自出生，终于死亡，海德格尔认为“时间性”意味人存在的“时间”，并不是传统认知里由现在、过去和未来所构成的时间，人存在于“世界中的存在”（In-der-Welt-sein）。因为人的存在是“向死存在”，此有（Dasein）的死亡才是此有存在的尽头，同时，只有囊括生死才是完整的存在。存在本身是向死亡存在，因此只有在存在死亡的当下，存在本身才达到整体性，但当存在死亡时也丧失了存在的“在世”，“此在在死亡中达到整全同时就是丧失了此之在。向不再此在的过渡恰恰使此在不可能去经验这种过渡，不可能把它当作经验过的过渡来加以领会。”[④]王乾坤认为，海德格尔的将在不处于未来，不是一个纯然的不在场，而是此在的一种到来中的在。将在之所以有领先的地位，就是要明白人是一种“先行到死”的在。而现在所显现的，不过是将在的不断到来。因而，强调将在不是主张人逃到未来憧憬中去，而是要人正视并承担起死亡这种最本己的可能。[⑤] 这与鲁迅的否定人生的终极价值，强调执着于当下生命的中间物意识有共通之处。如果存在本身不再属于“被抛入”的依寓于世的状态，那存在就无法表述自己，死亡作为存在的一部分，生存本身不断向它靠近，但人类无法把握此在和存在的整体性，因为无法真正地去体验死亡，这就是所谓抵达存在的“不可能性”，换言之，存在在死亡的当下，不可能表述自己的死亡。但是，“死人的不再在世却还是一种存在，其意义是照面的身体物还现成存在。在他人死去之际可以经验到一种引人注目的存在现象，这种现象可被规定为一个存在者从此在的（或生命的）存在方式转变为不再此在。此在这种存在者的终结就是现成事物这种存在者的端

① 鲁迅：《鲁迅全集》第1卷《我们现在怎样做父亲》，第142页。

② 鲁迅：《鲁迅全集》第1卷《随感录四十》，第338页。

③ 钱理群：《鲁迅作品十五讲》，第135页。

④ 〔德〕海德格尔：《存在与时间》，陈嘉映、王庆节译，第273-274页。

⑤ 王乾坤：《鲁迅的生命哲学》，第31页。

始"[①]。死亡是存在一定会经历的体验,故海德格尔认为"死亡"是存在最本已的"能",强调了人"死亡"的必然性,而为了掌握本已的存在,人类必然会直面"死亡",甚至通过表述去辩证"死亡"、理解"死亡"。因此,当人们从日常生活的遮蔽中发现死亡来临时,就无法避免去阐述"死亡"来确定自我的存在,借由阐述死亡来澄明存在的本真,阐明自我生命主体在时间流中向死存在的可能。

福柯指出:"在死亡的感知中,个人逃脱了单调而平均化的生命,实现了自我发现;在死亡缓慢和半隐半现的逼近过程中,沉闷的共性生命变成了某种个体性生命。"[②]也就是说,生命个体在临近死亡时,能对生与死有相对真切的领悟。鲁迅正是在死亡中反证了生命的价值。有生必有死,生与死完全是一种自然现象,人的生死恰如白天和黑夜一样平常无奇,生有生的自由,死有死的自在。鲁迅认为死亡是过去生命存在过的证据,他曾经在《野草》中对生命与死亡的关系进行探讨:"过去的生命已经死亡。我对于这死亡有大欢喜,因为我借此知道它曾经存活。死亡的生命已经朽腐。我对于这朽腐有大欢喜,因为我借此知道它还非空虚。"[③]死亡是对生命存在的确证,是人的生命历程本身。鲁迅在面对死亡和朽腐都有"大欢喜",表达出对存在与死亡的超越以及对于死亡的自觉意识,同时升华为"向死存在"的人生哲学,正如钱理群所说,这是鲁迅思考人(尤其是现代中国人)的死亡方式、死亡意义与死后命运的呈现,这是鲁迅思想的基本面,而鲁迅的死亡书写的重心,始终是"生"。[④]

向死存在是鲁迅思想的关键:正是向死存在的存在方式,使鲁迅得以站在人类的立场观照整个社会与人生,摆脱了国家、民族、阶级观念的束缚,直探人本主义的根柢。因而他的国民性研究,一开始就有全人类的普遍性。皇甫积庆以对"死"的自觉来概括鲁迅的死亡意识,他认为,在中国现代作家中,鲁迅终身"向死而在",生活在"死"之意识中。[⑤] 鲁迅一生经历过无数次生与死的考验,当他绝望到极点的时候,死亡的意念时刻浮现在他脑海中,但他不怕死,反而借此反证生命的意义。"据许广平回忆,鲁迅时时存在自尽的念头,他在北京时,床下就压着一把匕首。而这段时间,正是他感痛人

① 〔德〕海德格尔:《存在与时间》,陈嘉映、王庆节译,第274页。
② 〔法〕米歇尔·福柯:《临床医学的诞生》,刘北成译,译林出版社2001年版,第193页。
③ 鲁迅:《鲁迅全集》第2卷《〈野草〉题辞》,第163页。
④ 钱理群:《心灵的探寻》,第116-117页。
⑤ 皇甫积庆:《"死"之解读——鲁迅死亡意识及选择与传统文化》,《鲁迅研究月刊》2000年第2期。

生‘黑暗’和‘虚无’的时期。因为新文学运动和辛亥革命的双重失败，他的心境悲凉到了极点。也许正是这种对死亡的体验，才使人觉察到了生的意义所在。”①鲁迅对死亡的深刻认知和体验，让其变成生活的强者和生命的勇者，敢于直面惨淡的人生，敢于正视淋漓的鲜血，他以拥抱死亡的决绝，展现出向死存在的人生姿态。

鲁迅在《浙江潮》发表文言编译小说《斯巴达之魂》，以壮烈感人的形象和浪漫主义手法，呈现斯巴达勇士英勇不屈、视死如归的尚武精神。鲁迅指出：“我今掇其逸事，贻我青年。呜呼！世有不甘自下于巾帼男子乎？必有掷笔而起者矣。”②鲁迅在《〈穷人〉小引》一文中谈论陀思妥耶夫斯基的作品时，就曾对这种展现人生的描写方式提出他的看法，他觉得陀思妥耶夫斯基用精神的苦刑，表现出人们的心。

> 陀思妥夫斯基将自己作品的人物们，有时也委实太置之万难忍受的，没有活路的，不堪设想的境地，使他们什么事都做不出来。用了精神底苦刑，送他们到那犯罪、痴呆、酗酒、发狂、自杀的路上去。有时候，竟至于似乎并无目的，只为了手造的牺牲者的苦恼，而使他受苦，在骇人的卑污的状态上，表示出人们的心来。③

这一段谈论创作的言论，其实也十分吻合鲁迅自己的创作观。他同陀思妥耶夫斯基一样，因为关切人生，所以他不断通过作品，毫不避讳地写出人生的苦难，当他愈写实近于无情，愈展现其对大众生命的热爱。丁帆指出：“鲁迅敢于用带血的皮鞭抽打那‘美如乳酪’的充盈着脓血的创口，狂放而自虐式地剖析民族文化的劣根性，以疗救魂灵为要义。”④鲁迅勇敢积极地面对死亡，不选择逃避，在他作品中经常出现二律背反的主题：死亡与新生。袁盛勇指出：“鲁迅小说中的个体死亡与自我意识之间确实存在着一定的隐秘关联。在濒临死亡的绝境中，从来没有自我意识的个人也可能会顿时生长某些自我意识的芽儿，并且在这种关于死亡的描绘中，鲁迅小说一方面表现了中国人的令人窒息的生存境况，另一方面也表现了创作主体的对于国人自我意识觉醒的强烈憧憬。”⑤鲁迅以向死存在的坦诚来面对生命，

---

① 肖百容：《直面与超越——20世纪中国文学死亡主题研究》，第36页。

② 鲁迅：《鲁迅全集》第7卷《斯巴达之魂》，第9页。

③ 鲁迅：《鲁迅全集》第7卷《〈穷人〉小引》，第105页。

④ 丁帆：《中国乡土小说史》，第86页。

⑤ 袁盛勇：《萌发与沉：落自我意识与鲁迅小说中的死亡》，《鲁迅研究月刊》2005年第9期。

在小说中有意识的安排人物经过死亡的历练，让国人的自我意识得以萌生。

《孤独者》中的魏连殳可以看成鲁迅人生的阴暗面，他通过魏连殳展开一场自我与人生的对话，"那你可错误了。人们其实并不这样。你实在亲手造了独头茧，将自己裹在里面了。你应该将世间看得光明些。""也许如此罢。但是，你说：'那丝是怎么来的?'——自然，世上也尽有这样的人……"[①]魏连殳的言语道出了鲁迅内心深藏的黑暗与隐忧，而"我"则是鲁迅平常的一面。"我"安详自在地活在世上，与世无争，虽看透了这个世界，但又接受命运的安排；偶有生活上的困难，但坚持一下也就过去了，这种四平八稳的生活，正是鲁迅本人的生存现状。而魏连殳才是小说落笔之处，他揭示了鲁迅内心深处的一面，尽管生活多艰，但他没有完全丧失生存的勇气，没有被生活所吞噬，"我……，我还得活几天。"[②]言语中虽有万般无奈，但也展现出其强忍与刚强的一面，生存越不容易，越能激起其反抗的斗志。而他在极其困窘的境况之下，说出如此委曲求全的话语，尽管只有简短几个字，但字里行间流露出对生命即将结束的抗争。人如果濒临绝境，反倒能激发出强大的生存意志，哪怕只能多活几天。我们可以深切感受到魏连殳的痛苦、愤恨和颓丧，他深陷泥沼苦苦挣扎，内心的爱与恨猛烈撕扯着，朋友被诱杀的恨与生活的窘迫让他最终放弃自己曾经奉行的道德守则，坦然恭行所憎恶的一切。魏连殳的活着，成功地报复了不愿他活着的人，所以他胜利了；但他在得到复仇的快慰后，面临的却是自己身体和精神的双重死亡。魏连殳以自我精神的扭曲与身体的毁灭为代价，去换取自欺的精神胜利。而"我"与魏连殳最后一次相见，竟是在其葬礼上，"很不妥帖地躺着，脚边放一双黄皮鞋，腰边放一柄纸糊的指挥刀，骨瘦如柴的灰黑的脸旁，是一顶金边的军帽"[③]。尽管死后都要任人摆布，无法摆脱自己先前所憎恶的一切，但是已经脱离灵肉束缚的魏连殳显然不在意，只见他："安静地躺着，合了眼，闭着嘴，口角间仿佛含着冰冷的微笑，冷笑着这可笑的死尸。"[④]现实的荒诞与先觉者的悲怆巧妙地融合在一起，折射出孤独者的悲惨命运。这匹在荒野中独自舔舐伤口的狼已经复仇成功，他决绝地告别了这个无情的黑暗世界和那个既失败又可笑的自己。魏连殳的复仇，是让活着的自己看着失败的自己慢慢消亡，不仅是对自我生命的背离，也是对整个生存世界的否定。而这正是鲁迅自我毁灭式的复仇表现，既不愿苟活，那就和敌人同归于尽，正如鲁迅所说：

---

① 鲁迅：《鲁迅全集》第2卷《孤独者》，第96页。
② 鲁迅：《鲁迅全集》第2卷《孤独者》，第99页。
③ 鲁迅：《鲁迅全集》第2卷《孤独者》，第109页。
④ 鲁迅：《鲁迅全集》第2卷《孤独者》，第110页。

“这一类人物的运命，在现在——也许虽在将来——是要救群众，而反被群众所迫害，终至于成了单身，忿激之余，一转而仇视一切，无论对谁都开枪，自己也归于毁灭。”[①]最后再与文中的“我”合为一体，回归本真的自我，挣扎着在深夜的旷野中嗥叫出愤怒和悲哀，坦然地行走在月光底下。

而在《伤逝》里，这种直面死亡的勇气就减少了许多，更多的是犹疑与挣扎。涓生和子君为了他们的爱情，勇于挑战世俗鄙夷的目光，也敢于背叛亲人与友朋。子君面对家人的劝阻，大声说出：“我是我自己的，他们谁也没有干涉我的权利！”[②]而残酷的现实面前，二人终究难逃曲终人散的悲剧，子君正是因为有了涓生的爱，才有正面对抗世俗的勇气，也正是因为涓生一句不再爱你了而失去生存的勇气。初读《伤逝》，深为子君的遭遇抱不平，也对涓生的人品表示怀疑。然而，对文本细读之后，一种伤感油然而生。经历了生活的起起落落，涓生开始忧心两人是否真有新生的出路。涓生被辞退后，家庭失去了唯一的经济来源，生活的重担压得他喘不过气来，没有附丽的爱情自然逐渐褪去，两人的感情也因受着爱情所带给彼此的折磨而终结。涓生对子君说不再爱你时是经过痛苦挣扎之后所说，他希望双方都能开辟出新的生路，再造新的生活，为的是免得一同灭亡。而子君的死亡则是涓生难以接受的事实，尽管他曾经想过。他在忏悔与追思中奋力前行，“我还期待着新的东西到来，无名的，意外的”，尽管盼来的无非是死的寂静，但“死的寂静有时也自己战栗，自己退藏，于是在这绝续之交，便闪出无名的、意外的、新的期待”[③]。涓生在期待什么，我们不得而知，至少这种期待已经给予他生存的勇气。

《铸剑》中的眉间尺原本个性善良、优柔寡断，连对嫌恶的老鼠都存恻隐之心，但听完母亲述说父亲含冤而死后，勇敢地担负起为父复仇的使命。但毕竟经验有限，孤身一人要抵抗强敌更不是易事，幸好在危急时刻，宴之敖出手相助，并经宴之敖指点，眉间尺毅然割下自己的头颅，将生命化作复仇的必要条件，将头颅和剑都交给宴之敖。“暗中的声音刚刚停止，眉间尺便举手向肩头抽取青色的剑，顺手从后项窝向前一削，头颅坠在地面的青苔上，一面将剑交给黑色人。”[④]当眉间尺人头落地一刹那，也是真正复仇的开始。尽管眉间尺要报杀父之仇，但由于天性善良，优柔寡断，屡次失去复仇良机，他只有彻底成为一个铁石心肠的杀手才能完成使命，而结束自己的生

---

① 鲁迅：《鲁迅全集》第11卷《两地书》，第20页。
② 鲁迅：《鲁迅全集》第2卷《伤逝》，第112页。
③ 鲁迅：《鲁迅全集》第2卷《伤逝》，第131页。
④ 鲁迅：《鲁迅全集》第2卷《铸剑》，第441页。

命是其唯一选择。唐复华指出:“眉间尺只有主动地开掘、闯入、颠倒和扬弃自身,才能在经历中把自己实现出来,正如他不知道他在自身中实际具有几多知识能力一样,他必须坚持对自己的关怀,伴随着决心成长,在实践中发展为黑色人,他才知道自己是真正的复仇者。”①因此,鲁迅把眉间尺的复仇设定为对自我的否定与追寻:宴之敖要通过眉间尺来实现自己的生命价值理念;眉间尺则要通过宴之敖来完成对自我的超越。二者相互成就,经由一场毁灭性的复仇,脱离尘世爱欲和肉体的缠绕,追求精神的永恒。眉间尺从青涩单纯的孩子蜕变成勇敢的斗士,鲁迅旨在说明刚毅勇敢的个性并非天生,须经环境打磨与心智淬炼,方能成为英雄,拥有未来。

鲁迅的小说是生命的明证、痛苦的结晶,经由死亡的淘洗,将生命中不可承受之重转化为疗伤良药。鲁迅曾经把创作比喻成做土工:“做着做着,而不明白是在筑台呢还在掘坑。所知道的是即使是筑台,也无非要将自己从那上面跌下来或者显示老死;倘是掘坑,那就当然不过是埋掉自己。总之:逝去,逝去,一切一切,和光阴一同早逝去,在逝去,要逝去了。——不过如此,但也为我所十分甘愿的。”②在袁一丹看来,“鲁迅也把自己的工作比作掘坑,不过是要埋掉自己,但他又从亲手所筑的坟中逃出,留下一个空冢,并挤在人群中,观看自己的葬仪”③。鲁迅面对死亡泰然自若,以死观生,正视死亡的存在,善待自己和他人的生命,积极创造生命的价值。鲁迅向死存在的生命哲学凸显生命的可贵,用死亡来证明生存的价值,在死亡的意义里寻找生存之道,从其作品中对死亡的思考可知,只有勇于直面死亡、超越死亡,才能使生命臻于至善,向死存在。人置之死地后生,向死存在固然是确证自己的一种生命存在样式,如果从死亡的角度看,“生命回到死亡”赋予了另一种意义,即“死亡回到生命”:现存的生命无他,不过是过去已死之魂重新活在当下的肉体而已;人类文明固然日新又新,但不论更新如何迅猛,“过去”总是客观地参与其中,人类历史只能做加法,过去是不会就此消失。不论我们喜欢与否,过去的生命总是一种客观存在,这些已死的生命都是创新与革命的参与者,这正是向死存在的真谛,也是鲁迅思想的起点:“我常觉到一种轻微的紧张,宛然目睹了‘死’的袭来,但同时也深切地感着‘生’的存在”④。

---

① 唐复华:《论鲁迅的复仇哲学》,《鲁迅研究月刊》1993年第2期。
② 鲁迅:《写在〈坟〉后面》,载《鲁迅全集》第1卷,第299页。
③ 袁一丹:《伤逝:起死的衍义——鲁迅的“自悼”与亲者的“纪念”》,《鲁迅研究月刊》2006年第8期。
④ 鲁迅:《鲁迅全集》第2卷《一觉》,第228页。

鲁迅不仅强调生命个体向死存在，甚至把它上升到宏观层面："若以人类为着眼点，则中国若改良，固足为人类进步之验（以如此国而尚能改良故）；若其灭亡，亦是人类向上之验，缘如此国人竟不能生存，正是人类进步之故也。"①这促使鲁迅终生都在鼓吹脚踏实地、苦干实干的"民力论"，批判浮夸的"民气论"，大力呼吁中国人勇于去做"艰难切实的事情"，认为唯有如此，国族才能免于灭亡。

> 可惜中国历来就独多民气论者，到现在还如此。如果长此不改，"再而衰，三而竭"，将来会连辩诬的精力也没有了。所以在不得已而空手鼓舞民气时，尤必须同时设法增长国民的实力，还要永远这样的干下去。②

鲁迅的一生始终处于只有"舍生才有活路"生存样态，操持着"置之死地而后生"的勇气，并把这一生死观提升到对整个民族国家延续发展的思考，认为中华民族无论续绝，都已尽到有助人类进化的责任，这种具有世界主义意识的生死观，使鲁迅成为同时代启蒙者中最悲壮者。

鲁迅以独特的心理感知与生存体验，在残酷的现实面前深刻体味死亡。同时使他在创作过程中从"死"的历史材料中获得灵感。"生命的路是进步的，总是沿着无限的精神三角形的斜面向上走，什么都阻止他不得"，"生命是乐天的"，"生命不怕死，在死的面前笑着，跳着，跨过了灭亡的人们向前进"③。这种向死存在的生命意识决定了存在者必须始终以自己的能在为目的，以最本能的方式直面自己的此在，从而展现出存在者最具个人生命价值体验的人生图景。鲁迅的一生伴随着这种向死存在的生命体验，在曲折的人生路途上不断调整自己的生存方式与价值取向，借此变化来接近生命存在的本真，从而完成自己的人生使命，实现自己的人生价值，超越死亡带来的空虚与寂静。

---

① 鲁迅：《鲁迅全集》第11卷《致许寿裳》，第366页。

② 鲁迅：《鲁迅全集》第3卷《忽然想到（十）》，第96页。

③ 鲁迅：《鲁迅全集》第1卷《随感录六十六 生命的路》，第386页。

# 结　语

自晚清到民初小说中，“身体”常常被召唤与想象，与国体存在缠绕在一起，不但承载着作家内心对民族、国家危亡的焦虑感，也投射出民族性内部延伸向世界寻找富强之道的一种强烈渴求。我们经由“身体”探入鲁迅小说叙事，试图从小说文本中呈现出的“身体”符号，探赜国民身体为何以及如何在鲁迅笔下展演成一个具有政治性的民族、国家主体建构的隐喻。鲁迅小说的身体诗学，述说的不只是“身体”本身的故事，更是一种想象中国的方式，让“身体”承载改造民族、国家的欲念，为未来中国寻找光明之所在。

## 一

戊戌变法失败后，梁启超等有识之士试图将变革中国命运的视角从政体典章制度改良转向对身体的重塑，以“少年中国”为思想载体，形构“新民”群体的理想体格，把身体纳入历史框架，作为民族、国家想象的起点。梁启超等人倡导的“新小说”以身体改革为开端，变革政体，并为建构国体服务。这种身体想象与建构的方式无疑影响了“五四”知识分子对身体的认知，他们试图通过“救精神”展开一场从身体到国体的启蒙运动，从而开启了中国现代小说作为身体叙事的源头。深受西方文化思潮影响的“五四”知识分子，在西方现代观念的烛照下，常以诊断家和医治者的双重身份，把乡土身体视为“旧中国的残余”或“病者”，试图通过文学的启蒙叙事，达到改造国民性的目的，为未来中国铺就康庄大道。

“乡土”作为身体运作的空间场域，往往被五四知识分子视为封建文化与礼教习俗的藏污纳垢之所，与黑暗、保守、闭塞、愚昧等紧密相连，是中国踏上现代化征程的绊脚石。因此，中国现代作家在改造国民性，画出乡土中国沉默而病态的古老灵魂，或挖掘封建礼教“吃人”本质的同时，都不约而同地指向了生命存在的本体——身体，结合生命个体的生存境遇去发现身体和书写身体，开展身体诊治与疗救的想象。费约翰指出：“新的中国需要新的人民，因此，旧中国的残余必须被切割、挤压、推搡，直到它变得足够倾斜，以适应被认可的出路。”①“五四”知识分子试图把西方他者内化为自我观照，以进步和现代性的目光审视乡土中国，其作品中呈现出一个被封建礼教和野蛮习俗摧残后只剩下“断体残肢”和“疯癫狂病”的乡土中国身体。

鲁迅小说中的一系列身体叙事，诸如砍头、剪发、革命、丑陋与癫狂等，无不展示了中国身体在进化论的视域下，所必须面对的传统与现代的撕扯与断裂。阿Q、祥林嫂、闰土和七斤等，无疑已成了乡土中国的典型人物。他们被放置于现代启蒙的视角下，使得身体被扭曲为形丑德陋、懦弱卑怯和愚昧苟且的标志符号，开启了鲁迅试图通过身体启蒙拯救民族危亡的艰难之旅。颜健富指出：“鲁迅对乡土人物的勾勒，不论是外在形貌或内在精神，都极尽‘残’‘丑’的展现，并以此投射乡土身体的庸俗和麻木性。”②“国民性批判”更是在这样“狂睡病颓”的身体状貌和“易尸还魂”的身体变调过程中轮番上演。这一“国民性批判”主题对后起的乡土作家，如二十世纪二十年代的王任叔、许钦文、王鲁彦、台静农、许杰、蹇先艾、彭家煌，抑或是二十世纪三十年代的柔石、沙汀、艾芜、萧军、萧红、李劼人，还是当代乡土作家赖和、钟理和、杨逵等，均产生了深远的影响，他们纷纷从乡土现实视域，对乡土中国的身体给予了强烈关注。他们的大多数作品延续了鲁迅批判国民劣根性的传统，通过小说审视现代乡土中国的暗陬，并以现代知识者的目光，对祖辈们世代沿袭下来的文化价值体系、乡土习俗和生活方式等提出质疑，进而展开批判和省思。

王任叔小说集《破屋》深刻描写了乡土的凋敝没落、乡民无路可走的存在处境。王鲁彦《阿长贼骨头》里的阿长喜欢小偷小摸，为报复曾经发现他偷窃行为的村妇，特意在路上等着去撞洒她手中的油瓶，并趁着争论时，往那妇女的胸部揩油，且认为这样的报复行为是光荣的，甚至觉得所有史家桥的人都被他报复完了。《阿卓呆子》中的阿卓是傅家镇人戏弄的对象，随时遭人打、踢、推、挤、扯，阿卓的悲剧却给镇上的人们带来无尽的欢乐。彭家煌《陈四爹的牛》中的农民周涵海被人戏称猪三哈，因妻子偷汉被乡人嘲讽与辱骂，起早摸黑、兢兢业业地给地主放牛，将牛养得膘肥体壮，而自己却因经常吃不饱饭而瘦弱不堪。最终因丢失了东家的牛而怕被责难，投水自尽。台静农笔下的天二哥是一个嗜酒如命的酒徒，欺善怕恶，喝尿解酒，虽然在打斗中取得了胜利，最后还是糊里糊涂地死去。蹇先艾《水葬》里的骆毛，因

① 〔美〕费约翰：《唤醒中国：国民革命中的政治、文化与阶级》，李恭忠、李里峰等译，生活·读书·新知三联书店2004年版，第154页。

② 颜健富：《论鲁迅〈呐喊〉〈彷徨〉国民性建构》，台湾大学学位论文，2003年。

偷东西被处以水葬，对着捶打其背脊的乡民骂道：“你们儿子打老子吗”，“老子今年三十一！再过几十年，又是一条好汉”，直到想起死后老母无人赡养时才意识到死亡的可怕。柔石《为奴隶的母亲》中的丈夫因患“黄疸病”，成了体虚的“黄胖”，他不但丧失了生存能力，而且还沦为孩子们取笑的对象。废名《浣衣母》中李妈守寡后靠洗衣为生，乐于助人，被奉为“国民母亲”，后因与一单身汉合开茶馆，谣言四起，单身汉被迫离开，李妈则成了形单影只的“罪人”。许钦文《鼻涕阿二》中的菊花默默承受世俗生活中的种种苦难，在家里受到歧视，洗衣、烧饭，干着一切粗重的活，拒绝木匠阿龙的求爱，反被乡人认为失贞，经父母包办嫁给农夫阿三，阿三死后，被婆家卖给钱师爷做妾，却将自己的痛苦转嫁给丫头海棠。萧红《呼兰河传》中性格开朗、爱说爱笑、膀大腰圆、勤快能干的王大姑娘与冯歪嘴同居后被众人视为“野老婆”，在肉体与精神的双重摧残下黯然离世；年仅十二岁的小团圆媳妇曾经“头发又黑又长，梳着很大的辫子”，爱说爱笑，却被人认为有悖封建纲常伦理，死于非人的折磨。李劼人《死水微澜》中，邓幺姑为了自己能被城市接纳，不辞辛劳地跟着韩二奶奶学做针线活，甚至缠足以迎合男权社会中富贵之家对女性的喜好。赖和《可怜她死了》中，阿金的父母因交不起户税，被逼把阿金卖给别人家做童养媳，后来“准夫婿”也死了，全家又陷入生活的窘境，阿金被逼出卖身体，沦为“性奴”，不幸跌入河中丧命。这群处在蒙昧状态的无知者，在历史长期积淀和落后所形成的封闭乡土空间里垂死挣扎。

从上述人物身上不仅可以窥探出旧社会中国民病态的心理以及奴性、麻木、苟且、沉默、丑陋的灵魂，而且烛照出这些乡土身体遮蔽的阴暗和畸形世界。这些乡土中国的身体，成了思想启蒙与国体改造的场域。从这些被禁锢在“铁屋子”内浑浑噩噩的人物身上，看不到半点希望，他们的身体成了乡土记忆中被宰制的对象和被奴化的符号，永远是一个悲凉和苦难的象征。他们的无知、守旧、怯懦、麻木等国民性格，塑造了乡土身体不觉悟的存在状态和灵魂的腐蚀萎缩。他们愚昧麻木的乡土身体，无疑已被设定。小说家在启蒙思想的指导下，开启拯救乡土身体与灵魂之路的自觉书写。

## 二

鲁迅的小说试图通过国民性批判“沉入于国民中”，这种“向下的超越”[①]旨在改变庸众的“无特操”和“幸福的奴隶”状态，尝试着用社会革命的“实力”来进一步思考“立人”的出路。当乡土身体在被审视的过程中，鲁

① 木山英雄：《也算经验》，《鲁迅研究月刊》2006年第7期。

迅以“人于自识”的现代性眼光打量乡土中国，对国民劣根性进行“自残式”的批判与否定，从而达到铸造新人、建立现代民族、国家的目的。然而，鲁迅身体启蒙的书写内隐着不被现代世界接受的自卑与恐惧，这种“悟己为奴”的心理机制使他洞悉了国人“无痛感”的精神状态。

在郁达夫的小说中，我们可以看到一系列徘徊于历史交叉路口的知识分子，他们身体孱弱，精神病态，自陷于欲望的深渊，并在灵魂与肉体之间苦苦挣扎，在漫无边际的漂泊生涯中踏上一条不归路。启蒙之炬火无法烛照出光明的所在，在理想的失落和强国梦想的幻灭过程中演绎“国体衰微”与“身体颓废”的双重隐喻。沈从文在《阿丽思中国游记》中通过他者以戏仿的方式想象中国的表现手法，进而消解古老中国的灵魂。通过阿丽思巡游中国大地，沈从文挖掘出一个弱势国族的文化和政治痼疾，以及国民卑贱的生存状态，从而探讨和反思中国身体的幽暗特质。老舍曾对老旧中国身体作出形象描述：“民族要是老了，人人生下来就是‘出窝老’。出窝老是生下来便眼花耳聋痰喘咳嗽的！一国要是有这么四万万个出窝老，这个国家便越来越老，直到老得爬也爬不动，便一声不吭的呜呼哀哉了。”①中国传统文化衍生出的旧身体，在中西文化碰撞过程中，成了众矢之的。国力的日渐式微与民族的渐趋衰败均与这些“出窝老”息息相关。这些古老灵魂常常被现代作家当作讽刺和消遣的对象，背负着传统文化的沉疴，自尊自傲，却对未来茫然无知。《二马》描述了一个“老民族里的一个老分子”，马则仁身上几乎囊括了中国旧灵魂的所有劣根性：虚浮愚昧、懒散疏放、死要面子、盲目乐观、不思进取、轻视妇女等。《猫城记》则以猫喻人，反映出九一八事变后的中国时局，以猫国的遭遇折射出国族命运，国民腐败堕落、无知愚昧、贪懒好色、目光短浅、性喜自相残杀的丑陋嘴脸一览无余。钱锺书《围城》中的现代知识分子尽管接受了现代西方思想文化的浸染，然而置身于本民族文化语境则不过是一群“两足无毛的动物”。

晚清知识分子在提倡身体改造过程中，以想象西方作为想象中国的依据，并在两相对照中，重新编纂民族、国家的历史。然而，由于这些知识分子大多刚从科举考试与传统教育的规训中出逃，即使有些许出格的言行，但潜意识里仍未脱离梁启超倡导的“大学之道，在明明德，在亲民，在止于至善”的传统思路。直至新文化运动之后，才涌现出一批走出传统阴影的新知识群体，即“新青年”，他们属于新式学堂培养出来的新一代知识分子，已迥异于传统文人，他们接受过西式教育的洗礼与西方思潮的熏陶，并确信：只有

① 老舍：《老舍全集》第1卷《二马》，人民文学出版社1999年版，第423页。

完全抛弃旧式伦理，才能建立新的伦理文化，进而克服中国社会与政治的弊病。① 鲁迅在《随感录》一文中揭示了当时知识分子的心理状态，他将其形容为“大恐惧”：“许多人所怕的，是‘中国人’这名目要消灭；我所怕的，是中国人要从‘世界人’中挤出。”②此语道出了鲁迅对民族生存“在”而“不属于”的忧虑。鲁迅的担忧不无道理，“中国人”只有跻身“世界人”的行列才不至于亡国灭种，新文化运动开启了中国传统文化的自新之路，其目的就是将中华文化纳入世界文化的发展轨道，从而使中华民族自立于世界民族之林。在新文化运动倡导者的普遍意识里，以“专制”“迷信”为内质的旧文化已严重背离人类社会历史的发展进程，需要用“民主”“科学”为特质的新文化来取代。“西洋文化，而为吾中国前此所未有，故字之曰‘新’。反乎此者则字之曰‘旧’。二者根本相违，绝无调和折中之余地。”③他们高扬民主与科学的大纛，与封建伦理纲常和迷信抗衡，提倡个性自由，陈独秀指出：“要拥护那德先生，便不得不反对孔教、礼法、贞洁、旧伦理、旧政治；要拥护赛先生，便不得不反对旧艺术、旧宗教；要拥护德先生又要拥护赛先生，便不得不反对国粹和旧文学。”“我们现在认定只有这两位先生，可以救治中国政治上、道德上、学术上与思想上的一切黑暗。”④因此，诸如“打倒孔家店”、将“线装书扔进茅坑里”等种种否定传统、批判旧学的言论，风行一时。如鲁迅《孤独者》中的魏连殳，面对亡祖母时“只弯一弯腰”，却“始终没有流过一滴泪”，他试图通过移风易俗的方式洗刷铭刻在身体上的传统记忆。

柔石《二月》中的萧涧秋来芙蓉镇前曾义无反顾地投身革命，大革命失败后陷入绝望与彷徨，过着漂泊不定的生活，年少时的轻狂和热情已荡然无存。浪迹多年的羁旅生涯已使他身心疲惫，芙蓉镇则是他寻找暂时逃避现实的栖息地。老舍则将新青年置身于中西文化错位之中加以戏谑与嘲讽，其背后潜藏着一种知识分子自我改造和拯救的企图。老舍笔下的赵子曰等人物身上，“爱国”与“救民”已经沦为空洞的口号，老舍通过嬉笑怒骂的方式反证了青年学生理想的庸俗与性格的懦弱。当“新青年”沉迷于票戏、玩牌、酗酒，必然成为被启蒙的对象。老舍同时又借李景纯和李子荣等形象，

① 季桂起指出，新文化运动的缘起，是当时的青年知识分子对于中国传统文化的失望。形成这种失望的原因一方面当然在于近代以来中国民族命运的衰微，另一方面则在于在中西文化的冲撞中对传统文化弱点的发现。这一发现形成了近代以来中国知识分子对自己民族文化传统严肃的自审与痛苦的拷问。见季桂起：《中国小说创作模式的现代转型：论“五四”小说“心理化”的精神艺术世界》，第70页。

② 鲁迅：《鲁迅全集》第1卷《随感录三十六》，第323页。

③ 王叔潜：《新旧问题》，《青年杂志》1915年第1期。

④ 陈独秀：《本志罪案之答辩书》，《新青年》1919年第1期。

试图清除国民身上官本位和钱本位两大病灶，寄托了他对知识分子人格建构的理想。当代表“官本位”的养母和“钱本位”的养父过世后，牛天赐终于摆脱了老旧中国两大桎梏的纠缠，立意到北平上学，最后“平地被条大蛇背了走”，寓示着牛天赐已经彻底摆脱了封建文化的束缚和老旧中国灵魂的纠缠，步入了寻求现代化的行列。

## 三

每当中华民族遭遇危亡之时，“身体”常会被作家关注，并化为文学作品中想象与建构民族、国家的载体，以此建立与维护民族、国家的秩序与主体尊严。因此，历史的创伤记忆，无疑是逼迫中国加速跨往现代化坦途的内驱力，然而，在追求现代性的过程中，造成了古典时间的断裂、文化价值体系的崩溃、自我认同的危机以及生命存在的焦虑等。

鲁迅小说对身体的凝视与想象，是中国近代历史创伤的产物，也是民族、国家处于危亡之际的结晶，更是中国作家在追求现代性过程中寻找自我认同的最强音。鲁迅小说的身体诗学是在现代化意识下展开的，一切有关民主科学、自由解放和个人主义的启蒙话语，都含具一种历史进化论的演绎，虽然这与晚清知识分子如梁启超等所标举的“群体”认知不同，但在线性时间与历史进化的思维脉络上，从国民身体改造到国民性的重塑，都是以启蒙救亡和强国富民作为终极目标。鲁迅小说通过对身体的拟实书写，将其内化于感时忧国、血与泪的思考之中，通过身体祛魅的方式建构未来中国。从鲁迅《狂人日记》喊出“救救孩子”的第一声开始，身体的民族国家叙事，在中国现代小说中，便以一种知识分子内在的巨大焦虑感，不断通过各种书写（国民性批判、革命、解放等等）呈现，而曲折的由此去指认出前方一个更大的主体——民族国家，以期在这样的书写中，去确立生命主体的存在价值。是以，历史与传统的掩盖，礼教文化的压抑，甚至如“活死尸”般生活的群众，全被鲁迅编纂进“国民性”的话语系统，以开启一个充满拯救国民想象的书写欲望。

在现代小说身体叙事的背后，隐藏着一段深刻的历史创伤记忆，与中国近代史的杀戮、衰败、耻辱和灾难相依相随（如鸦片战争、甲午战争、传统文化的式微、清王朝的灭亡、新兴共和体的分崩离析、军阀割据、西方列强与日本帝国主义的侵略等）。这些创伤由外向内，内化为集体的潜意识，通过不断变化的身体样态在小说中得以彰显。现代作家以揭示、暴露与展览的书写方式展开国民性批判，呈现了一种中国身体被传统文化铭刻的奴性。在国民劣根性批判背后，彰显出振兴民族精神、改造国民灵魂的思想启蒙意识，这样的“国民性”关怀，无疑成了现代中国文学身体叙事的主调，他们的一些作品延续了鲁迅的启蒙批判路线，以小说审视乡土中国的身体，试图通过呐喊，将处于朦胧状态的中国身体唤醒，然后认识自己的病态残躯，以寻求疗治。因此，以启蒙和救亡为宏大叙事的中国现代小说，也是在近代国族、身体建构的想象脉络中展开，并以揭示和批判“旧中国身体”作为启蒙和改革的意向，来成就另一种国族寓言的书写，而这种身体的叙事修辞，最后都指向了国族内部的建构意志和声音：一个现代中国身体想象和欲望的完成。

# 主要参考书目

## 一、作品

1. 鲁迅:《鲁迅全集》,人民文学出版社 2005 年版。
2. 鲁迅博物馆,鲁迅研究室选编:《鲁迅回忆录》,北京出版社 1999 年版。
3. 鲁迅博物馆,鲁迅研究室编:《鲁迅年谱》,人民文学出版社 2000 年版。
4. 王世家、止庵编:《鲁迅著译编年全集》,人民出版社 2009 年版。

## 二、鲁迅研究专著

1. 曹禧修:《鲁迅小说诗学结构引论》,中国社会科学出版社 2010 年版。
2. 陈方竞:《鲁迅与浙东文化》,吉林大学出版社 1999 年版。
3. 冯光廉、刘增人、谭桂林:《多维视野中的鲁迅》,山东教育出版社 2002 年版。
4. 高旭东:《五四文学与中国文学传统》,山东大学出版社 2000 年版。
5. 郜元宝:《鲁迅六讲》,北京大学出版社 2007 年版。
6. 哈迎飞:《"五四"作家与佛教文化》,上海三联书店 2005 年版。
7. 蒋永国:《鲁迅小说形象流变新论——从中西文化之"个"切入》,中国社会科学出版社 2016 年版。
8. 乐黛云:《当代英语世界的鲁迅研究》,江西人民出版社 1993 年版。
9. 李长之:《鲁迅批判》,北京出版社 2003 年版。
10. 〔美〕李欧梵著,尹慧珉译:《铁屋中的呐喊》,岳麓书社 1999 年版。
11. 〔加拿大〕李天明:《难以直说的苦衷:鲁迅〈野草〉探秘》,人民文学出版社 2000 年版。
12. 李新宇:《鲁迅的选择》,河南人民出版社 2003 年版。
13. 林非:《鲁迅和中国文化》,学苑出版社 2000 年版。
14. 林贤治:《人间鲁迅》,花城出版社 1998 年版。
15. 刘玉凯:《鲁迅钱锺书平行论》,河北大学出版社 1998 年版。
16. 刘再复:《鲁迅美学思想论稿》,中国社会科学出版社 1981 年版。
17. 闵抗生:《鲁迅的创作与尼采的箴言》,陕西人民教育出版社 1996 年版。

18. 彭博:《鲁迅小说绝望与希望的对比结构》,学林出版社 2001 年版。
19. 彭定安:《鲁迅学导论》,中国社会科学出版社 2005 年版。
20. 彭小燕:《存在主义视野下的鲁迅》,北京大学出版社 2007 年版。
21. 钱理群:《鲁迅与当代中国》,北京大学出版社 2017 年版。
22. 寿永明、王晓初:《回顾与反思:鲁迅研究的前沿与趋势》,上海三联书店 2010 年版。
23. 苏克军:《于无地彷徨——鲁迅作品中的“家”》,光明日报出版社 2011 年版。
24. 苏懿:《鲁迅现代伦理思想研究》,中国社会科学出版社 2018 年版。
25. 孙玉石:《荒野过客:鲁迅精神世界探论》,安徽大学出版社 2013 年版。
26. 孙郁:《鲁迅与现代中国》,安徽大学出版社 2013 年版。
27. 〔日〕藤井省山著,董炳月译:《鲁迅〈故乡〉阅读史》,南京大学出版社 2013 年版。
28. 田刚:《鲁迅与中国士人传统》,中国社会科学出版社 2005 年版。
29. 〔日〕丸尾常喜著,秦弓译:《“人”与“鬼”的纠葛——鲁迅小说论析》,人民文学出版社 2006 年版。
30. 汪晖:《反抗绝望:鲁迅及其文学世界》,河北教育出版社 2000 年版。
31. 汪卫东:《现代转型之痛苦“肉身”:鲁迅思想与文学新论》,北京大学出版社 2013 年版。
32. 王彬彬:《鲁迅内外》,南京大学出版社 2013 年版。
33. 王富仁:《中国文化的守夜人:鲁迅》,人民文学出版社 2010 年版。
34. 王家平:《鲁迅的世界》,生活·读书·新知三联书店 2015 年版。
35. 王杰:《鲁迅的文化诗学》,中国社会科学出版社 2006 年版。
36. 王乾坤:《鲁迅的生命哲学》,人民文学出版社 1999 年版。
37. 〔新加坡〕王润华:《鲁迅小说新论》,学林出版社 1992 年版。
38. 王锡荣:《鲁迅的艺术世界》,江苏文艺出版社 2009 年版。
39. 王晓明:《无法直面的人生:鲁迅传》,上海文艺出版社 1993 年版。
40. 吴俊:《暗夜里的过客——一个你所不知道的鲁迅》,东方出版中心 2006 年版。
41. 吴康:《书写沉默——鲁迅存在的意义》,人民出版社 2010 年版。
42. 吴翔宇:《鲁迅小说的中国形象研究》,九州出版社 2016 年版。
43. 徐麟:《鲁迅:在言说与生存的边缘》,山东文艺出版社 1997 年版。
44. 许祖华、余新明、孙淑芳:《鲁迅小说的跨艺术研究》,安徽大学出版社 2012 年版。
45. 严家炎:《论鲁迅的复调小说》,上海教育出版社 2002 年版。

46. 杨剑龙：《鲁迅的乡土世界》，安徽大学出版社 2013 年版。
47. 杨义：《鲁迅文化血脉还原》，安徽大学出版社 2013 年版。
48. 叶世祥：《鲁迅小说的形式意义》，作家出版社 1999 年版。
49. 〔日〕伊藤虎丸著，李冬木等译：《鲁迅、创造社与日本文学：中日近现代比较文学初探》，北京大学出版社 1995 年版。
50. 〔日〕伊藤虎丸著，李冬木译：《鲁迅与日本人——亚洲的近代与"个"的思想》，河北教育出版社 2000 年版。
51. 袁盛勇：《当代鲁迅现象研究》，人民出版社 2018 年版。
52. 张福贵：《"活着"的鲁迅：鲁迅文化选择的当代意义》，社会科学文献出版社 2010 年版。
53. 张箭飞：《鲁迅诗化小说研究》，广西教育出版社 2004 年版。
54. 张洁宇：《独醒者与他的灯：鲁迅〈野草〉细读与研究》，北京大学出版社 2013 年版。
55. 张克：《颓败线的颤动：鲁迅与中国文学的现代性》，上海三联书店 2011 年版。
56. 张鲁高：《先驱者的痛苦——鲁迅精神论析》，安徽教育出版社 2003 年版。
57. 张梦阳：《中国鲁迅学通史》，广东教育出版社 2005 年版。
58. 张直心：《思想 · 文本 · 史实：鲁迅研究三维》，人民文学出版社 2009 年版。
59. 张佐邦：《神圣的解构：鲁迅研究的四维审视》，四川大学出版社 2008 年版。
60. 赵卓：《鲁迅小说叙述艺术论》，首都师范大学出版社 2002 年版。
61. 郑家建：《历史向自由的诗意的敞开：〈故事新编〉诗学研究》，上海三联书店 2005 年版。
62. 〔日〕中井政喜著，郑民钦译：《鲁迅探索》，知识产权出版社 2017 年版。
63. 朱崇科：《张力的狂欢》，上海三联书店 2006 年版。
64. 朱寿桐：《孤绝的旗帜：论鲁迅传统及其资源意义》，文化艺术出版社 2005 年版。
65. 朱晓进、杨洪承、唐纪如、骆冬青：《鲁迅研究》，中华书局 2011 年版。
66. 〔日〕竹内好著，李东木等译：《近代的超克》，生活 · 读书 · 新知三联书店 2005 年版。

## 三、其他相关研究专著

1. 〔苏联〕巴赫金著，白春仁、晓河译：《巴赫金全集》，河北教育出版社

1998 年版。

2.〔法〕柏格森著,吴士栋译:《时间与自由意志》,商务印书馆 1997 年版。

3. 包亚明:《现代性与空间的生产》,上海教育出版社 2003 年版。

4.〔法〕保罗·利科著,王文融译:《虚构叙事中时间的塑形:时间与叙事》,生活·读书·新知三联书店 2003 年版。

5.〔英〕彼得·奥斯本著,王志宏译:《时间的政治》,商务印书馆 2004 年版。

6.〔英〕布莱恩·特纳著,马海良、赵国新译:《身体与社会》,春风文艺出版社 2000 年版。

7.〔美〕布鲁克斯著,朱生坚译:《身体活——现代叙述中的欲望对象》,新星出版社 2005 年版。

8. 陈平原:《中国小说叙事模式的转变》,北京大学出版社 2003 年版。

9.〔美〕费约翰著,李恭中、李里峰等译:《唤醒中国——国民革命中的政治、文化与阶级》,生活·读书·新知三联书店 2004 年版。

10. 逄增玉:《现代性与中国现代文学》,东北大学出版社 2001 年版。

11. 葛红兵、宋耕:《身体政治》,上海三联书店 2005 年版。

12.〔德〕海德格尔著,陈家映等译:《存在与时间》,生活·读书·新知三联书店 1999 年版。

13.〔德〕胡塞尔著,杨富斌译:《内在时间意识现象学》,华夏出版社 2000 年版。

14. 黄金麟:《历史、身体、国家:近代中国的身体形成 1895—1937》,新星出版社 2006 年版。

15. 黄晓华:《现代人建构的身体维度——中国现代文学身体意识论》,中国社会科学出版社 2007 年版。

16.〔法〕加斯东·巴什拉著,张逸婧译:《空间的诗学》,上海译文出版社 2009 年版。

17.〔德〕卡西尔著,甘阳译:《人论》,西苑出版社 2003 年版。

18.〔德〕克劳斯·黑尔德著,靳希平译:《时间现象学的基本概念》,上海译文出版社 2009 年版。

19. 李蓉:《中国现代文学的身体阐释》,中国社会科学出版社 2009 年版。

20. 李自芬:《现代性体验与身份认同——中国现代小说的身体叙事研究》,巴蜀书社 2009 年版。

21.〔美〕理查德·舒斯特曼著,程相占译:《身体意识与身体美学》,商务印书馆 2011 年版。

22.〔美〕刘禾著，宋伟杰译：《跨语际实践：文学，民族文化与被译介的现代性》，生活·读书·新知三联书店 2008 年版。
23. 刘小枫：《沉重的肉身：现代性伦理的叙事纬语》，上海人民出版社 1999 年版。
24.〔法〕路易·加迪著，郑乐平、胡建平译：《文化与时间》，浙江人民出版社 1988 年版。
25.〔美〕马尔库塞著，黄勇、薛民译：《爱欲与文明》，上海译文出版社 2012 年版。
26.〔法〕梅洛-庞蒂著，姜志辉译：《知觉现象学》，商务印书馆 2001 年版。
27.〔荷兰〕米克·巴尔著，谭君强译：《叙述学叙事理论导论》，中国社会科学出版社 2006 年版。
28.〔法〕米歇尔·福柯著，刘北成、杨远婴译：《疯癫与文明》，生活·读书·新知三联书店 1999 年版。
29.〔法〕米歇尔·福柯著，刘北成、杨远缨译：《规训与惩罚：监狱的诞生》，生活·读书·新知三联书店 2007 年版。
30.〔法〕米歇尔·福柯著，刘北成译：《临床医生的诞生》，译林出版社 2001 年版。
31.〔法〕热拉尔·热奈特著，王文融译：《叙事话语 新叙事话语》，中国社会科学出版社 1990 年版。
32.〔美〕苏珊·桑塔格著，程巍译：《疾病的隐喻》，上海译文出版社 2003 年版。
33. 谭光辉：《症状的症状——疾病隐喻与中国现代小说》，中国社会科学出版社 2007 年版。
34. 汪民安：《身体的文化政治学》，河南大学出版社 2004 年版。
35. 王德威：《想象中国的方法——历史·小说·叙事》，生活·读书·新知三联书店 1998 年版。
36. 王晓华：《身体诗学》，人民出版社 2018 年版。
37. 王一川：《中国现代性体验的发生》，北京师范大学出版社 2001 年版。
38. 颜健富：《晚清小说的新概念地图》，北京联合出版公司 2018 年版。
39. 杨联芬：《晚清至五四：中国文学现代性的发生》，中国社会科学出版社 2003 年版。
40.〔美〕约翰·奥尼尔著，张旭春译：《身体形态——现代社会的五种身体》，春风文艺出版社 1999 年版。
41.〔美〕约瑟夫·弗兰克著，秦林芳译：《现代小说中的空间形式》，北京大学出版社 1991 年版。

42.〔美〕周策纵著,周子平等译:《五四运动:现代中国的思想革命》,江苏人民出版社 1996 年版。

# 索　引

# 后　记

拙著是继《鲁迅小说的时间诗学》之后奉献在诸位面前的第二本鲁迅研究小书，也算是纪念鲁迅先生诞生 140 周年的微薄献祭。

众所周知，研究鲁迅及其文学作品的论著已是汗牛充栋，若想在此领域开辟出一条新路是何其艰难的选择。记得 2010 年在华中师范大学攻读博士学位时，导师许祖华先生曾多次与我谈及论文选题，在几次被否决之后，我慎重地选择鲁迅及其小说做研究对象，终于得到了老师的肯定，从此踏上鲁迅研究的艰难学术之路，虽苦不堪言，但通过无数次阅读鲁迅著作以及相关研究资料之后，慢慢走近了一个起先并不熟悉却又十分丰富、有趣的鲁迅文学世界与精神世界，通过一次次灵魂的冒险，寻求和鲁迅的心灵相遇。

在 2015 年出版的《鲁迅小说的时间诗学》一书中有一小节"存在之躯的时间觉知"，开始尝试鲁迅小说与身体关系的探讨，虽是一次粗浅的思考，但从此把鲁迅研究的重心开始向"身体"转移，分别于 2017、2018 年成功申报了湖南省社科基金项目"鲁迅小说的身体诗学研究"、湖南省社会科学成果评审委员会课题"鲁迅小说的身体隐喻与中国意识研究"，先后在《湘潭大学学报》《华夏文化论坛》《华中学术》等刊物上发表系列论文，完成了以上项目的结题工作。

2019 年顺利申请了台湾大学的访问学者，师从中国语言文学系系主任梅家玲教授。梅师家玲治学严谨、态度宽容、生活质朴、性格内敛、追求至善，让我终身受教。此行的最初目的是完成以上课题研究，顺便搜集鲁迅与台湾新文学运动相关研究资料，同门李从云老师（南通大学）一句话提醒了我：为什么不尝试申报国家社科基金后期资助项目？面对这些年来探讨鲁迅小说与身体相关的零散文字，坚定了我的信心，于是有了即将与读者见面的《凝视与想象：鲁迅小说身体诗学论》。

除个人的不懈努力之外，我应该首先感谢博士导师许祖华先生。许老师不嫌我愚钝，以其博大的胸襟收我为徒。博士毕业后的数年里，我不仅得到了老师毫无保留的悉心教导，还得到了老师不懈的支持与鼓励。许老师的知遇、提携之恩，在我的求学与学术生涯中留下诸多温馨的记忆，点滴收获，无不凝聚老师的辛劳。在本书出版之际，许老师欣然应允为拙著写序，学生倍感荣幸。

其次是感谢硕士导师潘年英教授，潘老师于百忙中认真审阅我的书稿，及时指出了书中的遗漏与缺失，并提出了宝贵意见。同时也感谢我可爱的学生，他们于繁重的学习任务中抽出时间，帮我校对每一行文字，每一个注释，甚至每一个标点，请容我一一道出他们的名字：李雪丹、尹硕钰、张锦、付容、蒋蓓蓓、谷海燕、李鑫盛、赫双翼、杨懿璇、龚梦姣。

还需感谢吉林大学张福贵先生、北京鲁迅博物馆黄乔生先生、陕西师范大学李继凯先生、湖北大学刘川鄂先生、湖南师范大学赵炎秋先生、湘潭大学季水河先生、中南大学刘泽民先生、四川大学陈思广教授、中国人民大学张洁宇教授、西南大学李永东教授、南昌大学李洪华教授、浙江师范大学吴翔宇教授、上海鲁迅纪念馆李浩研究员、湖南师范大学赵树勤教授、湖南大学罗宗宇教授、湖南理工学院杨厚均教授、湖南第一师范学院龙永干教授，我迈出的每一学术脚步，都离不开他们的关怀与鼓励。更不会忘记华中师范大学读博期间周晓明教授、王又平教授、王泽龙教授、李遇春教授的辛勤栽培与严格要求，以上诸师的谆谆教诲，让我未敢松懈。虽已人到中年，来日苦短，吾仍将加倍努力，以弥补学识之不足，来回报诸位师友的关照与厚爱。

在国家社科基金后期资助项目申报过程中，五位匿名专家都以严肃认真的态度，在充分肯定该成果学术价值的同时，也提出了较详尽的修改意见。另外，在书稿的酝酿、写作、修改、完善过程中，得到了孙红震、余新明、张勇、何小平、晏杰雄、王雪松、田敏、孙淑芳、雷霖、胡用琼、杨程、侯令琳、龚军辉等诸位好友的悉心帮助与热情鼓舞。湖南科技大学社科处段斌，人文学院刘奇玉教授、李胜清教授、彭在钦教授、王友胜教授、吴广平教授、罗渊教授、吴头文教授、王少青教授等对本书的修改提出了诸多宝贵的修改意见，使本书尽量减少一些遗憾。

本书的部分内容曾在《鲁迅研究月刊》《湘潭大学学报》《湖南科技大学学报》《华夏文化论坛》《华中学术》《南华大学学报》等刊物发表，感谢黄乔生、万莲子、罗渊、张福贵、刘衍永、雷凯等诸位老师提供发表论文的机会以及为此付出的辛劳。本书最终由上海交通大学出版社出版，感谢人文社科分社总编辑冯勤先生、编辑宋丽军女士的热心联络与细心斧正。

最后，还要感谢我的家人，是他们给了我写作的动力。妻子秦世琼既要工作,还要承担儿子的课外辅导重任,给我提供了一个温馨宁静的生活空间,使我得以潜心完成研究工作。儿女们非常自觉,让父母格外省心,轩搏活泼开朗、善于思考,轩瑄聪明伶俐、乖巧可爱,他们的一言一行,一举一动,都那样生机盎然。家中的欢声笑语无形中卸下我所有的疲惫,有你们,真好!

2022 年 7 月于湘潭